Renate Feyl

Die unerlässliche Bedingung des Glücks

Renate Feyl

Die unerlässliche Bedingung des Glücks

Roman

Kiepenheuer & Witsch

Es war höchste Zeit, die Sommerwohnung in Berlin zu beziehen. Das Landschlossleben mit seinem Pferdemief und diesem ganzen abgequirlten Alltag ging ihr auf die Nerven. Sie musste etwas anderes sehen, etwas anderes hören, auf andere Gedanken kommen und endlich wieder Großstadtluft atmen.

Berlin war dafür wie geschaffen und hatte noch einen Extrareiz: Hier brauchte man sich nicht aufzuziegeln, wenn man in Gesellschaft ging. Mit feuerrotem Pudel, rosa Angorakatze oder lila Windspiel durch die Stadt zu flanieren, machte wenig Eindruck. Der letzte Pariser Modeschrei mochte in Düsseldorf Bewunderung erregen, in der Spreeresidenz wäre sie damit bloß unangenehm aufgefallen. Trotz aller Lockerheit ging sie aber auch hier nicht anders als elegant gekleidet, schick frisiert und sparsam geschminkt aus dem Haus. Sie legte Wert auf ihre Erscheinung. Stimmte das Äußere, kam sie sich gleich viel souveräner vor. In diesem Gefühl betrat sie den Salon des Grafen Keyserling. Der Rittmeister war ein alter Freund ihrer Mutter, und hatte es wieder einmal geschafft, für Sophie gleich als Erster einen Willkommensempfang zu geben. Unverändert wehte in seinem Hause dieses Haubitzenlüftchen und wieder kam er so strahlend auf sie zu, dass sie meinte, in seinen Augen blitzte noch immer das Feuer der Attacke, als er im großen Sturmjahr an Blüchers Seite Napoleon in die Flucht geschlagen hatte. Freiheit und Vaterland musste man schon kräftig lieben, um in das Haus des Rittmeisters gebeten zu sein. Gleich zur Begrüßung sprach er voller Teilnahme von ihrer Mutter, der hochgeschätzten, viel zu früh verstorbenen Fürstin, was ihr den robusten Degenknopf sympathisch machte und ihm etwas Vertrautes gab. Sophie war sofort von den Gästen umringt. Überall Freunde und Bekannte zu haben, schien ihr nichts Besonderes. Das war nun mal so, wenn man wie sie mit einem Goldbarren verheiratet war.

Im Salon herrschte ein so großes Gedränge, dass die Türen zu den Nebenzimmern geöffnet werden mussten. Frau von Arnim war eigens aus Wiepersdorf angereist, um über den Erfolg ihres jüngsten Buches zu berichten. Kaum hatte die alte Dame an dem kleinen Lesetisch Platz genommen, trat eine respektvolle Stille ein. Sie hatte das Elend in den Armenvierteln der Hauptstadt beschrieben und das Buch dem König gewidmet. Alle im Salon fanden es bewundernswert, dem Herrn von Gottes Gnaden einmal so ungeniert die Wahrheit aufzutischen und zollten jedem Wort der Autorin Beifall. Dabei waren alle von einer so aufsässigen Stimmung erfasst, dass Sophie meinte, unter eine Schar von Empörern geraten zu sein. Die gute Finckenstein, die neben ihr saß, regte sich auf, dass Goethes *Faust* noch immer auf den Berliner Bühnen verboten war, nur weil der König das Lied vom Floh unanständig fand. Baron von Sternberg warf ein, dass ihn nichts mehr wunderte, nicht in diesem Ursumpf, wo die Stechmücken regierten und sich immer neue Piesackereien einfallen ließen. Das Bild von den Webern durfte in der Gemäldeausstellung nicht gezeigt werden, den Lehrern war verboten, über ihre Lage in den Zeitungen zu berichten, und gerade hatte er gehört, dass einem Gelehrten wie Professor Dönniges untersagt worden war, im Wissenschaftlichen Verein einen Vortrag über den Kommunismus zu halten. Was blieb da noch zu sagen? »Ergo bibamus«, rief der Baron und trank mit einer fröhlichen Verdrossenheit den beiden Damen zu. Auch andere erhoben ihre Gläser, setzten sich dazu und unversehens war man inmitten der großen Politik.

Sophie nahm nur noch ein aufgeregtes Durcheinander der Stimmen wahr, doch der junge Knesebeck übertönte alles: »Was heißt da Politik! Eine elende Stümperei ist das! Die Minister unfähig und unsere Fürsten ratlos. Keine Zukunft in Aussicht, keine Entwicklung im Land, nur die Preise steigen von Tag zu Tag. Das scheint das Einzige, worauf noch Verlass ist!« Alle pflichteten ihm bei und unwillkürlich richteten sich die Blicke auf den Zeitungsmann vom Feuilleton der *Spenerschen,* der die Debatte still verfolgte. »Darüber sollten Sie mal in Ihrem Blatt schreiben!« forderte ihn Leutnant Kalckreuth hitzig auf. »Die meisten wissen nicht mehr, wovon sie ihre Miete bezahlen sollen, aber unser großer König schenkt dem Sohn seines

Ministers zum Geburtstag eine Offiziersstelle! Das sind die wahren preußischen Tugenden: Die Verschwendung wird immer größer und das Gewissen immer kleiner!«

Sophie glaubte, dass spätestens jetzt sich die Gastgeberin an ihre Hausorgel setzen würde, um mit einer wohleinstudierten Serenade die Gemüter zu beruhigen, aber nichts geschah und auf einmal begriff sie, dass in Berlin Empörtsein zum neuen Gesellschaftston gehörte. Mit gewohnter Umsicht sorgten die Diener dafür, dass keiner mit einem leeren Glas dastand, reichten auf Silbertabletts Austern, Kaviar und Admiralbrötchen, doch selbst als der Champagner kam, hellten sich die Mienen nur mäßig auf. Zwar röteten sich ringsum die Nasen und Wangen, aber die Champagnerseligkeit, die allmählich in den Gesichtern aufstieg, schien auch nur eine Blüte des Missmuts zu sein. All das gefiel Sophie, ja sie empfand es geradezu als wohltuend, sich einmal nicht mit dem üblichen Gehabe, dem Wegducken und vornehmen Herumgedruckse langweilen zu müssen, sondern alles kam ganz unverstellt, direkt und frei heraus.

Frau von Keyserling wollte Sophie mit dem Rektor der Universität bekanntmachen, aber Magnificus war gerade mitten in einem Disput und jubelte, dass in ein paar Tagen die Eisenbahnlinie Berlin-Hamburg eröffnet wurde. »Großartig«, sagte er und zündete sich eine Havanna an, »die Eisenbahn bringt uns Geld und Zeitersparnis. Vorbei mit den hohen Transportkosten. Der vierfache Fuhrmannslohn wird den Waren nun nicht mehr aufgeschlagen. Jetzt kann sich der Handel im großen Stil entfalten.« Einige der Umstehenden waren entsetzt, wie man sich über eine so zerstörerische Erfindung auch noch freuen konnte. »Die

Gleise zerschneiden und verschandeln die Landschaft und behindern den Wildwechsel!« rief einer dem Rektor zu und betonte, nicht nur für sich zu sprechen, sondern auch im Namen des Natur- und Jagdvereins. »Der Lärm macht die Menschen krank und treibt sie ins Delirium. Vom Weidevieh ganz zu schweigen. Die vorbeirasenden Züge jagen den Kühen einen so großen Schrecken ein, dass sie keine Milch mehr geben. Nur Barbaren können die Eisenbahn begrüßen!« Ein Freund des Hauses, ein Pastor populorum aus Schöneberg, nutzte die Gelegenheit und richtete sofort eine Mahnpredigt an alle. »Die Eisenbahn ist Sünde, denn sie spottet der natürlichen Fortbewegung, wie sie Gottes Wille ist.«

Das schallende Gelächter und die Hochrufe auf die lahmen Droschkengäule ließen Frau von Keyserling um die Harmonie des Abends fürchten. Sie schien sichtlich bemüht, dass der Eisenbahnstreit, der zurzeit in der Stadt tobte, nun nicht auch noch in ihrem Haus die Gemüter entzweite, doch zum Glück betrat Varnhagen, der Doyen der Literatur, den Salon und zog mit seiner Prominenz gleich die Aufmerksamkeit aller auf sich. Er ging geradewegs auf Sophie zu, freute sich, dass sie sich wieder einmal unter die Spreebourgeoisie mischte, und sagte mit leisem Schalk: »Sie sehen, teure Freundin, wie sich die Stadt verändert hat. Berlin ist jetzt der Ort der stillen Gärung.« Gutgelaunt fragte er sie, ob sie nicht ihren Herrn Gemahl dazu überreden wollte, Aktien der neuen Concessionirten Berliner Omnibus-Compagnie zu erwerben. »Sagen Sie ihm, es lohnt sich. Die Renditen werden garantiert sein Herz höherschlagen lassen.«

»Auf die Geschäfte meines Standesherrn habe ich keinen Einfluss«, erwiderte Sophie mit leicht ironischem Tonfall und Varnhagen meinte tröstend: »Seien Sie froh, dass Sie mit diesen Dingen nichts zu tun haben. Nicht in diesen Zeiten, denn es geht steil bergab im Vaterland.«

»Bergab, wieso?«

»Haben Sie denn nicht gehört, dass Fürst Pückler seinen Muskauer Park verkaufen muss? Das ist doch alarmierend! Ein so grandioses Kunstwerk nicht mehr finanzieren zu können! Wenn das kein Zeichen des Niedergangs ist!«

Sie wollte nach den Einzelheiten fragen, doch da fiel ihr ein junger Mann auf, der ein wenig abseits stehend begierig ihr Gespräch verfolgte, sichtlich darauf lauerte, sich ihr nähern zu dürfen und einen so flammenden Blick auf sie gerichtet hatte, dass es ihr fast peinlich war. Sie fand das ziemlich ungehörig, wusste nicht, was sie davon halten sollte, denn er ließ mit seinem Blick nicht von ihr ab. Demonstrativ sah sie an ihm vorbei, sah dann aber auch wieder zu ihm hin, fragte sich, was der Junius sich herausnahm, sie so sans façon anzuflirten, war entrüstet, aber irgendwie auch ein bisschen geschmeichelt und wandte sich leicht irritiert wieder Varnhagen zu. Seinem geübten diplomatischen Auge entging auch hier nicht die geringste Kleinigkeit, weshalb er seinen Fehler sofort korrigierte. »Ich bitte um Verzeihung, aber Ihre Schönheit hat mich meinen Begleiter ganz vergessen lassen«, sagte Varnhagen und winkte den jungen Mann heran. »Verehrteste Gräfin, darf ich Ihnen Herrn Lassalle vorstellen. Er kommt gerade von Heine aus Paris.«

Lassalle stand für einen Augenblick gebannt wie vor einer Tempelgöttin, hingerissen, fast andächtig, dann verneigte er sich tief und ehrfurchtsvoll. »Paris, wie beneidenswert«, sagte Sophie und reichte ihm die Hand. Lassalle wollte höflich erwidern, doch auf einmal sprengte der Rittmeister grenadiersfröhlich heran, entschuldigte sich, die Unterhaltung für einen Augenblick unterbrechen zu müssen, nahm Sophies Arm und erkundigte sich mit väterlicher Anteilnahme nach dem Stand ihrer persönlichen Angelegenheit. »Bevor hier alles in Harnisch gerät, will ich rasch noch wissen: Sind Sie denn mit Ihren Scheidungsplänen einen Schritt vorangekommen?«

Jetzt in Gegenwart der beiden Herren darauf angesprochen zu werden, fand Sophie nicht nur unpassend, sondern geradezu peinlich, ärgerte sich über den Poltergrafen und sagte bloß: »Alles wie gehabt.« Doch er schien ihren Unmut nicht zu bemerken und wollte wissen, woran es lag. »Ich möchte ja gerne, aber Edmund kümmert sich nicht darum. Ihn hat noch nie interessiert, was ich will. Außerdem findet sich kein Anwalt, der den Mut hat, gegen einen mächtigen Mann das Wort zu ergreifen.« Die Antwort durfte wohl genügen und sie überlegte, wie sie den fürsorglichen Fragen des Haubitzenmeisters entkommen konnte. Doch glücklicherweise gesellte sich Frau von Arnim zu Varnhagen und bat die Gäste um Aufmerksamkeit für eine Karnevalseinlage. Ihr Schwager Savigny, der Justizminister, hatte sich eine neue Tollheit erlaubt und die wollte sie hier unbedingt zum Besten geben. Spontan wandte sich der Hausherr der Dichterin zu, und Sophie nutzte sofort die Gelegenheit, sich unauffällig zu entfernen, denn ihr war partout nicht danach, noch ein weiteres Mal auf die Angelegenheit angesprochen zu werden.

Pünktlich wollte Sophie zum Gabelfrühstück bei ihrer Schwester erscheinen, denn gerade jetzt, da der russische Zar in der Residenz weilte und in allen Häusern von Rang große Gesellschaften gegeben wurden, hatte Clara als Frau des Generaladjutanten des Königs übergenug zu tun. Auch Sophie spürte bereits etwas von diesem Großereignis, denn sie war am frühen Morgen von einer Depesche überrascht worden. Hermann, ihr Bruder, der schlesische Hermann, Primus der Geschwister und Fürst von Trachenberg, teilte ihr mit, dass er seine Suite am Pariser Platz bezog. Er war zum Empfang des Zaren geladen und bat um ihre Begleitung. Nichts Besseres konnte ihr passieren, als sich auf diese Weise am Hofe wieder einmal zu zeigen und in Erinnerung zu bringen.

Gutgelaunt ließ sie rasch noch das Geschenk für die Schwester, eine Stahlstichsammlung von den Burgen des Rheins, in feines Maroquinpapier einpacken, sah, dass die Pferde bereits angespannt waren und ihr Sohn voller Ungeduld zum Wagen rannte, denn Paul brannte darauf, mit seinem Cousin wieder eine saftige Partie Billard zu spielen und diesmal natürlich zu gewinnen. Hastig hing sie sich die Mantille über, zog die Handschuhe an, feinstes Erlanger Leder, warf noch einen kurzen Blick in den Spiegel, als der Diener einen Herrn meldete, der die gnädigste Gräfin zu sprechen wünsche. Sophie bemerkte barsch, er solle ihn wegschicken, doch der Diener erklärte, er hätte dem Herrn bereits gesagt, dass Ihre Hochgeboren nicht zu sprechen seien, aber der Herr ließ sich nicht abweisen. »Er legt eine große Hartnäckigkeit an den Tag. Es scheint dringlich«, fügte der Diener hinzu und präsentierte ihr auf einem

Tablett mit einer Verbeugung die Visitenkarte. Sophie warf einen flüchtigen Blick darauf, glaubte, den Namen schon einmal gehört zu haben, überlegte, wo es gewesen sein könnte, sprach ihn leise vor sich hin, versuchte sich zu erinnern, kam zu dem Schluss, der Name könne nur beim Haubitzenmeister gefallen sein und plötzlich stand ihr das Bild des jungen Mannes vor Augen, den Varnhagen ihr vorgestellt hatte. Zwar konnte sie sich nicht erinnern, mehr als drei Worte mit ihm gewechselt zu haben, fragte sich, was es so Wichtiges geben konnte, das keinen Aufschub duldete, zögerte einen Moment, doch dann siegte die Neugier und Augenblicke später trat Lassalle ein.

Als er sah, dass sie im Aufbruch war, fürchtete er, es mit der Dringlichkeit etwas übertrieben zu haben, entschuldigte sich, ungelegen zu kommen und bat, die gnädigste Gräfin ein andermal besuchen zu dürfen. »Aber den unaufschiebbaren Grund Ihres Besuches will ich jetzt doch noch erfahren«, sagte sie und er verneigte sich höflich. »Verzeihen Sie, Gräfin, aber Ihre gestrige Bemerkung hat mir keine Ruhe gelassen. Sie sagten: Es findet sich keiner, der den Mut hat, gegen einen mächtigen Mann das Wort zu ergreifen. Ich nehme mir nur die Freiheit heraus, in diesem Zusammenhang etwas richtigzustellen: Gegen einen mächtigen Mann das Wort zu ergreifen, ist keine Frage des Mutes, sondern allein eine Frage des Willens.«

Sophie war einen Moment irritiert, wusste nicht, wie sie das zu verstehen hatte und was sie davon halten sollte. »Was denn – um mir das zu sagen sind Sie gekommen?«

»Ja, auch.«

Sie fasste es nicht. Entweder erlaubte er sich einen Spaß

mit ihr oder wusste nicht, wovon er sprach. Allerdings lag in seinem Ton etwas so Entschiedenes, dass sie an einen Scherz nicht so recht glauben wollte. Aber sich zu ihr zu begeben, um etwas richtigzustellen und sie auf den Unterschied von Mut und Willen aufmerksam zu machen – das war schon sehr eigen, geradezu bizarr. Normal jedenfalls war das nicht. Offensichtlich lag der Knabe ein wenig neben der Spur. Aber in seinem Alter durfte man schon ein bisschen verrückt sein. Einen Spleen haben und sich wichtigtun war ja heutzutage en vogue. Unauffällig gab sie dem Diener ein Zeichen, den Herrn zur Tür zu bringen. Lassalle fragte, ob sie ihm noch einmal die Ehre geben würde, ihn zu empfangen. Ohne ihn anzuschauen wandte sie sich zum Gehen und sagte kühl: »Im Moment habe ich viel zu tun, aber irgendwann werden sich ein paar Minuten finden lassen. Sie erhalten Bescheid.«

Sie hoffte, verstanden worden zu sein und hastete zu Paul in den Wagen. Schon von weitem sah Sophie, dass auch das liebe Schwesterherz, Gräfin Clara von Nostitz, vom allgemeinen Gesellschaftsfieber angesteckt war und offenbar ganz besondere Gäste erwartete, denn ihr Haus war mit bunten Fahnen geschmückt und auf der Freitreppe stand ein Buchsbaumspalier. Clara kam freudig aufgeregt an die Kutsche geeilt, führte Sophie gleich ins Haus, war froh, dass die Cousins geradewegs ins Billardzimmer stürmten, ließ in venetianischen Trinkbechern als Erstes einen Aquavit kommen, nahm wie immer mit der Schwester zur Begrüßung einen kräftigen Schluck und noch bevor sie in den Salon zum Gabelfrühstück bat, präsentierte sie ihr die Einladungsliste stolz wie eine Jagdtrophäe. Morgen soupierten bei ihr der Innenminister und der für Kultus, danach hatte sie den Landtagspräsidenten zu Gast, anschließend kam Staatsrat Bethmann-Hollweg, glücklicherweise ohne seine langweiligen Töchter und für Sophie hatte sie extra den Eisernen Gustav, General von Thile geladen, der nicht nur der Kabinettsminister des Königs war, sondern neuerdings auch sein engster Vertrauter. Ihm musste sie einmal so ganz nebenbei ihre persönliche Lage schildern. Die Gelegenheit war günstig wie nie. Wenn er erfuhr, wie sie von ihrem Ehemann behandelt wurde, dann erfuhr es auch der König und der hatte es schließlich in der Hand, seinen Kammerherrn gründlich zur Ordnung zu rufen. »Edmund kann dir auf Dauer nicht den Umgang mit deiner Tochter verbieten. Das muss sich ändern.«

Claras Teilnahme tat gut. Es sprach ja sonst keiner der Geschwister mit ihr über ihre Ehemisere. Kam die Rede darauf, hörten sie weg. Hermann, Max, Herminie, alle samt Anhang, nur Clara nicht. Clara verstand sie.

»Ja, alles muss sich ändern«, sagte Sophie, »so kann es nicht weitergehen. Da gehe ich kaputt und die Kinder kaputt und das kann's ja wohl nicht sein.«

Der Diener gab ein Zeichen, dass das Büfett angerichtet war. Clara rief die Cousins, bat die Schwester in den Salon und sagte fast beiläufig: »Du hast doch bestimmt von dem unglücklichen Pückler gehört, der seinen herrlichen Park verkaufen musste. Und rate mal, wer ihn gekauft hat.«

»Keine Ahnung.«

»Edmund, dein Ehemann. Für 1,7 Millionen Reichstaler.«

Sophie stockte der Atem. So schön das Büfett auch gedeckt war, sie mochte nichts anrühren, als hätte sie Angst, jeder Bissen könnte ihr im Halse steckenbleiben. »1,7 Millionen, das glaube ich nicht«, sagte Sophie, »das muss ein Gerücht sein.«

»Von wegen Gerücht«, entgegnete Clara, »Edmund war vor kurzem hier und hatte eine Unterredung mit meinem Alten. Er wollte, dass Nostitz sich am Kauf beteiligt. Aber das Unternehmen war ihm zu windig. Vor allem, als er dann hörte, dass Edmund einen Teil des Parks der Meyendorf schenken will. Als service d'amour. Und du weißt ja: Mein Nostitz investiert nur in Dinge, die in der Familie bleiben.«

Sophie war außer sich. 1,7 Millionen! Eine Unsumme. Aber der Ehefrau das Nadelgeld verweigern! Diese 1200 Taler, die sie im Jahr zu bekommen hatte, nahmen sich dagegen geradezu läppisch aus. Und auch die musste ihr großer Bruder noch von Edmund eintreiben, damit sie nicht gezwungen war, sich Geld zu borgen und die ganze hochgeborene Sippe zu blamieren. Schließlich lag in den 1,7 Millionen auch ihr Vermögen. Sie hatte genug mit in die Ehe gebracht, Barschaft und Güter, aber nicht, damit er hinter ihrem Rücken alles in einen Riesenbesitz steckte, von dem er noch einen Teil seiner Mätresse überschrieb, was ihren Kindern dann unwiederbringlich verloren war. Doch sie musste an die Zukunft von Paul und Melanie denken. Wenn Edmund schon auf Teufel komm raus das Vermögen mit seinen diversen Damen durchbrachte, musste wenigstens *sie* das Erbe für die Kinder sichern. Und dass sie von der Schwester davon erfahren musste, zeigte ihr erneut: Für den Herrn Gemahl war sie Luft, ein Nichts, ein

Niemand. Wieder nutzte er eine Gelegenheit, um deutlich zu demonstrieren, dass sie ihn nichts anging. Jedes Pferd, das in seinen Prachtställen stand und die Zuchtergebnisse steigerte, zählte mehr für ihn. Sie war eben eine Nullsumme. Ein Opferlamm, das keinen Gewinn brachte.

Clara schien dann doch ein wenig verblüfft, dass die Schwester offenbar nicht das Geringste von alldem wusste und meinte fast erschrocken: »Aber von mir hast du nichts erfahren. Behalt's für dich. Kein Wort nach draußen.«

»Verlass dich drauf, ich weiß von nichts«, entgegnete Sophie und fügte aufgebracht hinzu: »Ich weiß nur, dass alles sich ändern muss. Und zwar radikal.«

Der Gedanke an die Gräfin ließ Lassalle nicht mehr los. War es ihre sündlich schöne Erscheinung, das grüne Blau ihrer Augen, dieser hoheitsvolle Ausdruck, diese hinreißende Distinguiertheit, war es diese exzentrische Ausstrahlung – er wusste es nicht. Er wusste nur, aus ihr sprach etwas, das ihn ruhelos machte und ihm das Gefühl gab, als würde ihre Nähe alles, was in ihm war, steigern. Er musste sie wiedersehen. Statt nachmittags die Vorlesungen zu besuchen, ging er zu Varnhagen, der täglich sein Haus von 5–8 für jedermann geöffnet hatte, lauerte darauf, den Großmeister des Wortes einmal allein anzutreffen und kaum dass der ersehnte Moment gekommen war, sprach er ihn sofort auf die Gräfin an. Er brannte auf jedes Detail und wollte alles, einfach alles von ihr wissen.

»Jaja, die Fürstentochter. Wer wäre nicht von ihr beeindruckt«, sagte Varnhagen mit väterlichem Verständnis. »Sophie von Hatzfeldt ist nicht nur schön, sondern auch noch gescheit. So ein Doppelreiz hat's in sich. Zudem verheiratet mit dem reichsten Mann Deutschlands – Edmund von Hatzfeldt. Das genügt wohl.«

Doch Lassalle hatte von ihm noch nichts gehört. »Den Namen kennt aber jeder im Land«, entgegnete Varnhagen fast vorwurfsvoll. »Graf von Hatzfeldt ist nicht irgend so ein ausgestopfter Gerstensack, sondern eine Instanz, ein echter Dynast mit stattlicher Ahnenreihe und stattlichem Besitz. Güter in Hessen, Güter in Schlesien, Güter am Rhein, allerorts riesige Gestüte und Hunderte von Menschen, die bei ihm in Lohn und Brot stehen. Das will schon was heißen. Ganz zu schweigen von den Heerscharen, die ihm zu Diensten sind: Gutsverwalter, Bürgermeister, Domänenräte, Polizeipräsidenten, Magistratsherren, Inspektoren und Richter, dazu die Bankiers der allerfeinsten Sorte und drum herum ein verlässliches Rudel hungriger Advokaten – kein Wunder, dass einer wie der Hatzfeldt nichts anderes als Ergebenheit kennt.«

»Und die Ehe?«

»Teurer Freund, was gibt es da zu sagen. Wie die Ehen in diesen Prachthöhen eben sind. Jedenfalls soll der Graf ein Verhältnis mit der Baronin von Meyendorf haben, von der ich nur weiß, dass ihre engste Freundin die Fürstin Lieven ist, dem Nachtschmetterling von Minister Guizot, der wiederum unseren verehrten Heine mit einer schönen Pension finanziert. Tja, so bunt ziehen sich die Fäden des Lebens in der Hautevolee oder um es berlinisch zu sagen: der Haut voll Flöh. Und von der schönen Hatzfeldt hört man, dass sie ab und an bei der Königin frühstückt und ihre Schwester, die Frau vom knorrig-alten Nostitz, spielt mit Prinz Wilhelm häufig eine Partie Whist, manchmal auch *Wolf und Schafe*. Apropos Prinz. Haben Sie schon gehört, dass unser großer Humboldt in Ihnen ein Wunderkind sieht und Sie dem Prinzen als Reisebegleiter empfohlen hat?«

Doch Lassalle hatte dafür jetzt kein Ohr. Sein Sinn war ganz auf diese Frau gerichtet.

»Die Gräfin wurde neulich Abend auf Scheidungspläne angesprochen«, warf er ein.

»Schon möglich, dass sie so etwas vorhat, aber glauben Sie mir, es gibt keinen im weiten Vaterland, der es wagen würde, sich auch nur im Kleinsten mit einem Edmund von Hatzfeldt anzulegen. Vor so viel Reichtum gehen alle in die Knie. Das sind nun mal die Bewegungsgesetze der Gesellschaft und ich vermute, klug wie sie ist, weiß sie das auch.« Varnhagen wollte noch etwas hinzufügen, doch da traten mehrere Besucher ein, die er begrüßen musste. Der Diener reichte allen sofort süßen Likörwein in Spitzgläsern, was in diesen späten Nachmittagsstunden im Hause Varnhagen zur Geselligkeit gehörte, doch Lassalle verabschiedete sich unauffällig, eilte an sein Schreibpult, fasste Mut, sich Ihrer Hochgeboren Gräfin von Hatzfeldt mit ein paar Zeilen in Erinnerung zu bringen und wagte die Frage, wann sie ihm die versprochenen Minuten gnädigst gewähren wollte, denn voll brennender Ungeduld harrte er ihnen entgegen.

Das Billett löste bei Sophie fast ein wenig Mitleid aus. Offenbar hatte der Studiosus nichts begriffen. Vielleicht hätte sie auch deutlicher werden müssen. Besonders bei einem wie ihm, der wohl nicht nur neben der Spur, sondern auch noch total verbohrt war. Und wie es schien, zu allem Unglück von hehren Idealen besessen. Doch gerade darum fühlte sie sich auf einmal verpflichtet, etwas für ihn zu tun. So einen Schwarmkopf musste man auf den Boden der Wirklichkeit holen. Ob Mut oder Wille, egal, was mehr für ihn zählte – aber dass es in der Welt wie im mistigsten Schafstall zuging, diese kleine Einführung in die Praxis des Lebens sollte er schon bekommen. So was konnte für Idealisten hilfreich und heilsam sein. Die Freiheit, etwas richtigzustellen war ihm gern gegönnt, aber was Reichtum und Macht anrichten konnten – davon hatte er doch nicht die leiseste Ahnung. Selbst der edelste Ritter kam dagegen nicht an. Um die brennende Ungeduld eines jungen Phantasten zu lindern, ließ sie ihn noch am selben Abend zu einem kleinen Souper bitten. Zwar war es ungehörig, so holterdiepolter einzuladen, aber wer so drängte, musste darauf gefasst sein und konnte nichts anderes erwarten. War er nicht zu Hause, hatte sie zumindest die Pflicht des Anstands erfüllt.

Doch Lassalle kam. Preußisch pünktlich stand er im Entree. Sophie glaubte ihren Augen nicht zu trauen. Auftreten und Aussehen hätten einem gefürsteten Grafen alle Ehre gemacht. Schwarzer eleganter Gehrock, weiße seidene Halsbinde mit Kettenknoten, die Weste aus feinstem Sommerkaschmir und nicht mal das goldknöpfige Spazierstöckchen fehlte. Eigentlich hätte sich sofort die Frage nach Herkunft und Familie gestellt, aber was sagte das schon, aus welchem Nest man kam. Das sah sie inzwischen gelassen. Ob hoch oder niedrig – Könner und Nichtskönner gab es überall. Dennoch war Sophie auf einmal froh, dass sie den Tisch so schön hatte decken lassen. Zwar gab es einfache, aber gewählte Speisen und dazu einen Johannisberger, der bei Weinliebhabern ganz oben rangierte. Denn wen sie auch empfing – es gehörte zu ihrem Stil, die Erwartung ihrer Gäste nicht zu enttäuschen.

Kaum dass der junge Mann ihr gegenüber an der Tafel Platz genommen hatte, achtete sie darauf, dass nicht der kleinste Moment einer Verlegenheit aufkam und sprach sofort über Heine und Paris. Bereitwillig gab Herr Lassalle Auskunft: Er hatte eine Zeit lang in Paris gelebt, um dort seine Studien über Heraklit zu beenden. Sein Schwager, ein Finanzjongleur und Mann der Börse, bei dem er logierte, kannte Heine, der durch den Tod seines Onkels in ein finanzielles Desaster geraten war. Salomon Heine hatte ihm eine lebenslange Rente zugesichert, aber sein Sohn, der Millionenerbe, wollte dem kranken Dichter die Rente nicht weiterzahlen. »Das sind Momente, die Sturm in meiner Natur machen«, sagte Lassalle. »Als ich davon erfuhr, habe ich jede freie Minute genutzt, Himmel und Hölle in Bewegung gesetzt, um dem Dichter zu seinem Recht zu verhelfen. Und er hat es bekommen. Bis an sein Lebensende wird ihm jetzt der Betrag gezahlt, den ihm der Onkel ausgesetzt hat.«

»Ich hoffe, Herr Heine weiß Ihren Einsatz zu schätzen«, warf sie ein und Lassalle entgegnete bescheiden: »Ich habe nur getan, was in mir angelegt ist. Unrecht vertrage ich nicht. Wo ich darauf stoße, gebe ich nicht eher Ruhe, bis es beseitigt ist. Ihnen mag das zufällig erscheinen, verehrte Gräfin, aber da unsere heutige Welt einem organisierten Räuberzustand gleicht, ist der Kampf gegen Unrecht eine Notwendigkeit. Das hört sich zwar sehr theoretisch an, aber allein was mein Vater erlebt, der jetzt in Breslau ein Handelshaus aufbaut, genügt mir, um zu einer solchen Verallgemeinerung zu kommen. Und Sie wissen ja, die Praxis ist das Kriterium der Wahrheit.«

Sophie war verblüfft und zugegebenermaßen auch beeindruckt. Herr Lassalle wusste sich auszudrücken. Auf jeden Fall gehörte er nicht zu denen, die sich durch die Salons faselten. So was merkte sie sofort. Der Ton von Angebern, Wichtigtuern und derlei Spreizfüßen war ihr vertraut. Bei ihm spürte sie, dass hinter den Worten eine Überzeugung steckte. Vielleicht war doch alles eine Frage des Willens. Egal wie – der Bursche hatte Schneid und zur Jeunesse dorée ließ er sich ganz gewiss nicht zählen. Sie trank ihm zu, er erhob gleichfalls sein Glas und betonte voller Überschwang, wie froh er war, sich in Berlin niedergelassen zu haben, denn jetzt war er dabei, die Gelehrtenlaufbahn einzuschlagen und in Kürze als Privatdozent zu habilitieren.

Die Überraschung war so groß, dass Sophie beinahe das Glas aus der Hand gefallen wäre. Sie hatte ihn wohl falsch eingeschätzt. Von wegen Schwarmkopf! Wo andere noch vor dem Examen zitterten, steuerte er schon auf eine Professur zu. Das klang zielstrebig, klang ehrgeizig und nicht im Geringsten neben der Spur. Und doch schien ihr alles so ungewöhnlich, dass sie einen Moment lang überlegte, ob dieser Herr Lassalle genial war oder nur leicht zum Größenwahn tendierte. Um ihre Eindrücke zu ordnen, bat sie nach nebenan ins Lesekabinett, wo bequeme Fauteuils standen, in denen sich die Strapazen weiterer Überraschungen leichter aushielten ließen. Sophie holte zwei Edelholzkistchen, bot ihm eine helle Havanna an und nahm sich eine mildere Brazil. Schon lange hatte sie nicht mehr mit so viel Behagen geraucht. Auch Herr Lassalle genoss sichtlich Zug für Zug, lehnte sich entspannt in den Sessel zurück und sprach über seine Studien zu Heraklit, sprach über den Logos, das große Weltgesetz, das alles durchdrang und dass man die Gegensätze als eine Einheit begreifen musste, dass wir aufsteigen in die Tiefe und hinabfallen in die Höhe, erklärte, wie das mit dem *Panta rhei* gemeint war, kam auf die unaufhörliche Bewegung, das ewige Fließen, das ewige Werden und auf einmal hatte sie das Gefühl, als würde er sie Wort für Wort zu sich heranziehen. Sie hörte gebannt zu, er hielt sie in Atem und sie vergaß, dass dieser junge Mann eigentlich ihr Sohn hätte sein können. Irgendwie stand er jenseits der Jahre und verströmte ein so altersloses Air, dass alles in ihr sich zu ihm hinverwandelte. Doch mittendrin brach er ab und sagte vergnügt: »Genug vom Urstoff. Sie sollten nur wissen, mit welcher Materie ich befasst bin. Reichtum und Macht bedeuten mir nichts. Das eine ist errafft und das andere ergaunert. Kein Mensch von Vernunft kann davor Respekt haben. Wenn Sie mir nicht glauben wollen, bleibt nur der praktische Beweis: Lernen Sie mich kennen! Es lohnt sich«, fügte er scherzend hinzu und sie entgegnete amüsiert: »An mangelndem Selbstbewusstsein jedenfalls leiden Sie nicht.«

Auf einmal ging so ein lockeres Geplänkel zwischen ihnen hin und her, dass sie meinte, mit diesem Mann schon seit Jahren in einem vertrauten Verhältnis zu stehen und einen guten alten Bekannten vor sich zu haben. Sie wollte die Atmosphäre des Abends nicht zerstören, aber sie war sich sicher, dass der teure Varnhagen seinem Begleiter schon so etliches über ihre persönliche Angelegenheit hingeflüstert hatte und darum fand sie es besser, Herrn Lassalle selber etwas darüber zu sagen, bevor er noch mehr von anderen hörte. Außerdem sagte sie sich, wem in diesem Alter eine so steile Universitätskarriere bevorstand, dem konnte es ohnehin nicht schaden, wenn er mal erfuhr, wie es in der Praxis wirklich zuging. Sie hatte genug Stoff für das Kriterium der Wahrheit und in einem Atemzug rollte sie ihm den ganzen Ballen aus.

Das konnte er sich doch gar nicht vorstellen! Noch keine 17, da lag schon ihr Ehevertrag unterschrieben auf dem Tisch. Sophie von Hatzfeldt, Tochter des Fürsten von Hatzfeldt, musste ihren Cousin Graf Edmund von Hatzfeldt heiraten. Fürstlicher Besitz wurde aufgestockt mit gräflichem Besitz. Die Güter ihrer Linie sollten vermählt werden mit den Gütern seiner Linie. Hatzfeldt-Schönstein heiratete Hatzfeldt-Wildenburg. Eine Gütertrauung, was sonst. Drei Kinder von ihm, doch Edmund hatte von Anfang an andere Frauen. Er immer auf seinen Schlössern und sie ständig auf Reisen, um den Damen seiner Wahl nicht im Wege zu stehen. Mit vielem hätte sie sich arrangieren können, aber er tat so, als wäre alles seins, als könnte er über alles nach Belieben verfügen. Die Kinder sollten ihm allein gehören, natürlich auch das Vermögen der Ehefrau, weil er davon ausging, auch das stand ihm zu. Zwei der Kinder hatte er ihr schon abspenstig gemacht. Ihrem ältesten Sohn Alfred hatte er bereits schon jetzt die Majorate vererbt und ihn damit auf seine Seite gezogen. Ihre Tochter Melanie hatte er hinter ihrem Rücken in ein Kloster nach Wien gebracht und jeden Umgang mit der Mutter verboten, weil selbstverständlich nur der Herr Vater wusste, was seiner Tochter guttat und nur er allein über ihre Zukunft zu bestimmen hatte. Blieb noch Paul, der wegen eines ärztlichen Attestes mütterlicher Pflege bedurfte und darum bei ihr lebte, doch den wollte Edmund jetzt auch noch zu sich holen und für sich alleine haben. Aber Paul ließ sie sich nicht nehmen. Vorsichtshalber trug sie ständig eine Pistole in der Tasche, weil er schon einmal versucht hatte, ihr den Sohn zu entführen. Das wäre so nach seiner Art gewesen: ihr die Kinder wegnehmen, das Vermögen der Ehefrau einbehalten und sie anschließend in die Wüste schicken. Und was hieß Wüste! Am besten gleich auf den Friedhof. Ihr Bruder, Fürst Hermann, hatte vor kurzem dem König geschrieben, dass er ab sofort seine Schwester unter seinen Schutz stellen müsse, damit sie nicht länger der Willkür ihres Ehemannes ausgeliefert war. So standen die Dinge. Das war kein Leben, das war die Hölle.

Eigentlich hatte sie gehofft, Herr Lassalle würde sie bedauern und mit warmen philosophischen Worten Trost spenden, aber er verharrte einen Augenblick reglos im Sessel, als müsste das Echo ihrer Worte in ihm abklingen, dann sprang er auf und lief unruhig im Kabinett umher. »Gnädigste Gräfin, vertrauen Sie mir. Ich bin zwar kein Jurist, aber für die Gerechtigkeit arbeite ich mich in die komplizierteste Materie ein. In spätestens einem Jahr sind Sie frei von dieser unwürdigen Fessel.« Plötzlich blieb er vor ihr stehen, betrachtete sie lange und wie von ferne, denn er fürchtete, sie könnte sein Herz hämmern hören. Eigentlich hätte er ihr gestehen müssen, dass er sich in sie verliebt hatte. So sehr, dass er sich keinen Augenblick mehr ohne sie denken konnte. Aber er scheute sich, dies jetzt in einer solchen Situation auszusprechen. Am Ende geriet er gar noch in einen schwärmerischen Konfirmandenton und erntete nichts als ein mildtätiges Lächeln, wie es einem Novizen gebührte, den man nicht ernst nahm. Nein, es war glaubwürdiger, sich ihr nicht mit Worten, sondern mit der Tat zu erklären. Nur mit der Tat konnte er beweisen, was er für sie empfand und darum sagte er leise, fast hingebungsvoll: »Was auch kommt – für Sie kämpfe ich wie um mein Leben.«

Sie hatte ja schon manches Kompliment im Laufe ihres Lebens gehört und die meisten davon waren eh nur Teil des guten Tons und höflicher Schmus, doch ihm glaubte sie. Die ganze Nacht hätte sie mit Herrn Lassalle hier sitzen mögen, reden und rauchen, rauchen und reden, denn jetzt gab es jemanden, der sie verstand. Mehr noch – den ihre Lage empörte.

Das Gerücht, Franz Liszt sei in Berlin und würde am Abend im Audimax für Studenten ein Konzert geben, versetzte Clara in ein solches Fieber, dass sie alles stehen und liegen ließ, ihr elegantestes Straßenkostüm anzog, sich in die Kutsche warf und die Schwester zu einem Spaziergang *Unter den Linden* abholte. Zwar wusste Clara, dass es keine Karten mehr geben würde, aber allein schon die Vorstellung, sie könnte Liszt in die Universität eilen sehen, für Augenblicke ihrem Abgott ganz nahe sein, war berauschend. Keiner spielte den Mephistowalzer wie er, keiner schlug so ekstatisch in die Tasten. Sophie kannte Claras Schwärmerei für Liszt, dem sie schon bis nach Paris ins Konzert nachgereist war. Sie sah, dass sie sich ihre teuersten Korallen-Kameen ins Haar gesteckt hatte und so voller Ungeduld war, dass sie auf der Stelle ins Ankleidezimmer eilte. Augenblicke später stand Sophie in ihrer neuen Promenadenrobe vor dem Spiegel – der Rock mit acht geglöckelten Volants, der große taftgefütterte Reisstrohhut mit Muskatrosen –, fand alles ein bisschen zu mondän, was zu Düsseldorf besser gepasst hätte, wollte aber Clara nicht länger warten lassen und begleitete sie *Unter die Linden*.

Auch diesmal zog alles, was Rang und Namen hatte, den Hut vor den schönen Gräfinnen, doch Clara behielt nur den Eingang der Universität im Auge, durch den Liszt kommen musste. Sie flanierten zwischen Alma Mater und Zeughaus und Claras Nervosität stieg so sehr, dass sie nicht einmal der kurzen Unterhaltung mit Professor Dieffenbach folgen wollte. Der Gott der Chirurgie erkundigte sich bei Sophie in aller Höflichkeit nach dem werten Befinden von Graf Paul, aber Clara drängte weiter. Weil sich auch in der nächsten Stunde vor der Universität so gar nichts tat, fragte sie sich im Stillen, was es mit dem Gerücht auf sich hatte, hielt aber trotzdem aus und bemerkte so ganz nebenbei, dass sie gestern unverhofften Besuch hatte. »Dein Sohn war bei mir. Er kam aus Wien von seiner Schwester und hat eigens den Weg über Berlin genommen, um mich zu besuchen. Alfred sieht glänzend aus. Eine elegante Erscheinung, gesprächig, gescheit – einfach beeindruckend. Ich wollte mit ihm zu dir kommen, aber er hat seinem Vater hoch und heilig versprechen müssen, jeden Kontakt mit dir zu meiden. Hält er sich nicht daran, wird er enterbt.«

Sophie hatte Mühe, das Gleichmaß ihrer Schritte zu halten. Auf einmal begann ihre Haut am Hals und den Armen so heftig zu jucken, dass sie meinte, jeden Moment mit Pusteln übersät zu werden. Gesichtsrose – das fehlte noch! Am Ende gar die Krätze! Nein, so konnte es nicht weitergehen. Edmund heckte immer neue Schikanen gegen sie aus und sie sollte das alles ergebenst hinnehmen. Kusch und frommbrav. Ein kreuzdummes Ehehuhn. Der Sohn durfte gerade noch zur Tante, aber hatte jede Begegnung mit der Mutter strikt zu meiden. Zur Belohnung hatte der gütige Papa ihn schon jetzt mit einem komfortablen Besitz ausgestattet und vorsorglich mit so viel Geld zugeschüttet, dass er gar keinen eigenen Weg mehr gehen konnte.

»Vater und Sohn scheinen ein Herz und eine Seele zu sein«, fügte Clara hinzu. »Edmund fährt mit ihm jedes Jahr nach London zum Pferderennen und zur Hofreitschule nach Wien und hat ihm jetzt sogar ein großes Gestüt geschenkt. Hier haben sich zwei Pferdenarren gefunden. Aber er sorgt bei seinem Liebling sogar fürs Musische. Alfred bekommt jetzt einen exzellenten Tanzunterricht. Er wird perfekt präpariert für die große Welt. Übrigens holen sie auch dieses Weihnachten Melanie nach Hause und Alfred will nur noch eins: dass auch Paul endlich zu seinem Vater kommt und die Geschwister wieder beisammen sind.«

In Claras Stimme lag plötzlich so ein stiller Unterton des Verständnisses, als wollte sie sagen: Wer so viel für seinen Sohn tut, kann kein so schlechter Mensch nicht sein. »Ein Elend, dass du mit Edmund nicht kannst«, meinte Clara, »aber seine Kinder liebt er.«

Sophie ärgerte sich, wie naiv die Schwester die Dinge sah. Statt zu begreifen, dass Edmund die Kinder gezielt gegen sie aufhetzte und nur solche Lehrer für Alfred bezahlte, die sie gehörig durch den Dreck zogen, säuselte sie wohlwollend vor sich hin. Und nun sollte die bestochene Bande ihr auch noch Paul abspenstig machen. Edmund mochte sie ja hassen wie die Pest, aber dass er in seinen Hass die Kinder einbezog und weder Kosten noch Mühen scheute, um sie wie Geschütze gegen sie ins Feld zu führen, das war nicht von dieser Welt. Doch Sophie wollte jetzt mit dieser ganzen Misere der Schwester nicht die schöne Stimmung verderben. Vielmehr war sie im Stillen fast froh, dass Clara sich als Vermittlerin sah und Sophie auf diese Weise überhaupt etwas von ihrem ältesten Sohn erfuhr. Immerhin: Alfred wusste offenbar zu beeindrucken und war mit 20 schon ein reicher Erbe. Sie wollte mehr von ihm hören, interessierte sich für jedes Detail, doch plötzlich sah Clara, dass vor der Universität mehrere Wagen hielten, ein Auflauf entstand und die Ersten wie wild zum Eingang drängten. Sie war sich ganz sicher, jeden Moment Franz Liszt zu Gesicht zu bekommen und schien so aufgeregt, dass sie beinah zu atmen vergaß. Einen Augenblick überlegte Sophie, ob sie aus Fürsorge die Schwester weiter begleiten oder sich lieber von ihr verabschieden sollte, damit sie ohne Ablenkung alle Sinne auf ihren Titan konzentrieren konnte, doch da war Clara schon in der Menge verschwunden. Sophie beneidete sie darum, zu so viel Begeisterung fähig zu sein. Sie dagegen konnte tun und lassen was sie wollte, sich zu den schönsten Vorstellungen aufschwingen und die edelsten Gedanken haben – bei ihr endete immer alles in diesem Ehemist. Immer mit der Seele im Morast.

Auf Clara zu warten, fand sie sinnlos, wollte aber auch

nicht nach Hause, sondern noch ein bisschen die Abendstimmung *Unter den Linden* genießen, schlenderte zum *Pariser Platz,* ließ all die Weltflaneure und die geputzten Damen an sich vorüberziehen und plötzlich dachte sie an Herrn Lassalle. Selten war sie von einem Mann derart überrascht worden. Als sie an die *Kleine Kirchgasse* kam, zögerte sie einen Augenblick, verließ den Lindenboulevard und fand, es war eine gute Gelegenheit, einmal so ganz nebenher, wie im zufälligen Vorübergehen bei ihm vorbeizuschauen.

Doch dann hatte sie alle Mühe, ihr stilles Entsetzen zu verbergen. Dass in dieser Gasse die Miete nicht in Louisdors bezahlt werden musste, wusste jeder Straßenjunge und an ein möbliertes Zimmer im Parterre konnte man keine Ansprüche stellen. Chambre garni war chambre garni. Aber so viel Armut hatte sie nicht erwartet. Ein uraltes Schreibpult, keine Bilder, keine Regale, die Bücher stapelweise auf den rohen Dielen, der brüchige Holztisch voller Zeitungen, ein paar wacklige Stühle und ein ausgedientes Kanapee – sie mochte sich gar nicht weiter umschauen. Der Jungakademiker wohnte nicht, er hauste.

Lassalle strahlte vor Freude über ihren Besuch, doch ein Blick genügte, um ihr anzusehen, was sie dachte. »Erschrecken Sie nicht, gnädigste Gräfin, ich bin zwar arm, aber ich habe Verstand.« Er stellte ihr seine beiden Freunde vor: Dr. Arnold Mendelssohn, Sinnsucher und Arzt ohne Praxis und Alexander Oppenheim, Referendar und Kenner der Höhen und Tiefen. Ehe sie sich versah, standen auf einmal Gläser und eine Flasche Champagner auf dem Tisch und Lassalle trank auf die Anwesenheit Ihrer Hochgeboren. Sophie fragte Dr. Mendelssohn, ob er mit dem Philosophen verwandt sei und er entgegnete in einem Ton, als könnte er diese Frage nicht mehr hören: »Ja, Moses Mendelssohn war mein Großvater und um es gleich noch zu sagen, Mendelssohn-Bartholdy ist mein Neffe und mein Onkel ist der Seniorchef des Bankhauses. Mit ihm endet der Geist in unserer Familie. Er schachert von morgens bis abends, steht ganz unter der Knechtschaft des Mammon und möchte mir vorschreiben, wie ich zu denken habe.«

Oppenheim sprang ihm bei, denn auch er war auf seine Bankhausverwandtschaft schlecht zu sprechen, weil sie nichts anderes konnte, als ihren Kopf mit der toten Materie Geld zu füllen und alles Übrige für gering erachtete. Glücklicherweise erholte er sich davon jedes Mal bei seinem Freund Lassalle, der sich auf die wirkliche Welt verstand, trank auf Fernando, den Meister über die Geister, den eingeborenen Sohn seines Herrn, Vater Hegel und die Runde wurde immer heiterer. »Eine echte Denksportaufgabe«, warf Mendelssohn ein: »Wenn du 6 Hengste zahlen kannst, sind ihre Kräfte dann die deinen? Niemand, nur wir drei kennen die Lösung.«

Waren es Logenbrüder, Rabulisten oder junge Empörer – Sophie mochte jetzt nicht darüber rätseln. Alle sprachen durcheinander. Sie wusste nicht, wem sie zuerst zuhören sollte und konnte gar nicht so schnell denken wie hier gesprochen wurde. Die Worte flogen wie Federbälle hin und her und sie erfuhr so nebenbei, dass Lassalle an einer Philosophie des Geistes arbeitete und gerade ein *Kriegsmanifest an die Welt* verfasst hatte. Oppenheim wollte Ihrer Hochgeboren ein paar flammende Passagen daraus vorlesen, doch das jetzt auch noch zu hören, war ihr zu viel. Am Ende wurde sie gar noch in eine hitzige Debatte verwickelt und das mochte sie sich gern ersparen. Unter dem Vorwand, noch eine anderweitige Verpflichtung zu haben, verließ sie das muntere Philosophentrio.

Nächtelang fand sie keinen Schlaf. Die Lotterstube ging ihr nicht aus dem Sinn. Arm wie eine Kirchenmaus, aber Champagner trinken! Und so einer wollte sie retten! Alles war eben gutgemeint und der Vorsatz eines Enthusiasten. Sie zweifelte nicht, dass der Jungakademicus Verstand in Hülle und Fülle besaß, aber was nützte das? Er war unbekannt. Er hatte keinen Namen. Edmund amüsierte sich doch bis ins Mark, wenn sie einen wie ihn zu ihrer Verteidigung ins Feld führte. Vor allem wenn er dann auch noch mit der Gerechtigkeit kam. Für Edmund das reine Hirngespinst, die Lachnummer pur. Nein, Herr Lassalle kannte die Tricks der Anwälte nicht. Denen ging es doch nicht um Gerechtigkeit, sondern nur um das Honorar. Die drehten und wendeten die Paragraphen nach allen Seiten so geschickt hin und her, dass sie ihm mit jedem Schriftsatz überlegen waren. Je höher Edmund sie bezahlte, umso größer war ihr Eifer, jedes klar gedachte, vernünftige Argument zu vernebeln. Ein so edel gesonnener junger Mensch wie dieser Lassalle war den ausgebufften Rechtsjongleuren doch gar nicht gewachsen. Und am Ende stand sie als die Blamierte da. Ein Gespött für den ganzen Adel.

Ruhelos wälzte sie sich von einer Seite auf die andere, hoffte auf den Schlaf, lauerte, zählte, reihte sinnlose Sätze aneinander, die Glieder wurden zwar schwer, aber der

Kopf immer wacher – es war eine Tortur. Sie sah, was auf sie zukam und sah, was hinter ihr lag. Doch dann dachte sie, dass noch keinen ihre Situation so empört hatte wie Herrn Lassalle. Noch niemand hatte ihr so beschwörend gesagt, dass er für sie wie um sein Leben kämpfen wollte. Dazu dieser Blick, dieses Feuer in seinen Augen, das war kein Geflunker, das war echt. Papperlapapp hörte sich anders an. Arm oder nicht arm, Geld oder kein Geld – in seiner Empörung lag Pulver. Zumindest etwas Unberechenbares und es musste mit dem Teufel zugehen, wenn Empörung kein verlässlicher Antrieb zum Handeln war. Außerdem besaß er das jugendliche Privileg, frech zu sein, war in allem unbefangen und ganz ohne Scheu, was ihr im Stillen imponierte. Ja, seine Art gefiel ihr. Vor allem brauchte er keinerlei Rücksicht zu nehmen, denn er hatte nichts zu verlieren. Kein Amt, kein Ansehen, kein Rang, kein Besitz – nichts. Null. Das konnte von Vorteil sein. Vielleicht lag darin sogar eine Chance. Auf jeden Fall ärgerte sich Edmund grün und blau, wenn sie ihm so einen Niemand gegenüberstellte. Und was ihn garantiert am meisten fuchste – noch dazu einen, der nicht den geringsten Respekt vor einem Goldbarren hatte. Das überwand er nicht. So was war er nicht gewohnt. Das warf ihn um. Besser ging es doch nicht. Jedenfalls hatte sie bislang keinen getroffen, der sich so vehement für sie ins Zeug legen wollte. Über die Beweggründe von Herrn Lassalle wollte sie jetzt nicht nachdenken. War es Verehrung, Entflammtsein, Gerechtigkeitssinn, kleiner oder großer Wahn – sie fühlte, er stand auf ihrer Seite und ihr Gefühl hatte sie noch nie getäuscht. Und die, die ihr jetzt geholfen hätten, gab es nicht mehr. Die Mutter tot, der Vater tot, zwei ihrer liebsten Schwestern tot und vom Rest der Geschwister war nichts zu erwarten. Wenn, dann höchstens von Clara. Nein, außer Lassalle war keiner für sie da. Er war der Einzige. Ein Niemand, jawohl, aber einer mit Biss.

Auch nach der dritten Elendsnacht zwang sie sich morgens aus dem Bett, taumelte in den Tag, fühlte sich zermürbt, ausgezehrt und antriebslos, nahm ein paar Tropfen Belladonna, tunkte ein Stück Brot in Essig, kaute es langsam, um die Müdigkeit zu überwinden und fand alles nur noch scheußlich: den Kaffee, das Wetter, das Leben, die Welt – alles, einfach alles. Doch sie wollte sich vor ihrem Sohn und seinen Lehrern nichts anmerken lassen, ging wie immer ins Toilettezimmer, wusch sich mit Honigseife, schminkte sich, steckte sich ihre Ohrperlen an, trug zum großen Negligé ihre roten Saffianpantoffeln, fand Schritt um Schritt zu ihrer gewohnten Erscheinung zurück und vergaß die durchwachte Nacht. Sie gab ihrer Magd wie immer die Einkäufe in Auftrag, sah die Post durch und fand obenauf einen Brief, der soeben mit Expressboten gekommen war. Edmund ließ ihr durch seinen Domänendirektor Wachter mitteilen, dass er sich derzeit auf Schloss Muskau aufhalte und seinen Sohn zu sehen wünsche. Er bat sie, mit Paul am Wochenende zu kommen. Das Hotel in Dresden war bereits reserviert und von dort wurden sie dann abgeholt. Sie fand, es war der Gipfel, dass der Herr Gemahl mit ihr nur noch brieflich über seinen Domänendirektor verkehrte und sie keiner persönlichen Zeile mehr für wert erachtete, sondern ganz offiziell unter seine Geschäftssachen rechnete. Womöglich trieb er es noch so weit, dass sie sich den Befehlen eines Stallknechts zu fügen hatte. Ihm war alles zuzutrauen. Sollte der große Züchter das Ziel einer erfolgreichen Stutenausbildung in Rittigkeit und Gehorsam sehen – wenn er meinte, das auf sie übertragen zu können, lag er mehr als daneben und war grundfalsch gepolt. Noch waren sie verheiratet und lebten in Gütergemeinschaft, Einnahmen und Nutzungsrechte gehörten ihnen gemeinsam. Nur das Weisungsrecht gegenüber seinen Beamten und Verwaltern besaß er allein. Ob sie wollte oder nicht – dem musste sie sich fügen. Aber dass Edmund überhaupt ein Zeichen von sich gab, fand sie dann doch überraschend. Vermutlich wollte er ihr nun endlich etwas über den Kauf des Parks mitteilen. Wenn sie erst einmal mit ihm im Gespräch war, ließen sich gewiss auch die offenen Fragen klären, vor allem wie hoch der Anteil ihres eigenen Vermögens war, der in dem Kaufpreis steckte. Und das Recht, seinen Sohn zu sehen, konnte sie ihm nicht verweigern, umso mehr, da sie ihm zeigen wollte, dass kein Elternteil einen alleinigen Anspruch auf ein Kind erheben durfte, so wie er es ihr gegenüber mit Alfred und Melanie praktizierte. Sie ließ die Koffer packen und fuhr gleich am nächsten Morgen mit Paul zu seinem Vater.

Das Empfangsmenü im Hotel war prächtig und schien ihr ein gutes Vorzeichen zu sein. Stunden später fuhr bereits Edmunds Wagen vor. Paul freute sich, seinen Vater zu begrüßen und war enttäuscht, nur den Domänendirektor anzutreffen. Wachter machte keine Anstalten, Sophie in Edmunds Wagen zu bitten, sondern ließ sie wissen, dass es der Wunsch Seiner Hochgeboren sei, Paul allein zu empfangen und sie während dieser Zeit im Hotel zu warten hatte. Sophie kümmerte sich nicht darum, wollte trotzdem zu ihrem Sohn in den Wagen steigen, aber Wachter ließ es nicht zu. Sich mit ihm anzulegen, war unter ihrer Würde und hatte ohnehin keinen Sinn, doch auf einmal stieg ein Misstrauen auf, denn sie glaubte, dass sich Edmund eine neue Gemeinheit gegen sie ausgedacht hatte und hier womöglich etwas hinter ihrem Rücken inszeniert werden sollte. Kurz bevor der Wagen abfuhr, instruierte sie Paul, dass er nur zu seinem Vater und auf keinen Fall zu einem Fremden gebracht werden durfte, ließ selber sofort anspannen und fuhr Edmunds Wagen zur Sicherheit hinterher, um Paul bis zum Schloss im Blick zu behalten. Erst als sie sah, dass Edmund tatsächlich seinen Sohn am Tor in Empfang nahm, war sie beruhigt.

Sophie stieg aus der Kutsche und nutzte die Gelegenheit, sich einmal im Park umzuschauen. Bislang hatte sie keine Vorstellung von diesem Muskau und wusste nur, dass Varnhagen von Fürst Pückler als einem Erdbändiger schwärmte, der eine Sandwüste in ein Paradies verwandelt hatte. Sie musste ihm recht geben. Wohin sie auch schaute, die Bäume waren so gepflanzt, dass sie dem Blick immer eine Schneise ins Offene ließen und der Eindruck entstand, als würden sich überall neue Aussichten auftun. Alles kam ihr groß und weit vor, riesige Flächen, schier endlose Wiesen und auf einmal sah sie, dass es das ideale Terrain für Edmunds Leidenschaft war. Hier gab es genug Platz, um ein Gestüt nach dem anderen anzulegen, dazu die allerprächtigsten Pferdeweiden, umzäunt von den modernsten Ställen, selbstverständlich mit gewölbten Decken, hoch und hell, damit die Rösser nicht im Dunkeln standen und scheu wurden und natürlich blaue Fenster, um sie vor den bösen Fliegen zu schützen; hier war genügend Platz für Traineranstalten und Zuchtvereine und je mehr sie daran dachte, desto mehr schwand ihr Blick für die kunstvolle Parkanlage und alles stank nur noch nach Gaul. Sie war sich sicher, dass Edmund hier auch noch den österreichischen Rinderschlag, das Kärntner Blondvieh, ansiedelte, weil es für seine guten Zucht- und Mastleistungen bekannt war und hohe Gewinne versprach. Für Goldgruben hatte er ja immer ein Gespür.

Unerwartet stand ein Livreebedienter vor ihr, kam im Auftrag des Herrn Grafen und bat sie höflich, den Park zu verlassen. »Seine Erlaucht wünschen keine Unruhe.«

Noch ehe sie etwas erwidern konnte, begleitete er sie zur Kutsche, wartete, bis sie den Park verlassen hatte und schloss dann das große schmiedeeiserne Tor. Sophie zwang sich, keinerlei Aufregung zu zeigen, gelassen zu bleiben und gab dem Kutscher ein Zeichen, abzufahren.

Die elende Holperstrecke schien kein Ende zu nehmen. Sie wollte von der Landschaft nichts mehr sehen, zog die Gardinen zu, lehnte sich in die Polster zurück und stellte sich vor, wie schön ihr Leben hätte sein können, wenn sie mit dem richtigen Mann verheiratet gewesen wäre. Es musste ja nicht die allesverzehrende große Liebe sein, ein halbwegs zufriedenes Miteinander hätte schon genügt, aber nicht einmal dazu war es gekommen. Bestimmt hatte Edmund damals auch keiner gefragt, ob er sie heiraten wollte. Er war 24, da wurde es eben höchste Zeit. Pflichtgemäß hatte er seine Nachkommen gezeugt und sich danach ins Vergnügen gestürzt. Sie brauchte die Frauen, mit denen er umging, gar nicht sehen, sie konnte sie spüren. Denn kaum hatte er ein neues Verhältnis, begann er sie zu mindern. An allem hatte er etwas auszusetzen. Wartete sie auf ihn, bis er in den frühen Morgenstunden nach Hause kam, verbat er sich jegliche Kontrolle und raunzte sie an. Ging sie neben ihm, watschelte sie wie eine Ente. Saß sie am Tisch, sprach sie zu laut. Lachte sie, fehlte es ihr an gutem Benehmen. Antwortete sie nicht gleich, dann hörte sie schwer. Jedes Kleid, das sie trug, hatte eine Krötenfarbe und ihre Frisur glich immer einem Wischmopp. In solchen Phasen war sein Einfallsreichtum unerschöpflich. Dann fehlte auch nie sein Lieblingsrüffel, der ihr wie eine vertraute Hausmusik im Ohr klang: Eine hässliche Frau von Fleisch und Bein ist mir lieber als eine tote Statue, auch wenn sie noch so schön ist.

Sie und eine tote Statue! Nicht mal einem Blinden wäre das eingefallen. Dreimal schon hatte sich Edmund mit der Syphilis infiziert. Als ob das nicht genügte. Sollte er es doch treiben, mit wem er wollte – Lust auf Ansteckung hatte sie nun wirklich nicht und sich vom Ehemann die Französische Krankheit zu holen, konnte niemand von ihr verlangen. Auf derlei Galanterie wollte sie gerne verzichten. Dann ertrug sie doch lieber seine reizenden Beschimpfungen: Sie war keine Ehefrau, sie war eine Frostbeule und glich immer mehr seiner Tante Berta, der alten Kartusche. Stinkhenne und blöde Fürstenschnepfe gehörten auch zum Refrain. Eigentlich hätte sie Mitleid mit ihm haben müssen, dass er so viel Zeit und Kraft aufbringen musste, um gegen sie anzuleben. Dabei hatten sie beide Vernunft genug und waren in dem herangereiften Alter, um eine verträgliche Lösung zu finden. Sie hätten achtungsvoll getrennt leben können, jeder an seinem Ort, so dass keiner dem anderen in die Quere kam. An Platz fehlte es ja nicht. Eine Wohnung auf Schloss Kalkum, eine Wohnung auf Schloss Crottorf, eine andere auf Schloss Schönstein, vom Haus in Düsseldorf ganz zu schweigen. Aber er wollte die Kinder in seiner Nähe haben und ohne die Mama ging das nun mal nicht. Doch kaum tauchte sie auf, wütete er sich an ihr ab. Vielleicht war das für ihn auch nur die Rache, dass er eine ungeliebte Frau heiraten musste. Sie wusste es nicht und wollte sich darüber auch keine Gedanken mehr machen. Ewig zu grübeln, weshalb er so war wie er war, brachte nichts, drückte bloß die Stimmung und ändern konnte sie ihn ohnehin nicht mehr. Nein, die schönste Umgebung und der herrlichste Prachtbesitz nützten nichts, wenn man mit dem falschen Mann verheiratet war.

Zu ihrer Überraschung brachte Edmund seinen Sohn persönlich ins Hotel zurück. Schon oben am Fenster sah sie, wie er mit Paul lachte und scherzte. Weil er ganz offensichtlich von seinem Jüngsten begeistert war, dachte sie, dass sein Herr Vater jetzt auch für sie ein paar Worte übrig haben würde und sich nun doch noch eine Gelegenheit ergab, Näheres über den Kauf des Muskauer Parks zu erfahren. Sie ging hinunter ins Foyer, doch als Edmund sie auf der Treppe kommen sah, verabschiedete er sich rasch von seinem Sohn und verließ das Hotel.

Paul war putzmunter. Auf der Heimfahrt erzählte er ihr, wie es beim Papa gewesen war. Er hatte mit ihm die Rennbahn und die Reitställe besucht, die Fasanerie und den Tempel. Auch das Bergwerk und das Observatorium fand er aufregend. Doch das Größte: der Papa hatte ihm ein

Pferd geschenkt. Englisches Vollblut und noch sehr jung. »Es wird eigens für mich trainiert und ich durfte ihm sogar einen Namen geben. Ich habe es Paulus getauft. Wie Alfred besitze ich jetzt auch ein Leibreitpferd, das kein anderer benutzen darf. Da muss ich nun öfters kommen, sonst erkennt es mich ja gar nicht«, sagte Paul, aber dann hielt er ein und druckste so merkwürdig herum. Der Papa hatte ihm zwar streng verboten, darüber zu reden und er hatte ihm in die Hand versprochen, sich daran zu halten. »Aber schließlich bist du meine allerbeste Mama, vor der ich kein Geheimnis haben will und darum muss ich es dir sagen: Die Meyendorf saß immer mit am Tisch. Und einmal, als sie von ganz viel Geld sprach und von einem Notar, schickte mich Papa zum Kutscher. Ich sollte nachsehen, ob er wieder faul in der Küche herumhockte, statt die Pferde zu füttern. Papa denkt wohl, ich bin blöd und merke nichts«, fügte Paul fast ein wenig beleidigt hinzu. Sophie nahm ihn in den Arm und vermied jedes weitere Nachfragen, um am Ende den Sohn nicht in noch größere Konflikte zu bringen. Aber jetzt stand für sie fest: Edmund brachte mit seinen Weibergeschichten ihre Kinder um eine gesicherte Existenz. Und wie es schien, war diese Meyendorf für ihn mehr als ein Alkovenabenteuer. Doch was er auch vorhatte – diesmal wollte sie nicht mehr tatenlos zusehen. Diesmal kam sie ihm in die Quere.

Unterdessen war Lassalle bereits tätig. Auf einem Empfang bei Alexander von Humboldt erfuhr er rein zufällig und so ganz nebenbei unter vorgehaltener Hand, dass der millionenschwere Hatzfeldt den Muskauer Park nur erworben hatte, um ihn mit höchstem Profit weiterzuverkaufen. Wie gemunkelt wurde, gab es schon erste Bewerber und das meiste sollte angeblich einer aus dem holländischen Königshaus geboten haben. Lassalle lauerte darauf, den Namen zu erfahren, achtete auf jede Silbe, jedes Zwischenwort, jede noch so kleine Bemerkung, da hörte er, wie einer neben ihm sagte: »Aber die richtige Gewinnerin ist die Meyendorf. Sie soll dem Hatzfeldt wohl einen satten Schenkungsvertrag abgeluchst haben. So kommt die Dame dann doch noch zu Vermögen.« Lassalle war alarmiert. Er dachte an die Gräfin. Allein die Vorstellung, in ihren Augen etwas zu sein, setzte ihn in Feuer und Flamme. Sie sollte sehen, dass auf ihn Verlass war und er ihr nicht zu viel versprochen hatte. Mochte sie auch von noch so vielen Tagesschwätzern umgeben sein – er war von anderer Natur. Hatte ihn eine Leidenschaft gepackt, war er imstande, die Welt aus den Angeln zu heben. Ihr diesen Beweis zu erbringen, konnte er kaum erwarten. Für sie machte er alles möglich und scheute weder Zeit noch Mühe, damit sie endlich wieder zu einem freien Leben kam. Er, kein anderer trug Sorge dafür.

Noch in derselben Nacht schrieb er seinem Vater und bat um Reisegeld für einen dringend notwendigen Archivaufenthalt. Zwar erfuhr er, dass die Gräfin sich momentan nicht in Berlin befand, wollte aber keinen Tag länger warten, denn er wusste, er musste handeln. Begleitet von seinen beiden Freunden fuhr er nach Muskau, mit dem Ziel, den Weiterverkauf zu verhindern, denn er zweifelte nicht, dass Graf Hatzfeldt auch mit dem Geld seiner Frau den Muskauer Park erworben hatte und seine Mätresse großzügig ausstattete. Das durfte nicht passieren. In solchen Situationen als Erstes zu erkunden, was so in der Luft lag, war für ihn Grundvoraussetzung für ein erfolgreiches Handeln und er traute sich zu, vor Ort alles Wichtige und Nötige in Erfahrung zu bringen.

Kaum angekommen, streunte er mit Mendelssohn und Oppenheim durch das Gelände, sah sich in der Standesherrschaft um, sprach ganz ungezwungen mit allen, die ihnen begegneten, mit den Gärtnern, Forstmännern, Dienstboten, Knechten und Mägden. Im Schreibbüro des Domänendirektors wollte er sich ganz kühl als Kanzleigehilfe ausgeben, um im Auftrag des Herrn Notar den Termin der Beurkundung zu erfragen, doch das Büro war geschlossen. In diesem Augenblick sah er den Wagen des Grafen vorfahren, sechsspännig, die Pferde mit rotem Sielenzeug, und hörte, dass Durchlaucht in seine Villa nach Aachen fuhr. Geistesgegenwärtig wandte er sich als Notariatsgehilfe an den Livreebedienten, erfuhr von ihm die Anschrift, nahm mit seinen Freunden die Extrapost, jagte nach Aachen voraus und sah, wie der Graf und die Meyendorf in bester Laune gerade eintrafen.

In den folgenden Tagen ließen die drei die Villa nicht mehr aus den Augen, verfolgten das Paar auf Schritt und Tritt und selbst dann, im allernobelsten Restaurant, saßen sie am Nebentisch. Lassalle bestellte dem Charakter des Hauses gemäß einen teuren Medoc, spielte betont ausgelassen mit Oppenheim und Mendelssohn eine Partie Whist und belauschte dabei ganz nebenher das Gespräch zwischen dem Grafen und der Meyendorf. Auf einmal hörte er etwas von einem Leibrentenvertrag und 25 000 Francs.

Sofort kam ihm der Verdacht, dass es sich hier um eine Schuldverschreibung handeln könnte und plötzlich sah er ein Papier auf dem Tisch. Die Meyendorf nahm es an sich und sagte in Champagnerstimmung: »Das lasse ich gleich zu Hause von meinem Notar beurkunden.«

Lassalle genügte, was er gehört hatte. Mehr brauchte er nicht zu wissen. Notfalls konnte er damit als Zeuge vor Gericht auftreten. Seine Freunde aber hielten es für ratsamer, die Meyendorf noch ein Weilchen zu beobachten, doch Lassalle eilte mit dieser Neuigkeit nach Berlin zurück, ließ sich noch am späten Abend bei der Gräfin melden und rief ihr schon von weitem zu: »Paul ist in Gefahr.«

Tief erschrocken bat sie ihn ins Kaminzimmer und er erzählte aufgewühlt, was er für sie unternommen hatte. »Jetzt gibt es nur eins«, sagte er, »sofort reagieren! Als Erstes die gerichtliche Eintragung eines Protestes gegen den Verkauf der Herrschaft Muskau, um die Rechte der beiden jüngsten Kinder zu sichern und als Zweites eine deftige Verschwendungsklage gegen den Ehemann. Die Schriftsätze liegen morgen früh auf Ihrem Tisch.«

Sophie wusste nicht, wie ihr geschah. Alles kam so überraschend und schlug wie ein Blitz auf sie ein, dass sie zu keiner Antwort fähig war. Sie überlegte bloß, ob so viel Aktivität sie freuen oder mehr ängstigen sollte. Im Augenblick war sie von dem Geschehen wie betäubt und musste das Gesagte Wort für Wort erst einmal ordnen. Sie wollte die Dinge überschlafen und bat Lassalle für den nächsten Abend zu einem kleinen Dinner, um die Lage in Ruhe besprechen zu können. Denn intuitiv fühlte sie, dass sie einen Wendepunkt erreicht hatte.

Es war wunderbar, mit einem Gefühl der Zuversicht aufzuwachen. Sophie brauchte nicht mehr die schweren Fenstervorhänge zu öffnen, um sich zu vergewissern, dass tatsächlich ein neuer Tag begonnen hatte, er strahlte ihr bereits hell entgegen. Die Beschwernisse und Zweifel, die ganze angestaute Trübnis fiel von ihr ab und alles kam ihr leicht und erreichbar vor. Hundertmal hatte sie überlegt, ob sie sich scheiden lassen sollte und hundertmal die Entscheidung hinausgeschoben. Immer klang ihr Edmunds Drohung im Ohr und machte ihr Angst: Wenn du auf dem Wege des Rechts gegen deinen Gemahl antreten willst, dann nehme ich dir die Kinder weg, streiche dir den Unterhalt, schneide dir in den Zeitungen die Ehre ab und sorge ringsum für deinen schlechten Ruf. Doch nun stand ihr Entschluss fest. Gleich, was er sich an Drohungen gegen sie noch ausdenken sollte – sie war 40 und wenn sie jetzt nicht den Mut dazu fand, passierte es nie. Dann konnte sie zusehen, wie sie sich selber mehr und mehr abhandenkam. Der Blick für die Umgebung, der Sinn fürs Schöne, die Freude, die Lust – alles ging schleichend dahin und am Ende blieb nur noch die Leere. Es kam die Sommerdepression, es kam die Winterdepression und wieder war ein Jahr um. Irgendwann wurde sie krank, ein Geschwür im Bauch, ein Versagen der Nerven – irgendwo biss sich das Unglück schon fest. Dann kämpfte sie vielleicht noch ein Weilchen stilltapfer gegen den geschwächten Körper an und das war es dann gewesen mit dem ach so schönen Leben. Doch diese Zukunft lag jetzt hinter ihr.

Noch am Vormittag eilte sie zu ihrer Schwester und rief schon auf der Treppe im Tone einer Erlösung: »Jetzt ist es so weit! Ich lasse mich scheiden!« Clara sah sie entsetzt an, zog sich sofort mit ihr ins Damenzimmer zurück, ließ Aquavit kommen, schenkte sich und der Schwester ein großes Glas zur Beruhigung ein und sagte nur: »Um Himmels willen, tu uns das nicht an! Bloß keine Scheidung! Bloß keinen Skandal! Du bringst uns damit alle ins Gerede. Aber du musst Rücksicht auf die Familie nehmen.«

Jetzt musste Sophie dann doch laut lachen. Was hieß Rücksicht auf die Familie!? Wer hatte denn auf sie jemals Rücksicht genommen! Niemand aus der Familie hatte sie damals gefragt, ob sie den Grafen heiraten wollte. Dabei wussten doch alle, dass Edmund mit der Nesselrode liiert war und keiner verlor ein Wort darüber, dass er die Dame als Verwandte getarnt gleich nach der Hochzeit ins Schloss holte, um seine Freuden nicht entbehren zu müssen. Und jetzt, da er sich mit der Baronin Meyendorf vergnügte, regte sich auch keiner auf. Rücksicht nehmen – wenn sie das schon hörte! Noch dazu von ihrer Schwester. Aber jetzt sah sie, wenn es ernst wurde, sprach auch Clara nur mit der Stimme ihres Herrn. Nostitz, ihr Ehemarschall hatte Sophie ja schon mehrfach vor einer Scheidung gewarnt. Zwar wollte er sich in das Debakel nicht einmischen, aber fing jedes Mal davon an, dass sie nicht irgendwer, sondern eine Person von Stand war. Sie gehörte zu den führenden Adelsfamilien des Landes und hatte verdammt noch mal die Pflicht, deren Ruf und Ansehen durch nichts zu trüben. Sie kannte diese Leier. »Rücksicht auf die Familie!«, warf Sophie ein, »aber an mich denkt keiner! Schließlich steht nirgendwo geschrieben, dass die Ehe eine fortgesetzte Demütigung sein soll. Egal, ob es sich um einen reichen Standesherrn oder einen armen Karrenschieber handelt. Was heißt das schon. Ehe ist Ehe.«

Clara versuchte die Schwester zu beruhigen und zur Einsicht zu bringen. »Wer hat schon einen idealen Ehemann. Meiner ist steinalt und deiner hat einen Klumpfuß. Den idealen Mann gibt es nur im Himmel. Du musst schlau sein und dir deine eigene Welt aufbauen. Mach es wie alle: Badereise im Frühling, Badereise im Herbst und dazwischen ihm freudig in die Arme fallen. Das hilft gegen Abneigung. Eine Scheidung! Was bringt das? Das Ergebnis ist doch absehbar! Edmund bekommt das Sorgerecht für die Kinder, und du kannst am Ende darum betteln, sie hin und wieder sehen zu dürfen. Vom Verlust deines Vermögens ganz zu schweigen.«

Sophie wollte nichts weiter sagen, sondern begriff auf einmal, dass sie auch mit der Schwester nicht mehr über ihre Ehe reden konnte. Jetzt war niemand mehr aus der nächsten Umgebung für sie da, der auch nur halbwegs ein Verständnis hatte und es blieb bloß noch das Gefühl, in dieser Familie am falschen Ort zu sein.

Doch diesmal verließ sie das Haus der Schwester nicht mit Selbstzweifeln, schob alles noch so gutgemeinte Zureden weit von sich, dachte an den jungen Feuergeist und beriet sich mit ihm beim abendlichen Dinner.

Eigentlich brauchte Herr Lassalle ihr die Lage der Dinge gar nicht mehr zu erklären. Sophie wusste längst Bescheid. Sie stellte keine Fragen und unterbrach ihn nicht, denn allein ihm zuzuhören, empfand sie schon wie eine Erlösung. Endlich gab es jemanden, der ganz auf ihrer Seite war und sie bis ins Tiefste verstand. Seine Art, die Dinge anzupacken, wirkte wie ein Befreiungsschlag. Klar, entschieden, ohne Wenn und Aber, ohne bleiche Furcht. Alles, was er sagte, hatte so einen Zug ins Leben und nahm ihr die letzten Bedenken. Jetzt war es vorbei mit dem ewigen Ich müsste, Ich könnte, Ich sollte. Vorbei mit dem Je ne sais quoi. Ich weiß nicht was, Ich weiß nicht wie. Vorbei mit allem Zögern und falscher Rücksichtnahme. Sie wusste, was sie wusste und nun wurde gehandelt. Schließlich war sie selber begütert und hatte es nicht nötig, sich von irgendwem ausplündern zu lassen. Und was sollte schon passieren? Schlimmer konnte es doch nicht werden! Der Bocksgemahl sprach nicht mehr mit ihr, verließ den Raum, sobald er sie nur kommen sah und bediente sich an ihrem Vermögen, um seiner Geliebten ein Leben in Luxus zu sichern. Das Erbe seiner beiden jüngsten Kinder kümmerte ihn dabei einen Schmarren.

»Ein 1,7-Millionen-Besitz«, sagte Lassalle, »das ist mehr als eine Sammelbüchse. Da muss man sich mal den Gewinn vorstellen! Aber ich kann Sie beruhigen. Noch gilt das preußische Recht und es ist beileibe nicht so, dass mit der Heirat er die Güter und sie den Segen bekommt. Auch ein Millionär kann nicht verschenken, was ihm nicht gehört. Die Chancen stehen günstig und hier sind die Schriftsätze: Zuerst die gerichtliche Eintragung eines Protestes gegen den Verkauf der Standesherrschaft Muskau und dann die Verschwendungsklage gegen den Ehemann.«

Lassalle ließ sein Weinglas unberührt und genoss die Aufmerksamkeit, die sie ihm Satz für Satz schenkte. Ihre Bewunderung gab ihm das Gefühl aufzusteigen. Als Unbekannter, gänzlich Besitzloser von der hochgeborenen Schönheit ernst genommen zu werden, in ihren Augen nicht mehr der kleine Studiosus mit den schrägen Ideen zu sein, sondern ein Realist und Mann der Tat – dieses Gefühl versetzte ihn in einen Glücksrausch. Dass er ohne juristische Ausbildung war und keine fachliche Kenntnis besaß, sorgte ihn nicht im mindesten. Bei der Gräfin war er sich in einem sicher: dieser Frau zu imponieren, weckte alle Kräfte. Darauf war mehr Verlass als auf alle Paragraphen. Außerdem sah er noch eine ganz andere Dimension und zog bei einer solchen Protestation die Stimmung im Lande ins Kalkül. Glücklicherweise brodelte es gegen die Herren des Besitzes und all diese Selbstbediener. Er hatte es wohl bedacht. Nun wurde dem allmächtigen Herrn Reichsgrafen einmal vorgeführt, dass er nicht schalten und walten konnte, wie ihm beliebte. Auch wenn er meinte, mit Geld alles regeln zu können – die Gesetze der Moral hatten auch für ihn ihre Gültigkeit.

Da linksrheinisch der Code civil galt, hatte Lassalle hier die Paragraphen über Ehescheidung genauestens studiert und wusste, wie die Aufgaben für die Ehegatten definiert waren: Er hatte ihr Schutz und sie ihm Gehorsam zu gewähren. Eine Ehescheidung einzureichen, dazu hatte die Frau gar kein Recht, sei denn, der Ehemann hatte seine Beischläferin ins gemeinsame Haus gebracht. Lassalle legte sich seine eigene Strategie zurecht. Mit der Verschwendungsklage wollte er den Grafen Hatzfeldt aufs Äußerste reizen und herauslocken, damit er als Erster die Scheidung einreichte. Dann hatte sie das Recht auf eine Gegenklage, die ihr das Gesetz ausdrücklich gestattete, und das war sein Ziel. Auf ihre Gegenklage kam es ihm an. Da konnte ausgepackt werden. Reichte der Graf die Scheidung ein, war er zudem in der Beweispflicht und das war allemal eine gute Ausgangslage für ihren Sieg. Denn was wollte er dieser großartigen Frau schon beweisen, außer dass sie 25 Jahre in seinem Ehestall gehorsam ausgeharrt hatte.

Und natürlich musste dieser königliche Kammerherr und Aristokrat vom reinsten Wasser öffentlich an den Pranger und in seiner ganzen Unmoral vorgeführt werden. Die Entrüstung über ihn musste aus allen Zeitungen schreien. Die Gelegenheit dafür hätte nicht besser sein können. Durch so einen wie den Hatzfeldt konnte man dem Staat, dem alten Sünder, mal kräftig an den Kragen und die Verkommenheit der herrschenden Clique ans Licht bringen. Denn so wie es war, konnte es nicht bleiben. Einzelnes stand für Allgemeines. Genau das ließ sich an dem Geier-Grafen glänzend demonstrieren. Immer ad hominem. Das wirkte. Das brachte die Dinge in Bewegung. Lassalle war in euphorischer Stimmung. Doch er aß wenig, trank wenig, benahm sich ganz comme il faut und gab sich größte Mühe zu verbergen, wie hingerissen er von ihr war. Schließlich saß er ja auch für die Gerechtigkeit hier, als Kämpfer für ihre Sache.

Ein Klopfzeichen unterbrach das Gespräch. Der Diener reichte einen Brief herein, der soeben mit Reitender Post gekommen war. Sophie rief Paul, denn es war ein Brief von seinem Vater. Sie holte den Brieföffner, doch Paul riss das Kuvert auf, las mit unbewegter Miene und gab dann den Brief der Mama. Schon nach den ersten Sätzen wurde Sophie kreidebleich. Edmund bot seinem Sohn 8000 Taler im Jahr, wenn er sich entschloss, seine Mutter zu verlassen. Er sollte die Zukunft in die Hände seines Vaters legen, der ihm die bessere Ausbildung und die größeren Chancen für seinen Aufstieg garantieren konnte. Sophie war außer sich. Ihr kam die Galle hoch. Typisch Edmund. Er wollte ihr den Sohn abkaufen. Der Giftgemahl in Reinform. Hinterhältig und infam. Jetzt wusste sie, warum er ihr das knausrige Nadelgeld nicht mehr zahlen wollte. Der Sohn sollte sehen, dass ihn bei seiner Mutter ein Leben in Armut erwartete. Vielleicht wollte Edmund sie am Ende gar noch aushungern und ihre Möbel ins Pfandhaus tragen lassen, damit dem Sohn die angebotene Summe wie die Erlösung von allem Übel erschien. Edmund war alles zuzutrauen. Noch vor kurzem hatte er es mit Erpressung versucht und Paul angedroht, ihn zu enterben, wenn er nicht auf der Stelle seine Mutter verließ. Und weil das nicht zog, versuchte er es jetzt auf die sanfte Tour. Lockte mit königlichem Prinzenetat. Schüttete goldene Sterntaler über seinen Jüngsten aus, märchenhafte 8000 Taler im Jahr und war nicht kleinlich, wenn es die Ehefrau zu ruinieren galt. Doch einen 14-Jährigen zu benutzen, um sich an ihr zu rächen, ihn auf seine Seite zu bringen und ihr das Einzige zu nehmen, für das sie noch lebte, damit sie endlich am Boden zerstört war – dagegen war der Satan ja geradezu ein Menschenfreund. Noch einen Brief dieser Art und sie war gewaltbereit.

Paul bat die Mama, sich nicht aufzuregen und den Wisch zu zerreißen, meinte aber, so wie er den Papa kannte, hatte der ganz bestimmt nichts Böses gewollt. Doch Sophie schien im Moment für nichts mehr aufnahmefähig zu sein und reichte Lassalle wortlos das Schreiben. Er überflog die Zeilen, dann schob er voller Verachtung den Brief zur Seite. »Jetzt hat sich der Herr Reichsgraf für immer zu meinem Feind gemacht. Das ist gut, sehr gut«, sagte er, »denn ist er mein Feind, dann ist er meine Domäne, meine Macht und die lasse ich mir von keinem nehmen.«

Zwar klang das für Sophie alles ein bisschen zu sehr nach Feldherrnart, anderseits tat ihr aber gerade diese Siegerpose im Moment auch gut und beruhigte ihr Gemüt. Ob Feldherr oder nicht – es zählte nur eins: Er hatte den Willen zu wollen und war entschlossen, Edmund in die Schranken zu weisen. Aber darüber hinaus gab es eben noch dieses andere, das ihr Mut machte: Herr Lassalle gehörte einer ganz neuen Generation an. Jung, unbekümmert, ohne Vorgeschichte. Von keinem abhängig und keinem verpflichtet. Frei und respektlos. Zudem war sie sich ganz sicher, dass er die Fähigkeit besaß, Empörung in Kampf zu verwandeln und genau das tat jetzt not. Er war ein Rittersmann und kein Bückelhering. Er scheute kein Risiko.

Sophie trank auf seine Entschlossenheit und sagte fast fröhlich: »Wenn Sie so weitermachen, sind Sie am Ende noch die Triebfeder, die mich in Gang setzt.«

»Nichts wäre mir lieber«, entgegnete er und fügte leise hinzu: »Ihnen auch nur entfernt etwas zu bedeuten, ist das Glück meines Lebens.«

Sophie sah in den Raum, als müsste sie dem Echo seiner Worte lauschen, warf ihm einen schwärmerischen Blick zu, dann unterzeichnete sie die Schriftsätze und dachte, diesen Mann hatte der Himmel gesandt.

Tage später blätterte sie wie immer beim Morgenkaffee in der Zeitung, überflog die großen Ereignisse der Welt, die Feuilletons, die Criminal- und anderen Sachen und plötzlich fiel ihr Blick auf die Schlagzeile: »Baronin von Meyendorf im Gasthof bestohlen«. Mit angehaltenem Atem las sie den Bericht: »Als die Baronin in Köln im Gasthof *Zur Stadt Mainz* abstieg, befand sich in ihrem großen Reisegepäck eine Kassette, in der gewöhnlich wichtige Papiere aufbewahrt werden. Offenbar hatte es ein Hotelgast darauf abgesehen, entwendete die Kassette und deponierte sie im Koffer seines Komplizen. Kaum dass die Baronin den Diebstahl bemerkt hatte, rief sie die Polizei. Als kurz darauf die Wachmänner eintrafen, verließ ein junger Mann mit einem Koffer überstürzt das Hotel. Die Polizei schöpfte sofort Verdacht, jagte dem Dieb hinterher, hoffte, ihn noch vor der Grenze festnehmen zu können, da ließ er in Panik den Koffer auf offener Straße stehen und entkam nach Frankreich. Im Koffer, der das Signet Dr. med. Arnold Mendelssohn trug, befand sich nicht nur die Kassette der Baronin, sondern auch die Papiere des Assessors Alexander Oppenheim, der daraufhin wegen Diebstahlverdacht verhaftet wurde. Als Motiv für die Tat gab der Geständige an, dass er in der Kassette eine widerrechtliche Zuwendung des Grafen von Hatzfeldt an die Baronin von Meyendorf vermutete. In diesem Zusammenhang wurde, wie soeben mitgeteilt, noch ein gewisser Ferdinand Lassalle festgenommen und dem Untersuchungsrichter vorgeführt.«

Sophie las die Meldung wieder und wieder, rauf und runter, kreuz und quer und fasste es nicht: In Köln wird gestohlen und in Berlin verhaftet – das konnte ja wohl nicht wahr sein! Was um Himmels willen sollte Lassalle denn getan haben! Und was für Zustände, in denen ein unschuldiger Mann ins Gefängnis kommt! Sie war sich sicher, das konnte nur ein Irrtum sein, eine Verwechslung, womöglich die schlampige Arbeit eines schlecht bezahlten Redakteurs. Aufgeregt rief sie ihre Kammerfrau und schickte sie sofort noch nach anderen Zeitungen, doch auch die brachten die Nachricht. Sophie verharrte reglos im Sessel, ließ den Kaffee unberührt, schien zu keinem Gedanken mehr fähig und fühlte sich aus der Welt geschleudert. Sie wusste nicht mehr, wo sie war, ob diesseits im Jenseits oder jenseits im Diesseits und spürte erst wieder Boden unter den Füßen, als sie einen Kurierbrief von Lassalle in den Händen hielt. Noch nie hatte sie Post aus einem Gefängnis bekommen. Schon allein die Vorstellung von einem solchen Ort ließ ihr einen Schauer über den Rücken laufen. Gitterstäbe, Eisenschlösser, Festungsmauern, dunkle Verliese, dazu Strohmatten, Ungeziefer, trocken Brot und Wassersuppe – alle Schattenbilder der Unterwelt standen plötzlich vor ihren Augen. Und jetzt auch noch diesen empfindsamen, blitzgescheiten Mann, diesen hellen Kopf inmitten von Verbrechern aller Art zu wissen, umgeben von Mördern, Räubern und Banditen, das lag so fern jeder Wirklichkeit und machte ihr so viel Angst, dass sie sich fast Mut zusprechen musste, um das Kuvert zu öffnen und sich seinen Worten zu nähern. Ja, es stimmte, er saß in Untersuchungshaft, aber sie sollte sich um Himmels willen keine Sorgen machen, denn er wartete stündlich auf seine Entlassung, weil er mit der ganzen Sache nichts zu tun hatte und der Tathergang mehr als eindeutig war. Ihn hatte die Amtsmeute nur deshalb verfolgt, weil er vor Tagen in der Wohnung von Oppenheims Anwalt einen Brief gelesen hatte, der an ihn adressiert war und den er zerrissen hat, wie immer, wenn Briefe an ihn nur Läppereien enthielten. Doch das genügte offenbar, um ihn wegen angeblicher Vernichtung gerichtlicher Beweisstücke ins Gefängnis zu bringen. »Gnädigste Gräfin, vorübergehend bin ich hier notgedrungen als Prosaarbeiter tätig und schreibe mir die Finger wund, um dem Herrn Untersuchungsrichter zu beweisen, dass ich keine Akten vernichtet habe. Aber glücklicherweise gibt es auch die schönen Momente. Allein der Gedanke an Sie bereitet mir anhaltende Freude und es bleibt noch genügend Zeit, um mich der Poesie zuzuwenden. Beiliegend sende ich Ihnen ein kleines Gedicht, das mir mein Herz diktiert hat, denn für Sie, nur für Sie kann ich Berge ebnen.«

Sophie machte sich Vorwürfe, seinen jugendlichen Enthusiasmus nicht gebremst zu haben. Sie wusste zwar, dass seine Freunde der Meyendorf auf der Spur waren, aber hatte doch keine Ahnung, dass alles in einem Diebstahl enden würde. Sie überlegte, wie sie ihm helfen und den Schaden begrenzen konnte, da rief Paul sie plötzlich aufgeregt ans Fenster, denn draußen fuhr der Onkel vor. Sophie sah, wie die Leute auf der Straße zusammenliefen und dachte nur: ganz der große Fürst. Sechsspännig oder gar nicht. Dabei wusste sie, dass dies für Hermann noch die bescheidene Variante war. Am liebsten wäre er wie einst Napoleon zur Krönung mit 8 Isabellen vorgefahren, aber auch nur ein halbes Dutzend dieser hellen Prachtrösser auf einen Schlag zu bekommen, hielt selbst sein Schwager für einen Glücksfall im Pferdehandel.

Hermann stürmte ins Zimmer, behielt den Hut auf, mochte sich nicht setzen, nichts essen, nichts trinken und sagte nur: »Ich bin außer mir! Empört und außer mir, den Namen der Familie in den Schmutzspalten der Zeitungen finden zu müssen. Du kennst meine Meinung zu Edmund. Wir hätten dir alle einen besseren Mann gewünscht und du weißt, ich stand immer an deiner Seite. Bis heute treibe ich dir die Unterhaltszahlungen von ihm ein, damit du standesgemäß leben kannst, habe mich erneut an den König gewandt, dass er seinen Kammerherrn zur Ordnung rufen möge und Edmund dir den Umgang mit den Kindern nicht verbieten kann und auch deinen Scheidungsabsichten habe ich mich nie in den Weg gestellt. Aber das geht zu weit!«

Jetzt nahm Hermann doch seinen Hut ab. Nein, noch nie war einer der Hatzfeldts in der Öffentlichkeit in ein derart anrüchiges Licht gestellt worden. Und was hieß Licht! In ein schlüpfriges kriminelles Milieu gezerrt! Von schmierigen Gaunern der Baronin Meyendorf eine Kassette stehlen lassen, um aller Welt zu zeigen, dass Graf Hatzfeldt mit seiner Geliebten dubiose Geschäfte macht! Das konnten sich nur so windige Gestalten wie Oppenheim, Mendelssohn und dieser Lassalle aushecken! »Ich sage dir, du bist an drei üble Halunken geraten, die keinen Respekt vor niemanden kennen und offenbar ihren Spaß daran haben, ehrenwerte Personen mit Dreck zu bewerfen.«

Aufgebracht schickte er Paul aus dem Zimmer. »Du stehst am Rande des Abgrunds. Noch einen Schritt weiter und du bist rettungslos verloren. Merk dir, was auch kommt – letztlich fällt der Skandal auf dich zurück. Er wird dich völlig vernichten und die Eintracht der Familie umso stärker machen. Nimm dir ein Beispiel an mir. Ich habe mich ja seinerzeit auch scheiden lassen, wurde sogar deswegen aus der katholischen Kirche gejagt und das alles ohne Aufsehen, wie es sich für unsereins gehört. Alles ist machbar, alles lässt sich regeln, aber dein Unglück mit Edmund darf nicht zum Gegenstand öffentlicher Unterhaltung werden.«

Sophie schwieg, denn eines stimmte: Hermann hatte in Notlagen immer zu ihr gehalten und sein Haus war mehr als einmal für sie und Paul ein Zufluchtsort gewesen. Anderseits wusste sie aber auch, dass ihr großer Bruder des ganzen Ehedramas längst überdrüssig war und als Standesherr von Trachenberg und Generallandschaftsdirektor von Schlesien mit den eigenen Problemen mehr als genug zu tun hatte. Doch sic sah im Moment auch keine Möglichkeit, wie sie sich die peinliche Aktion vom Halse schaffen konnte. Es war nun mal passiert, geschehen war geschehen und ändern daran ließ sich nichts mehr. Darum bemerkte sie bloß: »Ich weiß, am Jüngsten Tag werde ich schlechter wegkommen als andere. Ich bin darauf vorbereitet.«

Der Bruder knirschte vor Zorn. »Ich frage mich, ob du dir über die Folgen dieser Aktion überhaupt im Klaren bist. Sich mit Diebsgesindel gemein zu machen! Aber ich will mich jetzt nicht weiter darüber aufregen. Ich habe noch eine Audienz beim König und kann nur hoffen, dass Majestät mich auf diese hochpeinliche Geschichte nicht ansprechen wird.« Eilig nahm Hermann seinen Hut, postierte sich vor ihr wie ein grollender Jupiter und beschwor sie im Namen aller Geschwister, sich von einem so heruntergekommenen Gelichter nicht aufhetzen zu lassen und sich auf dieses Niveau zu begeben. »Mit dieser Geschichte setzt du die Standesehre aller Hatzfeldts aufs Spiel.« Damit sie nicht glaubte, es sei nur eine Machenschaft des bösen Bruders, übergab er ihr beim Hinausgehen einen Brief der Schwester, den Sophie las, als er in die Kutsche gestiegen war. »Solange dich die jetzige nichtswürdige Gesellschaft umgibt, mische ich mich nicht in deine Angelegenheiten. Aber halte dir diese verkommene Bande vom Hals! Hat die früher so gefeierte schöne Gräfin Hatzfeldt es nötig, sich einer Judengesellschaft in die Arme zu werfen? Na ich danke!«

Sophie meinte, sich verlesen zu haben. Was nahm sich diese Geiß heraus! Nur weil Herminie alle Bühnenstücke kannte und in der Familie als intelligent galt, sich von ihr belehren lassen zu müssen, mit wem sie verkehren durfte – das konnte doch wohl nicht ihr Ernst sein! Die behelmte Minerva mochte sie gern woanders spielen, bei ihr nicht! Was hieß da nichtswürdige Bande! Sie bestimmte schon selber, mit wem sie umging. Ein Jude, na und?! Ein Mann, der sich ihrer annahm und um ihr Recht kämpfte – würdiger ging es doch gar nicht. Dass gerade darin der Grund der Aufregung liegen könnte, wäre Sophie nicht einmal im Traum eingefallen. Auf so einen Gedanken konnte man nicht kommen, auf so einen Gedanken musste man gebracht werden. Sie fragte sich, was für Bilder dem lieben Schwesterchen im Kopf herumgingen. Ein Jude, noch dazu einer aus Breslau. Ein Ostjude. Von hinter Galizien. Aus der Rumpelkammer der Welt. Ein kleines krämerseliges Schlitzohr, das von nichts als dem Schacher lebte. Krummnasig, verdorben, verlottert und unkultiviert. Fehlte nur noch das Igittigitt. Doch genau genommen war es kein Wunder, dass der Sermon ausgerechnet von Herminie kam, Freifrau von Landsberg, gering begütert und immer auf der Seite von dem, der das Geld gab. Wohl auch ein Grund, dass sie seinerzeit Edmund in seinem Plan unterstützt hatte, Melanie hinter ihrem Rücken ins Kloster zu bringen, um die Tochter vom schädlichen Einfluss der Mutter fernzuhalten. Und so was nannte sich dann familiäre Eintracht! Gestohlen konnte ihr die ganze Sippschaft bleiben. Rundum gestohlen! Sophie zerknüllte das schwesterliche Mahnschreiben. Es lohnte nicht, sich auch nur über eine halbe Silbe von Herminie aufzuregen. Heute schrieb sie so und morgen ganz anders und Sophie dachte nur: Jetzt erst recht. Ob Jude, Christ oder Muselman – was hatte das die Verwandtschaft zu kümmern. Nebbich. Quantité négligeable.

Sie zählte bloß noch die Tage bis zu seiner Entlassung, und als Lassalle dann in der Tür stand, in einem eleganten hugenottenfarbenen Gehrock, strahlend und erholt, als käme er direkt aus einem Luftkurort, vergaß sie allen guten Ton, vergaß Herkunft und Familie und fiel ihm in die Arme. Sie genoss diese kleine Ewigkeit, in der er ohne Worte zu ihr sprach und war ihm so nah, so seelendicht nah, als gäbe es zwischen ihnen nichts anderes mehr als das Unzertrennliche. Doch dann kam so ein Taumel in ihr Herz und es durchzuckte sie so ein Feuergefühl, dass sie plötzlich spürte, für diesen Mann gab es nur zwei Möglichkeiten: entweder ihm auszuweichen oder zu erliegen. Fast etwas erschrocken wollte sie sich aus seiner Umarmung winden, aber er hielt sie fest und bat lächelnd um Verständnis, denn viel zu lange hatte er nach dem Glück gehungert, wieder bei ihr zu sein. Kaum hatte er sich von ihr gelöst, blieb er wie ein großer Magier vor ihr stehen und zog voller Freude aus seinem Hut den allerneusten Trumpf: Ihre Klage hatte Erfolg. Das Erbe von Paul und Melanie war gesichert und der Anspruch der Meyendorf gelöscht.

»Das wird gefeiert«, sagte Sophie jubelnd, reichte ihm eine Zigarre, dazu als Naschwerk für den Gourmet ein Champagnergelee und hieß ihn in fließendem Französisch, der Sprache der Revolution, willkommen. Mit einem Siegerlächeln ließ er sich in den Sessel fallen und schilderte ihr sein Gastspiel im Gefängnis, als hätte er Vergnügen daran, sie mit einer Komödie zu unterhalten.

Lassalles Strategie ging auf. Das Herauslocken war geglückt. Sie hatten den Herrn Reichsgrafen als Verschwender angegriffen und der Herr Reichsgraf hatte reagiert: Das Königliche Landgericht in Düsseldorf teilte Sophie mit, dass Graf von Hatzfeldt die Ehescheidungsklage gegen sie eingereicht hatte und forderte sie auf, die Abschrift der Klageschrift persönlich entgegenzunehmen. Lassalle triumphierte. Genauso wollte er es haben, denn jetzt war die Ausgangsposition für sie um vieles günstiger und er war gespannt, was der Ehemann ihr vorwerfen wollte. Auch Sophie fehlte jegliche Vorstellung, aber als sie dann die Unterlagen persönlich in Empfang genommen hatte und auf der Rückfahrt in der Kutsche die ersten Seiten seiner Klageschrift las, meinte sie, vor Scham in den Boden versinken zu müssen. Am liebsten wäre sie nicht mehr weitergefahren, hätte sich irgendwo tief verkrochen und versteckt, um von keinem Menschen mehr gesehen zu werden und mit keinem mehr reden zu müssen. 32 eng beschriebene Folioseiten mit 101 Anlagen und einer Liste von 90 Zeugen. Sie fasste es nicht. Schon die ersten Zeilen der Klage genügten: Sie war die letzte und schäbigste Kreatur unter der Sonne. »Eitel, leidenschaftlich, disputir- und zanksüchtig, heftig bis zum Exzess, herrsch- und genusssüchtig und eine zur Kindererziehung unfähige Mutter, eine gottlose Tochter, ausschweifende Ehegattin und verschwenderische Frau, die ihr Glück nur außerhalb des Familienlebens auf Reisen und bei fremden Männern suchte.«

Es las sich so, als sei sie ein giftiges Gezücht aus Schmeißfliege, Teufelsdreck und Satanskraut. Das allein hätte für ihre Begriffe schon vollauf genügt, um sich von einem so missratenen Geschöpf scheiden zu lassen. Doch dann drehte Edmund den Spieß einfach um: Nicht er hatte Frauengeschichten, nein, sie hatte Männergeschichten. Ihr Leben eine lückenlose Aufeinanderfolge von ehebrecherischen Verhältnissen. Die Wohnungen, die sie bezog, selbstverständlich immer ebenerdig, damit die Liebhaber von der Straße direkt zu ihr ins Bett steigen konnten und keine Nacht ohne irgendeine wüste Orgie. Schuster, Schneider, Gürtler, Tafeldecker, Förster, Stallknechte – alle mussten herhalten, um die unersättliche Gier seiner entsittlichten Gattin zu befriedigen. Ihr wurde schwarz vor Augen, die Buchstaben verschwammen und sie glaubte nicht mehr zu lesen, sondern nur noch von Seite zu Seite zu taumeln: »In Bonn verführte sie Studenten, in Berlin hatte sie ehebrecherischen Umgang mit einem Attaché der Französischen

Gesandtschaft, den Engländer Herbert steckte sie mit der schändlichen Krankheit an, danach auf Trachenberg den Leutnant Strantz und in Dresden holte sich Graf Branitzky von ihr die Syphilis – alles belegt durch die Berichte der Zeugen. Doch ein Nacheinander von Männern genügte ihr nicht. In Wien trieb sie es gleichzeitig mit zwei jungen Fürsten. Auch hier ein Zeuge: ›Eines Abends kommt erst der eine von ihnen, welcher eine Stunde bei der Gräfin im Schlafzimmer zubringt und sich dann entfernt. Die Gräfin zieht ein anderes Hemd an, da das abgelegte von dem Besuch des jungen Mannes ganz beschmutzt ist. Hierauf kommt der andere und bleibt ebenfalls eine Stunde bei der Gräfin, worauf das frischangelegte Hemd in gleicher Weise beschmutzt ist und wieder durch ein frisches ersetzt werden muss. Es war inzwischen ein Uhr geworden, aber unersättlich gibt sie ihrem Diener den Auftrag, den Chevalier Linzoni zu rufen. Der bleibt bei der Gräfin bis zum anderen Morgen. Das war selbst der Dienerschaft zu arg und sie meinte, dass so etwas selbst bei den größten Huren nur selten vorkomme.‹ Und er, der Ehemann bekam immerzu teilnehmende Briefe von überall her, von Verwandten und Freunden, die meinten, dass eine solche Person wie seine Frau es wert war, von ihm gehörig gepeitscht und aus dem Haus gejagt zu werden.«

Sophie rang nach Luft, zog rasch ihre Reiseapotheke unter dem Sitz hervor und nahm 12 Tropfen Raute gegen Herzbeklemmung. Wäre sie ein Mann gewesen, hätte sie ihn auf der Stelle zum Duell gefordert. Ob erlaubt oder nicht – 15 Schritt auf Pistole und ihre Ehre wäre gerettet. Aber einer Ehefrau konnte man offenbar alles anhängen.

Gegen sie durfte man sich alles erlauben. Sie hätte es nicht für möglich gehalten – der Vater ihrer drei Kinder ein solcher Hundehund. Einer der gemeinsten Sorte. Wenn ihm nichts mehr zu ihr einfiel und er nicht wusste, was es ihr vorzuwerfen gab, dann war sie eben eine Hure. Das verstand jeder. Das Käufliche schlummerte nun mal in den Frauen, die Lustgier sowieso, unter dem Rock waren sie alle hungrig und er, der Ehemann, das beklagenswerte Opfer, das von einer solchen Person in Permanenz hinters Licht geführt wurde. Sophie hoffte nur, dass die Richter gescheit genug waren, um bei der Aufzählung eines so lückenlosen Männerverzehrs sich die Frage zu stellen, weshalb er erst jetzt, nach 25 silberreifen Ehejahren sich von einer solchen Person scheiden ließ. Eines allerdings stimmte: ihr Verhältnis mit Graf Bassenheim. Die Liebe zu ihm hatte sie Edmund nicht verschwiegen und er hatte sie ermuntert, ihn zu heiraten, denn dann war er sie endlich los.

Trotzdem – sie schämte sich für jedes Wort. Dass sie ab jetzt vor dem Hohen Gericht wie die allerletzte heruntergekommene Gassenvenus stand, jedem bettgefällig, eine läufige Nachtkatze, billig und bordellgerecht, das war schon allermeist. Aber dass Herr Lassalle so etwas über sie lesen musste, war ihr das Allerschlimmste. Er verehrte sie als die hochgeborene Fürstentochter und auf einmal stand sie vor ihm als die allererbärmlichste Rinnsteinfrau. Eine Gossen-Gräfin, mehr nicht. Mit solchen Anschuldigungen ging es doch zu wie mit einem Gerücht. Selbst wenn alles erfunden und an den Haaren herbeigezogen war, so sagte sich letztlich doch jeder im Stillen, dass irgendetwas schon dran sein wird. Sie überlegte, ob sie Lassalle dieses

Kloaken-Papier überhaupt zeigen sollte. Vielleicht war es das Beste, kurzerhand in die Scheidung einzuwilligen und sich damit den ganzen Morast vom Halse zu halten. Denn es war ja allein schon gegen alle Würde, sich bei dieser Art von Anschuldigung auch noch verteidigen zu müssen. Da blieb allemal ein übler Ruch. Zu guter Letzt hatte sie sich für etwas zu rechtfertigen, was sie gar nicht getan hatte und gar nicht betraf. Und beweisen, dass sie nie auch nur die Spur einer Syphilis gehabt hatte und von keinem Arzt je auf Eiterharn untersucht werden musste – tiefer ging es doch nicht. In diese Abgründe ließ sie sich nicht ziehen.

Sie unterbrach die Fahrt, übernachtete im Gasthof, war aber so aufgewühlt, dass sie keinen Schlaf fand, fühlte sich matt und nervensiech und als sie am nächsten Morgen wieder in die Kutsche stieg, interessierten sie nur noch die Sternchen im Text der Klageschrift, die jeweils für den Bericht eines Zeugen standen. Sie las nicht, sondern blätterte lediglich in den Anlagen, wollte alles schnell hinter sich bringen und nichts mehr an sich heranlassen, brach aber dann jäh ab, denn sie spürte, wenn sie jetzt noch eine Seite weiterlas, würde sie verrückt werden. Den Verstand verlieren und verrückt werden. Doch dann sagte sie sich, wer die Zeugen dafür bezahlte, dass sie das Blaue vom Himmel logen, der stand jenseits der menschlichen Zweifüßerart. Der war aus Hass gemacht und von einem bösen Geist besessen. Was wusste sie schon, was in der Seele dieses Teufels vor sich ging. Wahrscheinlich war es sein Ziel, das Werk der Bosheit so lange fortzusetzen, bis sie auf dem Kirchhof lag oder wenigstens ins Tollhaus kam. Doch diesen Gefallen wollte sie ihm nicht tun. Das Maß des Zumutbaren war voll. Mit dem Vater ihrer Kinder war sie fertig. Ein für alle Mal fertig. Finis malorum. Hätte ihr jemand vor Wochen seinen Tod gemeldet, hätte sie gewiss nichts weiter gesagt, als: Gönnen wir ihm diese ewige Freude. Doch jetzt schien ihr selbst das noch zu viel. Plötzlich war er ihr so fremd, so fern und fremd, als hätte sie nie etwas mit ihm zu tun gehabt. Die Angst, in Abgründe gezogen zu werden, fiel jäh von ihr ab.

Sie packte das Schauerpapier mit all den Anlagen ganz nach unten in ihren Reisesack, lehnte sich in die Polster zurück und war sich ganz sicher, zum anberaumten Sühnetermin erschien sie nicht. Ob sie ihre Würde verlor oder nicht – mit Satan Edmund gab es keine Versöhnung und keinen Vergleich. Er wollte den Schmutzkrieg und er bekam den Schmutzkrieg. Gleich, was er sich noch aus dem Hirn saugen würde – schämen musste sie sich nur für ihn.

Und doch – Sophie brachte es nicht über sich, Herrn Lassalle die Schandschrift wie ein beliebiges Aktenstück zu übergeben. Ein solches Pamphlet konnte er nur in ihrem Beisein lesen. Im direkten Gegenüber. Nicht anders. Sie wollte sehen, wie er diese Schmiere aufnahm. Denn sie zweifelte nicht: Wer das las, musste zwangsläufig zu dem Schluss kommen, Gattin Hatzfeldt war ein Hure von Stand. Allein schon eine solche Assoziation ertragen zu müssen, empfand sie wie eine körperliche Misshandlung. Peitsche und Stock waren nichts dagegen.

Lassalle ahnte, dass die Klageschrift alles andere als eine Spaßlektüre sein würde, zumal nach dem Freispruch seines Freundes jetzt die Broschüre *Der Prozeß Oppenheim* kursierte, die im Diebstahl der Kassette eine gezielte Rache der Hatzfeldt sah. Natürlich war ihm klar, dass dahinter kein anderer als der Reichsgraf steckte, denn für gute Bezahlung fand sich immer ein hungriger Autor, der wunschgemäß lieferte. Gleich ob er Cramer oder sonst wie hieß. Lassalle war darauf eingestellt, dass der Reichsgraf vor Wut tobte und war gespannt, was er gegen seine Frau ins Feld führen würde.

Kaum dass Sophie in ihrer Wohnung angekommen war, stand er schon in der Tür, um die Klageschrift endlich in die Hand zu bekommen. Sie rückte die Fauteuils gleich so, dass er ihr gegenübersaß und sie die kleinste Regung von ihm im Blick haben konnte. Wortlos legte sie ihm den Packen Papier auf die Knie. Er zündete sich eine Zigarre an und begann zu lesen, schnell hintereinander, Seite um Seite. Sie achtete auf jeden Lidschlag, auf ein Zucken seiner Mundwinkel, lauerte auf die kleinste Bewegung seiner Mimik, die sein Innerstes verraten könnte und ihr zeigte, dass er vielleicht doch etlichen der Anschuldigungen Glauben schenkte oder sie zumindest für möglich hielt. Unruhig wartete sie auf eine laxe Bemerkung, einen anzüglichen Ausruf, auf irgendeine spontane Geste der Verblüffung, so ein unkontrolliertes Oho und Aha, aber nichts dergleichen. Unbewegt nahm Lassalle all die Schilderungen ihrer Verkommenheit zur Kenntnis, so als würde gar nichts von alldem auf dem Papier stehen und erst recht nichts in seinen Kopf wollen. Aber dann huschte über sein Gesicht doch dieses befürchtete Lächeln. Er schaute kurz auf, bat um ein Glas Wein und sagte bloß: »Auch wenn mir der Herr Reichsgraf einen falschen Vornamen verpasst – jetzt kommt ein Bühnenstück, das nur laut vorgetragen werden kann. Ich zitiere: ›Dann lernte die Gräfin den Jacob Lassalle kennen, Sohn eines jüdischen Kaufmanns aus Breslau und gleichzeitig den Kammergerichts-Assessor Oppenheim, Sohn eines jüdischen Bankiers und den jüdischen Arzt Dr. Mendelssohn. Alle drei hatten ehebrecherischen Umgang mit der Gräfin, in dem sie derselben nicht bloß fortwährend Besuche bei Tage, sondern auch zur Nacht und Unzeit abstatteten und längere Zeit bei der Gräfin in ihrem Schlafzimmer zubrachten. Vorzugsweise war dies aber der Fall mit Lassalle. Zwischen ihm und der Gräfin knüpfte sich bald die engste ehebrecherische Verbindung. Er kam täglich und blieb schon in der ersten Zeit bis elf Uhr abends, bald bis ein, zwei und drei Uhr nachts bei ihr. Die Vertraulichkeit erreichte einen solchen Grad, dass er die Gräfin mit Du anredete. Lassalle spielte bald völlig den Hausherrn. Er legte sich im Zimmer der Gräfin aufs Kanapee oder setzte sich in den Lehnstuhl und schlief und schnarchte im Beisein der Gräfin. Häufig ließ er noch in der Nacht Speisen und Champagner aus der Restauration holen. Um jene Zeit war es auch, wo die Kammerjungfer den Grafen Paul einmal am Schlüsselloch fand, wie er die Gräfin in fleischlicher Vermischung mit dem Lassalle belauerte.‹ Ich glaube, das genügt«, sagte er und legte die Klageschrift beiseite, »es folgen noch 45 Anlagen mit seinen Bordellphantasien.« Dass der Herr des Geldes ein dreistes Bubenstück liefern würde, das war zu erwarten, aber Lassalle hatte nicht damit gerechnet, dass er es so weit treiben würde. »Da gibt es nur eins: den entschlossenen Angriff. Die sofortige Gegenklage. Nun werden alle Hüllen fallen.

Ich sage Ihnen schon jetzt – am Ende wird Seine Herrlichkeit jedes Wort gegen Sie bereuen und Gnade zu Ihren Füßen erwimmern.«

Lassalle begriff nicht, wie man seine eigene Frau so schandmäßig in den Dreck ziehen konnte. Ob geliebt oder nicht, gehasst oder nicht gehasst – immerhin war sie die Mutter seiner Kinder und schon darum hätte er sich andere Anschuldigungen einfallen lassen können. Schließlich wurden die Kinder damit zu Unrecht ihr Leben lang belastet. Anderseits aber trat ihm gerade dadurch der Königliche Kammerherr in seiner reinsten Gestalt gegenüber, beeindruckend echt und unverfälscht, verkommen bis ins Mark und ganz der exemplarische Vertreter eines Systems, das es zu bekämpfen galt. Am liebsten hätte er ihm laut zugerufen: »Nieder mit den Aristokraten! Es leben ihre Frauen!« und ihn dann die Treppe zur Guillotine hinaufsteigen sehen. Lassalle war so empört, wie dieser schandbare Sensenwetzer seine schöne Gemahlin behandelte, dass ihm seine wissenschaftliche Laufbahn, seine Privatdozentur, seine Studien zu Heraklit – alles ohne Bedeutung schien. Um nichts auf der Welt konnte er jetzt in einem Archiv hocken und sich in vergangene Zeiten versenken, dieweil dieser einmaligen Frau ein solches Unrecht geschah. Jäh rückte die ganze Theorie in den Hintergrund und es zählte nur noch die eine praktische Aufgabe: die Gerechtigkeit wiederherzustellen und die Gräfin aus ihrer entwürdigenden Lage zu befreien. Alles andere musste warten. Er war sich ganz sicher, dass in wenigen Monaten die Scheidungsschlacht geschlagen war. Höchstens ein Prozessjahr und der Spuk war beendet. Danach konnte sie wieder frei atmen und er in aller Ruhe an seiner Kathederkarriere zimmern. Aber jetzt musste eine andere Priorität gesetzt werden. Jetzt war der Moment gekommen, wo sich der Geist in seiner höchsten Funktion als Kampfgeist zu bewähren hatte.

Natürlich war ihm die Strategie des Grafen klar. Er musste seine Frau so gottserbärmlich niedermachen, um aller Welt zu zeigen, dass eine so tief gesunkene Person an der Seite eines Standesherrn nicht länger tragbar war und er damit das Recht auf die Kinder und das Vermögen der Gattin erworben hatte. So konnte er sie ohne Verlust loswerden und freie Hand für die Damen seines Umgangs haben. Aber Lassalle fühlte sich auch persönlich angegriffen. Was nahm sich dieser aristokratische Frosch heraus! Quakte einfach so ins Blaue hinein, dass er ein ehebrecherisches Verhältnis mit der Gräfin hatte, frei nach dem bewährten Muster: Er kam, er sah, er siegte im Bett und danach waren alle Messen gesungen. Ihm das zu unterstellen zeugte von wenig Einfallsreichtum. Anscheinend konnte sich der große Grundherr gar nicht vorstellen, dass Liebe mehr als ein Schenkeldruck war. Ein wirklich bitterarmer reicher Mann. Aber er hatte ja schon mit der Klageschrift bewiesen, dass er gar nicht anders als breitbeinig denken konnte.

Lassalle sah auf die Gräfin, die verzweifelt und hilflos, aber zugleich auch so hoheitsvoll elegant im Sessel lehnte, dass er ihr alle zehn Fingerspitzen hätte küssen mögen, doch er wagte es nicht und sagte nur: »Meinetwegen kann der Reichsgraf ein ganzes Rudel von Advokaten beschäftigen, aber er unterschätzt mich. Jetzt wird es revoltant.«

Sophie war froh, kein Wort über das peinliche Bühnenstück und gar die fleischliche Vermischung mit Herrn Lassalle verlieren zu müssen und atmete erleichtert auf, dass ihr junger Kavalier in allem einen so wohltuend nüchternen Blick auf die Dinge hatte. Zwar bedauerte sie, dass er kein Jurist war und sie darum als Anwalt nicht vertreten konnte, aber an seinem Kampfgeist zweifelte sie nicht. »Ich mache Sie zu meinem Generalbevollbemächtigten«, sagte sie, »und sehe dem Prozess gelassen entgegen.«

Lassalle stand auf und bedankte sich weltmännisch gewandt mit einer formvollendeten Verbeugung. Dass sie ihm die Fähigkeit zutraute, einer gerechten Sache zum Siege zu verhelfen, ehrte ihn nicht nur, sondern zeigte, wie sehr sie seine Natur erkannt hatte und zum Kern seines Wesens vorgedrungen war, denn Unrecht jeglicher Art vertrug er nicht. Es steigerte in ihm die Wut zu wollen. Er hatte nur noch das Bedürfnis, diese Frau zu beschützen und alle Bedrängnisse von ihr fernzuhalten. »Es mag zwar übertrieben klingen, aber es ist die Bestimmung meines Lebens, Ihnen zu Ihrer Freiheit zu verhelfen.«

Sein Blick, seine Worte – alles tat gut. Aus allem sprach eine Verehrung, die sie lange, viel zu lange entbehren musste und die sie jetzt, inmitten ihrer Misere aufleben ließ. Sophie gestand sich ein, dieser Mann war nicht irgendeine momentane Vorliebe, dieser Mann warf einen Anker in ihr Leben. Sie konnte ihn nicht mehr entbehren. Leichtfüßig ging sie zu ihrer Schatulle und gab ihm Geld für die Ausfertigung der Gegenklage und die weiteren Unkosten. Doch dann, als sie ihm die unterschriebene Vollmacht reichte, hatte sie mit einem Mal so ein Gefühl von Befreiung, als würde der Prozess bereits hinter ihr liegen, das Urteil über Edmund gesprochen sein und mehr noch – als wäre Herr Lassalle die Lösung.

Überraschend erging vom Gericht die Aufforderung, dass Frau Gräfin von Hatzfeldt für die Dauer des Scheidungsverfahrens unverzüglich den gemeinsamen ehelichen Wohnort einzunehmen hatte. Weil Sophie wusste, dass jeder, der mit einem Gericht zu tun bekam, gut beraten war, sich an dessen Auflagen zu halten, gab sie ohne Säumen ihre Wohnung in Berlin auf und fuhr zu Clara, um sich von ihr zu verabschieden. Doch die Schwester empfing sie kühl und betont distanziert. Sie hatte gerade Gäste und statt wie gewohnt Sophie zu ihnen in den Salon zu bitten, sagte sie nur: »Na dann, alles Gute. Dein Kassettendieb wird es schon richten«, ließ sie im Entree stehen und entschuldigte sich, die Teegesellschaft nicht länger warten lassen zu können. Nach dieser Äußerung bereute Sophie, überhaupt gekommen zu sein und schwor sich, das Haus der Schwester nie mehr zu betreten. Gleich ob erwünscht oder unerwünscht. Sie sandte Lassalle, der in Paris weilte, eine kurze Nachricht, dass sie sich leider auf die eheliche Wasserburg begeben musste und er seine Briefe poste restante nach Düsseldorf, *Breidenbacher Hof* schicken sollte.

Als sie mit Paul auf Schloss Kalkum eintraf, stand Edmunds Leibgardist Wachter in trauter Erscheinung, halb Vogelscheuche halb Zerberus, am Tor und verweigerte ihr den Einlass. Die neuerlichen Schikanen des Eheherrn wunderten sie nicht, doch sie war müde von der Reise und hatte nicht die geringste Lust, sich auf einen Wortwechsel mit seinem Angestellten einzulassen. Einige Diener huschten mit spöttischen Blicken vorüber, andere zogen ehrfurchtsvoll schon von weitem den Hut. Paul wollte über das Tor klettern und sich sofort bei seinem Vater beschweren, doch Sophie hielt ihn zurück. So weit kam es noch! Der Mitbesitzerin den Einlass verweigern und sie wie eine Bettlerin am Tor stehen lassen! Sie wusste, Wachter wartete bloß darauf, dass sie einen Riesenradau machte, damit er anschließend seinem Brotgeber berichten konnte, sie habe sich wieder einmal wie eine Furie aufgeführt. Doch Stoff zur Genugtuung lieferte sie nicht. Sie blieb betont gelassen, aber bevor sie sich ein Hotel nahm, bestand sie auf einem amtlichen Vermerk und ließ kurzerhand den Gerichtsvollzieher rufen.

Das Warten war eine Tortur, doch als er dann eintraf und mit dienstlicher Miene aus dem Wagen stieg, beteuerte Wachter sofort kleinlaut und wie zur Entschuldigung, dass Seine Hochgeboren ihn angewiesen hatte, die Gräfin nicht einzulassen. Aber da sprengte auf einmal der Schlossverwalter heran, um einen bedauerlichen Irrtum aufzuklären, denn er hatte soeben vom Grafen den Befehl bekommen, ihr drei Zimmer im linken Flügel anzuweisen und Sophie begriff sofort: Sie musste in den Dienstbotenflügel. Weil sie ahnte, was auf sie zukam, bat sie den Gerichtsbeamten, sie zu begleiten und stieg mit ihm durch einen düsteren Schacht über eine schmale Hühnertreppe zur Wohnung hinauf. Ein Blick in die Räume genügte und sie sah, hier hatte Edmund seine Schadenfreude ausgetobt. Die Wände dürftig mit grüner Wasserfarbe gestrichen, nirgendwo Gardinen, die Fensterrahmen kaputt, das Furnier der Tischplatte abgesplittert, die Bezüge der Stühle zerrissen, aus dem Sofa schaute die Rosshaarfüllung, die Bettstelle war wacklig, der Bettvorhang fleckig und der Henkel vom Nachttopf abgeschlagen. Edmund hatte nichts ausgelassen. Die größere Stube bot einen Ausblick direkt auf den Misthaufen und in der kleineren nebenan stank es so gottserbärmlich nach Abort, dass sie unbewohnbar war. Das Entsetzen im Gesicht des Gerichtsvollziehers tat ihr fast gut, denn es war ein amtliches Entsetzen, das der Glaubwürdigkeit des Protokolls nur dienen konnte.

Paul weinte, weil er in diesem rumpligen Quartier nicht bleiben wollte, doch sie versuchte ihn zu beruhigen und sagte betont sachlich: »So ist dein Vater. Er will, dass es uns schlecht geht. Aber keine Sorge, das ändert sich.« Sie ließ die Koffer unausgepackt, wartete darauf, dass man ihnen zu Abend noch ein Gedeck bringen würde, aber nichts geschah. Kein Essen, kein Trinken und sie zweifelte nicht, Edmund hatte dem Personal Order gegeben, ihre Anwesenheit zu ignorieren. Zwar war sie es gewohnt, für ihn Luft zu sein, doch diesmal war er offenbar auf Steigerung aus und die ganze Dienerschaft sollte sehen: Für ihn war sie eine nichtswürdige Person, die in die allerletzte Gerümpelbude gehörte. Am besten in ein Rattenloch.

Nachts lag sie wach. Die Umgebung kam ihr so fremd vor, dass sie beinahe etwas Unheimliches hatte. Ständig horchte sie nach draußen, lauschte auf jedes Geräusch, auf ein Knarren der Treppe, ein Klappern der Schlüssel, meinte Schritte zu hören, dann wieder ein Stimmengeflüster, ein Scharren und Klopfen und plötzlich nahm sie den Geruch des Pferdestalls wahr, dieses Muffeln aus Sabber, Stroh und Sekret, das langsam näher und näher kam, immer stärker wurde, sie anwehte, auf sie niedertropfte wie der Schweiß des Züchtererfolges und auf einmal meinte sie, Edmund würde vor ihr stehen und sprang in Panik aus dem Bett. Sie zündete die Lampe an, sah aufgeregt nach Paul, ging durch die Räume, prüfte, ob die Wohnungstür verschlossen war und wusste nicht mehr, kam der Geruch von draußen, vom Dunghaufen oder stieg er in ihr wie eine schlechte Erinnerung auf, wie Moder, der aus allen Poren kroch. Sie meinte im Stall zu stehen wie damals, als Edmund sie auf den Schlossacker zu den Stuten führte. Es war warm, es war Frühling und Zeit zum Belegen. Die Stuten pressten zum Harnen, waren rossig und sein ganzer Stolz. Sie hatten alle weiche Becken, pralle Euter und das beste Alter für gute Fohlen. Um sie anzureizen, ließ er einen Spür- und Probierhengst zu ihnen auf die Koppel bringen. Eine der Stuten schien an ihm Gefallen zu finden, hielt ein und kaum dass sie Stellung zur Aufnahme des Hengstes machte, ließ Edmund sie sofort auf einen ruhigen abgelegenen Platz führen. Doch weil sie zu munter war, kitzelig und schmeißig, winkte er den Beschälknecht heran, der ihr die Hinterfüße so gekonnt fesselte, dass die Stränge sich unter dem Bauch kreuzten, durch die Vorderschenkel gezogen und um den Hals geschleift wurden. Da stand die Stute, konnte sich nicht mehr vom Fleck rühren, geschweige denn ausschlagen und dann brachte Edmund seinen Liebling Condé, einen kräftigen Deckhengst, englisches Vollblut, beste Stammrace. Er ließ ihn wieder und wieder um die Stute herumlaufen, so lange bis die Rute groß und stramm war, dann nahm er ihn am Halfter, führte ihn der Stute von hinten zu, fasste ihren Schweif, hielt ihn seitwärts und ließ den Hengst aufspringen. Sophie sah, wie aus Edmunds Gesicht dieses starre milzsüchtige Aussehen schwand, wie alles an ihm etwas Weiches und Elastisches bekam, doch der Hengst war so erregt, dass er sein Ziel verfehlte und der Beschälknecht mit der Hand nachhelfen musste.

Edmund stand reglos und ins Zuschauen vertieft. Sophie bemerkte, dass ein feiner Schweiß auf seine Stirn trat. Die Augen bekamen etwas Glasiges, sein Atmen hörte sich wie ein leises Schmatzen an und um seine Mundwinkel spielte ein merkwürdiges Zucken. Es schien, als wären seine Sinne von einer fremden Kraft gesteuert. Plötzlich heftete er auf Sophie einen so brünstigen Blick, der ihr wie ein Brandzeichen vorkam, das er ihr aufdrücken wollte und etwas so krankhaft Begieriges hatte, dass sie meinte, gleichfalls in die Stutenposition gebracht zu werden und erschrocken den Schlossacker verließ. Doch der Stallgeruch verfolgte sie. Er wollte nicht weichen. Alles, selbst die Erinnerung mutete ihr plötzlich wie eine Bedrohung an. Sie lag ruhelos und ließ vorsichtshalber die ganze Nacht die Lampe brennen. Sie dachte an Herrn Lassalle. Wäre er jetzt bei ihr gewesen, hätte sie sich sicher gefühlt. Anderseits war sie aber auch froh, dass er sie nicht in dieser Behausung erleben musste. Sie hätte sich geschämt, ihn hier treffen zu müssen. Auch wenn er noch so sehr von ihrer Erscheinung fasziniert sein mochte – ihr Stand und ihr Rang waren für einen so welthungrigen jungen Mann wie ihn gewiss nicht weniger imposant und verliehen ihr in seinen Augen zweifelsohne noch einen zusätzlichen Reiz. Doch hier war nichts davon zu spüren. Von wegen allerhöchste Gesellschaftsebene, Glanz, Pracht und Größe! Im letzten Loch, im miefigsten

Pferch musste sie hausen. Keiner Wischmagd hätte man das zugemutet!

Vielleicht wäre Lassalle aber auch gar nicht enttäuscht gewesen, sondern bloß entsetzt, hell empört und hätte auf der Stelle für eine würdige Umgebung gesorgt. Denn wie sehr es ihm auch die höchste Ebene angetan haben mochte – in einem war sie sich längst sicher: Er besaß ein angeborenes Talent, Verhältnisse zurechtzurücken. Wohin ihre Gedanken auch gingen – Lassalle fehlte ihr. Mit einem Mal schien ihr die Verbannung in dieses schäbige Quartier aber auch sein Gutes zu haben: Es brachte ihr die Gewissheit, dass es keinen gab, den sie mehr vermisste als ihn.

Weinend kam am Morgen Sophies Kammerfrau, reichte verhuscht in einem bedeckten Korb das Frühstück herein und bat, mit keinem darüber zu reden, denn der Herr Graf hatte allen verboten, seine Gemahlin zu bedienen. Das gesamte Personal der Frau Gräfin hatte er bereits entlassen, nur sie, ihre Dienstälteste, war noch da, doch auch ihr wollte er kein Gehalt mehr zahlen. Sie hatte den Herrn Grafen an das ausstehende Jahresgeld zu erinnern gewagt, doch er hatte sie brüsk abgewiesen und bloß gemeint, sie solle sich nicht bei ihm, sondern bei seiner Frau beschweren, denn seine Frau hatte ihn wegen Verschwendung verklagt und darum musste er jetzt eisern sparen und konnte sich keinerlei unnötige Ausgaben mehr leisten. Wenn sie aber unbedingt in den Diensten der Gräfin bleiben wollte, dann konnte sie sich in Zukunft ja auch von ihr bezahlen lassen. Von ihm gab es keinen Kreuzer mehr.

Sophie begriff sofort, was Edmund damit bezweckte. Sie

sollte nicht mehr standesgemäß leben, sondern in Armut gesetzt werden, damit der Sohn endlich erkannte, nur bei seinem Vater hatte er ein schönes Leben und ohne Reue die Mutter verließ. Eine neue Variante des alten Plans, Paul zu sich zu locken. Sie beruhigte ihre Kammerfrau, ließ alles stehen und liegen und fuhr nach Düsseldorf zu ihrem Hausbankier, um sich Gewissheit über den Stand ihrer Finanzen zu verschaffen. Gerade als sie in die Kutsche steigen wollte, kam der Schuster an den Wagen geeilt und hielt die Jagdstiefel in der Hand, die er für den jungen Herrn Grafen Paul schon seit langem repariert hatte. »Schauen Sie sich diese Bestechnaht an, die Stulpen mit Wachs und Kienruß poliert, den Schaft mit feinstem Rindsleder ausgebessert und das Lammfellfutter innen wieder festgemacht, damit der junge Herr nicht frieren muss! Die Rechnung habe ich wie immer an seinen Vater, den erlauchten Herrn Grafen geschickt, aber es war von ihm kein Geld, sondern nur dieser Brief gekommen.« Zitternd reichte er ihr das Schreiben, denn er wollte jetzt wissen, woran er war. Sophie las Edmunds Zeilen und glaubte, in einem Tollhaus zu sein: »Mein Sohn Paul ist noch nicht mündig und gegen meinen Willen aus meiner Gewalt gerissen worden und ich habe daher keine Verpflichtung, dasjenige zu genehmigen oder zu bezahlen, was für denselben getan oder angekauft wird und bemerke zugleich, dass ich auf fernere Briefe in dieser Angelegenheit nicht antworten, sondern eventuell Ihrer gerichtlichen Klage entgegensehen werde.« War Edmund noch bei Sinnen?! Dem braven Schüller zuzumuten, dass er seine Reparaturkosten einklagen sollte! Blamabler ging es doch nicht! Mehr als 100000 Taler im Jahr einnehmen, aber dem Schuster nicht die paar Silbergroschen Reparaturlohn bezahlen wollen. Wenn Edmund meinte, damit keinen anderen als sie treffen zu können, war er im Irrtum. Mit solchen Aktionen stellte er nicht nur sich selber bloß, sondern kompromittierte die Ehre des gesamten Standes. Hatzfeldt, ein Nestbeschmutzer – so was liebte die Familie. Er musste ja wissen, was er tat. Peinlich für ihn, alles nur peinlich. Sophie beglich sofort den ausstehenden Betrag mit einem Extrageld, wofür sich der Schuhmachermeister in gewohnter Ehrfurcht bedankte und sichtlich erleichtert dem jungen Herrn Grafen die Stiefel reichte. Doch Paul war irritiert. »Das verstehe ich nicht«, sagte er. »Mit den Groschen für mich knausert der Papa, aber schenkt mir ein sauteures Reitpferd. Das muss er mir noch heute erklären.« Sophie wollte ihm jetzt nicht auseinandersetzen, wie sinnlos ein solches Vorhaben war und dachte, dass sie sich eigentlich gar nicht mehr nach dem Stand ihrer Finanzen zu erkundigen brauchte. Sie ahnte, wie es darum bestellt war, und der Hausbankier bestätigte es ihr nur wenig später: »Leider ist noch nichts für Sie eingegangen«, sagte er, »nichts bislang, gar nichts.«

Jetzt, da dies ausgesprochen war, bekam auf einmal alles noch eine ganz andere Wahrheit und ganz andere Wirklichkeit, denn es schien, als würde ihr aus dieser schlichten Feststellung die geballte Verachtung der Welt entgegentönen und das Demütigende ihrer Lage in doppelter Größe bewusst machen. Dass Edmund es wagte, die Zahlung des Lebensunterhalts wieder einmal so gezielt hinauszuzögern und sich damit ganz unverfroren jeder vertraglichen Vereinbarung widersetzte und das auch noch jetzt, wo er gerichtlich gegen sie zu Felde zog und sich eigentlich nicht den kleinsten Formfehler erlauben durfte, das überstieg ihre schlimmsten Befürchtungen. So viel Abgebrühtheit konnte sich eben nur einer leisten, der wusste, dass er reich genug war, um sich die Gesetze nach seinem Gusto zu formen.

Sophie musste ihren Bankier offenbar so entsetzt und fassungslos angestarrt haben, dass er seine Aussage voller Bedauern bekräftigte: »Ja, leider. Kein Eingang. Als Ist-Zustand bloß Mangel an Deckung. Null Taler, null Groschen.« Sein Ton und sein Gesichtsausdruck hatten plötzlich etwas so Herablassendes, als wäre sie für ihn das allerletzte Aschenputtel. Dabei hatte sie zu den jährlich 6000 Talern, die ihr als Ehefrau zustanden, noch die 4% Zinsen aus ihrem eigenen Vermögen zu bekommen, das sie als Fürstentochter in die Ehe gebracht hatte, vom läppischen Nadelgeld, das der Herr Gemahl als standesgemäße Morgengabe obendrauf zu packen hatte, ganz zu schweigen. Da die Scheidung noch nicht rechtskräftig war, stand ihr das zu. Doch offenbar wollte Edmund auf sein Lieblingsspiel nicht verzichten: Hinhalten aller Zahlungen, damit sie sah, wer das Zepter in der Hand hielt und was sie in Zukunft zu erwarten hatte.

Da der Bankier ihre Vermögensverhältnisse kannte, schien es ihr nicht zu viel verlangt, ihn um einen Kredit zu bitten, damit sie wenigstens bis zum Eingang der Zahlung den momentanen finanziellen Engpass überbrücken konnte. Doch er setzte eine bedenkliche Miene auf. Schließlich wusste jeder, dass sie in Scheidung lebte und der Ausgang war ungewiss. Sophie fand es fast überflüssig, ihn darauf hinzuweisen, dass sie selber einen großen

Grundbesitz hatte, doch er meinte, den würde sie verlieren, wenn der Ehemann mit seiner Klage recht bekam und sie schuldig geschieden wurde. Dann stand sie mittellos da und konnte den Kredit nicht mehr zurückzahlen. Dieses Risiko war ihm bei der allgemein schwierigen Wirtschaftslage zu groß. Die Zeiten waren unsicher und sein Bankhaus konnte sich keine Verluste leisten. Er musste ökonomisch denken und wollte darum erst das Ende des Scheidungsprozesses abwarten.

Sie sah dieses geschäftsmäßige Bedauern in seinem Gesicht, als wollte er ihr sagen, wie leid es ihm tat, dass sie sich mit diesem privaten Dilemma ins Abseits manövriert und die so glanzvolle gesellschaftliche Ebene verlassen hatte. Ihr war, als wollte er im Bankhaus eine neue Sitzordnung einführen – er auf dem hohen Ross und sie tief unten. Auf jeden Fall für ihn nicht mehr banktauglich und schon gar nicht kreditwürdig. So schnell konnte es gehen: kein Geld, keine Person von Interesse. Und so einer nannte sich dann auch noch Hausbankier! Plusterte sich wie ein Truthahn vor ihr auf und faselte großartig vom ökonomischen Denken! Dabei hätte er auch einfacher sagen können, was er damit meinte: Diejenigen, die Geld brauchten, bekamen keins, damit er denen, die Geld hatten, noch mehr davon geben konnte. Gegen einen wie ihn war doch jeder Bankräuber eine ehrliche Haut. Sie dachte an ihren Generalbevollmächtigten und konnte nur hoffen, dass er eine saftige Gegenklage entwarf, die Edmund in seiner ganzen Verkommenheit zeigte und das Gericht zu einer klaren Entscheidung führte. Dann konnte das Urteil gar nicht anders als zu ihren Gunsten ausfallen. Dann behielt sie selbstverständlich ihr eingebrachtes Vermögen und diese Bankscheuche bettelte bestimmt sofort darum, dass sie wenigstens eine kleine Anlage bei ihm tätigte. Aber da hatte er sich mit seinem großartig ökonomischen Denken gründlich verrechnet. Darauf konnte er lange warten. Eher ließ sie seine Schießbude stürmen. Keinen Fuß mehr setzte sie über diese Schwelle. Zwar bemühte sie sich, gefasst zu bleiben und keinerlei Aufregung zu zeigen, doch dieser Kerl machte sie revolutionswütig und sie zweifelte nicht, dass er mit Edmund unter einer Decke steckte.

Grußlos verließ sie das Haus und eilte zum *Breidenbacher Hof,* um zu sehen, ob Post für sie eingegangen war. Augenblicke später hielt sie einen Brief von Lassalle in der Hand, überflog begierig die Zeilen und war auf einmal wie verwandelt. Voller Überschwang nahm sie Paul in die Arme und sagte fast im Jubelton: »Jetzt holen wir nur noch unsere Koffer aus dem Schloss und dann geht's noch heute nach Köln. Wir werden im *Bellevue* erwartet.«

Glücklich, ihre Abwesenheit keinen Tag länger ertragen zu müssen, eilte Lassalle auf sie zu und es schien, als wäre mit ihm alle Bewegung der Welt in die Hotelhalle gekommen. Er ließ von Mendelssohn grüßen, der aus Frankreich zurückgekehrt war, sich reumütig dem Gericht gestellt hatte und nun gleichfalls seinen Freispruch erwartete und das war beileibe nicht die einzige gute Nachricht.

Sophie wollte erst einmal in aller Ruhe seine Anwesenheit genießen, wollte etwas von seiner Freude in sich aufnehmen, nichts sagen, nur ihm gegenübersitzen und spüren, wie seine Nähe alle Ängste vertrieb und wieder dieses befreiende Gefühl aufstieg, aber Lassalle ließ ihr keine Zeit dazu, sondern überraschte sie mit einem Plan, der ihn in Feuer und Flamme setzte. Er hatte gehört, dass die Bauern auf den Hatzfeldtschen Gütern unzufrieden waren und diese Situation musste er nutzen. Wind und Wellen waren ihnen günstig wie nie. Dafür hatte er ein Gespür. Er war in den letzten Wochen viel herumgekommen, hatte mit vielen gesprochen, vieles gehört und täuschte sich nicht, dass sich die Stimmung im Lande gewandelt hatte. Auf das Geschwätz der Regierung wollte kein Mensch mehr was geben. Es sah doch jeder: Nichts wurde entschieden, nichts ging voran, nur das Elend blieb. Selbst Varnhagen saß bloß noch wie ein Auswanderer in seinem Garten. Und das wollte schon was heißen. Auch der Großwortmeister meinte, dass es mit dem Zuschauen und Abwarten vorbei war. Vorbei mit Hinnehmen und Runterschlucken und der Hundegehorsam hatte auch keine Zukunft mehr. Jetzt gab es Druck von allen Seiten. In die stille Gärung kam Bewegung. In Berlin schlug man sich bereits auf den Straßen wegen der Kartoffelpreise. Sechs Silbergroschen die Metze – das musste zum Krawall führen. Dazu in jeder Weißbierkneipe Abend für Abend kleine Volksversammlungen in aufgeheizter Atmosphäre. Noch ein paar Monate und dann ging es im ganzen Land den Geldsäcken an den Kragen. Dann war es so weit und die nächsten Jubeljahre fanden garantiert ohne diese Herrschaften statt. Dann kam eine Verfassung, ein Parlament und es wurde die Flagge der Demokratie gehisst.

Lassalle fieberte vor Begeisterung, denn jetzt sah er deutlich wie nie: Paragraphen und Theorien mochten die Ordnung der Dinge festschreiben, aber die Stimmung brachte sie voran. Sie war die wahre Triebkraft der Geschichte und wenn sie die Massen ergriff, dann Gnade Gott. Dann wurde die Stimmung zur materiellen Gewalt und die Herren Minister samt Kabinett und König waren gut beraten, ihr rechtzeitig nachzugeben. Andernfalls wurden sie alle weggefegt. Ratzfatz. An die Laternen und Fichten wie einst in Frankreich.

Sophie hatte ihren Chevalier noch nie so euphorisch erlebt, fand seinen Plan verlockend, doch als sie am nächsten Morgen zu den Hatzfeldtschen Besitzungen aufbrachen und auf Schloss Schönstein ankamen, standen Wachposten an jedem Tor und die Kanonen der Schützenbruderschaft waren auf den Eingang gerichtet, als wollte man sich dem Eindringen von Feinden zur Wehr setzen. Ein Willkommenssalut jedenfalls hätte anders ausgesehen. Noch ehe sie sich nach dem Grund für die martialische Kulisse erkundigen konnte, eilte schon der Schlossverwalter heran und erklärte Ihrer Durchlaucht aufgeregt, dass er strengsten Befehl vom Herrn Grafen bekommen habe, keinen Fremden und vor allem keinen Begleiter der Frau Gräfin ins Schloss zu lassen. Für den Fall, dass eine Übernachtung benötigt wurde, war ein Bett für sie und den Herrn Sohn bereitgestellt.

Ein Bett für sie und den Herrn Sohn! Sie hörte wohl nicht recht! Ein ganzer Schlossflügel stand ihr zur Verfügung samt Personal und Dienerschaft, und nun wurde ihr barmherzig eine Schlafstelle zugewiesen! Da lag doch wohl ein Irrtum vor! Eine Verkehrung aller Verhältnisse. Aber dass Edmund ihrem Begleiter den Eintritt verweigerte, zeigte allerdings auch, wie sehr er sich von ihrem jungen Generalbevollmächtigten provoziert fühlte und ihn als die leibhaftige Bedrohung empfand. Für den kommenden Scheidungsprozess war dies gewiss nicht das schlechteste Omen. Doch Lassalle hatte die Absicht des Reichsgrafen sofort durchschaut und sah, dass alles darauf angelegt war, ihr das Wohnrecht zu verweigern. Er wusste, ihnen blieb im Moment nichts anderes übrig, als sich in die Umstände zu fügen. Auch wenn ihr das Schloss zu gleichen Teilen wie dem Ehemann gehörte, so oblagen doch ihm ganz allein die Verwaltungsgeschäfte und nur er hatte Weisungsrecht gegenüber seinen Beamten. Kurzentschlossen entschied Lassalle, sich ein Nachtquartier im Dorf zu suchen und am Morgen die Dinge zu klären.

Einige Bauern hatten sich vor den Toren versammelt, um zu sehen, was im Schloss vor sich ging. Lassalle nutzte die Gelegenheit, mit ihnen ins Gespräch zu kommen. Er erfuhr von einem passablen Fremdenzimmer und lud sie alle noch in den Wissener Gasthof ein. Als sie hörten, dass er der Anwalt der Gräfin war, ließen sie ihrer Wut auf den Standesherrn freien Lauf. Kein Brandholz durften sie in den gräflichen Forsten mehr holen; eigenmächtig hatte der Graf sie von Erbpächtern zu Zeitpächtern gemacht und hielt zur Deckung des Betrugs die alten Urkunden und Lagerbücher unter Verschluss; ständig wurden sie von seinen Beamten des Holzdiebstahls bezichtigt, ins Zuchthaus gebracht oder mit hohen Geldstrafen belegt; wer ein paar Pilze sammelte, wurde gleich als Waldfrevler angezeigt – und jeden Tag neue Willkür.

Lassalle saß mit ihnen bis spät in die Nacht und bot den

Bauern an, die Beschwerde für sie hieb- und stichfest zu Papier zu bringen. Als er hörte, dass sie das alles am liebsten an Ort und Stelle im Vereinigten Landtag vorgetragen hätten, aber die Fahrt nach Berlin nicht bezahlen konnten, gab er ihnen das Reisegeld. Besser hätte es mit seinem Plan gar nicht gehen können: Eine Deputation von Bauern, Landarbeitern und Pächtern, die die Bedrückungen des Grafen Hatzfeldt öffentlich anprangerten und das ausgerechnet auch noch vor dem Landtag, dessen Mitglied Höchstselbiger war – das traf in die richtige Stimmung. Das unterlag dem Gesetz der doppelt vervierfachten Wirkung: Das richtige Wort zum richtigen Zeitpunkt an der richtigen Stelle und schon geriet alles in Bewegung.

In Siegerlaune ging Lassalle am Morgen ins Schloss und plötzlich folgte ihm ein Tross von Bauern mit Sensen, Dreschflegeln, Knüppeln und Eisenstangen. Er konnte sich nicht erklären, woher sie alle gekommen waren, meinte, sie müssten von den Bäumen gefallen sein und ehe er sich versah, schritt er an ihrer Spitze ins Schloss. Doch an der Freitreppe wurde er von Polizeisoldaten aufgehalten. Lassalle schien das wenig zu bekümmern. Er wünschte die Gräfin zu sprechen und bekam zur Antwort, dass auf Befehl des Standesherrn das Gelände unter Polizeischutz stand, dass der Frau Gräfin jeder Besuch verboten war und er sich zu entfernen hatte. Doch da erschien schon Sophie mit Paul auf der Treppe, bot Lassalle gelassen den Arm, um ihn demonstrativ ins Haus zu führen. Auf einmal brach Tumult aus. Die Polizeibeamten des Grafen stießen Sophie von der Treppe, packten Lassalle im Genick, wollten ihn zu Boden werfen, er setzte sich so heftig zur Wehr, dass sein Frack zerriss, Paul kam ihm mit einer Latte zu Hilfe, die Bauern schlugen die Polizisten in die Flucht, stellten sich schützend vor Sophie, warteten begierig auf ihren Befehl, das Schloss stürmen zu dürfen, doch von mehreren Seiten stürzten Knechte mit gezücktem Säbel heran, um die Bauern vom Hof zu jagen. Als Sophie sah, dass all die Stallburschen mit den Polizeibeamten in der Überzahl waren, rief sie zur Ruhe auf. Mit einem Mal war auch der Bürgermeister des Ortes da, bat die Waffen niederzulegen und friedlich auseinanderzugehen.

Kaum dass sich der Tumult gelegt hatte, reichte Sophie erneut Herrn Lassalle den Arm, nahm Paul an die Hand, schritt mit beiden an den Polizeibeamten und Knechten vorbei zu ihrem Wagen, ließ den Kutscher anspannen, sah mit Bedauern, dass der elegante Frack ihres Generalbevollmächtigten hinüber war und sagte nur: »Noch leide ich nicht unter der Not an Wohnraum. Zwei Meilen von hier habe ich immerhin noch eine Wasserburg. Im Wildenburger Land wird uns das nicht passieren.«

Doch als sie am späten Abend vor Schloss Crottorf standen, war alles verbarrikadiert. Der übereifrige Rentmeister Wisselingk hatte sie offenbar schon erwartet und erklärte kategorisch, dass er auf Befehl des Grafen die Förster zusammengezogen hatte, damit sie Feuer gaben, falls sie das Schloss betreten sollten. »Ich glaube nicht, dass der Papa wirklich auf uns schießen lässt«, meinte Paul und Sophie entgegnete bloß trocken: »Dein Vater ist zu allem fähig.« Irgendwie hatte sie auf einmal so ein Gefühl, als wollte Edmund sie alle drei in eine Falle locken. Was für ein Komplott er sich auch ausgedacht hatte – sie zweifelte nicht, wenn einer der Förster sie jetzt erschossen hätte, dann wäre er vermutlich noch nicht einmal schuldig gesprochen worden, dann hatte er ja nur den standesherrlichen Befehl ausgeführt und Edmund hätte seinen braven Untertan sicherlich noch belohnt. Darauf wollte sie es lieber nicht ankommen lassen.

Auch Lassalle entschied, keine Provokation zu riskieren, sondern einfach nur vor den Toren zu warten. Nicht nur um zu sehen, was sich tun würde, sondern er wollte vor aller Augen Tatsachen schaffen und zeigen, was für ein honoriger Zeitgenosse der Hochgräfliche war, der sich nicht scheute, nachts in dieser ländlichen Einöde Frau und Kind auszusperren. Im Handumdrehen waren sie plötzlich auch hier von Bauern umringt, die einer nach dem anderen wie nächtliche Schatten hinter den Büschen hervorgehuscht kamen, ihren Wagen umlagerten und mit ihnen in der Finsternis warteten – Stunde um Stunde, bis plötzlich vor Mitternacht das Außentor geöffnet wurde. Sophie nahm dahinter eine hektische Bewegung wahr, hörte Rufe und Schreie und auf einmal kam eine vermummte Magd an die Kutsche gerannt und steckte ihr aufgeregt zu, dass im Schloss die Hölle los war. Der Oberpolizeibeamte hatte Mitleid mit der Frau Gräfin, wollte sie einlassen, um ihr die Gefahren einer nächtlichen Kutschenfahrt zu ersparen, wies den Rentmeister an, auch noch die anderen Schlosstore zu öffnen, doch der widersetzte sich seinem Befehl. Da zückten die Polizisten gegen ihn ihre Säbel, die Förster mischten sich ein und es gab ein Hauen und Stechen, wie man es auf Crottorf noch nicht erlebt hatte.

Lassalle begriff sofort, dass es sich hier um einen Aufruhr der Beamten gegen ihren Vorgesetzten handelte, doch plötzlich war die Vermummte verschwunden und Domänendirektor Wachter stand bleich und zitternd vor Sophie. Dass Edmund seinen Leibwächter hierher beordert hatte, bestätigte ihr nur, wie gut seine Spione arbeiteten. Offenbar war er bereits über die Vorfälle in Schönstein unterrichtet und es wunderte sie nicht, dass er alles aufbot, um ihrem Generalbevollmächtigten auch hier das Betreten des Schlosses zu verbieten.

»Ihr Gemahl hat recht«, sagte Wachter mit unheildrohender Stimme, »wo Sie sind, ist Unfriede. Fahren Sie weg, sonst gibt es im Schloss noch Tote und Verletzte.«

Sophie war empört. Edmund verbot ihr, das eigene Domizil zu betreten und sie war am Ende noch schuld, wenn es deshalb zu blutigen Auseinandersetzungen kam! Das hätte dem Stinkmarder so gepasst! Doch sie wollte keine Verletzten riskieren und folgte einem der Bauern, der ihr in seiner Hütte im Dorf ein bescheidenes Nachtlager anbot. Paul ließ sich sofort todmüde auf eine Strohmatte fallen. Für Sophie wurde ein Schemel mit angeschraubter Lehne gebracht. Ob er wackelte oder nicht – an schlafen war ohnehin nicht zu denken. In ihr kochte die Wut. Anscheinend konnte sich Edmund jedes Unrecht erlauben. Sie von ihren Besitzungen vertreiben und so zu tun, als gehörte ihm alles und ihr nichts, ihm das Himmelreich und ihr das Mauseloch – zu so viel Schuftigkeit fiel ihr nichts mehr ein.

Die Bäuerin begrüßte die gnädigste Gräfin voller Ehrfurcht, brachte ihr ein Wachslicht, eine Pferdedecke und in einer großen Kruke ein selbstgebrautes Hausbier. Sophie meinte, einer guten Fee begegnet zu sein, legte die

Decke sofort über Paul, Lassalle füllte vorsichtig die Gläser, um nichts von dieser Kostbarkeit zu verschütten und dann stürzten sie sich auf das Bier. Mochte es auch aus Runkelrüben oder aus Kartoffeln gebraut sein – noch nie hatte Sophie ein Bier so gut geschmeckt und noch nie so wohlgetan. Die Erschöpfung fiel von ihr ab, die Aufregung legte sich, die Sommernachtskälte wich aus dem Raum und die Stube wurde hell und groß. Lassalle hockte neben ihr auf dem Boden, war munter wie ein Fisch und trotzdem die Ruhe selbst. Mehr Komfort bauchte es nicht. Sie vergaß, dass draußen die stockfinstere Nacht lauerte und etwas Unheimliches hatte. Er war bei ihr und das genügte. Seine Anwesenheit gab ihr das Gefühl, geschützt und geborgen zu sein, so als könnte ihr nichts mehr passieren, als wäre sie gegen alles gefeit und allem gewachsen. Wieder spürte sie, wie sich etwas von seiner Entschlossenheit und seinem Wagemut auf sie übertrug, wie alle Selbstzweifel und Bedenken schwanden und genoss jeden dieser Augenblicke, der ihre Misere in weite Ferne rückte.

Doch Lassalle machte sich im Stillen Vorwürfe, die Gräfin in eine solche Lage gebracht zu haben, dass sie nun auch noch auf einem wackligen Küchenschemel übernachten musste. Als das Wachslicht niedergebrannt war, rückte er behutsam ihren Stuhl an die Wand, damit die Lehne nicht abbrechen konnte, legte ihr seinen zerrissenen Frack auf die Knie, bat sie, wenigstens einen Kurzschlaf zu probieren, blieb neben ihr am Tisch sitzen, zündete sein mitgeführtes Öllämpchen an und öffnete seine Reisekanzlei. In einem Zug schrieb er nieder, wie es durch die Willkürmaßnahmen des Reichsgrafen zum Aufstand gekommen war und

Tage später standen die Berichte über die Revolten auf den Hatzfeldtschen Gütern in allen Zeitungen, sorgten für Aufsehen und waren landesweit Tagesgespräch.

Sophie saß in ihrem Hotelzimmer, fühlte sich vertrieben aus ihren Wohnungen, überlegte, wie es weitergehen sollte und sah die Zeitungen durch. Die Kölnische, die Aachener, die Trierische, die Mannheimer, die Elberfelder, die Rheinische Allgemeine, die Vossische, die Spenersche, das Düsseldorfer Kreisblatt – der Stapel wollte kein Ende nehmen. Sie wusste, dass die Berichte Edmund zutiefst treffen würden. Dass eines Tages es jemand wagen könnte, ihm öffentlich vorzuwerfen, Bauern und Pächter ungerecht zu behandeln, ein Unterdrücker und Despot zu sein – das wäre ihm gewiss nicht im schlechtesten Traum eingefallen. Schließlich war Edmund gewohnt, der Welt um sich herum seine eigene Ordnung zu geben: Er teilte die Schläge aus und die anderen steckten die Schläge ein. Dass es auch mal umgekehrt kommen konnte, lag für ihn fern jeder Realität.

Trotzdem war ihr dabei nicht ganz wohl zumute und während sie noch überlegte, ob dieser Weg in die Öffentlichkeit, diese Art von Zuspitzung überhaupt klug war und ihrer Sache diente, kam schon Edmunds Antwort per Schreiben seines Anwalts: Mit sofortiger Wirkung stellte Hochwohlgeboren die Alimentation für die Beklagte ein. Sophie machte sich Vorwürfe. Sie hätte sich denken können, dass Edmund so reagierte. Wahrscheinlich fühlte er sich nicht nur gejagt, sondern zur Strecke gebracht und biss nun wie ein waidwundes Tier um sich. Traf sie an der verletzbarsten Stelle – zahlte ihr den Unterhalt nicht mehr verzögert, sondern zahlte gar nicht mehr. Pfiff auf jedes Recht und setzte sie aufs Trockene. Sie zweifelte nicht, dass er mit diesem Schlag auch Lassalle treffen wollte. Ihr Freiheitsritter war ihm ein Dorn im Auge. Aus sicherer Quelle hatte sie erfahren, wie Edmund über ihn dachte: Dass sie ihm einen solchen hergelaufenen Kläffer als Wahrer des Rechts präsentierte, nahm er ihr besonders übel. Das war von ihr bewusst gewollt, war Absicht und kalte Rache. Sie hätte sich ohne weiteres einen angesehenen, achtbaren Anwalt nehmen können, aber es musste ja dieser Krawallmacher sein, der sich auf nichts als Zeitungsgeknatter und Trompeterphrasen verstand. Die Konsequenz hatte sie sich selber zuzuschreiben und Sophie hörte wie aus dunkler Ferne Edmunds Drohung: Gegen den Ehemann öffentlich zu Felde zu ziehen, aber von seinem Geld leben – damit war jetzt Schluss.

Sie machte sich aber auch Vorwürfe, mit den finanziellen Dingen zu leichtfertig gewesen zu sein. Zu gutgläubig. Sie hätte sich einen gewissen Betrag als Reserve beiseitelegen müssen. Anderseits – wovon? Vom Jahressalär blieb nichts übrig. Es reichte für ein standesgemäßes Leben, Personal, Wagen, Pferde und gerade noch einen Kuraufenthalt, doch nach zwölf Monaten neigten sich die Finanzen dem Ende. Aber es beunruhigte sie nicht. Zwar kam der neue Betrag meistens verspätet, aber er kam, denn Hermann trieb ihn als Fürst und Bruder für sie ein und Edmund wusste ganz genau, dass das Unterhaltsgeld ihr zustand. Einen Rechtsbruch hätte er sich als Kammerherr des Königs nicht leisten können. Doch jetzt schien ihm offenbar auch das egal.

Nun saß sie da, ohne einen Kreuzer Bares, hatte nicht

nur nichts, sondern weniger als nichts, reinweg gar nichts. Nichts im Strumpf, nichts unter der Matratze, null Ersparnisse, keinerlei Rücklagen und nur das Gefühl, als wäre ihr Blutkreislauf zum Stillstand gekommen. Tagelang verließ sie nicht das Hotel, verkroch sich in ihrem Zimmer und kämpfte gegen eine aufkommende Panik an. Sie sah sich in einen großen schwarzen Krater stürzen, tief und tiefer, bis alle Lebendigkeit aus ihr herausgepresst war und sie nur noch wie ein papierner Schattenriss an der Wand hängenblieb.

Zwar hatte Lassalle noch am selben Tag auf Fortsetzung der Alimentation geklagt, aber bevor darüber entschieden wurde, konnten Wochen und Monate vergehen. Nicht dass ihr im Moment um das Geld für Essen, Trinken und Wohnen bang gewesen wäre, denn bestimmt bekam sie vom Hotelier vorübergehend Kredit, aber dass sie Pauls Lehrer nicht mehr bezahlen konnte, das war die eigentliche Katastrophe. Denn sie zweifelte nicht, dass sein Vater ihm schon bald ein neues Angebot machte, beim lieben Papa in Luxus und Bildung zu leben. Und natürlich lag dann gleich noch ein Briefchen von seinem Bruder bei, der ohne Frage von Edmund angestachelt war, Paul ständig zu Pferderennen einzuladen, damit er sah, wie gut es Alfred bei seinem Vater hatte und er es sich überlegen sollte, ob er noch länger bei der verluderten Mutter bleiben wollte. Dieser Kinderpoker war von Übel. Vor allem, wenn dabei demonstriert werden sollte, dass ohne Geld nichts zu gewinnen war.

Ausgerechnet jetzt hatte sie keins mehr und musste borgen. Doch allein schon die Überlegung, wen sie fragen könnte, kam ihr so vor, als würde sich darin ihr Untergang ankündigen. Den Weg zu einer dieser Bankscheuchen, die sich mit dem Geld anderer nur selbst bedienten, brauchte sie gar nicht erst einzuschlagen und auf ihre Geschwister konnte sie nicht zählen. Seit sie von Edmunds Scheidungsklage wussten, duckten sie sich weg. Von Hermann bekam sie sowieso nichts, weil sie seine Warnung, die Öffentlichkeit zu meiden, in den Wind geschlagen hatte und der Häme von Minerva Herminie setzte sie sich nicht aus. Und Clara um Geld zu bitten, tat sie sich nicht an. Die Bemerkung vom Kassettendieb klang noch im Ohr und sie gönnte ihr auch nicht diesen Triumph, denn das Ende im Elend hatte sie ihr ja bereits vorausgesagt. Aber noch war es nicht so weit. Hätte Edmund beim Kauf des Muskauer Parks nicht versucht, Fürst Pückler übers Ohr zu hauen, hätte sie bestimmt vom Erdbändiger eine Überbrückungssumme bekommen, denn der Fürst hatte Verständnis für extreme Lebenslagen und war immer hilfsbereit. Doch unter diesen Umständen wagte sie es nicht, bei ihm anzuklopfen.

Zwar wusste sie, dass Lassalle seinen Vater bereits mit Kurierpost aufgefordert hatte, ihm umgehend Geld zu schicken, nicht irgendein Kleckersümmchen, sondern einen Betrag in imponierenden Zahlen, und zu ihrem Entsetzen in hitziger Feldherrnart ihm dabei auch noch angedroht hatte, die Liebe seines Sohnes zu verlieren, wenn er ihm nicht auf der Stelle aus der Kreide half – aber Geld von Lassalle anzunehmen, kam nicht in Frage. Das hätte sie beschämt. Es reichte ja schon, dass sie 20 Jahre älter war. Und dann auch noch finanziell unterstützt werden zu müssen – mehr Gebrechlichkeit gab es doch nicht. In diesem hinfälligen Zustand wollte sie ihm nicht begegnen. Er hatte ein Bild der Bewunderung von ihr, das ihr guttat, das sie genoss und aufleben ließ und das sie um nichts auf der Welt zerstören wollte. Außerdem tat er schon genug für sie. War Tag und Nacht mit ihrer Gegenklage befasst, reiste herum, befragte Zeugen und stöberte in den Archiven, um in Kürze das Schauerepos dem Gericht einzureichen. Jetzt gar noch vom Geld seines Vaters zu leben und für seine Familie zur Belastung zu werden – nie und nimmer nahm sie das an. Allein die Gewissheit, dass Lassalle für sie wie um sein Leben kämpfte, wog alles auf. Zu spüren, dass jeder Gedanke von ihm um sie kreiste und es keinen gab, auf den sie sich so absolut verlassen konnte wie auf ihn – das war mehr als genug, war inmitten der Geldmisere das Unbezahlbare, Unverhoffte und ihr Riesenquäntchen Glück.

Selbstverständlich hätte sie die Paragraphenschlacht beenden können, denn darin war sie sich mit Lassalle einig: Hätte sie jetzt in die Scheidung eingewilligt, wäre es für sie zu einem Vergleich gekommen und sie hätte finanziell glänzend wie nie dagestanden – allerdings um den Preis, dass sie ihre Mitschuld einräumte, ihr vermeintliches Gossenleben mit all seinen Hurentouren zugab und sich für unfähig erklärte, ihre Tochter bei sich aufzunehmen. Nichts anderes hatte Edmund gewollt: Er bot ihr eine hohe Summe und sie verzichtete auf ihre Tochter. Doch darauf ließ sie sich nicht ein. Geld war zwar viel, aber nicht alles.

Kurzerhand entschloss sie sich, ihren Wagen und ihren Ring aus dem Familienschmuck zu verkaufen. Die Equipage musste wenigstens noch 400 Taler bringen und für den Diamant à jour gefasst in Platin brauchte es bloß den richtigen Interessenten, der entsprechend dafür zahlte. Dann kam sie über die nächsten zwei Jahre.

Lassalle überlegte nicht lange, packte den rettenden Juwel in seine Reisetasche, warf sich in den Wagen und jagte damit nach Paris, denn er wusste, nur sein Börsenschwager, dieses ausgekochte Schlitzohr, konnte für beides noch einen satten Preis herausschlagen.

Paul freute sich, dass die Mama keinen Lehrer mehr bezahlen konnte. Auch wenn er es seinem Vater übel nahm, ihnen so mir nichts, dir nichts den Geldhahn zuzudrehen, aber auf diese Weise von der öden Dressurpaukerei erlöst zu sein und einmal Pause von der Rosskur zu haben – das fand er richtig gut. Doch unerwartet sprang Lassalle ein und übernahm den Unterricht. Seit Tagen hatte er bei der Gräfin so einen still aufsteigenden Kummer bemerkt, der wie ein Schatten über ihr Gesicht zog und er wollte nicht, dass sie sich gar noch in Schuldvorwürfen erging, ihrem Herzenssohn keine ordentliche Ausbildung finanzieren zu können. Außerdem sollte der verwöhnte Adelsspross ruhig mal sehen, dass Lernen vom Geld nicht abhängig war und auch mit null Finanzen geistiger Besitz erworben werden konnte. Natürlich wusste Lassalle, dass die Gräfin schon jetzt für Paul ganz gemäß der Familientradition die diplomatische Laufbahn im Auge hatte und darum gab er ihm Unterricht in Philosophie und Geschichte.

Widerwillig und voller Murren kam Paul angeschlunzt, stellte sich darauf ein, nach Jahreszahlen abgefragt zu werden, Schlachten erläutern zu müssen und irgendwelche unsterblichen Dichterworte auswendig aufzusagen, doch Lassalle wollte dem künftigen Amtsträger Denkimpulse geben und zeigen, worauf es ankam: die Welt nicht interpretieren, sondern verändern. Verhältnisse schaffen, in denen der Mensch kein erniedrigtes und geknechtetes Wesen ist – das war die Aufgabe der Zeit und solche Gedanken gehörten in das hochwohlgeborene Hirnkästchen. Gleich ganz von oben, vom Himmel herab stieg er ein mit Fichte und Kant, Freiheit und Pflicht, und kam dann zu seinem Heiligen, seinem Sankt Hegel, der es konkret auf den Punkt gebracht hatte: Das Sein des Menschen ist sein eigenes Produkt. Mehr an Selbstbestimmung konnte es nicht geben. Wollen, tun und denken, statt faul herumhocken, die Zeit totschlagen, sich langweilen und unverdientes Brot fressen. Durch Bildung Macht über die Verhältnisse bekommen – das war ein klares Handlungsprogramm. Dahinter verbarg sich nichts Abstraktes und Metaphysisches, nichts Verschwurbeltes und Verschrobenes, sondern die Philosophie der Tat. Er hätte auch sagen können: Es war die Einsicht in die historische Notwendigkeit, sich den herrschenden Zuständen nicht länger zu unterwerfen, sondern als Produzent der Wirklichkeit sie ganz neu zu gestalten. Eine Rebellion der Gedanken gegen den Trott der Gewohnheit – wenn das nicht in Richtung Fortschritt wies!

Paul hörte gebannt zu. Noch keiner hatte ihm eine komplizierte Materie so anschaulich dargestellt. Alles schien ihm so einleuchtend und überzeugend, dass er am liebsten sofort aufgesprungen und nach draußen gerannt wäre, um auf der Stelle die ganze Welt umzukrempeln. Lassalle steigerte sich in seinem Unterricht von Mal zu Mal, bot alles auf, was an Logik, Feuer und Geist in ihm steckte und wollte ganz bewusst vor Paul glänzen, schon um ihm zu zeigen, dass seine Frau Mama den richtigen Berater hatte. Gerade weil er bereits 22 war, vermied Lassalle, wie ein Lehrer vor ihm zu stehen mit gefürchtetem Adlerblick und steifleinernem Krägelchen, sondern hockte neben ihm wie ein älterer Schüler und dröselte ganz locker das Hegelsche System auf. Gezielt spitzte er alles auf die Veränderung der Verhältnisse zu und hatte Spaß daran, dem kleinen Blaublut die einzig wahre und richtige Haltung einzuprägen: Geist und Talent nicht brachliegen zu lassen, sondern mit dem, was man wusste, sich einbringen in die Gesellschaft. Das war keine private Marotte und keine Kateridee, das war sociale Pflicht. Andernfalls blieb man ein unwürdiger Egoist. Ihm standen alle Möglichkeiten offen und die musste er nutzen. Statt sich über Dinge mokieren, sich einmischen, reingehen in die Strukturen und das ganz in dem Bewusstsein, wer den Tyrannen stürzen will, muss ihm dienen. Gerade ein hohes Staatsamt bot dazu allerbeste Chancen. Besetzten Männer mit fortschrittlichem Denken solche Positionen, blieb das nicht ohne Wirkung, denn allein schon die Ermessensspielräume voll zu nutzen, konnte in der Gesellschaft etliches in Gang bringen.

Geradezu genussvoll erläuterte er ihm das revolutionäre Prinzip der Steuerverweigerung, das die Kräfte des Fortschritts auf ihre Fahnen geschrieben hatten. Waren die Bürger sich geschlossen einig, keine Steuern mehr zu zahlen, zwangen sie den Staat in die Knie. Dann ging dem Leviathan die Luft aus und es war vorbei mit dem gefräßigen Ungeheuer. Und Strafen brauchte keiner zu fürchten, denn die Regierung konnte ja nicht das ganze Volk erschießen oder ins Gefängnis sperren. Wer tötete schon die Kuh, die er melken wollte. Ohne Frage, in dieser Hinsicht gab es schier grenzenlose Möglichkeiten. Auch mit den Mitteln des Rechts ließen sich die Institutionen des Staates bekämpfen und sei es nur, die Briefe ans Finanzamt in Keilschrift zu senden. Zumindest war dann Fristversäumnis keinem mehr vorzuwerfen und Zuschlag konnte auch nicht erhoben werden. Eine ganze Palette umstürzlerischer Ideen hatte Lassalle parat und entwarf dem kleinen Grafen voll glühendem Eifer das Bild einer neuen Gesellschaft mit freier Entwicklung für alle und ohne sociale Unterdrückung.

Paul fand das zwar alles aufregend und neu, fragte sich aber dennoch, ob das nicht viel zu utopisch war und Herr Lassalle sich mit solchen Gedanken bloß unnötig ins Abseits stellte. »Die anderen sehen das ganz anders«, warf er ein und erwähnte spontan, was seinem Freund gerade passiert war. Der Mama hatte er bislang bewusst noch nichts davon gesagt, denn sie hatte schon Kummer genug. Gegen Leutnant Lilljeström war vom Regiment ein Ehrengerichtsverfahren eingeleitet worden, weil er sich weigerte, den Umgang mit Gräfin von Hatzfeldt und ihrem Sohn einzustellen. »Echt übel«, sagte Paul, »nur weil die Mama sich gegen die Ungerechtigkeit meines Vaters zur Wehr setzt und sich seine Gemeinheiten nicht gefallen lässt, gilt sie als eine renitente und aufsässige Person, deren Umgang man meiden muss.«

Lassalle war sichtlich betroffen über den Vorfall, aber dass Paul ihm überhaupt davon erzählte, empfand er als einen großen Vertrauensbeweis und bot ihm sofort an, die Verteidigungsrede für seinen Freund zu übernehmen. »Ich werde den Herrn des Regiments beweisen, dass sie auf verlorenem Posten stehen und das Rad der Geschichte nicht zurückdrehen können. Denn umgekehrt wird ein Stiefel draus: Es ist eine Ehre für das ganze Regiment, wenn Leutnant Lilljeström mit Menschen verkehrt, die wie die Gräfin für Freiheit und Gerechtigkeit kämpfen.«

Paul sah das zwar auch so und war begeistert von seinem neuen Lehrer und all den Fortschrittsideen, aber irgendwie blieb er doch auch skeptisch und wollte erst einmal abwarten, ob es Herrn Lassalle tatsächlich gelang, die Ehre seines Freundes zu verteidigen und der Leutnant ohne dienstliche Benachteiligungen weiter mit ihnen verkehren durfte.

Lassalle triumphierte. Wieder konnte er der Gräfin beweisen, dass er für sie der richtige Ratgeber war. Womit er nicht mehr gerechnet hatte, war passiert: Der König hatte eine Abordnung von Bauern der Hatzfeldtschen Güter empfangen, sie hatten ihm ihre Beschwerden vorgetragen und nun war in den Zeitungen zu lesen, wie der Reichsgraf mit seinen Untergebenen umsprang und alle Gesetze missachtete. Besser hätte es gar nicht laufen können. Dass Lassalle ausgerechnet jetzt der Gräfin die Gegenklage auch noch früher als erwartet überreichen konnte, war für ihn ein Glücksmoment. Wenn nun alle Welt erfuhr, wie der Großgrundherr seine Frau misshandelte, war das Bild seiner Verkommenheit perfekt und so was blieb auf die Richter nicht ohne Wirkung.

Natürlich konnte Lassalle ihr ein solches Konvolut nur am helllichten Vormittag überreichen und nicht abends am Kamin bei einem Glas Wein. Kaffee schwarz genügte für einen Aktenvorgang. Genau genommen war es für ihn viel mehr als eine Scheidungsklage. Es war ein wissenschaftliches Werk. 131 Blätter und jede Menge Fußnoten. Dazu eine Anlage von 5 Heften mit 369 Seiten nebst Register, Einleitung, Vorwort und Nachwort. Und der Schriftsatz übersichtlich gegliedert in drei Abschnitte: Schwere Misshandlungen und Beleidigungen, Verleumdungssystem und Ehebrüche – das volle Programm an Unzumutbarkeiten. Wochenlang war er dafür unterwegs gewesen. Auf den Gütern, in den Archiven, bei den Notaren, hatte Berge von Briefen studiert, Familien und Pachtverträge eingesehen, Grund-, Flur-, Lager- und Erbebücher gewälzt, hatte Dutzende von Zeugen befragt, um alles bis ins Kleinste zu belegen. Allerdings durfte diese Gegenklage nicht eine schlichte Aneinanderreihung von Fakten sein, vielmehr sollte den Richtern ein anschauliches Bild entworfen werden, damit sie überhaupt eine Vorstellung davon bekamen, was diese Frau in der Ehe erdulden musste. All diese Demütigungen mussten wie eine Geschichte erzählt werden, ein Epos der Niedertracht, das die Herren erschütterte und in ihnen ein Gefühl tiefer Empörung weckte.

Lassalle wollte nicht, dass die Gräfin dieses Schauerkonvolut irgendwo zurückgezogen in einer stillen Ecke las, denn er wusste, in dieser komprimierten Form bekam das Elend eine doppelt vernichtende Dimension. Kein Wort davon sollte sich in ihrer Seele festkrallen. Das Ganze erlebt zu haben genügte. Nein, er trug ihr den Schriftsatz vor, schon um zu dokumentieren, er war für sie da. In seiner Gegenwart hatte sie nichts zu befürchten. Kein anderer als er stellte das Recht für sie wieder her. Im Vertrauen auf ihn brauchte sie bloß noch die Klage zu unterzeichnen und causa finita. Gehört und vergessen.

»Beginnen wir mit Abschnitt eins – Schwere Misshandlungen«, sagte er, »schon die erste Szene hätte Sie als Ehefrau vor dem Gesetz berechtigt, die Scheidung einzureichen. Dass Sie es nicht getan haben, zeigt den Richtern, dass Sie nicht aufsässig, streitsüchtig und zänkisch sind, sondern gehorsam und geduldig im Ehestall ausgeharrt haben. Ich zitiere: ›Sie lag in den Nachgeburtswehen, der Wundschmerz nahm kein Ende, das Fieber stieg und plötzlich meinte sie, ersticken zu müssen, begann zu röcheln, rang nach Luft, die Hebamme stürzte zum Fenster, öffnete auch rasch noch die Tür und auf einmal sah die Gräfin, wie ihr Gemahl im Nebenzimmer die Baronin Nesselrode über seinen antiken Lehnsessel gebeugt hatte, den Rock hochgeschlagen und sich von hinten so heftig an ihr zu schaffen machte, als wollte er seinen Klumpfuß in sie stoßen. Statt erschrocken seine Hosen hochzuziehen und hinter die Gardine zu springen, steigerte er die Wucht seiner Bewegungen, sah dabei auch noch frech zu seiner Gemahlin, grinste sie an wie ein bocksfüßiger Satyr. Und sie lag auf ihrem nassen, blutbeschmierten Laken, hatte nicht die Kraft aufzustehen, ihn aus dem Raum zu jagen oder gar die Geburtszange nach ihm zu werfen, fühlte sich so tief erniedrigt wie noch nie, verhöhnt und verachtet, kam sich doppelt hilflos und doppelt ausgeliefert vor, merkte noch, wie ihr das Blut aus dem Kopf rauschte und als sie wieder zu sich kam, saßen zwei Ärzte an ihrem Bett und bangten um ihr Leben.‹ Und weiter: ›Sie fuhr mit ihrem Gemahl nach Düsseldorf, um eine Kammerfrau zu engagieren. Da kam ihnen die Nesselrode entgegen. Die Gräfin weigerte sich, die Dame zu grüßen und wollte blicklos an ihr vorübergehen, doch das brachte ihren Gemahl derart in Rage, dass er ihr mit der Faust drei so heftige Schläge in die Seite versetzte, dass sie fast zu Boden ging und nur mit Mühe ihr Gleichgewicht halten konnte. Schluchzend kehrte sie auf der Stelle um und begab sich allein nach Hause, während der Gemahl die Nesselrode durch die Stadt begleitete.

War er auf Reisen, ließ er sämtliche Zimmer des Schlosses verschließen, so dass sich seine Frau lediglich in zwei Zimmern aufhalten konnte. Der Dienerschaft gab er den Befehl, ihr in nichts zu gehorchen und niemanden, weder den Advokaten noch den Geistlichen zu ihr vorzulassen. Darüber hinaus hatte die Gräfin in allem dem Domänendirektor Wachter Folge zu leisten. Für den Fall, dass sie ihm nicht gehorchte, besaß er die Vollmacht, sie in den Zeitungen entehrend bloßzustellen. Und schließlich der Todesstoß – die Entführung von Melanie. Weil die Gräfin krank war, brachte der Graf die Tochter für ein paar Tage zu ihrer Schwester Herminie und die Gräfin hatte zugestimmt unter der Bedingung, dass sie Melanie anschließend wieder in Empfang nahm. Aber als sie ihre Tochter abholen wollte, hatte Herminie sie schon zum Vater zurückgebracht, doch der weigerte sich, Melanie an die Mutter herauszugeben. Stattdessen brachte er hinter ihrem Rücken die Neunjährige zur Erziehung in ein Kloster zu den Salesianerinnen nach Wien mit dem ausdrücklichen Verbot jeder Korrespondenz zwischen Mutter und Tochter. Und auch Besuche waren ihr nicht gestattet.‹«

Sophie hätte sich am liebsten die Ohren zugehalten, um kein weiteres Wort mehr hören zu müssen. Sie durfte gar nicht daran denken, was sie alles unternommen hatte, um ihre Tochter besuchen zu können. Die Äbtissin, der Erzbischof von Wien, der König in Potsdam – jeder hatte tausend Ausreden parat, denn keiner wollte sich in die privaten Angelegenheiten des Grafen einmischen. Lassalle jedoch verstand ihre Lage und brachte es auf den Punkt: »Einer Mutter das Recht zu nehmen, ihre Tochter zu besuchen, war nicht nur ein Willkürakt des Ehemanns, nicht nur Schikane und fortgesetzte Misshandlung, sondern Folter. Umso mehr, da das Erziehungsrecht beide besaßen. Doch offenbar gehörte es zu den mörderischen Freuden des Grafen, das Herz seiner Frau tropfenweise bluten zu sehen.« Sie gab ihrem Generalbevollmächtigten recht: Wenn das die Richter kaltließ, dann gab es keine Gerechtigkeit und es war besser, die Gesetze gleich in den Wind zu schreiben, als sie zum Schein aufs Papier zu bringen.

Der Tee, den die Kammerfrau hereinbrachte, war eine willkommene Unterbrechung. Bester Haysan gemischt mit Arack, was dieses balsamische Aroma aufsteigen ließ, das wie eine Gemütskur wirkte und genau das brauchte sie jetzt, um für den zweiten Abschnitt, das Verleumdungssystem, aufnahmefähig zu sein. Schlimm war es allemal. Es reichte ja schon, den falschen Mann geheiratet zu haben, doch dies nun auch noch Beleg um Beleg den Richtern auf den Tisch zu packen, kam ihr wie eine Auflistung des eigenen Versagens vor. So oder so – sie musste da durch. Dass

Edmund sie überall schlechtmachen ließ, um ihren Ruf zu schädigen und auf diese Weise die Kinder in seine alleinige Obhut zu bringen, ihr den Unterhalt zu entziehen und sie aus dem Haus zu treiben – das wusste sie. Doch dass Lassalle ihrem Eheherrn ein perfekt ausgebautes System der Verleumdungen nachweisen konnte – das war mehr als gründliche Forschungsarbeit. Wären die Belege nicht beigefügt gewesen, hätte sie geglaubt, dass alles Erfindung war und zu den üblichen Übertreibungen einer Scheidungsklage gehörte, aber Lassalle ließ die Dokumente sprechen. Sie fasste nicht, was er ihr vortrug: »Ein stehendes Heer von Zeugenbestechern hatte Graf Hatzfeldt organisiert und dafür bei dem ruinierten Möbelhändler von Stockum ein förmliches Büro einrichten lassen. Dort konnte jeder durch das Ablegen falscher Zeugnisse über die Gräfin gutes Geld verdienen. Auch für die Rücknahme von Zeugnissen über den verschwenderischen Lebenswandel des Grafen gab es Bares, was rege genutzt wurde und für viele mehr als ein Zubrot war.« Lassalle sah kurz auf, nahm einen Schluck Tee und sagte nur: »Aber jetzt, teuerste Gräfin, wollen wir uns gemeinsam amüsieren: ›Unsummen hatte Graf Hatzfeldt darauf verwandt, zwischen seiner Gemahlin und Ferdinand Lassalle ein ehebrecherisches Verhältnis nachzuweisen. Den Zeugen bot er hierfür 20 000 Taler, lebenslängliche Pensionen und feste Anstellungen. Es wurden Leute betrunken gemacht, um solche falschen Zeugnisse zu unterschreiben. Der Graf hatte sich so viele Aussagen erkauft, dass sich in der Rheinprovinz geradezu ein neuer Gewerbszweig bilden konnte. Die Bestechungen waren nicht auf Düsseldorf und Umgebung beschränkt, sondern dehnten sich auf Köln,

Wesel, Berlin, Breslau, München und Wien aus. Insgesamt waren dafür 100 000 Taler verwandt worden.«

Sophie fand alles nur noch abartig. Eigentlich hätte sie fast schon Mitleid mit Edmund haben müssen. Aber jede Regung für ihn war eine Regung zu viel. Sie wollte nicht länger zuhören und den Rest der Klage unbesehen unterschreiben. Es reichte. Aber Lassalle bestand darauf, ihr noch den dritten Abschnitt – Ehebrüche – vorzutragen, schon um zu überprüfen, ob er all die Damen richtig aufgeführt hatte. Allerdings bemühte er sich, einen besonders kühlen Ton anzuschlagen, damit die schandbaren Szenen an ihr wie eine x-beliebige Geschäftssache vorbeirauschten und nur ein einziges Gefühl hängenblieb: Er, Lassalle, erlöste sie von dieser Kreatur. Er brachte ihr die Freiheit. »Fangen wir an«, sagte er, »bringen wir es hinter uns: ›Oft musste die Gräfin Hatzfeldt mit ihrem Gemahl in Düsseldorf der Gräfin Nesselrode einen Besuch abstatten. Bei der Gelegenheit ließ er sie meistens im Zimmer allein, weil Graf Hatzfeldt es vorzog, sich mit der Nesselrode zum Beischlaf zurückzuziehen. Natürlich war es der Gräfin kein Geheimnis, warum sie allein gelassen wurde. Die Dienstmädchen der Nesselrode waren darüber so empört, dass sie die Schuhe gegen die Klingel der Haustür warfen, um durch das Geläute das wollüstige Pärchen aufzuschrecken.

Nie besuchte der Graf mit seiner Frau zusammen eine Gesellschaft, sondern ging währenddes seinem wüsten Treiben nach. Ebenso regelmäßig wie der Baum jedes Jahr einen Ring ansetzt, hatte der Graf fast jedes Jahr eine venerische Krankheit. Über fünf bis sechs solcher Krankheiten können erwiesen werden. Einer Mätresse hat er einst durch

Ansteckung den qualvollsten Tod zugezogen. Es war in der Familie der Gräfin so bekannt, dass der Graf fast beständig an solchen Krankheiten litt, dass keiner seiner Schwäger aus seiner Pfeife rauchen wollte.

Als der Graf Hatzfeldt und die Nesselrode bei der Gräfin Hompesch zu Tee waren, gingen die Schamlosigkeit und der Zynismus beider so weit, dass sie selbst hier auf dem Abtritt ihre tierische Brunst befriedigten. Ein Bedienter, der dies mit ansah, erzählte es weiter.

Die Verschwendung des Grafen Hatzfeldt an die Nesselrode war grenzenlos. Nicht nur, dass er sie mit schweren goldenen Ketten und prächtigsten Spitzenkleidern überhäufte – er zahlte sogar zusätzlich Summen bis zu 40 000 Talern an den Grafen Nesselrode, dafür dass er ihm seine Frau überließ.

Als die Gräfin Hompesch von dem Grafen Hatzfeldt schwanger wurde, reiste sie nach Italien, um die Frucht dieses Umgangs unbemerkt zu gebären. Doch zwei so tüchtige Kämpen wie die Gräfinnen Nesselrode und Hompesch konnten seiner unreinen Brunst keineswegs genügen. Neben ihnen wurde noch ein ganzer Harem ausgehalten, ganze Regimenter verworfener Weibsbilder gebraucht und besoldet. Es ist ein degoutantes, aber leider nur zu wahres Bild: Die Gräfinnen Hompesch und Nesselrode waren seine ›Liaisons‹ im eigentlichen Sinne. Öffentliche Freudenmädchen, ambulante Tirolerinnen, Tänzerinnen, Schauspielerinnen waren seine Abwechslungen und Erholungen. Das weibliche Dienstpersonal sorgte für seinen täglichen Hausgebrauch. Jedes öffentliche Frauenzimmer, das nach Düsseldorf kam, war seine Hure. Schön oder hässlich, alt oder jung, sauber oder schmutzig – alles musste über seine Klinge. Als nicht nur die Nesselrode, sondern auch noch die Hompesch die Gunst des Grafen verlor, vermied er von da an Frauen von Stand, wandte sich fast ausschließlich dem verworfensten Hurengesindel zu, umarmte den Kot der Straße und verprasste mit sinnlos verschwenderischen Händen das Gut seiner Familie an den Auswurf der Menschheit.

Lange Zeit bestand ein verbotenes Verhältnis mit einer der gemeinsten Personen in Düsseldorf, einer gewissen Julie Cassel. Der Graf hatte ihr eine Beletage auf der Krämerstraße gemietet. Eine am Flingergeisten in Düsseldorf wohnende Frau erzählt, dass der Graf sich drei Tage hintereinander in ihrem dichtbepflanzten Garten mit dieser Person am hellen Mittag unter Gottes freiem Himmel wie das liebe Vieh begattet habe. Am dritten Tag wurde es der Frau zu arg. Sie begab sich zum Grafen und verbat sich derlei Dinge, in dem sie ihm sagte, ihr Garten sei ein Garten und keine Reitschule.

Aber das alles genügte dem Grafen noch nicht. Schon zeitig hatte er sich ein eigenes bordelle secret bei einer Kupplerin Kluth in Düsseldorf auf der Ritterstraße eingerichtet, wo er sich ein ganzes Geschwader des schandbarsten, liederlichsten Weibsgesindel auf einmal hielt. Fast täglich, so oft er in Kalkum war, kamen viele ganz gemeine Huren zu ihm. Unter anderem besuchten ihn da die zwei Schwestern Hohns. Diese nahm er sich in der Weise vor, dass die eine zu ihm hineinging und die andere wartete, bis die erste entlassen wurde und nun sie an die Reihe kam.

So ging das wüste Treiben fort und fort. Kein Dienstmädchen, das der Graf nicht beschlafen oder wenigstens angefallen hat, kein noch so liederliches, noch so depraviertes Frauenzimmer in Düsseldorf, das Graf Hatzfeldt nicht sein genannt, keine Kupplerin in der ganzen Stadt, die er nicht beschäftigt hätte. Wie man sagt, soll nach statistischen Beobachtungen Düsseldorf diejenige Stadt in der Rheinprovinz sein, welche verhältnismäßig die größte Zahl liederlicher Weibsbilder beherbergt und in der überhaupt eine bei weitem größere Korruption als in anderen rheinischen Städten herrscht. Sollte dies wirklich sich so verhalten, dann wird es nicht gewagt sein, den 25jährigen Aufenthalt des Grafen Hatzfeldt als Hauptgrund dieser auffälligen Erscheinung anzunehmen. Teils konnten wenig Düsseldorferinnen seiner großartigen Verschwendung widerstehen, teils ließ er sich aus aller Welt Enden her Frauenzimmer kommen, teils verbreitete sich sein Ruf und was aus den Bordellen anderer Städte bereits verjagt war, kam nach Düsseldorf, sicher, beim Grafen Hatzfeldt offene Aufnahme zu finden.«

Als er das bleiche Gesicht der Gräfin sah, ließ er davon ab, jetzt auch noch die große Schar seiner ehebrüchlich erzeugten Kinder aufzuzählen, deren Mütter er meist an seine Diener oder Beamten verheiratete. Lassalle ersparte ihr alle weiteren Details und kam rasch zum Ende. »Weit entfernt, mit den Jahren mäßiger und weiser zu werden, hatte das vorschreitende Alter bei Graf Hatzfeldt nur den Effekt, seine Torheiten, Laster und Ausschweifungen zu vergrößern. So erfasste ihn vor drei Jahren eine jener unbändigen Leidenschaften, wie sie Männer im vorgerückten Alter manchmal überkommen und zum Spott der Jugend zu machen pflegt. Frau von Meyendorf, eine von ihrem Gatten in Paris getrennt lebende Frau ist es, welche ihm die wahnsinnigste Passion einzuflößen weiß. Im Herbst wohnte die Meyendorf zu Besuch bei ihm in Kalkum in den Zimmern der Gräfin. War das Frühstück abgetragen, so befahl der Graf dem Diener, sich zurückzuziehen und keinen ohne Ausnahme hereinzulassen oder zu melden. Nicht einmal die gleichzeitige Gegenwart seines Sohnes Alfred konnte den Grafen von der Fortsetzung dieses so offen betriebenen schimpflichen Verhältnisses abhalten. Und das alles geht unter den Augen der Gerichtshöfe, die über ihn sprechen sollen, ungestört fort bis auf den heutigen Tag. So übergibt denn die Gräfin Hatzfeldt diesen 25jährigen Lebenslauf voll Schande und Schmach, voll Sünde und Verbrechen, voll himmelschreiender Infamie, Arglist und Gewalttat richterlicher Beurteilung und hofft, für eine vernichtete Existenz, für ein zertrümmertes Lebensglück, für einen mit absichtlicher Bosheit zugrunde gerichteten Namen auf das Äquivalent der Gerechtigkeit.«

Sophie trat ans Fenster, zündete sich eine Zigarre an und plötzlich stieg wieder der Geruch des Pferdestalls vor ihr auf, dieser schweißige muffelnde Dunst, der ihr Leben begleitete und wie Moder auf ihrer Seele lag. Sie roch Edmund, meinte, in das Grinsen eines bocksfüßigen Pans zu schauen und dachte auf einmal, sie hatte gar keinen Mann geheiratet, nicht einmal den falschen, sondern nur einen Körhengst, beste Stammrasse, Düsseldorfer Vollblut. Wenn es wenigstens der Nachruf auf eine missratene Ehe gewesen wäre mit all den vertrauten und bewährten Verirrungen eines verheirateten Lebemannes und Lustgängers, aber nicht mal das. Bloß die Sprünge eines Deckhengstes. Ob sich hier das Tier in den Menschen oder der Mensch in das Tier verwandelte – sie war es leid, sich eine Frage zu stellen, für die es keine Antwort gab. Vielleicht soff er zu viel gegorene Stutenmilch. Was ging sie das noch an. Wenn die Richter das lasen, holten sie bestimmt als Erstes ein Gutachten ein, ob dieser Mann überhaupt noch normal war.

Im Stillen ahnte sie, dass Lassalle mit seinem Feuergeist gewiss auch vieles übertrieben hatte, denn sie kannte seine Haltung zu Auseinandersetzungen jeder Art: nicht diplomatisieren, sondern brüskieren. Das zündet und schafft Aufmerksamkeit. Mehr als einmal hatte er ihr gesagt: Wer sein Recht bekommen will, muss die Dinge bewusst überziehen, sonst wird er nicht beachtet. Und vor allem gehört Wort für Wort an die Öffentlichkeit, denn ohne sie war ein Prozess gegen einen so mächtigen Geldriesen wie Edmund von vornherein aussichtslos. Es musste ein Schrei des Entsetzens und des Abscheus durch das Land gehen, es musste eine Stimmung gegen ihn losbrechen, die bei den Richtern ihre Wirkung nicht verfehlte, aufrechte Empörung auslöste und damit auch ihm als ihrem Generalbevollmächtigten den nötigen Respekt verschaffte.

Doch ob übertrieben oder nicht – ihr war alles recht. Alles außer falscher Rücksichtnahme. Wer seine Ehefrau so hundsgemein in seiner Scheidungsklage niedermachen konnte, der hatte nichts anderes verdient. Sie gönnte Edmund den Angriff. Hieb um Hieb tat ihr gut, zumal sie wusste: Nie im Leben hätte er damit gerechnet, dass es einmal einer wagen könnte, ihn in seiner ganzen Verkommenheit ans Licht zu zerren. Schon das war ein Sieg.

Endlich mal zurückschlagen und zeigen, dass eine Ehefrau nicht als Fußabtreter und nicht als Opferlamm geboren war – das rettete die Seele.

Sie zweifelte nicht, dass schon in Kürze Abschriften ihrer Gegenklage in der Presse auftauchen würden. Sollte ruhig jeder wissen, was Edmund für einer war. Und ob Lassalle hinter dem Privaten das Politische sah und den ganzen Stand damit treffen wollte, kümmerte sie nicht. Sie hatte sich damit abgefunden, dass sowieso vieles davon auch an ihr hängenbleiben würde, aber sie stand ja eh schon als Gossen-Gräfin da. Doch wie es auch kam, sie wollte nur noch eins – raus aus dieser Ehe. Frei sein von all den Marterstunden und den Prozess so schnell wie möglich hinter sich bringen.

Sie betete rasch ein stilles Vaterunser, nahm einen halben Becher Aquavit in einem Zug, als müsste sie das ganze Konvolut mit seinen Schauderwahrheiten hinunterspülen, wartete, bis sie nichts mehr von diesem abgestandenen Sekret-Aroma, diesem Pferdestallgeruch wahrnahm und sie ihre Sinne wieder geordnet hatte, dann unterschrieb sie ihre Scheidungsklage unbeteiligt wie einen Frachtbrief. Ihre Bewunderung galt einzig Lassalle. Er hatte alles so anschaulich und überzeugend dargestellt, dass die Richter sich ein lebendiges Bild von dem Übel machen konnten, hatte den Fortgang der Dinge bis ins letzte Detail belegt, alles zueinander in Bezug gesetzt, Ursache und Wirkung klar benannt und ein Vierteljahrhundert Eheleben als eine Schauerprosa, ein Quälodram geschildert. Das war schon ein Meisterstück.

Doch aus dem Text sprach noch etwas anderes, Ungesagtes. Da wehte sie etwas an, das über den trostlosen Fakten stand und ihr war, als würde sie hinter den Worten sein Herz für sie schlagen hören. Sie spürte, da brannte jemand, da glühte jemand für sie, sprach ihr mit seiner Empörung aus der Seele, traf ihr Wesen, ihren Anspruch, ihre Absicht, focht für ihre Ehre, für ihr Ansehen und sie zweifelte nicht – sogar für ihr Leben. Aus seinen Worten tönte etwas entgegen, das ihr so selbstgewiss, so zielbewusst und entschieden anmutete, als würde er ein Bekenntnis zu ihr ablegen und zeigen wollen: Ihretwegen wühlte er sich durch den Sumpf. Nur für sie tat er sich das an, nur für sie lud er sich das auf und plötzlich empfand sie ein Gefühl des Glücks. Es gab einen Mann, dem sie viel, sehr viel, vielleicht sogar alles bedeutete. »Wenn ich den Prozess gewinne, setze ich Ihnen eine jährliche Rente von 4000 Talern aus«, sagte sie, »und das halten wir jetzt auf der Stelle schriftlich fest.«

Lassalle sah sie einen Moment lang ob dieser Summe fast entgeistert an, doch sie reichte ihm die Hand zum Kuss und entgegnete bloß lächelnd: »Ich weiß, das übersteigt jedes Ministergehalt, aber Sie haben es auch mehr als jeder Minister verdient und ich zweifle nicht, Sie werden es bekommen.«

Zu ihrer Freude brachte der Verkauf des Wagens und des Familienschmucks noch so viel, dass sie sich in Düsseldorf ein Haus mieten konnte. Die Konditionen waren günstig und sie griff sofort zu, denn so praktisch das Leben im Hotel auch war – es ersetzte ihr nicht die Umgebung, die sie nach den eigenen Vorstellungen gestalten konnte. Vom persönlichen Stil ganz zu schweigen. Nicht dass sie auf Repräsentation aus gewesen wäre, große Empfänge geben und Cour-Stunden halten wollte, aber Platz für eine Dienstmagd und eine Kammerfrau sollte schon sein. So ganz auf das Standesgemäße verzichten wollte sie nicht. Schon wegen Paul. Schließlich sollten die Herren Richter am Ende nicht gar noch zu dem Urteil kommen, Gräfin Hatzfeldt brachte ihren Sohn in den Ruin und darum musste er ihr genommen werden. Ungeduldig wartete sie, dass für sein Zimmer endlich die neuen Möbel gebracht wurden – Tisch, Stühle, Schrank und Waschkommode –, doch zum vereinbarten Termin wurde nicht geliefert. Sie ließ ihre Kammerfrau nachfragen, aber die bekam im Geschäft eine ausweichende Antwort. Sophie wartete noch den nächsten Tag ab, ganz in dem Bewusstsein, dass man mit so seltenen Gewächsen wie diesen Handwerkern behutsam umgehen musste und sie vor allem nicht drängen durfte. Doch dann war ihre Geduld zu Ende und sie ging selber zum Möbelhändler, um sich nach dem Stand der Dinge zu erkundigen, aber der ließ sich verleugnen. Sie konnte sich sein Verhalten nicht erklären, drängte auf Auskunft, gab keine Ruhe und plötzlich erschien der Herr Tischlermeister und Geschäftsführer dann doch höchstpersönlich, machte einen verlegenen Eindruck und sah aus wie einer, der nicht zugeben mochte, dass ihm die Arbeit gründlich missglückt war. Sophie wollte ihm zuvorkommen und fragte fast scherzhaft, ob sie vielleicht eine neue Bestellung bei einem anderen Möbelhändler aufgeben sollte, doch da schien er auf einmal seine Sprache zu finden und sagte, dass er schon längst geliefert hätte. Aber Seine Durchlaucht, Graf Hatzfeldt, hatte sämtlichen Händlern der Umgebung bekanntgemacht, dass er seiner Gemahlin alle finanziellen Mittel gestrichen hatte, dass sie zahlungsunfähig war und er darum vor jeglichen Geschäften mit ihr warnen musste. Der Tischlermeister bat um Verständnis, aber unter diesen Umständen die Möbel an sie auszuliefern, war ein zu hohes Risiko, das er bei der allgemein schwierigen Wirtschaftslage nicht eingehen wollte. Plötzlich erinnerte er sie an die Bankscheuche, die vor kurzem fast dasselbe zu ihr gesagt hatte, war drauf und dran, den Holzmichel in seiner Drechselbude auf der Bestellung sitzen zu lassen, aber Paul brauchte dringend die Möbel und darum verlangte sie bloß tonlos die Rechnung. Verschämt zog er sie aus der Schublade und wie in einer Vorahnung hatte sie genügend Bargeld mitgenommen und zählte ihm jetzt den Betrag auf den Tisch. Taler um Taler, laut und langsam, zelebrierte geradezu mit Genugtuung den heiligen Akt des Bezahlens, schon um ihm vorzuführen, dass an den Gerüchten des Gemahls nichts dran war und jeder, der ihnen Glauben schenkte, nur sich selber schadete.

Stunden später standen die neuen Möbel im Haus, waren wenigstens ihr Geld wert, aber Pauls Zimmer in Ruhe einzuräumen, schien ihr nicht vergönnt. Dauernd standen irgendwelche fremden Menschen an der Tür und wünschten sie dringend zu sprechen. Zwar kamen sie unangemeldet, aber dringend war dringend. Wegschicken wäre unhöflich gewesen und lag nicht in ihrer Art. Sie trugen ihr Beschwerden über Seine Durchlaucht, den Grafen Hatzfeldt vor, regten sich auf, dass er sie nicht anständig bezahlte und sich an keine Verträge hielt und schienen dabei ganz begierig auf ihre Reaktion zu sein. Sie lauerten sichtlich auf jedes Wort und als sie gingen, konnte sie darauf warten, dass schon die nächsten vorstellig wurden, um bei ihr die Wut über den Grafen abzuladen.

Doch auf einmal merkte sie, dass die Leute nur in der Absicht kamen, ihr ein paar heftig empörte Worte über den Grafen abzuluchsen, um sie dann anschließend in das Büro von Edmunds Hausagenten, dem verkrachten Stockum zu tragen, der gegen gute Bezahlung daraus eine Zeugenaussage für das Gericht zurechtzimmerte – die hundertste Variante davon, dass sie sich gegen den Gemahl respektlos und abfällig geäußert hatte. Ab sofort ließ sie keinen von diesen Zubrotjägern mehr herein, empfing überhaupt niemanden mehr unangemeldet, aber das Haus in Ruhe einzurichten, dazu kam sie trotzdem nicht.

Plötzlich brach eine Briefflut über sie herein, abgesandt von ihrem Advokat-Anwalt Bloem, den Lassalle für sie ausgesucht hatte, weil er selber keine Befugnis besaß, vor Gericht aufzutreten, eben nur Laie und nicht Fachmann für Gerechtigkeit war. Mehrmals am Tag kam der Kurier und brachte Schreiben über Schreiben mit immer neuen Mitteilungen, Hinweisen, Zwischenbescheiden, Erläuterungen, Auskünften und Vereinbarungen – alles wichtig, alles dringlich und alles in dieser hochgestelzten Juristensprache, die zusätzlich für Verwirrung sorgte und ihr beim Lesen das Gefühl gab, dumm und unmündig zu sein und ohne ein Pandektenstudium keinen Satz entziffern zu können. Überraschend tauchten auch noch zwei ihrer Gläubiger auf, von denen der eine partout keine Ruhe geben wollte und auf der Stelle die Rückzahlung des geliehenen Geldes forderte. Zwar erklärte sie ihm, dass die Klage auf Unterhaltszahlung bereits eingereicht war, aber die Entscheidung des Gerichts noch ausstand und er sich bis dahin gedulden möge, doch darauf wollte er sich nicht einlassen und drohte ihr, sie in der Öffentlichkeit madigzumachen, denn wer sich ein solches Domizil leisten konnte, hatte gewiss auch das Geld, seine Schulden zu bezahlen.

Am liebsten wäre sie nicht mehr aus dem Haus gegangen, bis Lassalle aus Berlin kam, wollte nichts mehr hören, nichts mehr sehen, nichts mehr sagen, einfach nur abtauchen und für keinen mehr sichtbar sein, da stand plötzlich der Postreiter an der Tür und überbrachte ihr eine Vorladung zur Polizei, weil gegen Ihre Hochgeboren eine Anzeige wegen Beleidigung vorlag. Sie hatte den Empfang mit eigenhändiger Unterschrift zu quittieren und war so durcheinander, dass sie das Schreiben mehrere Male lesen musste, um überhaupt zu begreifen, worum es ging. In der Verschwendungsklage, mit der sie das Erbe ihrer Kinder sichern wollte, hatte sie Edmund vorgeworfen, das Hab und Gut zu verschleudern, weil er beim Kauf des Muskauer Parks einen Teil der Meyendorf überschreiben wollte. Dabei hatte sie auch die Geschwister Hohns erwähnt, die sich in diesem Zusammenhang zu Unrecht genannt fanden und Gräfin Hatzfeldt nun wegen Beleidigung anzeigten – mit dem Ziel, sie deshalb vor Gericht zu bringen.

Sophie ahnte, dass dahinter kein anderer als Edmund steckte und eine Schlinge um sie gelegt werden sollte. Sie spürte förmlich seine Absicht, sie zu zermürben, damit sie klein beigab, reuig zerknirscht zum Sühnetermin erschien und in seine Forderungen einwilligte: Er bekam die Kinder und den Grundbesitz und sie von allem nichts, ganz gemäß seinem Anspruch, dass ihm gegeben und ihr genommen wird. Nein, sie wollte sich nicht mehr aufregen, in nichts hineinsteigern, sondern alles nur noch nüchtern betrachten – ein Sachverhalt, ein Tatbestand, ein Aktenvorgang, mehr nicht – und so schnell wie möglich diese Scheidung hinter sich bringen.

Dennoch hatte sie auf einmal so ein ungutes Gefühl, kam sich nur noch bedrängt und belagert vor, ging nicht mehr an die Tür, öffnete auch keine Briefe mehr, ließ bereits am frühen Abend die Haustür verriegeln, alle Fensterrollos herunterlassen und die Balkontür schließen. Vorsichtshalber schlief sie im Zimmer neben Paul, denn plötzlich nahm sie wieder diesen Geruch des Pferdestalls wahr, der wie ausgeschwitzter Sabber an den Wänden klebte, wusste nicht, woher er kam, war er bereits im Raum, oder lag er nur in ihrer Erinnerung, glaubte, der sodomitische Edmund würde mit seinem Bocksfuß langsam näher und näher kommen, sie wie eine seiner Stuten fesseln und ihr ans Leben gehen. Sophie war unheimlich zumute. Sie gruselte sich, denn auf einmal roch sogar die Finsternis. Obwohl sie ihre Kammerfrau aus dem Schloss zu sich geholt hatte, horchte sie auf Schritte und Geräusche, lauschte auf jedes Knarren, erschrak schon beim leisesten Klappern der Rollos und lag Nacht für Nacht schlaflos. Früh quälte sie sich aus dem Bett und jeder Tag war eine neue Strapaze. Nicht dass sie eine ängstliche Natur gewesen wäre oder an krankhafter Einbildungskraft litt, aber die Gewissheit, dass ganz in der Nähe ihr Noch-Gemahl sie mit seinem stillen Hass umkreiste und als seine Erzfeindin im Visier hatte, diese Gewissheit bekam eine solche Präsenz, dass sie sich in dem neuen Haus zunehmend unwohl fühlte, belauert und bedroht.

Lassalle wartete keinen zweiten Brief von ihr mehr ab, gab kurzentschlossen seine Studierstube in Berlin auf, kratzte die letzten Taler zusammen, nahm die Eilpost nach Düsseldorf und stand Tage später mit vier Bücherkisten und seinem Schreibpult vor ihrer Tür.

Nie hätte sie gedacht, dass dies einmal passieren könnte. Doch seit Lassalle als ihr Leib- und Seelenwächter die Räume im oberen Stock des Hauses bewohnte, verschwand diese quälende innere Unruhe und sie lebte auf. Überhaupt bemerkte sie gewisse Veränderungen bei sich selbst, vor allem legte sie auf einmal einen ganz neuen Wert auf ihre Erscheinung. Nicht dass sie in großer Robe durchs Haus rauschen wollte oder darauf bedacht war, im gestickten Mousseline mit Seidenunterkleid und Korallenkameen im Haar ihm entgegenzuschweben, aber sie achtete doch peinlich darauf, ihm nie unfrisiert, ungeschminkt oder gar in nachlässiger Kleidung zu begegnen, umso mehr, da sie wusste, dass sie nicht mehr in der ersten Jugend war und alle Eleganz für ihn etwas Verführerisches hatte.

Mehrmals in der Woche wusch sie sich ihr Haar mit gut gehopftem Bier, damit es Fülle und Glanz bekam, kämmte es mit einem Bleikamm, um dem ersten Grau vorzubeugen, legte ein weicheres Rouge auf die Lippen, färbte sich die Wimpern, glättete die Gesichtshaut mit Reispuder, pflegte die Hände mit Honigseife, parfümierte ihre Kleider mit Ambra-Pulver und verließ nie ohne ihre schimmernden Perlenohrringe das Zimmer, denn erst mit ihnen hatte sie das Gefühl, ihrer Erscheinung die gewisse Vollendung zu geben. Gerade weil sie jetzt mit Lassalle zusammenwohnte, wollte sie auf keinen Fall etwas Alltägliches für ihn bekommen. Vielmehr weckte seine Verehrung den stillen Ehrgeiz, dieses Bild, das er von ihr hatte, durch nichts zu trüben. Ein bisschen was von diesem knisternden Glanz sollte schon aufscheinen. Außerdem machte es ihr Freude, ihm zu gefallen, ja sie legte es geradezu darauf an, weil sie es genoss, wenn seine Blicke sie umkreisten und er die geringste Kleinigkeit in der Veränderung ihres Äußeren mit Bewunderung wahrnahm. Schließlich galt es jede Gelegenheit zu nutzen, die ihrer Körperseele guttat. Von wegen Wischmopp, alte Kartusche, Watschelente, Kleider in Krötenfarbe und tote Statue. Diese Kantaten hatte sie ja nun zur Genüge gehört.

Natürlich versuchte sie alles zu verbergen, was daran erinnern konnte, dass sie 20 Jahre älter war. Es fing schon mit dem Morgen an. Er brauchte nicht zu wissen, wie es am Morgen um sie bestellt war. Der Morgen war immer eine Mühsal und immer eine Unzeit. Am Morgen störte einfach alles. Wie gerädert stieg sie aus dem Bett, fühlte sich taub und antriebslos, schleppte sich zum Sessel und brauchte eine Weile, um sich von dem zerstückelten, halbwachen Schlaf zu erholen. Dann ließ sie als Erstes Kaffee kommen, doppelt stark, tiefschwarz und ungesüßt, quälte sich Schluck um Schluck so langsam in den Tag, spürte, wie allmählich ihre fünf Sinne in Gang kamen und das verquollene Aufwachgesicht in seine Form fand. Um diese trostlos abgründige Morgenzeit wollte sie niemanden sehen, niemanden hören, mit nichts behelligt werden und war für keinen zu sprechen. Vor 10 Uhr morgens war sie einfach nicht da, nicht geboren, nicht auf der Welt. Punkt und Streusand drüber.

Lassalle, der um 6 Uhr bereits am Schreibpult stand, erfuhr lediglich, dass Ihre Hochgeboren um 8 Uhr noch schlief, weshalb er sie seine Achtschläferin nannte, was zwar zärtlich und poetisch klang, doch dabei wollte sie es gern belassen, denn mehr von ihrem Morgen brauchte er nicht zu wissen. Und auch von den spontan wiederkehrenden elenden Rückenschmerzen sollte er nichts bemerken. Darum hatte sie sich an der Tafel im Speisezimmer einen Stammplatz reserviert, einen hochlehnigen, weich gepolsterten Stuhl, in dem sie immer bequem sitzen konnte, ohne genötigt zu sein, sich in seiner Gegenwart noch ein Kissen ins Kreuz stopfen zu müssen. Obwohl sie wusste, dass Lassalle alles andere als eine jugendlich blühende Gesundheit besaß und seit kurzem wegen seiner Anlage zu Brustkrankheiten sogar einen Halbinvalidenschein besaß, befürchtete sie, dass bei ihr schon das kleinste Anzeichen von körperlicher Schwäche oder Kränklichkeit dazu führen könnte, in seinen Augen älter zu erscheinen, als sie ohnehin schon war und diesen Eindruck wollte sie partout vermeiden.

Doch stand er vor ihr, gab es für derlei Gedanken keinen Platz mehr. Kaum dass er den Raum betrat, brauste sein Feuergeist sie an und immer war ihr, als würde er die ganze Umgebung in Flammen setzen. Diesmal schien es besonders arg und sie hatte Mühe, ihn zu besänftigen. Er brannte vor Ungeduld, dass endlich die Revolution in Gang kam und das Volk losschlug. Die Zeichen des Umbruchs standen bereits auf Sturm, die Unzufriedenheit stieg täglich mehr, jeder spürte, dass die verknöcherten Zustände nicht länger haltbar waren und schon brach es aus ihm heraus: die Zeitungen waren Saublätter, die Parteien kreuzdumm, das Richterpack bestochen, die Kabinettsminister gehörten an die Laterne und alle gekrönten Schufte vom Thron gejagt. Anschließend radikal reinschlagen in die Strukturen, die faulen Beamten allesamt durchholzen und im Lande endlich Verhältnisse schaffen, in denen gedacht statt geduselt wurde. Und dann entwickelte er einen kühnen Plan, wie man den ganzen miefigen Staatstall ausmisten musste, um ans Ziel zu kommen. Er wollte keine Bierdemokratie und keine rosenrötliche Republik, statt Herrschaft des Geldes brauchte es die Herrschaft des Volkes, das als die neue Macht organisiert werden musste.

Sophie täuschte sich nicht, doch jedes Mal, wenn er sich den großen Dingen zuwandte, hatte sie den Eindruck, aus ihm sprach ein Mann, der für seine Idee leben, sterben und auferstehen wollte. Aber heute steigerte er sich in alles derart hinein, dass sie sich aufgefordert fühlte, ihn auf den Boden der Realität zurückzuholen. Sie bat ihn an den Kamin, öffnete die beiden Edelholzkistchen und rauchte erst einmal in aller Ruhe mit ihm eine Zigarre. Er seine helle Havanna, sie ihre mildere Brazil und schon nach wenigen Zügen stellte sich wie von selbst eine Gelöstheit und ein Behagen ein, das alle Ungeduld verebben ließ. Nicht dass sie seinen Überschwang bändigen wollte oder ihm geraten hätte, dreimal täglich mit Weihwasser zu gurgeln, im Gegenteil – sie liebte seine kleinen Vulkanausbrüche, um ihn beruhigen zu können, genoss seine maßlose Übertreibung, um ihn wieder ins Gleichgewicht zu bringen, denn sie spürte, dass hier ihre Funktion, ihre Bestimmung, wenn nicht gar ein Moment der Überlegenheit lag: Kochte die Wut in ihm hoch, glättete sie die Wogen, glühte er vor Begeisterung, kühlte sie sein erhitztes Gemüt, schoss er über das Ziel hinaus, holte sie ihn zurück auf den Boden. Er war der Blitz und sie die Erdung.

Manchmal glaubte sie sogar, er überspitzte in ihrer Gegenwart alles ganz bewusst, echauffierte sich mit Absicht, schwang sich furios in die wolkigsten Höhen hinauf, um von ihr das zu bekommen, was seiner Natur fehlte: diese feine Unze Gelassenheit. Wenigstens wusste er, was ihm nottat und hatte einen Blick für seine Schwächen. Natürlich konnte sie seine Begeisterung für die Revolution verstehen. In seinem Alter sowieso. Da war es doch normal, gegen das Bestehende zu rebellieren. Solche Kraftproben gehörten ganz einfach dazu und bei ihm ohnehin, denn das Aufsässige und Renitente lag nun mal in seiner Natur. Außerdem klang es glaubwürdig, was er da von sich gab und ihm zuzuhören war nicht ohne Gewinn. Doch im Moment beschäftigten sie ganz andere Probleme. Sie hatte kein Geld mehr. Die Miete für das Haus, die Möbel für Paul – alles war ausgegeben. Wieder saß sie im Vakuum. Nicht mal sparen half, denn sie wusste nicht wovon. Die Vorstellung, wie das noch alles enden sollte, nahm ihr den letzten Nerv. Diese Ungewissheit machte sie krank. »Auch wenn Sie mit der Alimentationsklage erfolgreich waren und Edmund während des Prozesses den Unterhalt weiter für mich zahlen muss – was nützt das alles, wenn er es trotzdem nicht tut«, sagte Sophie fast vorwurfsvoll, doch Lassalle bat um Geduld. »Ich bin gerade dabei, die Vollstreckung des Urteils zu betreiben«, entgegnete er, »keine Bange, das Geld wird kommen. Der Hochsterbliche muss zahlen und sei's drum, dass ihm der Betrag gepfändet wird.« Doch weil er ihre panische Angst kannte, womöglich wieder monatelang ohne Geld zu sein, hatte er vorsorglich schon mal einen Brief an Graf Clemens von Westphalen entworfen, zumal sie vor kurzem bemerkt hatte, dass er ihre Mutter noch gekannt hatte und der Einzige war, von dem sie eine Geldhilfe erwarten konnte. Von so viel ungewohnter Fürsorglichkeit war Sophie ganz hingerissen, denn sie sah, für sie hatte Lassalle alles im Kopf und alles im Blick. Die beiläufigste Bemerkung genügte und er wurde für sie tätig. Herrlich, von einem Mann mal zu spüren, er ging mit ihr mit und war für sie da. Das tat mehr als gut, das war geradezu Ambrosia fürs geplagte Gemüt.

Ihr Generalbevollmächtigter betrachtete das Ganze aber auch strategisch, denn Clemens von Westphalen war ein Mann von Ansehen und Einfluss mit Sitz im Vereinigten Landtag und Lassalle brauchte Verbündete, die ihn in seinem Kampf für die gerechte Sache der Gräfin unterstützten. Er nahm den Brief aus seiner Schreibmappe, die er für sie immer dienstbereit bei sich trug und las ihr den Entwurf vor. Verblüfft und zugleich bewundernd hörte Sophie ihm zu. Halb Sendschreiben, halb Apostelbriefchen – dieser Lassalle war der geborene Wortartist. Gewieft und begnadet. In ihm steckte ein politischer Poet. Er holte weit aus und traf trotzdem den Kern, schilderte Situation und Stimmung als Ursache und Wirkung und formulierte das Ganze auch noch so, als sei es eine Ehre, einer Frau wie Sophie Geld leihen zu dürfen. Ihr wäre eine solche Drehung nie eingefallen, aber er hatte sie heraus. Doch so hochgestochen auch alles klang – es blieb ein Ersuchen um Geld. Ein Betteln mit Philosophie. Sophie schämte sich auf einmal, dass sie so etwas überhaupt nötig hatte und Lassalle damit behelligen musste. Sie fühlte sich klein und jämmerlich, gescheitert auf der ganzen Linie und hatte Sorge, er könnte am Ende gar noch glauben, dass sie aus einer schlechten Familie kam. Nicht dass sie protzen wollte, aber es überkam sie plötzlich das Bedürfnis, ihm noch einmal ihre Herkunft deutlich zu machen. Ihre Mutter, Gräfin Schulenburg-Kehnert, hatte schließlich mit Heldenmut Napoleon dazu gebracht, das Todesurteil gegen ihren Mann aufzuheben. Ihr Vater, Fürst Franz von Hatzfeldt-Schönstein, war viele Jahre Preußens erfolgreicher Botschafter in Den Haag und ihr Großvater, preußischer Staats-, Kriegs- und Kabinettsminister, formulierte in bedrängter Zeit das Leitmotiv für alle Deutschen: Ruhe ist die erste Bürgerpflicht – ein Satz, für den bis heute jede Regierung Verwendung hat. Ein echter Klassiker. Und auf Trachenberg in Schlesien, im prächtigen Familienschloss, wo jetzt ihr Bruder Fürst Hermann residierte, hatten sich vor Jahren Zar Alexander und König Wilhelm III. getroffen, um den Feldzug gegen Napoleon zu beschließen. Nein, ihre Familie war mit Edmunds Familie gar nicht zu vergleichen. Es waren zwei ganz unterschiedliche Traditionen und unterschiedliche Linien. Hatzfeldt war eben nicht gleich Hatzfeldt. »Aber Sie sehen ja, wie es im Leben kommen kann«, fügte sie enttäuscht hinzu, »geboren als eine Hatzfeldt-Schönstein, verheiratet als eine Hatzfeldt-Kinsweiler, und schon führt der Weg steil nach unten und womöglich lande ich zu guter Letzt noch im Schuldturm.«

»Machen Sie sich doch keine Sorgen wegen der paar lausigen Taler. Geld leihen, teuerste Gräfin, war vielleicht früher eine Blamage, heute ist es ein Gesellschaftsspiel«, entgegnete Lassalle, legte den Brief aus der Hand und bat um Verzeihung, sie korrigieren zu müssen. »Reden Sie nie mehr von Abstieg. Was Ihnen als Abstieg erscheint, ist in Wahrheit der Aufstieg zu einem Leben in Freiheit und Würde, wie er für die Zeitgenossen ohne Beispiel ist. Und von mir ganz zu schweigen.« Plötzlich bekam seine Stimme wieder so etwas Weiches, sanft Dahinschwingendes und er fügte leise hinzu: »Wären Sie diesen Weg nicht gegangen, hätte ich Sie wahrscheinlich nie kennengelernt und nie erfahren, was Glück für mich bedeutet. Ich wäre der ärmste Mann der Welt geblieben.«

Dann wurde es auf einmal ganz still im Raum, irgendwie ging alles ins Ungesagte über, tönte klanglos fort, wehte sie an und es entstand eine Atmosphäre, die über alles hinaustrug. Für einen Moment wähnte sie sich den Sternen näher als dem Straßendreck, der drückende Scheidungsballast fiel von ihr ab, sie vergaß die Geldnot, die Prozessakten, die Gerichtstermine, die polizeiliche Ermittlung, vergaß den ganzen leidigen Juristenkram, sah Lassalle an, las in seinen Feuerblicken, was er fühlte und alles war nur noch schön.

Den Hutschleier bis zum Kinn und die Mantille hochgeschlossen, um nicht erkannt zu werden, betrat Clara das Haus der Schwester. Sie war mit dem eigenen Wagen von Berlin bis Köln gefahren, hatte sich am Dom ein Hotel genommen und bewusst für Düsseldorf die Extrapost gewählt. Gleich an der Tür donnerte sie los: In der eigenen bequemen Equipage zur Schwester zu fahren, gar noch mit 4 prächtigen Wagenpferden vor ihrem Hause zu halten, konnte man sich ja nicht mehr leisten, denn seit ihr Name die Skandalseiten der Zeitungen schmückte, war es geraten, jegliches Aufsehen zu vermeiden, um nicht auch noch in diese Stinkbrühe gezogen zu werden. Stinkbrühe, jawohl.

Sophie wahrte die Contenance und hatte verstanden: mit der abtrünnigen Schwester verkehrte man als Frau des Generaladjutanten des Königs nur noch incognito oder am besten gar nicht. Auch wenn sie ihr das Wort vom Kassettendieb nicht verziehen hatte, freute sie sich trotzdem, dass Clara gekommen war, reichte ihr gleich zur Stärkung nach all den Strapazen ein Doppelgläschen Aquavit, ließ Kaffee servieren und den Tisch decken und sagte nur: »Konfektgabeln und Hummerscheren wirst du bei mir nicht mehr finden, doch für ein Butterbrot und eine Scheibe Kalbsbraten reicht es noch.«

Sophie entging nicht, dass Clara die Umgebung verstohlen in Augenschein nahm und jedes Mal, wenn die Tür aufging, neugierig ins Nebenzimmer schaute. Sie ahnte natürlich, worauf die Schwester lauerte: endlich den jungen Haushofmeister zu Gesicht zu bekommen, diesen polternden Lassalle, der womöglich im Schlafrock vorbeihuschte, am helllichten Tag noch betäubt vom Champagner der Nacht und der es wagte, sich mit ihr ein Liebesnest einzurichten, schwül, lottrig und auf die ganze Welt pfeifend. Doch dann war Clara ziemlich enttäuscht, als sie erfuhr, dass Lassalle gar nicht im Hause war und für ein paar Tage in Köln zu tun hatte. »Umso besser, dann sind wir unter uns«, sagte sie und stellte eine Schatulle mit Geld auf den Tisch. Keine läppischen Scheine, kein Papier, sondern feuerfeste Münzen, solides Silber, Preußisch Courant. Den Betrag hatte sie sich eigens von ihrem Nadelgeld abgespart, weil sie wusste, dass Edmund ihr keinen Unterhalt mehr zahlte und sie nicht zusehen wollte, wie Sophie mit der Scheidung ins Elend geriet. Darum sollte sie sich mit dem Geld als Erstes einen seriösen und renommierten Anwalt nehmen, wie es ihrem Stand gebührte. »Nicht so einen Windmacher wie diesen Lassalle«, sagte Clara, »der benutzt deine Lage doch bloß, um sich selber in Geltung zu bringen. Ein Hochhinaus, was sonst. Ein Hans Dampf in allen Gassen. Fädelt sich überall ein, nutzt die kleinste Verbindung, setzt alles in die Zeitung und jetzt hat er auch noch durch den edlen Westphalen eine Abschrift deiner Scheidungsklage an Thile übergeben und hofft, dass der Eiserne Gustav den König für deine Lage interessieren kann. Ob naiv oder vermessen – dein Geschäftsführer glaubt doch wohl nicht im Ernst, dass unser Cäsar den Richtern einen Wink geben wird, so rasch wie möglich den Prozess zu deinen Gunsten zu beenden. Den König damit zu belästigen! Dieser Lassalle ist dreist und hemmungslos und kennt keinen Respekt. Und wie ich höre, schreibt er jetzt auch noch Lese-Briefe. Briefe, die jeder mitlesen soll und in denen er aller Welt Instruktionen gibt, wie man über deinen Scheidungsprozess zu denken hat. Er mag sich ja darauf verstehen, alle Hebel in Bewegung zu setzen, aber er schafft damit eine Öffentlichkeit, die dir schwer schadet. Von Diskretion und feinem Weltton ist der doch unberührt.

Aber vermutlich weiß er es nicht besser. Er ist ja keiner von Stand.«

Dass eine solche Bemerkung kommen musste, hatte Sophie fast erwartet. Clara sagte ihr aber auch, dass alle in der Familie eine Abschrift ihrer Scheidungsklage vom Gericht als Zirkularschreiben erhalten haben und entsetzt waren. So viel Gemeinheit hatten sie Edmund dann doch nicht zugetraut. Hermann, Max und Herminie haben bei ihrem letzten Treffen nach einer Erklärung gesucht und waren einhellig der Meinung, dass Edmund krank war. Er litt an Morbus sonticus. Er war von einem Dämon in Besitz genommen. Ja, er war besessen. Besitzbesessen. Ob Landbesitz, ob Geldbesitz, ob Frauenbesitz – Besitz war sein Trieb, sein Fieber, sein Leiden und insofern war er ein bedauernswerter Mensch. Eigentlich das beklagenswerteste Geschöpf unter der Sonne.

Sophie ahnte, worauf das Ganze hinauslief. Versöhnung, Handreichen, Vergeben und edle Größe zeigen. Das hätte dem Geschwistertross so gepasst! Sich von einem Ehemann zermürben lassen und anschließend dafür auch noch Verständnis haben! Sicherlich wäre es die familienfreundlichste Lösung gewesen, standesgemäß, rücksichtsvoll, opferbereit, aber wer das von ihr erwartete, den konnte sie nur mit einem herzlichen Gruß an den Königsberger Philosophen erinnern: Wer sich zum Wurm macht, muss sich nicht wundern, wenn er mit Füßen getreten wird. »Jede Gemeinheit Krankheit zu nennen, damit lässt sich natürlich alles Unrecht entschuldigen«, bemerkte Sophie trocken, »Morbus sonticus, dass ich nicht lache!« Doch Clara steckte ihr im Vertrauen zu, dass Edmund schwer unter allem litt, dass er mit den Nerven am Ende war und es zutiefst bereute, die Scheidung überhaupt eingereicht zu haben. Am liebsten hätte er alles rückgängig gemacht, aber seine Berater und seine Anwälte drängten darauf, den Prozess um jeden Preis fortzusetzen. »Glaub mir, Edmund weiß nicht mehr, wo ihm der Kopf steht und bangt vor jedem neuen Termin. Vor allem hat er nicht damit gerechnet, dass du sofort eine Gegenklage einreichst und einen Anwalt präsentierst, der die Scheidung politisch aufzieht. Jetzt muss Edmund sogar noch befürchten, seinen Sitz im Vereinigten Landtag zu verlieren, weil dein Herr Lassalle gegen ihn einen Antrag wegen Bescholtenheit an das Gremium lanciert hat.«

Sophie verzog keine Miene und dachte nur, dass es schon seine Berechtigung hatte, wenn ein solcher Schauerbock wie Edmund niemanden mehr repräsentierte. Auch so konnte der Weg alles Glorwürdigen enden.

»Übrigens haben auch alle Zeugen eine Abschrift deiner Scheidungsklage erhalten und lassen überall unter der Hand die Kopien kursieren. Sogar bis in die Residenz ist alles gedrungen und du weißt ja, was Berlin für ein Klatschnest ist. Die Hatzfeldtsche Sündenwirtschaft ist inzwischen ein gängiger Begriff und bietet reichlich Stoff zur Unterhaltung. Du bist berühmt in jeder Weißbierkneipe. Wenn das so weitergeht, na dann Halleluja. Also nimm das Geld und such dir einen soliden und erfahrenen Anwalt, der aus deiner Scheidung keine Gesellschaftsaffäre und kein Spektakel macht.«

Sophie sah auf die Schatulle mit dem Preußisch Courant, die ihr in dieser bedrängten Lage eigentlich wie ein Geschenk des Himmels hätte erscheinen müssen, eine wundersame Rettung aus der Not, doch dieses Gefühl wollte nicht aufkommen. Sie nahm das Geldkistchen in die Hand und spürte schon am Gewicht, dass sie damit nicht nur einen, sondern mehrere hungrige Anwälte bezahlen konnte. Doch dass Clara sich einen solchen Betrag vom Nadelgeld abgespart haben sollte, schien ihr ganz unmöglich, zumal jeder in der Familie wusste, dass der alte Nostitz auch nicht gerade vor Großzügigkeit strotzte. Sophie war sich sicher, dass Edmund seiner Schwägerin das Geld gegeben hatte, um sich auf diese Weise seinen Erzfeind Lassalle vom Hals zu schaffen. Und alles einfühlsam getarnt als schwesterlicher Rat, sich einen renommierten Anwalt zu suchen! Bestimmt hatte Edmund für diesen freundlichen Hilfsdienst ihr noch ein Extrasümmchen herübergereicht und schon einen ihm ergebenen Anwalt im Blick. Enttäuschend fand Sophie nur, dass die Schwester glaubte, sie würde dieses Manöver nicht durchschauen. Bei all dem Elend auch noch für dumm gehalten zu werden, war eine Form der Kränkung, die sie nicht auf sich sitzen lassen konnte. Zwar hatte sie es nicht nötig, sich mit irgendeinem Wort vor Clara zu rechtfertigen, aber eines wollte sie ihr dann doch sehr deutlich stecken, schon damit sie es Edmund hinterbrachte: Ja, Herr Lassalle war unbekannt. Na und, was sagte das schon? Als ob der große Name eine Erfolgsgarantie war! Jeder wusste doch, wie die großen Namen zustande kamen. Irgendwann wurden sie von irgendwem mit Glanz besprüht, anschließend reichlich und regelmäßig ins Licht der Öffentlichkeit gehoben und wer hier angekommen war, bekam seinen Platz am Stammtisch des Ruhms, wo er pausenlos das Lied seiner

Unsterblichkeit trällern konnte. Stimmt, Herr Lassalle war nicht vom Fach, nicht promoviert, nicht habilitiert, ohne Orden, ohne Amt und nicht von Stand, um ein hohes Ansehen zu haben. Aber er hatte Willen und Durchsetzungskraft, traute sich mehr als jeder andere und ging mit einer ganz neuen Sicht an die Dinge heran. »Nenn ihn wie du willst. Meinetwegen Hans Dampf Ferdinand, Gassentrompeter oder Geräuschemacher, aber bei allem was er tut, hat er immer das Ganze vor Augen und kämpft für mich so entschlossen, weil er darin einen Kampf für die Schwachen sieht. Mag sein, er ist respektlos, frech und unverfroren, aber nicht ohne Grund, denn es regt ihn auf, dass so vieles im Argen liegt und keiner etwas dagegen tut. Auf jeden Fall riskiert er für mich tausendmal mehr als der berühmteste Anwalt mit der größten Kanzlei.« Sophie bat die Schwester, die Schatulle wieder mitzunehmen. So dringend nötig auch jeder Taler gewesen wäre und sie aus ihrem elenden Finanznotstand errettet hätte – Geld für einen renommierten Advokaten brauchte sie nicht, denn keiner vertrat ihre Rechte entschiedener als Herr Lassalle.

»Dann wird der Skandal um deine Person ja weiter Blüten treiben«, bemerkte Clara pikiert, doch da kam Paul herein und begrüßte seine Tante voller Freude, denn sie war die Einzige, über die er noch Verbindung zu seinem Bruder hatte. Clara überraschte ihn auch gleich mit einem Bild, das er für ihn gemalt hatte – Pauls Leibreitpferd Paulus, das einsam auf der Koppel stand. Alfred ließ ausrichten, dass er am liebsten selber gekommen wäre, aber der Vater hatte es ihm noch immer verboten und angedroht, ihn auf der Stelle zu enterben, wenn er es sich einfallen lassen sollte, seine Mutter und seinen Bruder zu besuchen. Paul bat die Mama, sich nicht schon wieder deshalb aufzuregen und meinte nur: »Damit kommt der Papa nicht durch. Der Prozess wird alles ändern.« Dann ging er in sein Zimmer, um dem Bruder rasch einen Antwortbrief zu schreiben, den er der Tante mitgeben konnte und den sie wie immer so lange bei sich bewahrte, bis Alfred zu Besuch kam und ihn gelesen hatte, um ihn dann wie belastendes Beweismaterial in ihrem Kamin zu verbrennen.

»Dass es einmal so schlimm in unserer Familie kommen könnte, hätte ich mir nie träumen lassen«, sagte Clara, packte die Schatulle in ihren Beutel und erklärte sich die Uneinsichtigkeit der Schwester einzig damit, dass sie unter den schlechten Einfluss dieses Herrn Lassalle geraten war, einem rotznasigen Platzmajor, der noch nicht einmal seine Flegeljahre hinter sich hatte. Aber sie war ja alt genug und musste wissen, was sie tat.

Spät am Abend in der schützenden Dunkelheit brach Clara auf, umarmte Sophie und sagte so ganz nebenbei: »Dann muss ich diesmal meinen Geburtstag ohne dich feiern. Es ist alles geladen, was in der Residenz Rang und Namen hat und ich fürchte, wenn du auftauchst, stehe ich vor leeren Stühlen.«

Bevor Sophie erwidern konnte, dass sie ohnehin nicht vorgehabt hatte, ihr Haus noch einmal zu betreten, nicht nach dieser boshaften Bemerkung vom Kassettendieb, hatte Clara sich schon von ihrem Lieblingsneffen verabschiedet, ließ seinen Brief in einer Innentasche ihrer Mantille verschwinden, drückte den Hut tief in die Stirn, damit der Schleier wieder über das ganze Gesicht fiel, huschte aus dem Haus und eilte zur Extrapost, ohne sich noch einmal nach der Schwester umzusehen.

Zuversichtlich betrat Sophie den Gerichtssaal. Sie nahm es gelassen, dass die Schwestern Hohns sie wegen Verleumdung verklagt hatten, denn sie besaß genügend Zeugen, dass Edmund die beiden Damen reichlich und regelmäßig für ihre Dienste bezahlte. Sophie war sich ganz sicher, dass seine Kammerkatzen mit ihrer Klage gegen sie keine Chance hatten und auch Lassalle meinte, dass die Herren Richter der Aussage einer Fürstentochter mehr Glauben schenkten als den windigen Behauptungen zweier öffentlicher Frauenzimmer. Angeblich fühlten sich die Schwestern Hohns zu Unrecht beschuldigt und konnten nachweisen, dass sie nicht das Geringste mit der Verschwendungssucht des Grafen zu tun hatten, geschweige denn von ihm jemals auch nur einen halben Silbergroschen bekommen zu haben. Dass diese Bettschwestern es überhaupt wagten, eine Gräfin vor Gericht zu bringen, war in Sophies Augen so ungewöhnlich und eine solche Dreistigkeit, dass dahinter kein anderer als Edmund stecken konnte.

Sie würdigte die Damen keines Blickes und wohnte der Verhandlung wie von ferne bei, denn für so viel Schofligkeit gab es nur einen Ort – die hohe Warte. Doch als die Richter dann die Zeugen der Gräfin Hatzfeldt vernahmen, passierte das Ungeheuerliche: Einer nach dem anderen nahm seine Aussage zurück. Plötzlich gab es keinen Beweis mehr, dass Seine Hochgeboren die Schwestern Hohns bezahlte oder gar sein Hab und Gut an sie verschwendete und ehe Sophie begriff, wie ihr geschah, war der Tatbestand der Verleumdung erfüllt. Der rheinische Revisions- und Kassationshof verurteilte Gräfin Hatzfeldt zu 2 Monaten Gefängnis, 100 Talern Geldbuße und dem Verlust der bürgerlichen Ehrenrechte auf 5 Jahre.

Sophie wusste nicht, war sie im Gerichtssaal oder im Tollhaus. Sollte sie lachen, sollte sie weinen oder schlicht und einfach dem Hohen Gericht auf den Kopf zusagen, dass dies kein Urteil, sondern die Beugung des Rechts für Edmunds Sache war. Aber sie sagte nichts und verzog keine Miene, denn dafür gab es nur eins – Verachtung. Aristokratische Verachtung. Von oben herab alles niederlächeln. Sie sah schon die Schlagzeilen der Zeitungen vor sich: Gräfin Hatzfeldt verliert den Calumnieprozess und muss wegen Verleumdung ins Gefängnis. Und hinter allem die schadenfrohe Miene von Edmund, der natürlich seine Bettwanzen dazu angestachelt hatte, sie zu verklagen. Ohne Frage hatte er Sophies Zeugen reichlich Bares geboten, damit sie ihre Aussage zurückzogen und der Weg frei war, ihr öffentlich den Stempel als Lügnerin aufzudrücken. Sie sollte die volle Salve treffen – vor aller Welt gerichtsfest ausgewiesen als Lästerzunge und Geifer-Gattin eines edelmütigen und ach so bedauernswerten hochrühmlichen Erlaucht. Solche Manöver waren nach seinem Geschmack und darauf verstand sich der Noch-Gemahl: ein Geschütz in Stellung zu bringen und gegen sie loszudonnern. Sie hatte ihren Generalbevollmächtigten mehr als einmal gewarnt, denn sie wusste, ein Mann mit einem so großen Geldbesitz wie Edmund saß gesetzmäßig am längeren Hebel. Dazu brauchte es kein großes Studium, das sagte ihr die schlichte Erfahrung.

Dass allerdings gleich zu Beginn ihres Scheidungsprozesses ein solch unerwarteter Hieb sie treffen könnte, war ein so großer Schock, dass sie darin unwillkürlich eine Vorwegnahme der kommenden Ereignisse sah. Am Ende ging Edmund aus dem Scheidungsprozess als Sieger hervor, bekam die Kinder samt ihrem Vermögen und obendrauf die Genugtuung, seine Ex-Gemahlin zur Friedhofsreife geführt zu haben. Doch bevor sie ihm diesen Gefallen tat, musste die Welt erst noch untergehen.

Aufgebracht verließ sie das Gerichtsgebäude, bekam noch einen Platz in der Eilpost, jagte nach Hause, saß wie im Fieber und konnte es kaum erwarten, mit Lassalle die Lage zu erörtern. Sie musste hören, was er dazu sagte und wie er die Dinge sah, damit sich das Durcheinander ihrer Gedanken ordnete und sie wieder mit sich in eins kam. Sie musste etwas von seiner Überlegenheit spüren, um das Gefühl zu haben, nicht auf verlorenem Posten zu stehen und allen zum Gespött weit neben draußen ins Abseits geraten zu sein.

Erlöst atmete sie auf, als sie endlich die Frostfahrt hinter sich hatte. Schon die Gewissheit, gleich neben ihm in einem gut geheizten Raum sitzen zu können, hellte ihr Gemüt auf und ließ die ganze Misere in den Hintergrund treten. Sie gab dem Gepäckträger ein großzügiges Handgeld und betrat freudig aufgeregt das Haus, doch da stürzte ihr die Kammerfrau entgegen und sagte, dass Herr Lassalle in den Morgenstunden wegen des Kassettendiebstahls verhaftet worden war. Sophie wurde kreidebleich, ging zum Kamin, ließ sich in den Sessel fallen, verlangte nach einem heißen Kaffee, starrte in das flackernde Feuer, verfolgte das

Spiel der Flammen und merkte nicht, dass Paul ihr einen Brief von Lassalle auf die Knie gelegt hatte.

Sie wartete nicht lange, wählte ihre eleganteste winterliche Reiserobe mit Pelzmantel und Pelzmuff, borgte sich die Equipage des Hausbesitzers, nahm 4 seiner Prachtpferde als Vorspann und fuhr nach Köln, um Lassalle im Gefängnis zu besuchen. Sophie wollte absichtlich so beeindruckend vorfahren, damit die Wache am Tor gleich sah: Ein Gefangener, der so hohen Besuch bekam, konnte kein gewöhnlicher Häftling sein, kein Straßendieb, kein Lumpenhund und kein Verbrecher. Ein solcher Arrestant war etwas Besonderes, hatte Verbindung zu den höchsten Kreisen und musste darum schonsam behandelt werden. Auch wenn sie durch ihr Scheidungsdebakel derzeit tief in die Skandalspalten der Zeitungen geraten war – es änderte nichts an ihrem Stand. Gleich was noch kam, sie war nicht irgendwer, kannte alle maßgeblichen Minister und brauchte um eine Audienz beim König nicht zu betteln. Jedenfalls noch nicht. Im Stillen machte sie sich natürlich Vorwürfe, dass Lassalle ins Gefängnis musste, nur weil er mit chevalereskem Rittersinn ihre Ehre retten wollte. Aber hätte sein Freund Oppenheim der Meyendorf nicht die Kassette entwendet und wäre Mendelssohn damit nicht geflüchtet, hätte Lassalle jetzt hier nicht einsitzen müssen. Genau wie er hatte auch sie gedacht, dass mit dem Geständnis und dem Freispruch Oppenheims der Fall erledigt war, zumal auch Mendelssohn sich inzwischen den Behörden freiwillig gestellt hatte, um gleichfalls mit einem blauen Auge davonzukommen, doch dann das Unfassbare: 5 Jahre Zuchthaus, lebenslängliche Polizeiaufsicht und Verbot seiner ärztlichen Tätigkeit. Dabei hatte Mendelssohn nichts gestohlen, sondern nur Beihilfe geleistet. So groß der öffentliche Protest dagegen auch war, so gut er auch tat – Sophie wusste sofort, mit diesem Urteil sollte Edmund ein Gefallen erwiesen werden. Er zog im Hintergrund die Fäden, räumte auf und rechnete ab und darum hatte die Polizei jetzt auch seinen Erzfeind Lassalle geholt, um ihn wegen intellektueller Urheberschaft am Kassettendiebstahl hinter Gitter zu bringen. Es war Edmunds Rache dafür, dass so ein Windbeutel und hergelaufener Hallodri wie dieser Lassalle es gewagt hatte, sich gegen ihn zu stellen, eine Scheidungsklage für seine Gemahlin zu verfassen und auch noch frech für ihr Recht zu kämpfen. Darum kam er gleich mit einer Kombinationslösung, um ein für alle Mal mit dieser Pest aufzuräumen: Erst brachte er sie als Verleumderin für zwei Monate ins Gefängnis, was ihm durch Zeugenbestechung auch gelungen war, und nun kam Lassalle an die Reihe. Musste im berüchtigten Klingelpütz sitzen und auf seine Anklage warten und wer weiß, welchem Richter Edmund dafür einen Empfang bei Hofe oder sonst was Karriereförderndes in Aussicht gestellt hatte.

Sophie bat den Kutscher, vor dem Gefängnis zu warten, stieg demonstrativ langsam, fast majestätisch aus und schritt erhobenen Hauptes zum Tor. Die Wachposten begrüßten sie mit dem allergrößten Respekt, wussten sofort, wer sie war und wen sie zu besuchen wünschte und wollten von Ihrer Hochgeboren nur wissen, ob sie etwas bei sich führe. »Nur Zigarren«, sagte sie, »wollen Sie sehen?«

»Nicht nötig, Euer Gnaden.«

Dann kam ein Gefängniswärter und führte sie hinauf in den zweiten Stock, wo die distinguierten Gefangenen saßen, die Untersuchungshäftlinge und Schuldner. Sie sah nicht die Außenmauer, sah nicht die Innenmauer, sah nicht die Eisentüren, nicht die Polizeiposten und nicht die Staketengitter an den Fensterluken, sah das alles nicht und stand plötzlich in einem leeren Raum mit kahlen weißgekalkten Wänden. Noch ehe sie etwas sagen konnte, wurde schon ein Stuhl für sie hereingebracht, doch sie wollte sich nicht setzen. Der Wärter entschuldigte sich dafür, dass es in diesem Haus leider nichts anderes als Bretterstühle gab und bat sie, sich einen Moment zu gedulden. Sophie stellte sich auf ein längeres Warten ein und war so aufgeregt, dass sie meinte, ihr Herzschlag würde wie ein Echo von den Wänden entgegentönen. Plötzlich tauchten düstere Bilder von Galeerensträflingen vor ihr auf, wehrlose angekettete Gestalten, an den Beinen Fesselwunden und unter ihnen Lassalle in einer zerlumpten Häftlingsuniform, das Gesicht eingefallen und wachsbleich. Sie überlegte, was sie ihm sagen sollte, damit er nicht an seiner Lage verzweifelte, wie sie ihn aufrichten und ermutigen konnte, doch da ging schon die Tür auf und er betrat den Raum. Sie glaubte ihren Augen nicht zu trauen. Das weiße Hemd mit eleganten Elfenbeinknöpfen, der Kragen unbekümmert provokant offen, die Weste im Jakobinerrot, der Gehrock faltenlos, es hätte nur noch ein lockerer Kalabreser gefehlt.

Einen Moment lang war sie so durcheinander, dass sie nicht wusste, dachte sie mit dem Herzen oder fühlte sie mit dem Kopfe, denn sie sah ihn plötzlich ganz anders. So wie Lassalle vor ihr stand, so unbeeindruckt von allem, so angstfrei und überlegen, kam er ihr wie der männlichste aller Männer vor, David und Goliath in einem, ein Siegfried, ein Freiheitsheld, ein kleiner Weltbezwinger und von Zerknirschung keine Spur. Sein Blick flammte sie an, ließ sie nicht los, jagte ihr das Blut durch die Adern, sie ließ es rauschen und rinnen, fließen und fluten, ein Labsal für ihre strapazierten Nerven, doch dann brach schon der ganze angestaute Kummer aus ihr heraus. Sie sagte ihm, wie unglücklich, wie tief unglücklich sie war, dass er ihretwegen hier einsitzen musste. Aber davon wollte er nichts hören und sie gar noch in diesem Arreststall so bedrückt zu sehen, vergrößerte bloß das Übel und das ertrug er nicht. »Man weiß eben höheren Orts meine Talente zu schätzen, denn nur die Besten bekommen Freiquartier«, sagte er mit einem Air von Süffisance, doch dieser flapsige Ton missfiel ihr. »Teuerste Gräfin, ich wiederhole gerne, dass es die Bestimmung meines Lebens ist, Ihnen zu Ihrer Freiheit zu verhelfen. Meine Sache ist Ihre Sache. Ihr Feind ist mein Feind. Also bitte kein Bedauern. Außerdem wird es hier nur ein kurzer Aufenthalt sein, denn niemand kann verurteilt werden für etwas, das er nicht getan hat. Ich bin zwar faktisch gefangen, aber rechtlich frei. Das ist das Wesen der Untersuchungshaft. Sagen Sie mir lieber, wie ist der Verleumdungsprozess ausgegangen?«

Eigentlich wollte Sophie ihn mit der Schreckensnachricht verschonen, dass auch sie ins Gefängnis musste, aber er bestand darauf, alle Details zu erfahren, und als sie ihm dann bestürzt und ganz außer sich das Strafmaß mitteilte, beruhigte er sie. »Warten wir die Rechtskraft ab. Solange das Urteil nicht rechtskräftig ist, haben Sie nichts zu befürchten. Und dass man Sie ins Gefängnis bringt, scheint mir ganz ausgeschlossen. Aber schicken Sie mir bitte gleich Anwalt Bloem hierher, damit ich das weitere Vorgehen mit ihm besprechen kann.«

Die wenigen Worte genügten, um ihre Situation viel klarer zu sehen und ihr einen Druck von der Seele zu nehmen. Und dann hatte er noch eine gute, sehr gute Nachricht: Sie hatten den Alimentationsprozess endgültig gewonnen. Das Urteil war vollstreckt worden und der Hochgräfliche musste ihr den Unterhalt zahlen und zwar in voller Höhe. Lassalle hatte bereits Information, dass das Geld für sie im Bankhaus eingetroffen war. Es hätte nicht mehr viel gefehlt und Sophie hätte das Gefängnis als einen Ort himmlischer Verkündigung gesehen. Sie holte die Zigarren, bot auch dem Wärter eine an, der sie dankend annahm, gleich einen Fidibus brachte und auch noch einen Stuhl für Lassalle. Jetzt erst nahm Sophie Platz. Mit eleganter Kavaliersgeste zündete Lassalle allen die Zigarre an und schon beim ersten Zug war ihm, als ginge eine Tür auf und er trat ins weite Freie hinaus. Der feine Geruch des Havannatabaks gab der kahlen Arrestkammer fast etwas Anheimelndes, so ein behagliches Flair und die Anwesenheit der Gräfin steigerte alles zum höchsten Genuss. Ein Schatten warf lediglich der jüngste Brief von Heine, der ihm geraten hatte, seine kostbare Zeit nicht an derlei private Händel zu verschwenden und auf einmal konnte Lassalle seinen Ärger über ihn nicht mehr zurückhalten. Inständig hatte er darum gebeten, ihn in seinem Kampf gegen diesen Satansgrafen Hatzfeldt mit ein paar deftigen Artikeln im *Journal des Débats* zu unterstützen, aber Heine lehnte kategorisch ab und wollte generell von dem ganzen Scheidungsgezänk nichts wissen. Lassalle ahnte den Grund, denn er wusste ja, dass die engste Freundin der Meyendorf, die Fürstin Lieven, der Nachtfalter seines Mäzens Guizot war und mit dem wollte es sich Heine natürlich nicht verderben.

»Aber die Rente, die Sie ihm seinerzeit erstritten haben, die hat er gern genommen«, entgegnete Sophie trocken und er sagte nur: »So sind eben die berühmten Dichter. Sie sehen nur sich selbst. Leider verbreitet er jetzt allerorts, ich hätte eine rasche Entwicklung zum Schlechten genommen.«

Sophie bemerkte, wie eine Empörung in Lassalle aufstieg, und weil sie nicht wollte, dass er hier eine Schimpfkanonade losließ, meinte sie beschwichtigend: »Legen Sie sich bloß nicht deshalb mit ihm an. Es lohnt nicht. Sehen Sie zu, dass es zwischen Ihnen zu einem Verhältnis wechselseitiger Schonung kommt. Das genügt.«

Hingerissen betrachtete Lassalle seine Besänftigerin. Wieder einmal hatte sie das richtige Wort für ihn und traf seinen Kern. War es Zufall, war es Fügung oder das Walten der Mächte – plötzlich begriff er, dass alles, was von ihr kam, die andere Stimme in ihm war. Aus ihr sprach sein besseres Selbst. Sie war sein eigenes noch einmal verkörpertes Ich. Wäre der Gefängniswärter nicht im Raum gewesen, er hätte sie jetzt in die Arme genommen, damit sie einmal spürte, vor ihr stand er immer wie auf einem glühenden Rost, sein Herz und sein Kopf für sie brannten und es war höchste Zeit, ihr zu gestehen, dass er ohne sie nicht mehr leben konnte. Sobald er diesen lausigen Klingelpütz verlassen hatte, musste er es ihr sagen: Sie und ich – wir haben eine gemeinsame Seele. Mag kommen was will, es gibt nur die eine Gewissheit: Nichts kann mich von Ihnen mehr trennen.

Auf einmal war er in so glücklicher, beinahe ausgelassener Stimmung, dass er heiter konspirativ in ein elegantes Französisch überwechselte, denn er wusste, dass der Wärter kein Wort davon verstand. Ja, es war großartig, dass Louis Philippe in Frankreich endlich gestürzt war und nun wohl auch dem preußischen Honigsauger die Messe gelesen wurde. Jetzt war es nur noch eine Frage von Tagen, da krachte es auch in Deutschland und dann wurde in diesem Nachtwächterstaat gründlich aufgeräumt. Er hatte ja immer gesagt, arm macht demütig oder aufsässig und alles, was ihm bisher zu Ohren gekommen war, klang nach aufsässig. Geradezu stündlich erwartete er die Revolution. Auf dem Gürzenich gab es bereits Volksversammlungen. Vor ein paar Tagen hatte er von einem ehemaligen Redakteur der *Rheinischen Zeitung* gehört, der eine programmatische Schrift zur Lage der Zeit verfasst haben soll, keinen der üblichen politischen Waschzettel, sondern eine echte Fundamentalanalyse, die irgendwo in London gedruckt worden war, und er bat sie, ihm das *Kommunistische Manifest* von Karl Marx zu besorgen. Das Heftchen ins Gefängnis zu bringen, war zu gefährlich, aber sie sollte es lesen und ihm beim nächsten Besuch darüber berichten.

Zwar fragte sie sich, wie und wo sie dieses Brandblättchen auftreiben sollte, aber das schien ihr im Moment nicht von Belang. Viel wichtiger fand sie, dass ihn auch im Gefängnis sein Lieblingsthema beschäftigte, denn sie wusste, immer, wenn er von der Revolution sprach, ging es ihm gut. Doch als der Schließer hereinkam und ihn in die Zelle zurückführte, war sie davon nicht mehr ganz so überzeugt.

Ungeduldig wartete Sophie auf Advokat-Anwalt Bloem, einen verlässlichen Mann, gediegen und gerichtsfest, zugelassen für die erste und zweite Instanz, ausgerüstet mit allen drei Staatsprüfungen für den höheren Justizdienst – einen besseren hätte Lassalle nicht auswählen können. Sie wollte mit Bloem den nächsten Prozesstermin besprechen, doch er ließ ihr durch Kurier ausrichten, dass die Beratung verschoben werden musste und bat um Verständnis. Aber die Nachricht vom Sturz Metternichs war eine so große Sensation, dass er die Extrapost nach Köln nehmen musste, um zu Lassalle ins Gefängnis zu fahren und ihm dieses Weltbeben zu verkünden.

Von Stund an glich kein Tag mehr dem andern. Die Handglocken der Zeitungsverkäufer standen nicht mehr still. Immer neue Extrablätter, immer neue Bekanntmachungen, Appelle, Beschlüsse, immer lautere Forderungen nach allgemeinem Wahlrecht und Pressefreiheit, dazu massive Rufe nach Volksvertretung und plötzlich die Schreckensmeldungen aus Berlin. Atemlos verfolgte Sophie die Berichte der Zeitungskorrespondenten, wollte gar nicht mehr von ihrer Lektüre aufschauen, da ließ sich Graf Keyserling melden. Er war auf der Durchreise nach Holland, hatte nur ein paar Minuten Zeit, aber brannte darauf, der verehrten Freundin von den dramatischen Ereignissen aus der Hauptstadt zu berichten. Der Rittmeister trug wie immer seinen langen blauen Blüchermantel, dieses teure Prachtstück mit fünf Kragen und weißer Taftseide gefüttert, wollte nicht ablegen, eilte geradewegs in den Salon, nahm auch den Kaffee nur im Stehen und ging mit der Tasse in der Hand ruhelos im Zimmer auf und ab. Für ihn stand fest: Wer diese Märztage in Berlin nicht erlebt hatte, der wusste nicht, was Revolution war. Die ganze Stadt über Nacht ein Schlachtfeld, aber überall Begeisterung und Aufbruch. Die Barrikaden wie aus dem Nichts geschaffen, alles Greifbare aufgetürmt, Bohlen der Rinnsteinbrücken, Tore, Fässer, Wagen, Balken, Zäune, Bretter, und schon um vier Uhr beim ersten Sturmläuten war die ganze Stadt auf den Beinen. In den Straßen und auf den Dächern Menschen über Menschen. Die Frauen schleppten Pflastersteine auf die Dachböden, die Kinder gossen Bleikugeln und die Männer waren plötzlich alle bewaffnet und zogen mit Piken, Musketen und Büchsen gegen das heranrückende Militär. Bürger, Proletarier, Turner, Handwerker, Studenten – alle reihten sich wie von selber ein. Vor vielen Häusern brennende Strohbündel, um die Soldaten am Vormarsch zu hindern. Bis in den Morgen Kanonendonner und Kartätschenfeuer. Kein Fenster, das nicht erleuchtet gewesen wäre. Alle hellwach. Keiner wollte die Stunde der Geschichte verschlafen. Die Bäcker versorgten die ganze Nacht über die Kämpfer auf den Barrikaden mit frischem Brot – alles todesmutige Burschen, Männer mit einem Heldenmut, wie er sie nicht mal in den Freiheitskriegen erlebt hatte und an denen Blücher seine Freude gehabt hätte. Am frühen Morgen dann der Sturm auf sämtliche Wachhäuser, Kasernen und das Zeughaus. Die Kavallerie ergriff als Erste die Flucht, danach zogen die Soldaten unter dem Jubel der Bevölkerung aus der Stadt ab. »Ein grandioser Sieg der Bürger«, sagte er,

»aber was für eine Blutnacht! Hunderte von Toten, so viele, dass sie nicht alle in den Kirchen aufgebahrt werden konnten. In einem schier endlosen Trauerzug wurden die Särge zum Schloss geführt. Der König musste auf den Balkon treten, und ob er wollte oder nicht, sein Haupt entblößen. Bleich und benommen verneigte er sich, sooft ein neuer Zug mit Särgen vorbeikam. Der Alptraum stand ihm im Gesicht geschrieben.«

Sophie konnte kaum glauben, was sie da hörte. »Das muss man sich mal vorstellen: An allen Häusern wehte die schwarzrotgoldene Fahne und dort, wo ein Bewohner im Kampf gefallen war, die Trauerfahne und vor seiner Haustür Becken mit Geld und Silber, denn jeder, der vorbeikam, spendete für die Hinterbliebenen. So was hat Berlin noch nicht erlebt. Und am Palais des Prinzen weiß auf die Mauer gemalt in großen Buchstaben: ›Eigentum der ganzen Nation‹. Darunter auf einem angenagelten Brett die Ankündigung zur Errichtung eines Arbeiter- und Beschwerdebüros mit der Unterschrift: ›Männer aus dem Volk für das Volk‹. Und das Ganze bewacht von Bürgergardisten. Unser Heldenprinz natürlich längst nicht mehr im Haus, sondern unter Eskorte nach Potsdam oder sonst wohin. So schnell, Teuerste, kann es mit dem Umsturz gehen. Und das hat unser König sich selber zuzuschreiben. Er wäre gut beraten gewesen, weniger zur Jagd zu fahren und sich mehr um sein Volk zu kümmern. Aber so ist das eben. Er wollte ja nicht wahrhaben, dass es im Land drunter und drüber ging und hat sich in Sanssouci lieber mit der Frage beschäftigt, ob die Israeliten an einem Dienstag oder Mittwoch durchs Rote Meer gegangen sind. Und jetzt bekommt er die Quittung.«

Sophie hatte den Grafen noch nie so aufgebracht erlebt. Er sah zur Uhr, setzte die Tasse ab und verabschiedete sich hastig. »Niemand von uns weiß, was jetzt kommt.« Als sie ihn zum Wagen brachte, holte er aus seiner Reisetasche noch rasch ein Kistchen Zigarren. »Fast hätte ich es vergessen, aber das Rauchverbot auf den Straßen Berlins ist aufgehoben. Jetzt dürfen sogar Zigarren auf offener Straße verkauft werden. Eine echte Errungenschaft der Revolution.« Er reichte ihr das erste Kistchen aus der neuen Ära, stieg mit einem »Salut et fraternité« in die Kutsche und preschte davon. Sophie winkte ihm noch, doch er fuhr mit zugezogener Gardine und auf einmal ahnte sie, dass er auf der Flucht war oder zumindest etwas von seinem Vermögen nach Holland bringen wollte. Dass der gute alte Degenknopf sich diesmal gar nicht nach dem Stand ihrer persönlichen Angelegenheit erkundigt hatte, war eine zusätzliche Bestätigung und löste eine tiefe Unruhe in ihr aus. Sie wartete noch auf den Zeitungsverkäufer, der mit dem neuen Extrablatt nahte, da kamen plötzlich Paul und sein Freund Lilljeström mit hochroten Gesichtern die Straße heraufgerannt und berichteten aufgeregt, dass überall in der Stadt die Menschen in Gruppen zusammenstanden, dass Rufe nach einer Bürgerwehr laut wurden und sie soeben dem neu gegründeten Düsseldorfer Volksklub beigetreten waren.

Leutnant Lilljeström, der dank des juristischen Beistandes von Herrn Lassalle wieder mit Paul und seiner verehrten Frau Mutter verkehren durfte, begrüßte Ihre Hochgeboren eilig, aber ehrfurchtsvoll und ehe sie sich versah, hatten sich die beiden in der Küche mit reichlich Proviant versorgt und stürmten damit aus dem Haus, direkt hinunter zum Hafen, wo sich ganz Düsseldorf versammelte.

Aufgewühlt von all den Eindrücken setzte sich Sophie an den Kamin und zündete sich zu ihrer Beruhigung erst mal eine von den neuen Zigarren an. Sie dachte an Lassalle und machte sich Vorwürfe. Ständig hatte er die Revolution kommen sehen und jetzt, wo sie da war, saß er im Gefängnis. Und das auch noch ihretwegen. Um ihr zu helfen, endlich aus dieser Ehe zu kommen, brachte er sich um das Erlebnis seines Lebens. Denn das wäre jetzt seine große Stunde gewesen – rein ins Getümmel, rauf auf die Barrikaden und sich für das Heil der Welt schlagen. Sie wusste doch, wovon er träumte: das ganze fossile Regierungspack zum Teufel jagen, die Verhältnisse radikal umstürzen und eine sociale Demokratie schaffen. Dafür brannte er, denn mehr als einmal hatte er ihr gesagt, dass Demokratie keine Floskel und nicht irgendwas Beliebiges war, nein, Demokratie war der göttliche Atem des menschlichen Fortschritts. Das klang zwar gut, aber an schönen Formulierungen hatte es ihm noch nie gefehlt. Trotzdem – sie war schuld, dass er die Leidenschaft der Aktion nicht erfahren durfte.

Anderseits war sie aber froh, heilfroh, ihn gerade jetzt im Gefängnis zu wissen, denn hier konnte ihm nichts passieren. Hier war er in Sicherheit und geschützt vor Säbelhieben und Kartätschenfeuer. Auch wenn ihn das vermutlich todunglücklich machte, sie fand es beruhigend und atmete auf. Denn schon die Vorstellung, er könnte in eine lebensbedrohende Situation geraten, verwundet oder verletzt werden – und sei es für die beste Sache der Welt –, diese Vorstellung ließ ihr den Atem stocken. Lassalle mochte ja seine geliebte Revolution als die große historische Notwendigkeit sehen, als den grand coup social, sie sah das Ganze mehr persönlich und freute sich, dass Edmund jetzt mal so richtig einen Dämpfer bekam. Nun musste er runter von seinem hohen Ross und begreifen, dass die Welt sich nicht nach seinen Gesetzen zu drehen hatte. Ja, sie freute sich über die Revolution im Prachtjahr 1848 nach Christus. Mag sein, es war Schadenfreude. Und wenn schon. Einer wie Edmund hatte nichts anderes verdient. Mit Verständnis brauchte ihr keiner zu kommen. Sie hatte null Verständnis für ihn. Von wegen ein kranker Mann! Morbus sonticus! Er konnte Morbus sonstwas haben – ihr war es egal. Herzlich egal. Hauptsache, er begriff endlich, dass es auch mal anders kommen konnte. So ein Lebenslehrstück tat mehr als not. Wenn einer es nicht für nötig hielt, selbst zur Einsicht zu kommen, mussten ihn eben die Verhältnisse dazu zwingen. Das sah sie voller Zuversicht. Auch wenn sich der Gemahl a.D. für den Herrgott selber hielt – das Prinzip der ausgleichenden Gerechtigkeit setzte auch er nicht außer Kraft.

Sie spürte, wie ein tiefes Behagen aufkam und war in der rechten Stimmung, um die zuletzt eingegangenen Briefe von Lassalle noch einmal durchzusehen. Es war ein Phänomen: Keine Zeile verriet, dass es Briefe aus dem Gefängnis waren. Vielmehr kam es ihr so vor, als säße er in einem Organisationsbüro, um sich ausschließlich ihren Angelegenheiten zu widmen, die er bislang zur größten Zufriedenheit gelöst hatte. Die Unterhaltszahlung von Edmund war tatsächlich eingegangen, sie hatte schon ihre Gläubiger bezahlt, dem Rechtsanwalt die ausstehenden Honorare überwiesen, zwei Jahresmieten im Voraus beglichen und sich für Notfälle einen Betrag zurückgelegt. Im jüngsten Brief empfahl Lassalle einen neuen Lehrer für Paul, den er ihr in den nächsten Tagen zum Vorstellungsgespräch schickte. Heinrich Bürgers war ein Referendar mit Scharfsinn und Tiefblick und den sollte sie unbedingt engagieren. Dann ließ er sie wissen, dass der ehemalige Redakteur der *Rheinischen Zeitung* Karl Marx aus London zurückgekehrt war, jetzt in Köln die *Neue Rheinische Zeitung* leitete und ein paar gute Leute ins Blatt geholt hatte. Der Mann fürs Feuilleton, Georg Weerth, interessierte sich sehr für den Fortgang ihres Scheidungsprozesses und wollte darüber einen saftig beseelten Artikel schreiben. Er verstand sich auf die Wahrheit wie kein Zweiter, mit ihm konnte sie über alles reden, je offener, desto besser, denn die neue Zeitung war vielversprechend und richtungsweisend. In einem anderen Brief informierte er en detail über alle Instruktionen, die er Anwalt Bloem für den nächsten Prozesstermin gegeben hatte und klärte sie darüber auf, was das Protokoll der Verhandlung der ersten Zivilkammer des Königlichen Landgerichts zu Düsseldorf ergeben hatte.

Wie er das alles in seiner Arreststube zustande brachte, war ihr ein Rätsel. Bloem, der mehrmals in der Woche die Geheimkorrespondenz beförderte, hatte auch diesmal nur gemeint, sie sollte sich darüber keine Gedanken machen. Herr Lassalle konnte das. Er war ein Ausnahmetalent. Er saß wie eine Kreuzspinne im Netz und zog die Fäden. Ja, mehr noch. Er zählte ihn zu denen, die in der Lage waren, die göttliche Weltordnung auf den Kopf zu stellen, was ihr nicht einmal übertrieben schien. Und dann war da dieser

Brief, den sie auswendig kannte, den sie nicht nur gelesen, sondern eingeatmet hatte und der den Lebenston gleich eine Kadenz höher stimmte. Sie lehnte sich in den Sessel zurück und schloss die Augen, um sich vom Klang der Worte durchströmen zu lassen. »Wenn es eine Vorfreude gibt, muss es auch eine Nachfreude geben, aber Sie sind für mich beides. Sie sind das Alpha und Omega meiner Gedanken. Sie sind die erste und unerlässliche Bedingung meines Glücks.« Für ein paar Augenblicke schien alles in ihr zu musizieren. Auf einmal meinte sie, Lassalle saß gar nicht im Gefängnis, sondern stand leibhaftig mit seiner Feuerseele vor ihr und gab ihr die Lust am Leben zurück. Sie war sich ganz sicher, wäre sie ihm nicht begegnet, hätte sie sich wahrscheinlich bis heute noch immer jede Menge Pillen vom Hofapotheker geholt, dazu schon morgens eine Flasche Wein geöffnet und sich ihre miese Welt schöngetrunken. Aber wahrscheinlich musste sie 43 werden, um einmal zu erfahren, was sie einem Mann bedeuten konnte. Da fühlte sich alles doch gleich ganz anders an.

Dass er 20 Jahre jünger war, merkte sie gar nicht. Im Gegenteil. Er kam ihr oft viel älter als sie selber vor. So als hätte er die größere Lebenserfahrung und wusste, wie man den Dingen begegnen musste, um sich zu behaupten. Er brauchte bloß den Mund aufzutun und alles war reife Leistung. Manchmal hatte sie den Eindruck, als wäre er schon in einem vorgerückten Alter zur Welt gekommen. Zwar grandios, aber auch ein bisschen unheimlich.

Sollten ihre Geschwister über sie denken, was sie wollten und ihr sonst was nachsagen – tief gesunken, an den Falschen geraten, sich zur Komplizin eines Randalierers gemacht, eine Schande für alle von Stand – sie hatten ja gar keine Ahnung von diesem Lassalle. Keiner in ihrer hochheiligen Familie hatte so viel Vorrat an geistigem Besitz wie er. Keiner besaß diesen Komfort. Aber ihnen das zu erklären, brachte nichts. Mit ihrem kleinen Verstand ließ sich die Größe eines solchen Reichtums doch gar nicht messen. Der alte Humboldt hatte seinerzeit schon das richtige Gespür gehabt, ihn dem Prinzen als Reisebegleiter zu empfehlen. Lassalle hätte für den Thronfolger schon die passende Lektion bereitgehalten, Paragraph eins: Nicht die Herkunft, sondern der Geist bestimmt den Rang des Menschen, weshalb ein Mann von Geist ein Mann von Rang war. Das hätte der Hoheit jetzt die Augen für die Revolution öffnen können.

Der Lärm auf der Straße riss sie aus ihren Gedanken. Sie trat ans Fenster und sah, dass die Nachbarn aus den Häusern kamen und dem Zug zujubelten, an dessen Spitze der neue Bürgerkommandant schritt. Alle riefen begeistert seinen Namen und sie fragte sich, woher sie den kannten. Sie hatte noch nie von ihm gehört, wusste nicht, wer er war, woher er kam und wer ihn ernannt hatte. Urplötzlich war er da, als würden neue Situationen auch neue Menschen erschaffen. Mit einem Mal stand die Kammerfrau neben ihr und schaute gleichfalls auf die Straße hinab. Sie kam gerade vom Markt, aber hatte kaum etwas einkaufen können, weil die meisten Stände leer geblieben waren. »Vielleicht warten die Händler auch nur, dass alles knapp wird, um die Preise in die Höhe zu treiben. Wundern würde es mich nicht. Weiß der Himmel, was die nächsten Tage bringen«, sagte sie. »Jetzt taucht auch noch allerorts so ein komisches Wort auf, unter dem sich keiner so recht was vorstellen kann. Oder wissen Sie, was Socialismus ist? Man hört, es ist etwas, das kommt und wieder geht. So eine Art Zahnfieber.«

»Zahnfieber, na ja. Wohl eher eine Art Demokratie.« Doch dann wurde Sophie nachdenklich. Seltsam war es schon mit diesem Wort. Plötzlich war es in vieler Munde, klang ungewohnt wissenschaftlich, löste überall so einen Gegenwind aus, doch was genau mit Socialismus gemeint sein sollte, hatte auch sie bislang noch nicht in Erfahrung bringen können. War es ein guter Vorsatz, ein fernes Ziel, ein momentaner Salonkult, eine Parole für Himmelsstürmer, eine Partei oder eine neue Religion, vielleicht auch nur eine verrückte Idee – sie wusste es nicht. Lassalle hatte ein paarmal von der Bewegung gesprochen, von der großen Umverteilung, begeistert und mit leuchtenden Augen. Doch ob es dann noch ein Oben und Unten geben würde, oder ob alles eins war – der Unternehmer ein Arbeiter und der Arbeiter ein Unternehmer, die Armen reich und die Reichen arm oder jeder womöglich beides zugleich und sie zur neuen Schicht, dem Aristokratenproletariat gehörte –, das hatte sich ihr noch nicht erschlossen. Irgendwie klang das Wort nach sociabel, umgänglich, menschenfreundlich und nach Socius, Verbündeter, Mitgesell und von den Opfern socialischer Probleme hatte sie auch schon gehört. So oder so, auf jeden Fall schien Socialismus etwas mit Gerechtigkeit zu tun zu haben und schon darum konnte er so ganz verkehrt nicht sein. Wenn ihr Generalbevollmächtigter wieder im Hause war, wollte sie das mit ihm bereden. Vor allem musste er ihr mal aufdröseln, welche Richtung das Ganze nahm, denn gerade hatte sie in der Zeitung vom Kommunalsocialismus gelesen, der aufs Entschiedenste bekämpft werden musste.

Lassalle fieberte in seiner Kölner Gefängniszelle dem Kassettenprozess entgegen. Und was hieß Prozess! Eine Affenkomödie! Ihn wegen Anstiftung zum Diebstahl anzuklagen war so schräg und an den Haaren herbeigezogen, dass er auf jeglichen Rechtsbeistand verzichtete, um kurz und bündig selber die Sache ad absurdum zu führen. Denn ihn verantwortlich zu machen für eine Tat, deren charakteristische und wesentliche Momente er nicht gebilligt und nicht gekannt hatte, widersprach allen Grundsätzen des Kriminalrechts. Ein bisschen kannte er sich aus im juristischen Gestrüpp, aber ein solcher Paragraph hätte wohl erst noch erfunden werden müssen. Von wegen: haben wir erst mal den Täter, findet sich auch die Tat. Nicht mit ihm! Allerdings war sich Lassalle sicher, dass ein preußisches Gericht sich nicht unbedingt die Blöße geben wollte, jemanden zu verurteilen für etwas, das er nicht getan hatte. Zwar hielt er auch hier vieles für möglich und die Ermessensspielräume der Herren Richter waren mehr als groß, doch unter den Roben hatte die Berufsehre noch ihren Stellenwert.

Natürlich war ihm nicht entgangen, dass der Hochgräfliche Stutenzüchter durch seine Lohnschreiber allerorts verbreiten ließ, dass seine entsittlichte Gemahlin sich drei sogenannte Musketiere engagiert hatte, die Durchlaucht zur Strecke bringen sollten. Zwei von dieser Brut hatte er schon erfolgreich festsetzen lassen und nun war der Dritte im Bunde, dieser gemeingefährliche Lassalle an der Reihe, der hinter Schloss und Riegel gebracht werden musste. Zwar war Oppenheim längst freigesprochen worden und für Mendelssohn hatte sich gerade Maître Humboldt beim König verwandt und auf dem Gnadenwege erreicht, dass die abstruse fünfjährige Zuchthausstrafe in ein Jahr Gefängnis umgewandelt wurde, aber Lassalle wusste inzwischen auch, dass seinem Diener Wilhelm ein Batzen Geld für eine falsche Zeugenaussage geboten worden war und dieser lausige Verräter gegen ihn aussagen würde. Doch das schreckte ihn nicht. Wenn der Herr des Hohen Adels meinte, ihn auf diese Weise mit seinen fetten Moneten außer Gefecht setzen zu können, dann durfte er dies getrost zu den Grundirrtümern seines Lebens zählen.

Es reichte ja schon, wegen dieses peinlichen Bubenstücks, für das er nichts konnte, in der Öffentlichkeit in ein trübes, kriminelles Licht geraten zu sein, schofel, schummrig und schwül als kleiner Trickser, Filou und Eierdieb dazustehen. Doch geschehen war geschehen und entschuldigen ließ sich dieser unbedachte Zugriff seiner Freunde nicht. Dennoch wollte er das Wort Diebstahl in seiner Rede vermeiden, denn für ihn war es kein Diebstahl, sondern eine chevalereske Ritterstat, ein spontaner Akt, um einer entrechteten Frau zu helfen. Darum gab es nur eins: den Stier bei den Hörnern packen, alles auf eine Karte setzen, die Sache umdrehen und sich als Angeklagter in einen Ankläger verwandeln. Ankläger der Verhältnisse, die aufrechte, unbescholtene Menschen in eine solche Situation trieben. Nicht über die Tat, über ihre Ursachen musste geredet werden. Intuitiv spürte er, dass jetzt die Stunde gekommen war, radikal offen von Willkür und Machtmissbrauch eines millionenschweren Feudalherren zu reden, der seine Frau in eine elende Lage hinabdrückte und ihr sogar den Umgang mit den eigenen Kindern verbot. Einen wie den Hatzfeldt vorzuführen, war nicht nur ein privates Gefecht, sondern ein Schritt zur Umwälzung der Verhältnisse, denn ein Schritt kam zum andern und die konkrete Tat schien ihm allemal wirksamer, als ewig von der Vorsehung zu säuseln, die die Dinge vermeintlich von selber richten würde.

Seine Gedanken gingen zur Gräfin und er spürte, wie die Kräfte ihm zuflogen. Die Worte kamen ihm wie von selbst in den Sinn, alles in Superlativen, jeder Satz in Höchstform, Logik und Feuer im Selbstlauf und wieder hatte er dieses Gefühl einer einzigartigen Steigerung. Alles aufsteigend, alles pulsierend – mehr Leben konnte es nicht geben. Dass er diese Frau liebte, ging die Richter nichts an. Sie hätten es eh nicht verstanden. Was wussten die schon von glühend, rasend und grenzenlos. Trotzdem: Wenn die obligate Frage nach dem Motiv kam, dann beantwortete er es kurzum mit seiner Jugend, denn Jugend war zu allen Zeiten das Alter der Uneigennützigkeit, der Begeisterung und Aufopferungsfähigkeit. Für die Gräfin einzutreten war darum mehr als einleuchtend. Schließlich konnte er nicht zusehen, wie ein Mensch hilflos in der Zivilisation unterging. Von der Familie im Stich gelassen, ausgeliefert der ehelichen Gewalt und ringsum nichts als Schweigen. Darum musste er dem Hohen Gericht eines wortwörtlich hinhämmern: Wo alle Menschenrechte beleidigt werden, erhebt sich mit Recht der erste und letzte Verwandte des Menschen: der Mensch. Und der war er. Einer Frau, der 20 Jahre hindurch Tag für Tag das Lebensrecht mit Füßen getreten wurde, der musste ganz einfach geholfen werden. Und damit Punktum.

Doch in seiner Verteidigungsrede wollte er ihr Einzelschicksal zugleich als ein höheres Prinzip fassen. Viele wie sie waren Opfer ihres Standes, aber für ihn inkarnierte sich in der Sache der Gräfin die Sache der Menschheit, die Passionsgeschichte der menschlichen Freiheit. Hätte sie heucheln wollen und sich selbst verleugnet, hätte sie sich vollkommen wohl durchs Leben schlagen können. Dann hätte sie den Schein gewahrt und wäre nicht in diese heillose Lage geraten, in die man sie gezwungen hat. Aber es wäre ein Afterheiligenschein gewesen. Nein, wie ein weiblicher Faust hat die Gräfin die Leiden der Menschheit in sich aufgenommen und den Kampf für ihre Selbstbestimmtheit gewagt, stellvertretend für alle, die sich in ihren Ehen gedemütigt und erniedrigt fühlten.

Wort für Wort legte sich Lassalle zurecht, und als er dann im Arrestwagen zur Verhandlung gefahren wurde, sah er sie mit dieser unvergleichlichen Grandezza am Straßenrand stehen und es war für ihn der Moment eines vollkommenen Glücks. Sophie warf ihm eine Kusshand zu und einen Taler, der zu Füßen des begleitenden Polizeioffiziers fiel. Lassalle sah noch, wie zwei Herren bedrohlich entschlossen auf sie zugingen und kurz bevor er den Gerichtssaal betrat, wurde ihm gesteckt, dass der Wurf des Talers beobachtet worden war und dass gegen Frau Gräfin Hatzfeldt Hochgeboren ein Ermittlungsverfahren wegen des Versuchs von Beamtenbestechung eingeleitet wurde und sie sich dafür vor dem Zuchtpolizeigericht zu verantworten hatte. Da kochte die Wut so jäh in ihm hoch, als peitschte ein Orkan durch seine Adern. Auf der Stelle hätte er am liebsten alles niederholzen, kleinhacken und den ganzen Drecksstaat in die Luft sprengen wollen. Es tobte ein Gewitter in ihm, es donnerte und blitzte, doch die Anwesenheit der Gräfin im Gerichtssaal genügte, um ihn zu erden. Der Furor wich, die Wut fiel von ihm ab, alles glättete sich, er fand wieder zur Balance und das Eigentliche, sein geschliffener Verstand trat in Aktion.

Sechs Stunden sprach er ohne Pause vor den Richtern und Geschworenen, schleuderte alles aus sich heraus, jede Begründung saß, jede Schlussfolgerung traf. Die Attacken so respektlos und die Kombinationen so druckreif, als würde nach monatelanger Gefängnisenge sein Geist explodieren wollen.

Sophie war fasziniert, wie souverän er die Materie beherrschte. Mal klang es nach jesuitischer Kasuistik, mal nach mathematischer Evidenz, dann wieder hochgestelzt juristisch und zwischendrin baute er unbekümmert seine verbalen Sprengsätze ein. Sie spürte, wie er die Gemüter in seinen Bann zog. Draußen im Flur standen die Presseleute dicht gedrängt bis ins Treppenhaus und es herrschte eine atemberaubende, fast andächtige Stille. Auf einmal überkam Sophie ein Gefühl der Schuld. Sie machte sich Vorwürfe, dass dieser geniale Mann seine Zeit mit ihrer Privatsache vergeudete. Denn wer so geschickt ihr Leid als Leiden aller Unterdrückten zu schildern verstand, der hatte das Zeug, Anwalt aller Bedrängten zu werden. Anderseits sah sie aber auch, dass ihre missliche Situation ihm erst die nötige Anschauung gab, um Wort für Wort das Private ins Politische zu drehen und alles in ein feuriges Plädoyer für Gerechtigkeit und gegen Willkür und Gewalt zu verwandeln. Das wiederum hatte ja dann sein Gutes. Je länger sie ihm zuhörte, umso gelassener sah sie ihrem nächsten Scheidungstermin entgegen, denn jetzt wusste sie endgültig: diesem Mann war Edmund nicht gewachsen. Da mochten noch so viele Bestechungsgelder fließen und die dreistesten Lügen am höchsten honoriert werden – Lassalle hielt sie mit der Wahrheit alle in Schach. Auf den Rest ließ sich pfeifen.

Sein Freispruch riss die Zuhörer zu einem stürmischen Beifall hin und die Presseleute eilten in die Redaktionen. Sophie wartete in ihrem Wagen vor dem Gericht auf ihn, Lassalle stieg ein, lehnte sich erschöpft, aber zufrieden in die Polster zurück und sagte euphorisch: »Sie sehen, ich halte Wort. Für Sie zwing ich alles nieder. Ihnen zu Ihrer Freiheit zu verhelfen ist nun mal die Bestimmung meines Lebens und in diesem Kampf bin ich heute ein großes Stück vorangekommen.« Er wagte es, seine Hand auf ihre zu legen. Sie zog sie nicht zurück und er fühlte sich über der Sonne.

Als sie in Düsseldorf ankamen, hatte sich die Nachricht von seiner Flammen-Rede bereits herumgesprochen, denn sie wurden von einer großen Menschenmenge empfangen. Spontan spannte man ihnen die Pferde aus, die Leute setzten sich selber vor den Wagen und zogen ihn im Triumph durch die Stadt. Alles stand an den Fenstern und vor den Haustüren, die Hochrufe und das Winken wollten kein Ende nehmen. Sophie hatte noch nie eine solche Begeisterung erlebt, war überwältigt, war stolz und wusste, dass das Rheinland jetzt einen neuen Helden hatte.

Über Nacht kam Trubel in ihr Haus. Es ging zu wie in einem Taubenschlag. Das Kommen und Gehen nahm kein Ende. Ihr Generalbevollmächtigter wurde mit Einladungen überhäuft, sollte überall reden, kräftig vom Leder ziehen und natürlich Artikel schreiben. Frech und freimütig, um es so richtig im Zeitungswald rauschen zu lassen. Pro- und Kontrablätter – alle fragten bei ihm an und sie war sich mit Lassalle einig, sorgsam auszuwählen, um am Ende nicht gar der neue politische Unterhaltungskasper zu werden. Doch der Trubel gefiel ihr. Nicht dass sie ein großes Haus führen wollte, dazu standen ihre Finanzen viel zu sehr auf der Neige, aber das gesellige Leben um sie herum tat gut. Es sorgte für Ablenkung und ließ diesen elenden, bocksteifen Juristenkram vergessen, der pausenlos auf sie eindrosch. Denn seit das Gericht sich unerwartet für zwei gesonderte Verfahren entschieden hatte – erst seine Scheidungsklage gegen sie und dann ihre Scheidungsklage gegen ihn zur Verhandlung zu bringen, zog sich alles hin, weil Scharen von immer neuen Zeugen geladen wurden. Und alles kostete doppelte Nerven, vom doppelten Geld ganz zu schweigen. Sie musste einfach mal über etwas anderes reden, etwas anderes hören und raus aus diesem tagtäglichen Paragraphengestrüpp mit immer neuen Bescheiden, Fristen und Anträgen.

Am liebsten waren ihr die Redakteure der *Neuen Rheinischen Zeitung*. Eine muntere junge Truppe, blitzgescheit, amüsant und umtriebig dazu. Jedenfalls zur Garde der Faulenzer gehörte keiner von ihnen. Lassalle schwärmte vom Chefredakteur. Dieser Karl Marx war für ihn ein Mann, der garantiert mehr als ein paar Almanachbegriffe im Kopf hatte, sich nicht mit irgendwelchem philosophischen Krümelkram aufhielt, sondern in Kontinenten dachte und das Zeug zu einem Weltökonomen besaß. Sophie zweifelte nicht daran, dass der neue Chefredakteur sich aufs Evangelium der Revolution verstand, doch Weltgroßes hatte sie bislang von ihm noch nicht vernommen. Zwar wusste sie, dass Lassalle gerne übertrieb, aber für die Fähigkeiten eines anderen hatte er stets einen untrüglichen Blick und darum glaubte sie ihm. Allerdings hatte er ihr auch gesagt, der größte Traum von Herrn Marx war eine Ladung Twistballen. Hätte er täglich eine volle Fuhre Zeitungen verkauft, wäre er gemacht gewesen. Doch bislang musste er ständig herumreisen, um Geld für sein Unternehmen zu sammeln. War er bei ihr zu Gast, sah er sie immer bewundernd, aber gleichzeitig auch so ein bisschen scheel an und sie ahnte natürlich, dass er im Stillen auf eine finanzielle Unterstützung von ihr hoffte. Sie hätte Herrn Marx auch gerne ein Sümmchen für seine Zeitung spendiert, aber sie hatte sich ja selber gerade erst vom guten Westphalen einen Betrag leihen müssen, weil sie nicht wusste, wann der Gemahl in Scheidung das nächste Alimentationsgeld überweisen würde, damit sie die neu anstehenden Prozesskosten überhaupt bezahlen konnte. Aber für Wein und Brezeln war immer gesorgt und auf die Zwiebelsuppe wollten die fröhlichen Kontinentdenker nicht mehr verzichten. »Nennen Sie die Zwiebelsuppe Soupe à l'oignon«, sagte der Feuilletonredakteur, »und wir wissen, dass wir bei der Gräfin wieder einmal fürstlich gespeist haben.«

Zugegeben, diesen Georg Weerth mochte sie besonders gern. Und was hieß gern. Er war ein Juwel. Schon wie er sich bei ihr eingeführt hatte, fand sie hinreißend. »Fragen Sie mich bitte nicht nach der Zukunft, verehrte Gräfin, egal, wie sie aussieht – fest steht, das Alter kommt, wo das Blut nicht mehr perlt und wir alle Schafsköpfe werden und darum müssen wir rechtzeitig unsere Vernunft unter Beweis stellen.« Niemand von den Zeitungsleuten hatte diesen fein geschliffenen Humor, aus dem Tiefsinn und Anmut sprach. Stundenlang hätte sie ihm zuhören können, was Lassalle fast ein bisschen eifersüchtig machte. Und das tat natürlich dann noch extra gut. Immer wieder bat sie Weerth zu sich ins Haus, um hier seine ungedruckten Szenen aus dem deutschen Handelsleben zum Besten zu geben.

Diesmal hatte sie ihn mit Freundin geladen, dazu Lorenz Cantador, den Chef der Düsseldorfer Bürgerwehr mit seiner Schwester und den engsten Vertrauten, natürlich auch Pauls Lehrer Heinrich Bürgers, der inzwischen ebenfalls bei der *Neuen Rheinischen Zeitung* arbeitete, und Anwalt Bloem mit seinen Freunden – ein kleiner Kreis, dem Weerth sein neustes Kapitel über den Rheinweinreisenden vortrug.

Graf Paul machte sich einen Spaß daraus, gegen alle Etikette die Gäste selber zu bewirten, servierte einen Johannisberger, dazu Rheinlachsbrötchen und Holsteinische Austern, und schon nach den ersten Sätzen war für alle herauszuhören, dass der Autor als gelernter Kaufmann genau wusste, wovon er schrieb. Auch Sophie traute ihm zu, die ganze Palette der branchenüblichen Kniffe zu beherrschen, um selbst missratene Produkte noch mit Gewinn an den Mann zu bringen. Doch der Rheinweinreisende war offenbar eine Spezies für sich. »Er zieht von Gasthof zu

Gasthof und wo er einen vollbesetzten Tisch sieht, gesellt er sich dazu, spendiert der fröhlichen Runde großzügig einen Schoppen und wird von dem guten Tropfen dann mehr verlangt, kommt er anschließend mit dem Wirt wie von selber ins Geschäft und kann einen schönen Bestellauftrag entgegennehmen. Mal einen Anker Laubenheimer zu 36, eine Ohm Scharlachberger zu 70, zwei Ohm Traminer zu 90 oder gar ein Stückfass Steinberger Kabinett zu 120. Alles comptant und wo die Geschäfte besonders gut laufen, gibt es schon mal einen Anker Piesporter gratis und am Ende der Verkaufsreise eine schöne Aufstockung der eigenen Provision.«

Und dann kam er zum Vertreterprofil, wie es der große Handelsherr in seiner Dienstanweisung vorgab: »Ein Rheinweinreisender soll ein Mensch in der Blüte seines Lebens sein, nicht zu groß, nicht zu klein; soll gelebt haben, ohne abgelebt zu sein, unbeugsam sein Wille, aber biegsam sein Rücken. Flink seine Augen, flink seine Zunge, flink seine Beine. Mienen und Sprache verändere er nach Umständen. Um Aufträge bitte er in weichen, wohltönenden Akkorden. Um Zahlung trete er in frechen Dissonanzen auf. Höflich sei er gegen Leute, die grob sind, grob gegen Menschen, die höflich sind, denn wo Grobheit ist, da ist Geld, aber wo Höflichkeit herrscht, da ist Heulen und Zähneklappern. Vor allem ist die Kleidung entscheidend: Sein Hemd muss reiner als sein Gewissen sein. Besondere Kenntnisse braucht ein Rheinweinvertreter nicht, es reicht, wenn er so tut, als ob er etwas wüsste. Auch eine eigene politische Ansicht braucht er nicht. Hängt er den Mantel nach dem Wind, wird er am besten segeln. Vor allem soll er da Geschäfte machen, wo seine Konkurrenten dies am wenigsten für möglich halten. In seinen Unternehmungen darf er sich durch nichts abschrecken lassen. Wirft man ihn zur Tür hinaus, so springe er zum Fenster wieder herein. Am heiligen Strand der Wupper verkauft sich der Rheinwein besonders gut und in Westfalen, dem geliebten Münsterland, dem Land der geistlichen Herren, gibt es den größten Durst und die hartnäckigsten Trinker. Da liebt man den Rüdesheimer und den Markobrunner und wer hier nichts verkauft, der taugt nicht für das schlichteste Genussgeschäft und sollte umgehend die Branche wechseln.« Dann schaute er in die Runde und fügte hinzu: »Und bloß keine Hoffnung aufs Fränkische setzen, denn Frankenweine sind Krankenweine.«

Sophie sah die vergnügten Mienen und fand, mit dem Weerthschen Humor hätte man in den höchsten Häusern die Speisen besonders gut würzen können, denn auch bei ihr wurde viel getrunken, viel gegessen und viel gelacht. Vor allem war einmal nicht von der Revolution die Rede, es gab kein politisches Gezänk, nichts Kontroverses und nichts von dem üblichen Tagesgetrommel. Ob mit oder ohne Prosa, Wein oder Nicht-Wein – sie hatte den Eindruck, in diesen überhitzten Zeiten wollten die Gäste bloß eins: für ein paar Stunden die ständigen Aufgeregtheiten vergessen und endlich mal wieder in aller Ruhe den Rhein durch sich fließen lassen. Nicht mehr und nicht weniger.

Doch das Schönste waren die Abende mit Lassalle allein. Sie brauchte gar nicht in den Spiegel zu schauen, denn sie wusste, abends stimmte alles. Sie fühlte sich wohl und wenn sie sich wohlfühlte, sah sie immer auch gut aus. Die Locken fielen wie von selbst elegant in den Nacken, der leicht gewellte Scheitel gab ihrem Gesicht etwas Freies und Klares und natürlich durften die Perlenohrringe nicht fehlen, von denen dieser gewisse Schimmer kam, der ihrer Haut einen jugendlichen Glanz verlieh. Dazu trug sie ein einfaches Jakonettkleid mit einem teuren Spitzenkragen, wie es derzeit in den höchsten Gesellschaftskreisen Mode war, wo die Kombination aus superbillig und superteuer als der letzte Schick galt. Obwohl sie nicht mehr in Gesellschaft ging und auch nirgendwo mehr eingeladen wurde, behielt sie doch den Stil bei, denn jetzt war *er* die große Gesellschaft und noch dazu um vieles unterhaltsamer. Außerdem war ihr junger Rebell empfänglich für alle Nuancen der Eleganz, und ihr Kleid hatte diesmal genau das, was ein Kleid für ihn so aufregend machte – dass man nichts sehen, aber alles erraten konnte. Warum auch nicht, solange es ging, ging es. Und die Figur ließ es zu. Schon der Wunsch, ihm zu gefallen, gab ihr eine ganz andere Körperspannung, geschmeidige Bewegungen und diesen sanften Hüftschwung, der wie von selber kam. Keinen Augenblick ließ sie in seiner Gegenwart die Schultern hängen, die Rückenschmerzen waren verschwunden, alles straffte, alles glättete sich und ihre Schritte bekamen etwas Leichtes, als ginge sie auf einen Tanzplatz zu. Es war so ein still prickelndes Vergnügen für sie, aber auch ein beruhigender Selbstbeweis, denn sie sagte sich, solange eine Frau einem Mann gefallen wollte, war alles intakt. Da pulste es noch in den Adern. Da war noch Lust, auf den anderen zu wirken, Lust aufs Leben und man hatte sich noch nicht aufgegeben. Zur Stockrose zu werden war schließlich immer noch Zeit.

Über alles, nur über ihren Scheidungsprozess wollte sie abends mit ihm nicht reden. Es reichte ja schon, sich den ganzen Tag über mit Fristversäumnissen, Einsprüchen, Vollstreckung und all diesen Androhungen beschäftigen zu müssen, die immer irgendwie nach Guillotine klangen. Der Abend war fürs Glitzern da und sei es, ihm zu zeigen, dass sie mehr im Kopf hatte als die Frage, wann sie ihren Ehemann, diesen abartigen Stutenzüchter, endlich los war. Abends gab es den gar nicht. Abends gab es nur sie und Lassalle. Inzwischen stand vorsichtshalber ein Tisch am Kamin, damit bis in späte Stunden Speisen serviert werden konnten und der Wein nicht so schnell in den Kopf stieg, doch Lassalle wollte nur eins: rauchen. Und das war ihr ohnehin am liebsten, denn dann verwandelte er sich. Wenn er rauchte, öffneten sich ihm alle Poren und es strömte Ruhe aus ihm. Nichts als Ruhe. Ruhende Ruhe. Himmlisch hoch drei. Kein Wort von Terminen, Redaktionsanfragen und Rednerverpflichtungen, keine Hektik, keine Hast, nichts von all seiner Überaktivität – beim Rauchen fiel die ganze geschäftige Welt von ihm ab und er hatte nur Augen für sie. Lehnte wie ein homme du grand monde lässig im Fauteuil, kreiste sie voller Behagen mit seinen Blicken ein, tastete sich damit zu ihr vor und sie spürte, dass dies die Momente waren, wo er für alles, was von ihr kam, hochempfänglich war, jede Regung, jede Geste, jedes Wort mit Begierde aufnahm, ja geradezu auf einer sinnlichen Lauer lag. Genau das nutzte sie diesmal, den Hitzkopf zu kühlen und ihren Fechtmeister auf der Bahn zu halten, denn sie hatte Sorge, dass er bei seinen öffentlichen Auftritten sich um Kopf und Kragen redete und wieder verhaftet wurde. »Ich weiß, das Radikale liegt in Ihrer Natur und es ist ja auch durchaus schätzenswert, aber ich sage Ihnen, mein Teurer, was wirklich radikal ist: Nicht irgendwelche Minister beschimpfen, das sind eh nur Randfiguren und wenn es morgen anders kommt, kennt die schon niemand mehr. Auf Teufel komm raus loswettern gegen die Regierung – das bringt doch nichts. Da zerrt man Sie bloß vom Podium. Sie haben eine ganz andere Chance. Ich sehe, die Massen laufen Ihnen zu. Geben Sie den Arbeitern Selbstbewusstsein, machen Sie ihnen Mut, sich zu bilden, zu organisieren. Sie, kein anderer, haben das Zeug dazu. Ihr Freund Marx hat schon recht: Wer arbeitet, soll auch erwerben. Lassen Sie Ihre Zuhörer spüren, dass es vorbei ist, auf sie niederzuschauen wie auf eine dumpfe Masse. Vorbei mit dem vox populi, vox Rindvieh. Nein, vox populi, vox dei – das muss in die Köpfe. Nicht irgendwer, der Demos schreibt Geschichte. So wie es in Berlin am Prinzenpalais stand: Männer aus dem Volk, Männer für das Volk. Die Arbeiter auf ihre Zukunft vorzubereiten ist tausendmal kühner, als wegen irgendeiner Majestätsbeleidigung wieder einsitzen zu müssen. Was kümmert Sie der Staat, geben Sie dem Volk eine Stimme – das ist in meinen Augen wirklich radikal.«

Er wollte ihr jetzt nicht auseinandersetzen, dass nur darum die Leute ihm zuströmten, weil er genau das öffentlich aussprach, was heimlich gedacht wurde, dass man nur mit ehrlicher Rede die tausend Fäuste zusammenbrachte, aber er war so hingerissen von ihr, zündete sich eine neue Zigarre an und sagte nur: »Sie und ich – das ist mehr als die Koexistenz zweier Phänomene, unendlich mehr«, und jedes weitere Wort war Bewunderung und fiel wie Tau auf sie nieder.

Abend für Abend am Kamin sitzen, rauchen, den Tag noch einmal vorbeiziehen lassen, miteinander reden und sich dabei ins Gemeinsame verwandeln – es gab nichts Schöneres und so hätte es bleiben können, aber in letzter Zeit spürte sie eine gewisse Veränderung. Vielleicht war er doch nicht der Mann mit dem alterslosen Air und es brach jetzt die Jugend in ihm durch oder er sah sich selber ganz anders, seit man allerorts seinen Namen kannte und er wie ein neuer Demosthenes gefeiert wurde. Auf einmal gab er seine konvenable Zurückhaltung auf und so, als wagte er sich aus dem Versteck der Leidenschaft hervor, flocht er in die Unterhaltung ständig irgendwelche Anspielungen ein. »Ich hoffe, Sie fühlen, wovon ich heute Nacht geträumt habe«, was ja noch poetisch verschleiert war, doch schon kurz darauf wurde er deutlicher: »Verehrteste Gräfin, seien Sie weniger platonisch«, dazu dieser flammende Blick – sie hatte verstanden. Es genügte ihm nicht mehr, wie Madame Recamier mit dem Mann ihres Herzens schöne Gespräche zu führen. Er wollte mehr. Mit dem Zaghaften war es wohl vorbei. Und jede neue Bemerkung ein Grad pikanter: »Meine Seele hungert nach Körper.« Für den Azur der Worte hatte er ja ein reiches Spektrum, doch in der Tiefe klang das Besitzergreifende durch. Kein Ersuchen, kein Betteln, eher alles in so einem steigend vorwurfsvollen Ton und schließlich gebärdete er sich wie ein beleidigtes Kind: »Sie sitzen vor mir zum Weinen schön und ich soll das aushalten.«

»Ja, eine Zumutung«, entgegnete sie lachend, »Sie sind zu bedauern.« Doch er fand das nicht lustig, ließ sein Weinglas unberührt, zündete sich diesmal auch keine Zigarre an, sondern bat darum, nicht missverstanden zu werden, denn es war ihm ernst, sehr ernst: »Schenken Sie mir eine Nacht, eine einzige Nacht und wir haben gemeinsam einen unverlierbaren Besitz.«

Dass das einmal so kommen musste, hatte sie geahnt. Spätestens seit er zu ihr ins Haus gezogen war und sie zusammenwohnten. Wenn auch jeder auf seiner eigenen Etage, aber immerhin unter einem gemeinsamen Dach. Da lag so manches schöne Schöpfungsstündchen greifbar nah. Doch das Unausgesprochene war bislang knisternd genug. Jedenfalls für sie. Natürlich war ihr schon nach den ersten Begegnungen klar, bei diesem Mann konnte es nur eins geben – entweder ihm ausweichen oder ihm erliegen. Mit dem Ausweichen hatte es sich bereits erledigt, denn längst verband sie das Unzertrennliche. Ohne ihn ging nichts. Aber mit dem Erliegen war es so eine Sache. Es genügte ja schon, geistig in seinem Bann zu sein, was bei einem Verstand seines Kalibers nur zu ihrem Vorteil war. Es wäre ja dumm gewesen, sich seinen Argumenten zu widersetzen. Der Vernunft zu folgen, war immer eine gute Empfehlung. Das sah sie ganz nüchtern und hatte nichts mit Schwäche zu tun. Aber wenn sie ihm nun auch noch körperlich erlag, dann war alle Distanz aufgehoben und das tat seinem Charakter, dieser vulkanischen Natur, nicht gut. Er musste im Unzertrennlichen diesen letzten Rest von Unerreichbarkeit spüren, damit er auf dem Boden blieb und nicht in Selbstüberschätzung abhob.

Sie sah ja jetzt schon, wie der plötzliche Ruhm seine Feldherrnallüren vergrößerte. Wusste alles, kannte alles, machte alles. Schlug sich fürs Kleine, schlug sich fürs Große. Schlug sich fürs Gute und schlug sich fürs Gerechte. Vielleicht war alles bereits in seinem Vornamen angelegt – Ferdinand, der Heerkühne. Geboren für die Avantgarde. Waren ihm keine Grenzen gesetzt, hielt er sich am Ende gar für einen kleinen Bonaparte. Seine Art zu übertreiben musste ja nicht noch unterstützt werden. Zu guter Letzt tat er womöglich noch so, als hätte der liebe Gott bei ihm schon um Rat gefragt. Dann verlor er alle Balance, ließ sich nichts mehr sagen, donnerte von oben herab, war nur noch Blitz und damit war ihr der letzte Freiheitsmoment an seiner Seite genommen. Dann hatte sie sich selber um ihre Funktion gebracht und es war vorbei mit der Erdung. Vorbei mit einem Platz in seinem Leben. Doch den wollte sie behalten. Darum musste im Unzertrennlichen so ein letzter Rest des Unerreichbaren für ihn bleiben.

Anderseits fand sie es natürlich auch hinreißend, dass er danach drängte. Hätte er es nicht getan, hätte ihr etwas gefehlt. Die Gewissheit, über alle Verehrung hinaus auch noch körperlich begehrt zu werden, gab ihr die Bestätigung, dass ihr Äußeres noch immer seine Wirkung hatte. Solange er drängelte, hatte sie wenigstens das Gefühl, nach so viel toten Ehejahren noch kein ausgebrannter Stern zu sein. Wäre sie eine Frau von 20 Sommern gewesen, hätte sie keine Minute gezögert und längst in seinen Armen gelegen oder wäre garantiert mit ihm durchgebrannt.

Natürlich machte sie sich über den Altersunterschied keine Illusionen, denn Lassalle hätte ihr Sohn sein können.

Aber wenn überhaupt, dann war er ihr ungeborener Sohn und das war dann doch noch etwas ganz anderes. Nein, es war nicht seine Jugend, die sie zurückhielt, es war sein Charakter. Sie wusste ja, dass er für das Aussprechen der Wahrheit ein Faible hatte und damit partout nicht hinter dem Berg halten konnte, doch jetzt, da die Worte im Raum standen – von wegen gemeinsame Nacht –, trank sie genussvoll ihren Wein aus, wand sich mit verführerischer Geschmeidigkeit aus dem Fauteuil, lächelte ihm zu und zog sich in ihr Boudoir, ins Schmollzimmer zurück. Aber dann, als sie allein im Bett lag, ertappte sie sich dabei, dass sie nach draußen auf ein Knarren der Dielen horchte, ob er vielleicht doch noch einmal ihre Wohnung betreten und an die Tür klopfen würde, stellte sich vor, wie herrlich es gewesen wäre, in seinen Armen einzuschlafen, überlegte, ob sie vielleicht nicht irgendwann doch seinem Drängen nachgeben sollte, ob es nicht Momente im Leben gab, wo es richtig war, das Falsche zu tun, alles zu riskieren und sei's drum, dass alles in einer großen Enttäuschung enden würde. Vielleicht wäre sie dann innerlich ruhiger gewesen, dann war es eben wie es war, dann hatte sie eben die Erfahrung gemacht und es war nichts mehr offen. So aber lag sie in ihrem schönen englischen Bett, unschlüssig im Ja, unschlüssig im Nein, spielte alle Varianten durch und spürte, dass allein die Beschäftigung damit einen kleinen Glücksrausch auslöste. Sie fragte sich, wie lange sie das durchhalten würde.

Weil sie keinen Schlaf fand, stand sie wieder auf, warf ihr Negligé über und ging noch einmal ins Kaminzimmer, um still für sich noch ein Glas Wein zu trinken, etwas von der Atmosphäre nachzugenießen, und plötzlich ging die Tür auf und er kam auch noch auf ein Glas Wein, denn ihm war auch danach zumute, den Abend noch nicht enden zu lassen. Noch nie hatten sie so lange schweigend miteinander bei einem Glas Wein gesessen. Es war, als suchte jeder für sich eine Antwort. Zusammengekauert hockte er auf einem Zeitungsstapel neben dem Kamin, hatte nichts mehr von dem kühnen Gerichtsredner an sich, glich eher einem Gestrandeten, und sagte schließlich in sich gekehrt, fast als bitte er um Vergebung: »Teuerste Gräfin, ich weiß, ich bin vorgeprescht und ich weiß, es wird sich wiederholen. Ich will Sie nicht bedrängen, aber ich kann nichts dafür. Ich liebe Sie abgöttisch.«

Ihr war als würde sich das Kaminzimmer in eine Kathedrale verwandeln. Sie atmete die Worte tief ein, ließ Silbe um Silbe wie eine schöne Melodie nachklingen, denn das hatte ihr noch keiner gesagt und keiner alles in ihr so zum Fließen gebracht. Sie zweifelte nicht an seinem Herzensgeständnis, auch das Abgöttische glaubte sie ihm. Er liebte sie, das wusste sie längst, und sie konnte ohne ihn nicht sein – das wusste auch er. Doch gleichzeitig stieg eine innere Unruhe in ihr auf, denn irgendwie hörte sich der hymnische Satz auch wie eine leise Vorwarnung an. Sie ahnte, er würde keine Ruhe geben, bis er am Ziel war. In diesem Punkte übertrieb er nicht und ihn hier zu besänftigen wäre von vornherein aussichtslos und ganz umsonst gewesen. Noch nie hatte sie ihn so zerknirscht gesehen und vermied jedes Wort, um nichts zu verstärken, aber auch nichts abzuschwächen. Alles im Offenen zu lassen, fand sie das Beste. Sollte es perlen, solange es ging.

Zeit, darüber nachzudenken, blieb ihr nicht, denn plötzlich schlugen die Ereignisse so dichtgedrängt auf sie ein, dass sie morgens nicht wusste, wo abends ihr Tag enden würde. Überall Aufruhr, Protestmärsche, Kundgebungen, Volksversammlungen und überall war Lassalle als Redner gebeten. Demonstrativ begleitete sie ihn, denn seit sie in der Öffentlichkeit als das neue Radikalpaar verschrien waren, Blaublütige mit rotem Revoltierer, wollte sie schon aus Trotz an seiner Seite nicht fehlen. Außerdem war ihr seine Popularität eine stille Genugtuung, denn nun konnte sie ihrem ganzen hochedlen Familiengeschwader mal so richtig eins auswischen, es ihnen allen heimzahlen und zeigen, dass sie sehr wohl einen namhaften Verteidiger für ihren Scheidungsprozess gewonnen hatte. Von wegen ein Niemand, ein Nichts – in ganz Deutschland war er jetzt ein Begriff. Wenn auch berühmt für die einen und berüchtigt für die anderen – aber vom namenlosen rotznasigen Platzmajor konnte beileibe nicht mehr die Rede sein.

Vor allem freute sie sich, dass Paul es genauso sah, von den Veränderungen begeistert war und ihr gestand, ob sie ihn nun Kryptosocialist oder sonst wie jeck nannten, tief aber schief – es machte ihm einfach Spaß, in der großen Kehrbesen-Ära mit dabei zu sein. Stündlich neue Bekanntmachungen, auf den Straßen Trubel, Patrouillen, Bewegung und nirgendwo Langeweile. Es kam ihm so vor, als wäre die Residenz an der Düssel plötzlich aus dem Jahrhundertschlaf erwacht, alle hellmunter, alle in Hochstimmung, jeder sprach mit jedem und die ganze Stadt schien zusammenzurücken. Graf Paul hatte sich in den Vorstand des Volksklubs wählen lassen, kümmerte sich nicht darum, dass dies an sich schon suspekt war, weil diese neuen Klubs als Brutstätten aufrührerischen Geistes galten, diskutierte mit den Mitgliedern bis zum Umfallen die Frage, was besser war: eine demokratische Republik oder eine demokratische Monarchie, die sich die meisten wünschten. Aber von Lassalle wusste er, dass eine demokratische Monarchie nur funktionierte mit einem König ohne Eigenschaften, doch der musste erst noch erschaffen werden. Und als Seine Majestät dann überraschend die Stadt besuchte, stand Graf Paul wie die anderen mit einer Trillerpfeife am Straßenrand, um den König auszupfeifen, freute sich, dass sein Prachtwagen mit Pferdeäpfeln beschmissen wurde und Allerdurchlauchtigster zu spüren bekam, dass er nicht mehr erwünscht war und sich davonmachen sollte. Inzwischen gehörte Paul auch der Bürgerwehr an, war beliebt, hochangesehen und wollte vor allem keine einzige Rede von Lassalle versäumen.

Mit ihm und der Mama jagte er in der Eilpost nach Köln, um auf einer Kundgebung gegen die Inhaftierung eines Dichters zu protestieren. Weil die Zeit knapp war, musste der Kutscher den Weg abkürzen und sie kamen an der Bierwirtschaft vorbei, die Lassalles ehemaliger Diener sich gekauft hatte. Sophie sah mit einem flüchtigen Blick, dass hier Hochbetrieb herrschte, was sie wurmte, denn einem solchen Verräter hätte sie eine speckfette Pleite gegönnt. Aber so war es eben mit den Dienstbolzen. Gab es genügend Bares auf die Tatze, waren sie für alles zu haben. Edmund musste ihm so viel geboten haben, dass Wilhelm bereit war, als Hauptbelastungszeuge im Kassettenprozess gegen ihren Generalbevollmächtigten auszusagen. Und jetzt fragte natürlich niemand mehr, woher der Lohnlakai Hoppe die Moneten hatte. Im Gegenteil, das nannte sich sogar noch tüchtig: kam von ganz unten, hatte sich hochgearbeitet, das Unternehmen lief, das Bier floss und alle bewunderten ihn. Doch gleichzeitig war es ihr eine große Genugtuung, dass Edmunds Investition nichts genutzt hatte, denn trotz der falschen Aussage war Lassalle freigesprochen worden. Das bestätigte ihr nur einmal mehr, was sie eh schon wusste, dass Geld zwar viel, aber nicht alles war. Vielleicht hätte sie auch ihrer Kammerfrau mehr bieten müssen, damit sie geblieben wäre. Angeblich war ihr zu viel Zahnfieber, zu viel Socialismus im Haus und sie war an einen anderen, einen hochherrschaftlichen Umgang gewöhnt. So weit kam es noch, dass das Personal die Atmosphäre bestimmte!

Auf einmal geriet der Wagen ins Stocken, weil viele Menschen zum Platz vor dem Gefängnis drängten und sie mussten aussteigen und zu Fuß gehen. Paul mischte sich gleich unter die Menge und hörte, wie sich neben ihm zwei Männer unterhielten. »Da kann man nur staunen, was so ein paar Aufwiegler wie die Kommunisten auf die Beine bringen! Wem schadet es schon, wenn so ein Federfuchser mal für ein paar Wochen eingelocht wird! Diesen Freiligrath auch noch Dichter zu nennen! Ein durchschnittlicher Stanzenmacher, mehr nicht. Ein Trompeter der Revolution, der seine Klientel bedient. Aber keine Sorge, die von der *Neuen Rheinischen* haben wir alle im Blick.«

Paul wollte sich einmischen und ihnen sagen, dass Ferdinand Freiligrath sehr wohl ein großer Dichter war, denn von seiner Mama wusste er, dass sich der weltberühmte

Humboldt gerade erst beim König für ihn eingesetzt hatte und Freiligrath eine Jahrespension von 300 Talern verschafft hatte, wollte ihnen um die Ohren hauen, dass Exzellenz von Humboldt schließlich nicht irgendwer war und sehr wohl einen großen Dichter von einem Dutzendschmierer unterscheiden konnte und zwar unabhängig von seiner Partei, doch da waren die beiden Männer plötzlich in der Menge verschwunden und Lassalle stand schon auf der Rednertribüne, forderte die sofortige Entlassung von Freiligrath und zitierte aus dem Stegreif das verbotene Gedicht, das ihn ins Gefängnis gebracht hatte: »Die rote Fahne lässt er wehn hoch auf den Barrikaden, sie fliegt voran der Bürgerwehr, sie fliegt voran dem Heere – die Throne gehn in Flammen auf, die Fürsten fliehn zum Meere, die Adler fliehn, die Löwen fliehn, die Klauen und die Zähne – und seine Zukunft bildet selbst das Volk, das souveräne.«

Die Stille, die aus der Menge kam, hatte etwas Unheimliches, fast Bedrohliches. »Was ist das für ein Staat, der Angst vor einem Dichterwort hat!«, rief Lassalle ihnen zu. »Ein Polizeistaat, der Prügel für Poesie austeilt, ein Staat der Gesinnungsschnüffler und Zensoren, der uns die Freiheit verbieten will, zu sagen, was wir denken und zu schreiben, was wir fühlen. Aber wer sich heute als Wächter der Gedanken aufspielt, wird morgen vor der Geschichte als ihr Nachtwächter dastehen!« Und dann kannte Lassalle kein Halten mehr. Sophie wurde himmelangst. Sie versuchte, einen Blick von ihm einzufangen, um ihm zu signalisieren, sich in seinen Attacken zurückzuhalten. Es hätte gereicht, über die Bedeutung des Dichters und sein Werk zu reden, dann konnte sich jeder selber seinen Reim draus machen, was das für ein Staat war, der einen solchen Mann hinter Gitter brachte – aber nein, er musste ja gleich alle Register ziehen. Sie ärgerte sich, dass Lassalle so unbelehrbar war. Wozu die Wahrheit so direkt auftischen, schon die Hälfte davon hätte gereicht und wäre mehr als genug gewesen. Doch dann gingen seine Worte in brausenden Beifall über, Sprechchöre forderten die Freilassung des Dichters und als sie am Abend in Düsseldorf ankamen, warfen bereits aufgebrachte Bürger die Fenster beim Pförtner des Arresthauses ein. Lassalle war zufrieden. »Das ist Ihre Kehrbesen-Ära«, sagte er gutgelaunt zu Paul. »Ich nenne es den preußischen Brumaire, denn jetzt geht's hier in den heißen Herbst.« Und Tage später preschten sie erneut zu dritt in der Extrapost nach Gerresheim, wo der neue Arbeiterführer auf einer Volksversammlung bereits ungeduldig erwartet wurde. Es waren so viele Menschen gekommen, dass Paul meinte, die ganze Stadt hätte sich auf die Socken gemacht. Wieder mischte er sich unter die Menge, um nichts von dieser Aufbruchsstimmung zu versäumen und Sophie blieb ganz vorn am Rande stehen, blicknah, wie Lassalle es liebte. Da kam ein Mann auf sie zu, sehr schüchtern, sehr höflich, stellte sich als Lithograph vor und fragte Frau Gräfin Hatzfeldt Hochgeboren in aller Form, ob er sie in ganzer Figur lithographieren dürfe. Er arbeitete nur für seriöse Zeitungen wie der *Augsburger Allgemeinen,* die einen lobenden Artikel über Ihre Hochgeboren geplant hatte und das Bild sollte dies unterstreichen. Es dauerte höchstens drei Stunden, und er wollte sich vollkommen nach ihrer Zeit richten. Der Künstler war ihr nicht unsympathisch, aber wenn sie das zuließ, machte das Bild garantiert rasch seine

Runde und erschien am Ende in den Skandalspalten der Zeitungen. Das zu unterstützen, kam nicht in Frage. Der Lithograph flehte sie an, einzuwilligen, denn wenn er der Redaktion eine Lithographie von ihr lieferte, wurde sein Arbeitskontrakt auf fünf Jahre verlängert. Sophie wollte ja nicht unsocial sein, aber dies bestätigte ihr nur, dass sich die Redaktion mit ihrem Bild ein sattes Geschäft ausrechnete. Sie wusste, wie es ausging: Am Ende wurde beliebig nachkoloriert, ihre Haare selbstverständlich giftgrün, ihre Bluse selbstverständlich tiefrot, die ersten drei Knöpfe am Dekolleté natürlich offen, daneben das Porträt von Lassalle gestellt und das Ganze meistbietend an führende Zeitungen verscherbelt mit der reizenden Unterschrift: Baron Itzig und Gräfin Kakerlak. Alles schon da gewesen. Das brauchte keine Wiederholung.

Der stürmische Beifall beendete das Gespräch. Sie wandte sich ab und plötzlich stand Paul neben ihr und musste erst einmal zu sich kommen. Er war sprachlos, was Herr Lassalle sich traute. Der hatte ja tatsächlich keine Angst vor nichts. Das musste man erst mal draufhaben! So vor die Massen zu treten und loszulegen, kein Blatt Papier zum Ablesen, kein einziger abgeleierter Satz, jedes Wort druckreif aus sich herausgeschleudert – der Mann hatte echt Passion. Den hob nichts aus dem Sattel. Dass ein Einzelner das Rad der Geschichte derart in Schwung bringen konnte, hätte Paul nie für möglich gehalten. Inmitten der Menge hatte er gespürt: Schon nach den ersten Sätzen waren alle auf Lassalles Seite, alle in seinem Bann. Und es kam ja auch volles Rohr: Arbeiten wie die Zugstiere und am Ende davon nicht mal die Familie ernähren können –

damit muss Schluss sein. Endgültig Schluss. Die Herrschaft der Minderheit über die Mehrheit hat ausgedient. Wartet nicht auf die Fügungen des Himmels als letzte Arznei, nehmt eure Sache selbst in die Hand!

Paul zweifelte nicht, ein Wort von Lassalle hätte genügt und die Menschenmenge hätte sich in Marsch gesetzt, das Zeughaus gestürmt, zu den Waffen gegriffen und alles niedergesäbelt. Es brauchte eben einen, der den Funken zündete. »Schade, dass der Papa deinen Bevollmächtigten nicht hören will, dann hätte er bestimmt ein anderes Bild von ihm und würde die Gemeinheiten gegen dich einstellen.«

Ehe Sophie ihrem rührend gutgläubigen Sohn antworten konnte, fuhren sie schon mit Lassalle unter dem Jubel der Bevölkerung im offenen Wagen, geschmückt mit der revolutionären schwarzrotgoldenen Fahne, der deutschen Trikolore, nach Hause zurück, wo er sofort noch ein halbes Dutzend Briefe schreiben wollte, die noch am selben Abend mit Reitender Post abgehen sollten, denn in Gedanken war er schon bei der nächsten großen Aktion. Doch als sie das Haus betraten, spielte eine Kapelle ein Ständchen für Graf Paul und im Salon hatten sich bereits Freunde und Gäste versammelt, um seinen 17. Geburtstag zu feiern. Sophie freute sich, dass ihr die Überraschung gelungen war. Sie zog sich kurz zurück und Augenblicke später erschien sie in vollendeter Eleganz in großer Seiden-Robe mit einem weißen Atlasmieder, das mit Rubinen besetzt war, und eröffnete das Büfett. Lassalle war so überwältigt von ihrem Anblick, dass er glaubte, eine Erscheinung zu haben. Das Büfett war nur kurz umlagert, denn dann spielte die Kapelle einen Walzer, anschließend eine Polka Mazurka und als der Galopp kam, waren bereits alle Stühle beiseitegeräumt und es wurde getanzt.

Sophie separierte sich mit Lassalle im Nebenzimmer, ließ ihm zur Feier des Tages seine geliebten Karpfenzungen und Austernpastetchen servieren, trank einen Champagner auf seine gelungene Freiheitsrede, aber ermahnte ihn noch einmal, trotz der üblen Zustände, die sie alle kannten, nicht zu viel von der Wahrheit preiszugeben, denn damit gab er zu viel von sich selber preis, machte sich angreifbar und lieferte sich seinen Feinden aus. Er wollte ihr kühl entgegnen, dass er für das Ja-und-Amen-Lied nicht geschaffen war, dass er nur unerschrocken oder gar nicht denken konnte, aber so wie die Gräfin vor ihm stand, hatte sie dieses unvergleichbar Große an sich und es kam wieder der teuflische Moment, wo alles in ihm durcheinandergeriet und alle Gewissheiten sich in ihr Gegenteil verkehrten. Er wusste nicht mehr, drehte sich die Welt noch oder blieb sie stehen, lebte er unter der Sonne oder lebte er über ihr, war es die Lust, ihr zu Füßen zu liegen, war es Bewunderung, war es Respekt oder die magische Anziehungskraft dieser Frau, die seinen Puls im ganzen Körper schlagen ließ. Er stellte das Champagnerglas ab, betrachtete sie, als wollte er sicher sein, dass sie keine Fata Morgana war, sagte nichts, ging einen Schritt auf sie zu, strich ihr eine Locke aus der Stirn, berührte ihre Wangen, ihren Hals, schob behutsam die Seidenrobe von der Schulter und küsste sie auf den nackten Oberarm. Lange, ungebührlich lange, eine Liliputlänge Glück, aber die Gewissheit, der Nacht mit ihr näher zu kommen.

Doch als die Kapelle zu spielen aufhörte, wusste er, dass

jetzt eine Ansprache erwartet wurde, deckte die Schulter wieder brav zu, ging nach nebenan, ließ den Liebling der Mama gutgelaunt hochleben und hielt auf den Bürgerwehroffizier Graf Paul von Hatzfeldt eine dreimal spaßige Geburtstagsrede, die alle begeisterte. Dabei nutzte er gleich die Gelegenheit und kündigte den Gästen voller Feuer die nächste große Aktion an: Kampf für Steuerverweigerung. Und das rheinauf rheinab in allen Städten.

Die Stunde dafür war günstig wie nie. »Sie schlägt dem Glücklichen«, rief er voller Übermut Sophie zu, las ihr die Schlagzeile aus der *Neuen Rheinischen* vor und jubelte. Dann eilte er in sein Zimmer, zog sich die kniehohen Stiefel an, Kanonen, wie sie die Studenten trugen, steckte sich zwei Pistolen in die Tasche, rief Paul, stürmte mit ihm aus dem Haus, kaufte von der Zeitung so viel er bekommen konnte, trommelte die Mitglieder der Bürgerwehr zusammen und zog mit einem stattlichen Tross zum Düsseldorfer Hauptsteueramt. Kaum dass er dort erschienen war, versammelte sich bereits eine Menschenmenge. Paul verteilte die Zeitungen mit der sensationellen Nachricht, dass die preußische Nationalversammlung gerade eben das Gesetz der Steuerverweigerung beschlossen hatte. »Vom heutigen Tage an sind die Steuern aufgehoben«, verkündigte Lassalle im Ton des Triumphes. »Die Steuereinzahlung ist Hochverrat und die Steuerverweigerung die erste Pflicht des Bürgers.« Als er merkte, dass die meisten das gar nicht fassen konnten, rief er ihnen zu, dass das nicht das Blaue vom Himmel war und keine Utopie, sondern ein Sieg der Nationalversammlung über die Krone. »Karl Marx, der Präsident des

Kreisausschusses aller rheinischen demokratischen Vereine, hat dazu bereits einen klaren Maßnahmenplan verkündet: Gegen die gewaltsame Eintreibung der Steuern ist jede Art des Widerstands zulässig; der Landsturm zur Abwehr des Feindes ist überall zu organisieren; die Behörden haben sich öffentlich zu erklären, ob sie die Beschlüsse der Nationalversammlung anerkennen und ausführen wollen.« Dass dafür Sicherheitsausschüsse als Organe der Volksmacht zu schaffen sind – dazu kam Lassalle nicht mehr, denn die Menge stürmte freudig aufgebracht in das Hauptsteueramt und er hatte nur noch acht darauf, dass die Beamten keins auf die Kappe bekamen und die neue Rechtsposition strikt eingehalten wurde. Allein schon das Nachfragen war Angriff genug.

Sophie ärgerte sich, ausgerechnet an einem solchen Tag einen läppischen Gerichtstermin zu haben, um das Protokoll der Beweisaufnahme mit eigenhändiger Unterschrift entgegenzunehmen, wurde auch noch bei der Kasse aufgehalten, weil die Gebühren für den Gerichtsschreiber versehentlich zu niedrig angesetzt waren und die Rechnung neu ausgestellt werden musste. Aber dann eilte sie zum Hauptsteueramt, um wenigstens noch den Rest seiner Rede zu hören, da knickste plötzlich eine elegante junge Frau vor ihr, bat um Verzeihung, Ihre Hochgeboren auf der Straße anzusprechen, aber sie war ein Vorbild für sie und wollte ihr nur sagen, dass sie aus zuverlässiger Quelle wusste, dass es morgen in aller Herrgottsfrühe bei ihr eine große Haussuchung geben würde. Noch ehe Sophie antworten konnte, war die Frau schon im Boulevardgetümmel verschwunden. Vor Schreck blieb sie ein paar Augenblicke reglos stehen, und musste erst einmal ihre Sinne ordnen, um zu begreifen, dass dies eine Warnung war. Dann drehte sich Sophie auf dem Absatz um, winkte die nächstbeste Mietkutsche heran, fuhr nach Hause, bat den Kutscher zu warten, raffte alle persönlichen Papiere zusammen, vor allem Lassalles Briefe an sie, die stets lesebereit auf ihrem Toilettetisch in einem Pergamentfutteral lagen, packte alles in eine verschließbare Dokumentenschatulle, legte auch noch das Exemplar des *Kommunistischen Manifests* dazu, das Herr Marx ihr mit einer persönlichen Widmung in tiefer Bewunderung und Verehrung überreicht hatte, holte aus Pauls Zimmer einen Schlafanzug, hastete dann hinauf in Lassalles Wohnung, griff aus seinem Schreibschrank, was sie greifen konnte, Manuskripte, Prozessakten und all seine Korrespondenz, in der jedoch ihre Briefe an ihn fehlten. Sie wusste, dass er sie haben musste und nicht verbrannt hatte, geriet in leichte Panik, überlegte, suchte, wühlte, entdeckte an seinem Schreibpult noch eine Schublade, zog sie rasch auf und da lagen sie inmitten des Durcheinanders ganz hinten fein säuberlich gestapelt und obenauf das Wertvollste, was er besaß – die goldene Sprungdeckeluhr, ein Geschenk seines Vaters. Sie packte alles in einen Koffer, ging ins Schlafzimmer, um auch für Lassalle einen Schlafanzug einzupacken, sah auf dem Nachttisch die Memoiren Casanovas liegen und stellte sie rasch zu all seinen anderen Büchern ins Regal, denn die Staatsschnüffler brauchten ja nicht zu wissen, was er vor dem Einschlafen las. Am Ende wurde er gar noch öffentlich der Lust an Schweinigeleien bezichtigt. Dann rief sie ihren Diener und gab ihm eine kurze Instruktion: »Morgen früh wird die Gendarmerie hier erscheinen. Lassen Sie keinen rein. Wenn nachher mein Sohn und Herr Lassalle kommen, sagen Sie nur, ich bin auf dem Land.« Rudolph brachte das Gepäck zur Mietkutsche, sie stieg ein, hielt bei Anwalt Bloem, übergab ihm die Dokumente und fuhr weiter.

Als Lassalle wie ein erschöpfter Krieger nach einer siegreichen Schlacht mit Paul zu Hause eintraf und hörte, dass die Gräfin auf dem Lande sei, begriff er sofort, dass etwas Gefährliches passiert sein musste, denn für solche Fälle hatten sie diesen Satz als Stichwort vereinbart, damit sie wussten, wo der andere zu finden war. Augenblicks jagte er mit Paul in das Haus des befreundeten Hoteliers, wo ihm Sophie bereits in heller Aufregung entgegenkam. Doch schon nach den ersten Worten fand Lassalle das Ganze weniger dramatisch als befürchtet und gab sich alle Mühe, die Gräfin zu beruhigen. Die Schnüfflerhorde konnte nichts finden, denn sie hatte glücklicherweise geistesgegenwärtig alles beiseitegeschafft. »Sollen sie doch geschlossen mit Fahne und Bataillon anrücken, die Aktion läuft ins Leere. Großartig! Jetzt noch eine armdicke Zigarre und das Leben ist nicht mehr zu überbieten.«

Das Ganze so flapsig auf die leichte Schulter zu nehmen, gefiel ihr nicht. Noch saß der Staat fest im Sattel und sie kannte den Staat, denn der Staat war Edmund. Jedes Mittel war ihm recht, um seine Stellung zu behaupten. Wer daran rüttelte, wurde niedergemacht. Lassalle hatte doch gar keine Ahnung davon, wie schön es war, mit Privilegien zu leben. Da konnte er Gott weiß wie unerschrocken sein – die Privilegien schweißten alle zusammen. Sie brauchte bloß an ihre Familie zu denken. Ihr

Bruder Fürst Hermann, Besitzer der Standesherrschaft Trachenberg, ließ sich doch von niemandem auf der Welt seine Vorrechte nehmen. Und was hieß Vorrechte! Das war ja geradezu noch milde gesagt. Längst waren es Alleinrechte und die sicherte ihm nur der König. Sie wusste, dass dem schlesischen Hermann schon die Nationalversammlung viel zu demokratisch und ein Dorn im Auge war. Und ihr steinreicher Sohn Alfred, der kleine Alfi, todschick und wie sie gehört hatte, auf Brautschau aus, Chef der Linie Hatzfeldt-Wildenburg und erbliches Mitglied des preußischen Herrenhauses, dachte doch kein bisschen anders. Ihr Generalbevollmächtigter machte sich Illusionen. Er täuschte sich, wenn er meinte, die ließen sich seine Reden gefallen und schauten tatenlos zu. Aber sie wollte ihn nicht ständig ermahnen, da kam sie sich so alt vor. Älter als sie war und dieser Eindruck durfte schon gar nicht entstehen. Um den Preis schwieg sie lieber.

Am nächsten Morgen ließ Lassalle die Lage erkunden, hörte, dass die Gendarmen unverrichteter Dinge wieder abgezogen seien und fuhr, als wäre nichts geschehen, in der gewohnten trauten Dreisamkeit mit der Gräfin und dem Herrn Sohn nach Hause. Sophie hatte vor lauter Aufregung nichts essen und trinken können, eilte als Erstes zur Köchin und bat sie, schnell etwas auf den Tisch zu bringen, egal was, egal wie, warm oder kalt, am besten den Kalbsbraten mit Seele von gestern, und im Nu war die Tafel im Salon gedeckt. Die Kanne Obergäriges in der Mitte mutete ihr wie ein Glücksquell an, sie stürzte sich drauf, brach sich brockenweise das Brot ab und als dann noch die roten Rüben kamen, dünn geschnitten, heiß serviert, schien alle Aufregung vergessen und der Lebensgenuss wiederhergestellt. Auf einmal hörten sie ein Poltern an der Haustür und ein lautes Stimmengewirr, das von Rudolfs Gebrüll übertönt wurde, und als Lassalle nachsehen wollte, was da unten los war, standen plötzlich ein Polizeikommissar mit zwei Sergeanten und einem Gendarmen im Speisezimmer, hielten die Waffen im Anschlag und forderten sie auf, keinen Widerstand zu leisten. Sie hatten Befehl, das Haus zu durchsuchen nach einem gewissen Heinrich Bürgers, von dem sie wussten, dass der sich bei ihnen versteckt hielt. Als sie ins Nebenzimmer stürmen wollten, sprang Lassalle vor die Tür und verweigerte ihnen den Zutritt. Sie schoben ihn mit dem Gewehrkolben beiseite, Paul eilte ihm zu Hilfe, Sophie befürchtete eine Eskalation, ahnte, dass sie von Edmund denunziert worden waren und verlor plötzlich alle Aufgeregtheit. Gefasst ging sie auf den Polizeikommissar zu und sagte ganz ruhig: »Zeigen Sie mir den richterlichen Durchsuchungsbefehl und Sie können in alle Räume. Aber ich versichere Ihnen schon jetzt, Herr Bürgers ist nicht im Haus.« Sie wartete auf das amtliche Papier, doch der Kommissar meinte, diese überflüssige Formalität brauchten sie nicht, sie hatten Order, das Haus zu durchsuchen und sei es mit Gewalt.

Sophie war auf einmal ganz Aristokratin, ganz hoheitlich und von oben herab. »Lassen Sie die Gewalt aus dem Spiel. Ihr Handeln ist ungesetzlich, Sie machen sich strafbar. Die Unverletzlichkeit des Domizils ist gerade jetzt in der Habeas-Corpus-Akte überall publiziert worden und da ist eindeutig festgelegt: Die Polizei darf nur dann gegen den Willen des Hausbesitzers in ein Haus eindringen, wenn ein richterlicher Durchsuchungsbefehl vorliegt. Entweder Sie zeigen mir ihn oder verlassen sofort das Haus.«

»Schluss mit dem Gefasel«, rief der Sergeant ungeduldig, packte Sophie am Arm, riss sie zur Seite, zückte gegen sie den Säbel, doch augenblicks schlug ihm Lassalle die Waffe aus der Hand und postierte sich wie eine Schildwache vor Sophie. »Wagen Sie nicht, die Gräfin anzurühren«, sagte er mit einer Stimme, die einem drohend heraufziehenden Unwetter glich und die Sophie von ihm noch nie gehört hatte. Ohne Wut, ohne Aggression, aber aus den tiefsten Tiefen sprach eine so furchtlose Entschlossenheit, die ihm etwas Unnahbares gab, was den Gendarmen auf einmal zögern ließ und sichtlich irritierte. Der Polizeikommissar begriff, dass mit Gewalt hier nichts auszurichten war und wurde zornrot im Gesicht. »Wir holen uns den richterlichen Durchsuchungsbefehl und dann stellen wir die ganze Bude auf den Kopf, da können Sie Gift drauf nehmen«, sagte er und gab seinen Leuten ein Zeichen, ihm zu folgen.

Inzwischen hatten sich viele Neugierige vor dem Haus versammelt, und als die Gendarmerie unverrichteter Dinge abziehen musste, gab es spontanen Applaus aus der Menge und dann drängten die Menschen in das Haus, um der Gräfin und Lassalle für ihren Mut zu gratulieren. So gut ihnen die Teilnahme auch tat, sie atmeten auf, als alle wieder draußen waren. Paul ging noch rasch in den Klub und sie fiel Lassalle erlöst in die Arme, als sei sie einer großen Katastrophe entkommen und müsste sich vergewissern, dass ihnen beiden nichts passiert war. Kurz nur, ein paar Atemzüge, dann stürzte sie ins Speisezimmer, um endlich in Ruhe essen und trinken zu können. Die roten Rüben wurden noch einmal heiß serviert, das Obergärige nachgefüllt und Lassalle hätte am liebsten ein kleines Kampflied auf seine Beschützerin angestimmt, oder wenigstens ein abendliches Gloria, aber als er sah, mit welchem Heißhunger sie den Teller leerte, wollte er sie nicht ablenken und sagte nur: »Ihre Besonnenheit hat mich gerettet, ich war drauf und dran, die Eindringlinge niederzumachen. Hätte einer dieser Kreaturen Sie angegriffen, ich hätte ihn auf der Stelle totgeschlagen.«

»Ich hab's bemerkt«, entgegnete sie mit still triumphierender Miene und fügte fast ein bisschen kokett hinzu: »Sie sehen, ich weiß genau, wann ich für Sie handeln muss.«

Etwas Schöneres hätte sie ihm nicht sagen können. Jedes Wort stimmte augenblicks ein paar Tonlagen höher und ließ allen Trubel vergessen. Voller Genuss sah er ihr beim Essen zu, denn sie aß wie eine Wölfin mit einer Gier, die er so an ihr noch nicht erlebt hatte und die ihn ahnen ließ, was in ihr schlummerte. Er schwor sich, wenn sie anschließend wie immer zum Konversations- und Raucherstündchen im Kaminzimmer noch beisammensaßen, ging er diesmal nicht in seine Wohnung hinauf, sondern blieb. Blieb bei ihr die ganze Nacht. Egal wie – liegend, sitzend, stehend, und sei's drum, vor ihrer Tür hockend –, er blieb. Um keinen Preis der Welt ließ er sie heute Nacht allein.

Da stürzte auf einmal Paul mit leichenblasser Miene herein und sagte, ihm war soeben im Klub gesteckt worden, dass für morgen 50 Jäger abkommandiert waren, um ihr ganzes Haus zu demolieren. Lassalle begriff sofort den Ernst der Lage und hatte fast geahnt, dass die Rache für den Abzug nicht ausbleiben würde. Er bat Paul, bei seiner Mama zu bleiben und ließ alles stehen und liegen, um sofort für eine Schutzpatrouille zu sorgen. Vor dem Haus winkte er einen Lohnkutscher heran, der ihm wie gerufen kam, doch als er die schlechtgeschirrten Karrengäule sah und der Kutscher auch noch sturzbesoffen war, eilte er lieber zu Fuß zum Chef der Bürgerwehr. Es war schon spät, aber Cantador versprach ihm, die Leute zusammenzurufen. Um sicher zu sein, jagte Lassalle dennoch selber von einem zum andern durch die Nacht und war erst beruhigt, als er die Schutztruppe zusammenhatte und die Männer noch vor Sonnenaufgang vor dem Haus patrouillierten.

An ihren Scheidungsprozess durfte Sophie gar nicht denken. Dass Edmunds Klage gegen sie durch eine Verfügung des Gerichts als eigenständiges Verfahren fortgesetzt wurde und ihre Klage gegen ihn erst danach zur Verhandlung kam, erschwerte alles. Angeblich musste erst die ehewidrige Gesinnung des Täters ermittelt werden, bevor ihre Klage überhaupt angenommen werden konnte. Was es da noch zu ermitteln gab, wussten die Götter. Aus jeder Zeile ihrer Gegenklage schrie doch seine ehewidrige Gesinnung. Doch offenbar sollte der Prozess hingezogen werden, damit sich die Gerichtskassen füllten. Je länger, desto profitabler. Es musste verdient werden. Gerade bei einem solchen Streitwert. Zwar hatte Lassalle dagegen Berufung eingelegt, aber sie wurde als unbegründet verworfen, was ihn so empörte, dass er beschloss, ihre Klage als Druckschrift zu veröffentlichen und sich sofort aufs Nächste stürzte: Antrag im laufenden Verfahren auf Zeugeneinvernahme.

Akribisch studierte er die 90 Berichte, die Edmund seiner Klageschrift beigefügt hatte und forderte als Erstes korrekte Formalien. Mit einem hingeschmierten Zeuge B., Zeugin K., Freifrau M., Stallmeister P., Tafeldecker S., ließ er sich nicht abspeisen, denn nach dem Civil-Gesetzbuch musste der Vor- und Nachname genannt sein, das Gewerbe, das Alter, der Wohnort und in welchem Grade der Zeuge mit dem Kläger verwandt oder verschwägert war und ob er in seinen Diensten stand und zu seinem Hausgesinde gehörte. Zudem enthielten einige Zeugenaussagen eklatante Widersprüche, und die mussten ans Licht gestellt werden. Denn wie konnte die Gräfin gegen den Gemahl im Schlosshof aufs Gröbste ausfallend geworden sein, wenn sie zu dieser Zeit nachweislich in der Badekur war. Er wusste ja, was sich Lohnlakaien für gutes Geld alles einfallen ließen. Er brauchte bloß an Hoppes Bierwirtschaft zu denken. Vor allem galt es die Kreaturen, die den Herrn Anwalt Lassalle mit der Frau Gräfin im Bett gesehen haben wollten, sehr genau zu befragen. Wenn schon Schlüssellochberichte, dann richtig. Keine Andeutungen, keine Vermutungen. Wann, wo und wie, ganz nackt, halb nackt, von oben, von unten, von hinten, von vorne, Mund oder Nichtmund – diese Phantasien wollte er vor Gericht von den Zeugen en detail geschildert haben und listete dazu fast genussvoll für Anwalt Bloem Frage um Frage auf. Dass mit dem Meineid nicht zu spaßen war, das zumindest wusste dieses Gesindel. Er war gespannt, wie sie sich mit ihren gut bezahlten Erfindungen herauswinden würden. Auf jeden Fall musste diese Lügensauce vor dem Hohen Gericht gründlich ausgelöffelt werden, denn hier trat die Unwahrheit am klarsten zutage. Er und die Gräfin in fleischlicher Umarmung im Bett! Auf dieses Festtagsmenü wollte er nicht verzichten. Sollte es verlangt werden, konnte er den Herren Richtern jederzeit reinen Gewissens schwören, dass er mit Ihrer Hochgeboren keinerlei körperliche Beziehungen hatte. Das »leider« ersparte er sich natürlich, aber falls sie ihm nicht glauben sollten, konnte er gerne mit Heraklit noch deutlicher werden: Wenn das Glück in den Lüsten des Körpers bestünde, müsste man das Rindvieh glücklich nennen, wenn es Erbsen zu fressen bekäme. Aber er wollte die Herren der Roben ja nicht unnötig reizen.

Stapelweise gingen die Briefe an Bloem ab, die er der Gräfin vorher zum Lesen gab. Jeden von ihnen überflog Sophie und staunte, wie gut sich ihr Volkstribun in dieser verknasterten Juristensprache ausdrücken konnte und wie leicht ihm der Schriftkram von der Hand ging. Ihr war das alles zu viel. Dieses Leben mit dem Gericht war wie eine Krankheit. Es zehrte aus und lastete auf der Seele, nahm ihr Nerven und Mut, denn sie sah kein Ende und alles uferte aus. Allmählich kamen ihr Zweifel, ob sie das Ganze überhaupt durchstehen würde. Edmund wechselte ständig die Anwälte, es flatterten ihr immer neue Schriftsätze, neue Begründungen, neue Beweisanträge ins Haus, darunter Briefe, die sie nicht geschrieben und Artikel, die sie nicht verfasst hatte. Um kein Fristversäumnis zu riskieren, war sie gezwungen, dagegen termingerecht Widerspruch einzulegen, sah sich alle naselang mit Schuldvorwürfen konfrontiert, die längst geklärt waren, und hatte mehr und mehr den Eindruck, vom Ehekäfig in den Gerichtskäfig geraten zu sein. Gepresst in die zeitlichen Vorgaben von Beweisangebot, Beweisaufnahme und Beweiswürdigung, eingezwängt in den Weg der Instanzen, die alle bedient werden mussten: Verhandlung der ersten Zivilkammer des Königlichen Landgerichts in Düsseldorf, gegen das Urteil Rechtsmittel einlegen beim Rheinischen Appellationshof in Köln, anschließend Rekurs beim Rheinischen Revisions- und Kassationshof in Berlin und eins wuchs aus dem andern. Klage auf Vollstreckung, Klage wegen Unterlassung, Klage wegen Verleumdung – von den anhängigen Verfahren beim Zuchtpolizeigericht ganz zu schweigen. Ladungen, Termine, Fristen, Nebenanträge und der Kostenfestsetzungsprozess stand ja auch noch bevor. Es war, als schlang sich alles wie ein Giftgewächs um sie und nahm ihr die Luft zum Atmen.

Nicht dass sie auf eine Winterdepression zuging, aber sie wurde immer misstrauischer, denn das Recht schien ihr dem gesunden Menschenverstand konträr entgegengesetzt. Das Unbefangene schwand und sie hatte den Eindruck, kein normales Wort mehr reden zu können. Die kleinste Beobachtung geriet zum Sachverhalt, die geringste Bemerkung zum Tatbestand und unbewusst ordnete sie alles gerichtsamtlich zu. Entweder war es ein Antrag, eine Begründung, ein Widerspruch oder ein Beweis, endete immer in einem Schriftsatz und der kostete Geld. Und jetzt war auch noch für die bevorstehende Verhandlung das belastende Dokument, das sie gegen Edmund ins Feld führen wollte, aus ihren eingereichten Unterlagen verschwunden – der Beleg, dass er dem Ehemann seiner Geliebten eine jährliche Apanage zahlte, ein stattliches Trost- und Schweigegeld dafür, dass er ihm seine Frau überließ. Sophie zweifelte nicht, dass Edmund einen Justizrat gegen entsprechende Belohnung gebeten hatte, das Dokument diskret verschwinden zu lassen. Wieder stand sie als Lügnerin da und wieder im Regen. Vor allem konnte sie nicht mehr sicher sein, was ihr der nächste Tag bringen würde. Nichts war gewiss, außer der Tatsache, dass sie ohne Lassalle in dieser Schlacke längst steckengeblieben wäre. Dass Edmund ihn fürchtete wie der Teufel das Weihwasser, war zwar noch kein Sieg, aber wenigstens eine Genugtuung. Sie wollte um Himmels willen nicht mit ihren Zweifeln Lassalles Optimismus dämpfen, doch es hätte ihr gutgetan, sich jetzt mit ihm darüber in aller Ruhe auszutauschen, schon um zu wissen, ob er das Ganze im tiefsten Innern auch so empfand, ob es nicht doch besser war, alles hinzuschmeißen und einen Vergleich anzustreben, doch er brach schon wieder zu einer Großversammlung auf.

Er bat Sophie, diesmal nicht mitzukommen, aber dafür einen kleinen Empfang vorzubereiten, weil er anschließend noch einige Redakteure der *Neuen Rheinischen* mitbringen wollte samt dem üblichen kleinen Radikaltross, woraus sie sofort schloss, dass wieder einmal mit mindestens 20 Personen zu rechnen war. Das alles ließ sich rasch organisieren, angst und bange war ihr nur wegen seiner Rede. Sophie ermahnte ihn, die Veränderung der Verhältnisse nicht leichthin zu ignorieren, schließlich war vor 12 Tagen Robert Blum erschossen worden und in Berlin herrschte seit zwei Wochen der Belagerungszustand. Er musste vorsichtig sein mit dem, was er sagte. Marx hatte einen Erscheinungsbefehl vom Instruktionsrichter bekommen und stand wegen eines aufsässigen Artikels vor der Verhaftung. Um Himmels willen jetzt maßvolle Worte und bloß keine Flammenwürfe, die die geladene Atmosphäre nur noch mehr aufheizten!

Tief im Innern widerstrebte es ihr, ihm ins Gewissen zu reden, denn jedes Mal war sie dann zu diesem vertrackten Spagat gezwungen, den sie sich gerne erspart hätte. War ihr Ton fürsorglich, konnte er womöglich auf die Idee kommen, sie sprach wie eine Mutter zu ihm, was sie nicht war und nicht sein wollte, denn der Altersunterschied musste ja nicht unbedingt noch unterstrichen werden. Von wegen Magna mater Sophia – das fehlte noch! Anderseits wollte sie auch nicht diesen neuen saloppen Jugendton anschlagen und ihm mit so einem lockeren Schnack daherkommen, denn das wäre dem Ernst der Lage erst recht nicht angemessen gewesen und hätte ihn vermutlich nur ermuntert, noch mehr draufzusatteln und mit jedem Satz neue Zündschnüre zu legen, ganz nach seinem Lieblingssätzchen, dass die größte Sünde die Unterlassungssünde war. Sie wusste, wie er dachte. Sie war in seinem Kopf zu Hause. Darum musste sie so einen Zwischenton finden, der sowohl etwas von dem einen als auch dem anderen hatte, vor allem aber einsichtig klang und aus dem die Vernunft sprach, denn für ein überzeugendes Argument war er immer empfänglich.

Doch Lassalle beruhigte sie und versprach, moderat zu bleiben. Er wollte lediglich allen klarmachen, dass die Geschichte jetzt nur die eine einzige Frage stellte: König oder Volk und dass die Antwort nur lauten konnte: Das Volk wird siegen, so oder so, ob jetzt oder später, aber auf jeden Fall siegen. Sie ahnte Fürchterliches. »Was gibt es Größeres, als für eine demokratische und sociale Republik zu kämpfen, in stiller Selbstentfaltung sollen andere wandeln, ich nicht!«, rief er freudig, küsste sie voller Überschwang auf die Stirn und stürmte mit Graf Paul aus dem Haus, direkt zum Sammelpunkt. Von da marschierten sie an der Spitze des Demonstrationszuges nach Neuss, vorweg ein Musikkorps und die Fahnenträger. Viele kamen aus den Häusern und reihten sich ein. Die Entschlossenheit zum Kampf nicht nur zu spüren, sondern mit allen zu teilen – einen besseren Boden für seine Rede konnte es gar nicht geben. Jeder Ackerknecht hätte ihm bestätigt: Man muss in die Quere pflügen, um dem Land eine andere Natur zu geben.

Als ihm dann die Begeisterung aus der Menge entgegenflutete, steigerte sich Lassalle von Satz zu Satz und es brach aus ihm heraus: »Der passive Widerstand ist erschöpft. Wir beschwören die Nationalversammlung: Erlassen Sie den Ruf zu den Waffen!« Er wusste, wenn dieser Ruf kam, dann konnte noch zur selben Stunde von Düsseldorf aus das Signal für den Aufstand gegeben werden. »Bürgerwehr und Landsturm sind gerüstet.« Wie ein Orkan ging der Beifallssturm auf ihn nieder.

Gutgelaunt kam er mit dem angekündigten Tross nach Hause, freute sich, dass ein Wagen nach dem anderen freimütig mit der schwarzrotgoldenen Fahne, der deutschen Trikolore, vorfuhr und als endlich alle am Büfett der Gräfin versammelt waren, tranken sie auf seine großartige Rede, denn jeder wusste, auch wenn in Wien die Konterrevolution gesiegt hatte und im Badischen der Aufstand gescheitert war – in der Rheinprovinz herrschte eine Stimmung, die alles noch wenden konnte. In Köln, Solingen, Hanau, Offenbach, Elberfeld – überall war man kampfbereit und das zählte. Darauf kam es jetzt an. Keiner zweifelte daran, dass das Rheinland mit seiner starken Industrie und seinen Arbeiterorganisationen die besten Voraussetzungen hatte, um sich an die Spitze des Fortschritts zu stellen und von den Organen der Volksmacht regiert zu werden.

Die Schüsseln mit den Salaten, Pasteten und die Tabletts mit den Dänischen Brötchen leerten sich im Handumdrehen, als wollte man vor der großen Schlacht sich noch einmal kräftig den Magen füllen, gut essen und viel trinken. Die Redakteure umlagerten Lassalle und ständig huschte einer von ihnen aus dem Haus, um nach dem neusten Flugblatt Ausschau zu halten, das das ersehnte Signal zum Aufstand brachte. Sophie hörte von allen Seiten nur noch ein Getuschel über Pläne, Maßnahmen und Strategien und es gab kein anderes Thema, als endlich loszuschlagen und unter der Führung des Arbeiteragitators Lassalle die neue Rheinische Republik zu schaffen. Er sah zu ihr hin, um einen bewundernden Blick aufzufangen, stattdessen lag in ihrem Gesicht so eine stille Skepsis, als wäre sie in einen Haufen von Träumern und Phantasten geraten. Um ihr zu zeigen, dass Kampfgesinnung keine Marotte von ihm war, sondern zu allen Zeiten in allen großen Köpfen wohnte und selbst dem Geist der Poesie die Sporen gab, sprang er auf den Stuhl und zitierte Schillers Gedicht *An die Freude,* letzter Vers: »Männerstolz vor Königsthronen, Brüder gält es Gut und Blut, Dem Verdienste seine Kronen, Untergang der Lügenbrut!«

Da stand ihr Rebell wie der Kriegsgott Mars auf seinem Sockel, schwang beeindruckend die Lanze und es hätte zur Vollendung des Bildes nur noch der reißende Wolf, der kriegerische Specht und der Pflugstier gehört. Sophie begriff aber mit einem Mal auch, dass dieses Unbändige nicht in seiner Jugend, sondern in seiner Natur lag. Zwar fand sie das tröstlich, wie alles, was die Konturen seiner Jugend verwischte, aber gleichzeitig fragte sie sich, ob das Besänftigende überhaupt einen Sinn hatte. Doch der Trubel um sie herum nahm jeden weiteren Gedanken. In den Räumen lag Tabaksqualm und Siegesstimmung. Sie atmete auf, dass ihr in der Kürze der Zeit das Organisieren eines solchen Empfanges gelungen war, für den die Köchin seit den frühesten Morgenstunden auf den Beinen stand, der Bierkutscher und der Weinwagen bis zum Mittag geliefert hatten und alles, was an Stühlen und Bänken im Hause vorhanden war, in die Zimmer der Beletage geräumt wurde, damit keiner im Stehen essen musste. Auch wenn ihr État am Schrumpfen war – Stil musste sein. Als die letzten Gäste sich spät nach Mitternacht verabschiedeten, leicht torkelnd und wankend, aber mit Dank und festem Handschlag, einige sogar mit einem »Salut et fraternité« sie umarmten, war ihr, als wäre sie in einen Kampfverband aufgenommen worden.

Lassalle bat sie, ein paar Minuten auf ihn zu warten, denn er wollte unbedingt mit ihr noch einen Wein trinken, über den Abend reden und ihn nachgenießen, dann hastete er hinauf ans Schreibpult, um seiner Brandpredigt für die Zeitung rasch noch den letzten Schliff zu geben. Sie öffnete die Fenster, um frische Luft einzulassen, ließ sich todmüde in den Sessel fallen, aber war trotzdem hellwach, denn auf einmal bekam das Warten auf ihn etwas Reizvolles. Alles in ihr wandte sich ihm zu und es ging eine wohlige Spannung durch ihren Körper. Schon der Gedanke, ihn zur Tür hereinkommen zu sehen, löste eine solche Lust aus, dass sie von all ihren Bedenken und dem Zögern nichts mehr wissen wollte, denn jetzt sah sie wieder, nicht die Jahre machten zwischen ihnen den Unterschied aus, sondern seine Art, tätig zu sein. Und was hieß tätig! Übertätig, das war es. Ob vor Sonnenaufgang oder spät in der Nacht – alles sofort erledigen, alles auf einmal, 10 Briefe aus dem Stand, kein Zögern, keine Suche nach dem passenden Wort, als wäre alles griffbereit in ihm angelegt. Er brauchte bloß zuzulangen und schon setzten sich die Dinge in Gang. Nein, es waren nicht die 20 jüngeren Jahre, im Gegenteil, diese Art zu sein machte ihn um vieles älter als sie selber war. Ein gestirnter Graubart, erfrischend alt.

Sophie stellte sich ganz darauf ein, dass es richtig war, heute das Falsche zu tun. Und von wegen falsch! Vielleicht war es gerade jetzt das Richtige für sie. Es glaubte ihr eh keiner, dass es bislang noch nicht passiert war. Im Lande der einäugigen Schulweisheit konnte sich so was ohnehin keiner vorstellen, geschweige denn, dass es sich erklären ließ. So oder so – heute Nacht lag sie in seinen Armen. Ob sie dann für ihren Amant noch die große Besänftigerin blieb oder sich alles ins Gegenteil kehrte – egal. Jetzt pulste das andere in ihr, kam wie ein Echo aus allen Sinnen entgegen und jetzt hielt sie nichts mehr. Sie ging zum Ankleidespiegel, war mit ihrem Anblick mehr als zufrieden und wusste, wenn sie sich selbst gefiel, dann gefiel sie auch ihm. Sie war gerüstet. Allerdings fand sie, dass er entgegen jeder Gewohnheit viel zu lange an der Rede arbeitete, raffte ihren Rock, um die Treppen in seine Wohnung hinaufzusteigen und ihn vom Schreibpult zu holen, da hörte sie auf einmal auf der Straße ein lautes Pferdewiehern, ging ans Fenster, um zu schauen, was da unten los war und sah, wie zwei Polizeigendarmen Lassalle mit angelegten Handschellen in den Arrestwagen führten. Sie glaubte, ihr Pulsschlag hörte auf und blieb reglos am Fenster stehen. Dann stürzte sie zur Hausapotheke, nahm ein paar Tropfen Belladonna, warf sich aufs Bett und dachte nur, bloß jetzt nicht denken. Augen zu, schlafen und den ganzen Weltdreck vergessen. Nichts anderes konnte noch helfen.

Als sie erwachte, glich die Welt einem Albtraum. Die Stadt belagert, der Chef der Bürgerwehr auf der Flucht, die Waffen aller Mitglieder eingezogen, auf den Straßen Militär und überall die Bekanntmachung im Namen des Königs, dass die Stadt nicht länger von einer kleinen Partei terrorisiert werden durfte und es notwendig wurde, dem anarchischen Treiben ein Ende zu setzen. Hätte nur noch der Satz ihres Großvaters gefehlt: Ruhe ist die erste Bürgerpflicht.

Sie hatte geahnt, dass es so kommen würde. Trotz der heranrückenden Soldaten schien ihr die Straße menschenleer. Gespenstisch leer. Nirgendwo ein bekanntes Gesicht, als hätte es hier nie einen Bewohner gegeben, keinen Nachbarn, niemand. Alle abgetaucht, weggeduckt, verkrochen, versteckt. Plötzlich kam ihr aus jeder Mauerritze das bocksfüßige, milzsüchtige Grinsen von Edmund entgegen und es stieg wieder dieser Stallgeruch auf, dieses dunstig muffelnde Sekret-Aroma, und alles stank nur noch nach Gaul. Sie brauchte nicht lange zu überlegen, denn der Instinkt sagte ihr: Jetzt hatte sich Edmund seinen Erzfeind vom Halse geschafft und endlich wieder freie Bahn. Nun war dieser verhasste Kläffer Lassalle eingebuchtet und der Königliche Kammerherr konnte mit seinem Advokatentross auf das erwünschte Ziel ungehindert losmarschieren und nachweisen, dass sie das verkommenste Geschöpf unter Gottes blauem Himmel war, zur Erziehung der Kinder nicht taugte, weshalb ihr gesamtes Vermögen selbstverständlich in seine rettenden Hände fallen musste.

Sie fürchtete, dass im Scheidungsprozess von nun an die Sympathien nicht mehr auf ihrer Seite lagen. Doch was jetzt auch kommen würde – das Schlimmste war die Abhängigkeit von Edmunds Unterhaltszahlung. Mit dem Nahrungsgehalt hielt er sie in seinen Klauen. Auch wenn es ihr aus dem Schloss nicht hinterbracht worden wäre – sie wusste längst selber, warum er die Zahlungen trotz Gerichtsbeschluss so ungestraft unterlassen konnte. Er wollte mit seinem guten Geld keinen Terroristen finanzieren. Ja, einen Terroristen, so sah man Lassalle im Schloss und jedes weitere Wort kam im aufgeregten Flüsterton: Für Seine Erlaucht war es der Gipfel der Frechheit, dass ihr selbsternannter Anwalt die dreiste Schamlosigkeit besaß, zu seiner Mandantin ins Haus zu ziehen, und auch noch in das Haus, das sie von ihrem Unterhaltsgeld angemietet hatte. Das raubte ihm den Schlaf, da kam ihm die Galle hoch. Allein der Gedanke, indirekt seinen Todfeind zu finanzieren, der sich jetzt auch noch als roter Rheinischer vom Plebs und all diesem Kroppzeug feiern ließ – dieser Gedanke trieb ihn zur Weißglut.

Sophie hörte es mit Genugtuung. Sollte es ihm doch den Magen umdrehen oder gar den Verstand kosten – mit Lassalle traf sie ihn. Großartig! Da konnte er sich noch so sehr für den Allmächtigen halten – von Lassalle bekam er eins eingeschenkt. Mit einem geborenen Angreifer wie ihm hatte er nicht gerechnet und den hatte er ihr auch nicht zugetraut. So musste es sein. Wäre das Unterhaltsgeld regelmäßig und in voller Höhe gekommen, hätte sie jetzt damit auf der Stelle die *Neue Rheinische Zeitung* finanziert, denn das hätte ihn ins Grab gebracht. Und da gehörte er hin. Stuten züchten in den Gefilden der ewigen Freude. Wer sie so hundsgemein in seiner Klageschrift als den letzten Dreck hinstellte, der sollte ruhig spüren, dass man Gefallen an der Revolution bekam.

Doch in dieser Situation erneut auf Zahlung der Alimentation zu klagen, hielt sie von vornherein für aussichtslos, denn es lag auf der Hand, dass die Richter jetzt ihren famosen Ermessensspielraum nutzen würden, um in seinem Sinne die Zahlung auf die lange Bank zu schieben nach dem Prinzip stillschweigender Übereinkunft: Aushungern des Revolutionsluders. So wurde sie intern doch schon seit langem genannt. Auf jeden Fall musste sie schon jetzt überlegen, bei wem sie borgen konnte und sich auf eine neue Armut einstellen. Und das bei ihrem eigenen großen Vermögen, das sie in die Ehe eingebracht hatte! Das war mehr als gezielte Demütigung, das war Geiselnahme und kaltblütiger Raub.

Sophie warf sich in ihr neues Pelzkostüm, ein extravagantes Fuchscape mit fußfreiem Rock, und eilte durch die belagerte Stadt geradewegs zum Arresthaus, um ihrem Volkstribun und Agitator demonstrativ einen Besuch abzustatten. Sie hatte absichtlich diese auffallende Winterrobe gewählt. Sie wollte gesehen werden. Am besten schon von weitem, weil sie wusste, dass jeder Schritt von ihr dem großen Schlossherrn getreulich hinterbracht wurde und Edmund sollte wissen: Sie hielt zu ihrem Generalbevollmächtigten. Sie wich nicht von seiner Seite, gleich ob er als Anarchist, Extremist, Radikalist oder sonst ein Staatszerstörer verdächtigt wurde. Kein anderer zog sie ins Leben.

Was aus der gescheiterten Revolution werden sollte, bekümmerte sie im Moment nicht. Sie dachte nur an Lassalle. So elend es für ihn auch sein mochte, wieder einsitzen zu müssen – für sie war es beruhigend, denn damit wusste sie ihn in ihrer Nähe. Konnte ihn sehen, konnte mit ihm reden, und selbst hinter Gittern war er für sie da und blieb erreichbar. Doch unerwartet verweigerte ihr der Pförtner den Eintritt. Ihre Hochgeboren hatte wie vorgeschrieben einen Besucherantrag zu stellen, und wenn der genehmigt wurde, dann Einlass nur mit Erlaubnisschein zu den festgesetzten Zeiten montags, dienstags, donnerstags und freitags von 2–5, sei denn, es gab Sonderregelung, dann einmal die Woche 5 Minuten. Sie begriff sofort, dass sich die Haftbedingungen verschärft hatten, hastete nach Hause, um noch mit der Mittagspost den Antrag abzuschicken, da erwartete sie Paul schon voller Ungeduld, denn er hatte vom Instruktionsrichter eine Vorladung zum Verhör bekommen. Sophie erschrak sich zu Tode, wollte ihn begleiten, um ihn zu beschützen, doch Paul lehnte ab und meinte, ihre Anwesenheit würde alles bloß verschlimmern, weil sie für die Herren Richter durch den Scheidungsprozess ohnehin schon zum roten Tuch geworden war und sie jede Form von Presse fürchteten. Wenn, dann schlug er sich allein, zumal er aus freien Stücken dem Volksklub und der

Bürgerwehr beigetreten war. Sie sah ihren Paul ein wenig verblüfft an, zugegeben ein bisschen überrascht, aber auch stolz und dachte nur – ganz der Schüler Lassalles.

Und so trat er dann auch auf, hielt sich an den klassischen juristischen Kodex: Zu wenig ist schädlich, zu viel ist tödlich, und erklärte dem Richter, dass die Delegation lediglich die Haltung des Hauptsteueramtes zum Steuerverweigerungsbeschluss des Parlaments erkunden wollte. Auf seine Frage, wer zu dieser Demonstration noch gehörte, antwortete er knapp und gefasst: »Ich kann nur über jede mich betreffende Frage Auskunft geben, nicht aber über Fragen, die andere betreffen.« Das fand der Richter für einen 17-Jährigen zwar eine respektable Haltung, ermahnte ihn, sich künftig von solchen provokanten Aktionen fernzuhalten, aber sah sich dennoch gezwungen, Graf Paul von Hatzfeldt aus Düsseldorf ausweisen zu müssen.

Lassalle tobte. Es war ihm verboten worden, zu schreiben und ständig wurde während des Rundgangs in seiner Abwesenheit seine Zelle durchsucht, ob er irgendwo ein Schreibzeug versteckt hielt. Aber das widersprach den Bedingungen der Untersuchungshaft und das ließ er sich von dem Obermeier, dem Staatsprokurator mit seinem Gänsegehirn, nicht gefallen. Kein Gott der Welt konnte ihm das Schreiben verbieten. Er fand einen Weg und sei's drum, die Gräfin zu bitten, in die Zigarren einen Bleistiftstummel einzudrehen. Schon Berge von Briefen hatte er in Gedanken an sie geschrieben, denn sie sollte als Erste wissen, dass er hier völlig zu Unrecht saß, einen Hundefraß vorgesetzt bekam und dafür angeklagt war, in Neuss in öffentlicher

Versammlung die Bürger zur Bewaffnung gegen die Staatsgewalt sowie die Mitbürger zum Zwecke des Bürgerkriegs aufgereizt zu haben. Lächerlich! Das ganze Anklagekonstrukt ein einziger Lügenwisch, der zum Himmel stank. Bei Gott und seiner Seele konnte er ihr schwören, dass er sich in seiner Rede an die Beschlüsse der Nationalversammlung gehalten hatte. Und wenn nicht mal mehr erlaubt war, im Sinne eines gewählten Organs zu sprechen, dann konnte man die ganze Demokratie vergessen, dann war sie höchstens eine Bierdemokratie und man tat gut daran, seine Abende zu verkneipen.

Keiner war bislang bereit, ihn anzuhören. Offenbar hatte man es in seiner Angelegenheit nicht eilig und wollte ihn schmoren lassen. Aber diese Taktik kannte er ja. Er biss sich aus diesem Elend schon heraus, denn bis jetzt war er immer mit einem Freispruch aus der Untersuchungshaft entlassen worden. Doch die größte Strafe war, das quälende Getrenntsein von der Gräfin ertragen zu müssen und ihr nicht einmal schreiben zu können. Der neue Schließer, der nicht aus dieser Gegend kam, hatte ihn gefragt, wer die schöne Frau war, die unten am Tor gestanden hatte und ihn besuchen wollte. Diese Frage kam so überraschend, dass Lassalle gar nicht wusste, was er sagen sollte und die ganze Nacht auf seiner eiskalten Pritsche lag, um sich selbst die Antwort zu geben. Sollte er vielleicht sagen, sie war seine Bekanntin, wie es neuerdings die Femokraten, dieser Krähenschwarm von feministischen Demokraten, dieses Geheck junger Wildenten, in Umlauf brachten? Und was war schon eine Bekanntin!? Doch nur eine Frau, die man ab und zu mit seiner Zärtlichkeit streifte. Das wäre grundfalsch gewesen.

Nur ein Tupfer, nur Schmalkost. Viel zu dürftig, viel zu spärlich. Sie war auch nicht seine Patronnesse, seine Gönnerin. Auch wenn er für die Führung ihres Scheidungsprozesses Geld bekam, so stand er doch in keinem Soldverhältnis zu ihr, denn auch ohne einen Groschen hätte er sich für ihre Freiheit von diesem Ehesatan eingesetzt. Und sollte jetzt wieder die erlauchte Unterhaltszahlung ausbleiben, dann holte er sich das Geld von seinem Vater, damit sie gemeinsam halbwegs durch den Schlamassel kamen. Wenn, dann zogen sie sich gegenseitig aus der Misere. Denn ohne sie konnte er nicht mehr sein. Sie war nun mal sein eigenes, noch einmal verkörpertes Ich, war raumgreifend, sein Seelengrund, war die Nahrung seiner Leidenschaft und davon zehrte er. Nein, sie war alles andere als eine Bekanntin, sie war sein Einalles und gehörte zu ihm wie die Wärme zum Feuer. Vielleicht sollte er dem Schließer mit dem grauslig klappernden Schlüsselbund einfach nur sagen: Diese Frau war sein Zuhause.

Lassalle hätte die Wände hochgehen können, dass ihm dieses Stinktier von Staatsprokurator das Schreiben verbot. Sollte er sich als der Heilige Amtsvater aufspielen – dagegen musste er einschreiten. Noch war kein Urteil gesprochen und er saß lediglich in Untersuchungshaft, war kein Schuldiger, sondern ein Angeschuldigter und dem stand Papier, Feder und Tinte zu. Er hoffte, dass seine Gedanken die Gräfin in irgendeiner wachen Stunde erreichten. Sie musste fühlen, was er fühlte, denn das Ungesagte hatte ja immer zwischen ihnen gesprochen. Auf diesen Ton waren sie geeicht. Darum schickte er ihr zu dem Berg der bereits gedachten Briefe den weißnichtwievielten ohne

Papier, legte ihn ihr zu Füßen, denn sie musste verdammt noch mal erfahren, was in ihm geschrieben, ach was geschrieben – was in ihm eingraviert war, und er begann wie immer mit: Gnädige Gräfin! Einzige! Unvergleichliche! Wort für Wort schien die eisige Kälte aus der Zelle zu weichen und am Ende des Briefes stieg fast eine behagliche Wärme auf. Tout à vous, Ganz der Ihre, wäre die korrekte Unterschrift gewesen, aber sie genügte ihm nicht. Nein, Ewig der Ihre, Tout à vous pour toujours. Bis zum letzten Atemzug Ihnen ergeben – das war die Wahrheit. Und im PS: Noch immer ohne Schreibzeug. Darum so wenig für jetzt, aber Fortsetzung stündlich.

Die Nachrichten von Bloem waren alarmierend. Sophie musste handeln. Sie wusste ja, dass Lassalle brustkrank war und nun auch noch in Hunger und Kälte sitzen zu müssen, kam nicht in Frage. Ab sofort ließ sie ihm jeden Mittag Essen ins Gefängnis bringen. Seine Lieblingsspeisen sollte er nicht entbehren und kaum dass sie die Besuchserlaubnis erhalten hatte, eilte sie ins Arresthaus, um ihm warme Sachen zu bringen. Auf seine Halsbinden aus weißem Battist und Hemden mit elfenbeinernen Knöpfen konnte er jetzt wohl verzichten. Was er brauchte, waren gefütterte Stiefel, Pelzweste, warme Beinkleider und auch wenn er Schals nicht leiden mochte, sie brachte ihm einen eleganten englischen aus Lambswool der ersten Schur, den er ganz gewiss nicht ablehnen konnte.

Lassalle begrüßte sie gleich mit zwei freudigen Nachrichten: Im Prozess wegen Beamtenbestechung hatte sie vom Zuchtpolizeigericht einen Freispruch bekommen, was ihm natürlich klar war, weil sich dieser läppische Vorwurf gar nicht halten ließ, und ihm war endlich Papier und Schreibzeug genehmigt worden. Weil zwei Aufsichtsbeamte im Raum standen, sagte er auf Französisch, dass ihm Pauls Ausweisungsbefehl bereits zu Ohren gekommen war und er ihm sofort aufs Land einen Brief gesandt hatte mit einigen Ratschlägen, wie er sich verhalten sollte. Als sie ihm sagte, dass sie am Abend Herrn Marx erwarte, reagierte er sichtlich verärgert, denn der gute Charles hatte noch immer nichts in der Zeitung für ihn getan. Ein donnernder Protestartikel, der zur Beschleunigung seines Verfahrens beitragen konnte, war wohl das mindeste, denn er wollte ja nicht ewig seine Zeit hier verhocken müssen. Und auch Engels hätte längst was schreiben können, schließlich war er Mitarbeiter der *Braunschweiger Mitternachtszeitung für gebildete Leser* und es schadete nichts, wenn auch die davon erfuhren. Jede Form von Öffentlichkeit konnte seinen Aufenthalt hier abkürzen. Doch da mischten sich schon die Aufseher ein, dass die Unterhaltung in Französisch nicht gestattet war und führten die Gräfin aus dem Raum.

Aber Sophie hatte sich alles gut gemerkt und als dann der Neue Rheinische kam, überfiel sie ihn gleich damit, etwas für Lassalles Freilassung zu unternehmen und Marx meinte, dass er gerade darüber mit ihr reden wollte.

Sie hatte ein Dinner vorbereitet, denn gutes Essen und gutes Trinken war ihm immer willkommen. Er brachte ihr die neuste Ausgabe der *Republikanischen Briefe* mit und um zu zeigen, dass einem guten Journalisten wie ihm nichts verborgen bleiben konnte, wollte er ihr gleich noch enthüllen, wer sich hinter dem kritischen Schriftsteller Daniel

Stern in Wahrheit verbarg, doch das brauchte er nicht. Sie wusste längst, dass es die Gräfin d'Agoult war und musste plötzlich an Clara denken, die oft über sie gesprochen hatte und so gern an ihrer Stelle gewesen wäre. Denn Gräfin d'Agoult hatte mit Franz Liszt drei Kinder und ihre jüngste Tochter Cosima glich einer kleinen Aphrodite. »Die Gräfin hat sich ja von Liszt getrennt«, sagte Sophie, und Marx entgegnete mit so einem versteckt bewundernden Lächeln, dass dies nicht der letzte Stand der Dinge sei. »Jetzt ist sie mit Georg Herwegh liiert. Unser Sturmpoet hat sie sogar geheiratet, obwohl er schon verheiratet ist. Ein Meisterstück! Sich um nichts scheren, über alles hinwegsetzen und ganz unbekümmert, ganz selbstverständlich, einfach so aus der Lamäng sich mit zwei Frauen zu verheiraten!«

Dass Herrn Marx das imponierte, wunderte sie nicht, denn das war kommunistisch. Sie hatte es ja in seinem *Manifest* gelesen: Mehrere Frauen gleichzeitig zu heiraten war ehrlicher, als sich heimlich die angetrauten Ehefrauen untereinander auszutauschen, wie es die Bürgerlichen taten. Wenn Herr Herwegh sich die beiden Damen leisten konnte und mit ihnen glücklich war, sollte er doch um alles in der Welt seinem ehrlichen Kommunismus frönen. Es führten viele Wege zur Seligkeit. Weit bemerkenswerter fand sie, dass es Herrn Marx überhaupt nicht zu interessieren schien, und er kein einziges Wort darüber verlor, dass die d'Agoult viele Jahre älter als Herwegh war, was auf Sophie natürlich besonders sympathisch wirkte, zumal sie im gleichen Alter waren. Aber sie wusste ja, dass er Falten im Gesicht einer Frau fast ehrfurchtsvoll als Schöpfungsspuren betrachtete. Auf jeden Fall sah sie, er hatte die revoltierenden Gräfinnen im Blick und sie konnte schon verstehen, dass ihm diese Kombination gefiel: rebellisch und reich. Das wäre für ihn ideal gewesen. Seine Jenny war zwar auch von Adel, doch unbegütert, und Marx war immer auf der Suche nach Geld. Auch jetzt hatte er wieder diesen Wünschelrutenblick, ständig lauernd, ob nicht doch noch irgendwo ein Schatz verborgen lag. Gräfin d'Agoult kam schließlich aus dem Bankhaus Bethmann. Das hätte gewiss dem Neuen Rheinischen gefallen: die Verhältnisse umstürzen, ohne dabei selber Not leiden zu müssen, sondern im Gegenteil – sich diesen Luxus des Dagegenseins leisten zu können. Das hätte ihm vieles erleichtert. Er mochte sich ja mit der Theorie gut auskennen, aber leben musste man mit der Praxis, und da kam auch für ihn alles auf die Messer-und-Gabel-Frage zurück. Er war zu bedauern. Frau Jenny stand vor der sechsten Entbindung und Lassalle hatte ihr gerade seine letzten 200 Taler geschickt, damit wenigstens ihre Kinder versorgt waren.

Doch Marx wollte über seine Lage nicht reden und erkundigte sich nach ihrem Scheidungsprozess. »Sie haben viel Energie im Duell mit Ihrem Mann, dazu braucht es einen hohen, tapferen Geist, das ist schon bewundernswert. Und Ihre Familie ist natürlich mäßig entzückt.«

»Gelinde gesagt ja. Ich sehe keinen, ich höre keinen, der Heilige Clan hat sich geschlossen von mir abgewandt. Die Geschwister, die Neffen, die Nichten – niemand lässt sich mehr blicken. Kein Besuch, kein Treffen, keine Briefe, nicht mal von irgendwem eine Geburtstagskarte oder ein Neujahrsgruß, als würde ich gar nicht existieren. Bin eben eine Schande von Stand. Nur mein Sohn Paul ist mir geblieben.

Aber die Presse arbeitet ja auch mit Andacht an meinem schlechten Ruf und betrachtet mich als einen verlässlichen Unterhaltungsgegenstand. Komplett entartet und tief gesunken. Mit einer depravierten Aristokratin lassen sich die Zeitungsspalten besonders gut füllen. Offenbar haben sie in mir die neue Maria Magdalena gefunden, die von sieben Teufeln besessen ist und alle sieben Teufel heißen Lassalle.«

»Meiner Frau geht es mit der Familie ganz ähnlich, und über die Revolverpresse schweigen wir lieber. Die verdient kein Wort«, sagte er, »ich halte mich in allem schon längst an den Wahlspruch des großen Florentiners: Segui il tuo corso, e lascia dir le genti. Geh deinen Weg und lass die Leute reden.«

»Vielleicht haben Sie recht. Dantes *Göttliche Komödie* kann sehr hilfreich sein.« Doch darauf wollte er nicht weiter eingehen, sondern kam gleich wieder auf die Gräfin d'Agoult mit einem so schwärmerischen Blick, dass Sophie meinte, nicht den Chefredakteur Marx, sondern den fahrenden Ritter Charles vor sich zu sehen. »Aber Herweghs angetraute Frau soll doch auch nicht gerade arm sein«, warf sie ein, »ihr Vater ist doch Seidenfabrikant.«

»Ja schon«, entgegnete Marx, »aber er reicht seiner Tochter nichts rüber, weil ihm die Sturmgedichte des Schwiegersohns nicht passen.«

Das kam Sophie dann allerdings sehr bekannt vor und es brach aus ihr wie ein Seufzer: »Bloß keine Abhängigkeit, dann ist man geliefert.«

»Geliefert vielleicht, aber nicht verloren«, sagte Marx, erhob sich mit einer charmanten Verbeugung, bedankte sich in aller Form für die Gastgebung und trank auf die beiden ganz außergewöhnlichen Gräfinnen, was irgendwie glaubwürdig klang und nichts von diesem tranig Schmeichelhaften hatte, das sie vom großen Parkett gewohnt war. Dann offerierte er ihr seinen Plan und schlug vor, mit einer großen Delegation bei Seiner Göttlichkeit, dem Generalprokurator vorstellig zu werden, um mit aller Schärfe Lassalles Freilassung zu fordern. Da sie wusste, dass Marx sich in der Öffentlichkeit nur ungern präsentierte, fand sie seinen Vorschlag doppelt kühn und wäre am liebsten gleich mit ihm zum Amtssitz des Inquisitors aufgebrochen.

Doch plötzlich die Schlagzeilen in allen Zeitungen: »Gräfin von Hatzfeldt verhaftet. Am Sonntagabend in Köln auf offener Straße von mehreren Gendarmen und einem Polizeikommissar festgenommen und ins Frauengefängnis abgeführt.«

Sophie wusste sofort: Edmund hatte im Kassationshof Druck gemacht, damit das Urteil im Verleugnungsprozess endlich Rechtskraft bekam und sie nun einsitzen musste. 100 Taler Geldbuße, 2 Monate Gefängnis und Verlust der bürgerlichen Ehrenrechte auf 5 Jahre. Obwohl Lassalle von einer an die andere Instanz appelliert hatte, konnte Edmund triumphieren und seine satte Genugtuung ausleben. Wie immer, wenn sie ihn hinter allem spürte, wich jedes Gefühl aus ihr und es stieg der eiskalte Wille in ihr auf, sich von diesem Unmenschen nicht zur Friedhofsreife führen zu lassen. Alles, aber das gönnte sie ihm nicht.

Der Gefängnisdirektor empfing sie höflich, hatte doch in seinem Hause noch nie eine Dame aus dem Hochadel gesessen. Zwar fand er das Urteil reichlich ungerecht, aber gegen eine Kaution von 500 Talern blieb ihr selbstverständlich die Haft erspart. Als sie in der vergitterten Kammer saß, 3 Schritt lang und mit einer Fensterritze, durch die nur Reste von Licht noch drangen, überlegte sie fieberhaft, von wem sie die 500 Taler bekommen könnte. Mit ihrem letzten Geld hatte sie für Paul ein sicheres Quartier in Köln bezahlt, Lassalle saß selber im Gefängnis und kreditwürdig war sie schon lange nicht mehr, so dass sie nicht einmal auf einen Kautionskredit hoffen durfte. 500 Taler waren schließlich keine Kleinigkeit, sondern für die meisten Familien ein gutes Jahreseinkommen. Blieb nur noch Alfred, ihr ältester Sohn. Zwar wusste sie, dass Edmund ihm jeden Kontakt zu ihr untersagt hatte, als Dankeschön ihn mit der Überschreibung der Güter schon jetzt zum erblichen Mitglied des preußischen Herrenhauses gemacht hatte, wusste, dass ihm sein lieber Papa vor kurzem sogar noch die Standesherrschaft Schönstein geschenkt hatte und ihr Alfi bei einem solchen Reichtum gewiss auch bald in den Fürstenstand erhoben wurde – sie wusste das alles, aber so oder so – in welche Höhen ihn das Geld des Vaters auch hinaufhob, 500 Taler waren für Alfred ein Kinderspiel und die paar Krumen würde er ja wohl für seine Mutter noch übrig haben, zumal sie sich mit ihm stets gut verstanden hatte, bis Edmund nur solche Lehrer bezahlte, die ihn gegen sie aufhetzten. Von Rechts wegen hätte der Herr Sohn als Chef der Linie Hatzfeldt-Wildenburg seiner Mutter ohnehin die Hälfte des Unterhalts zahlen müssen, aber auf das Recht zu pochen schien ihr nach all den Erfahrungen ein müßiges Unterfangen. Das Recht war eine trübe Laterne und ihm mit diesem Funzellicht zu kommen, hätte ihre Hilflosigkeit nur noch größer gemacht. Vielmehr schilderte sie ihm ihre verzweifelte Lage, in die sie ohne alle Schuld geraten war, beschrieb ihm das himmelschreiende Unrecht, das ihr zugefügt worden war und bat um die 500 Taler, damit ihr das Elend einer Gefängnishaft erspart blieb. Seine Antwort kam postwendend: Wer die Ehre und den Ruf seines Vaters vernichtete, hatte vom Sohn nichts zu erwarten. Der Umgang mit gewissen Personen hatte sie dorthin geführt, wo sie jetzt war und darum bekam sie von ihm keinen Groschen und keinen müden Heller. Und für die Zukunft sei vorsorglich gleich noch angemerkt: Sie konnte nicht erwarten, dass er einen Zuschuss leistete zum Prozess, den sie gegen den Vater führte.

Jedes Wort drosch von oben herab auf sie nieder und sie brauchte ein paar Augenblicke, um ihre Fassung zu finden. Silbe für Silbe ein Fußtritt. Schlimmer als Edmund. Da setzte man nun ein Kind in die Welt, um sich das von ihm antun zu lassen! Kein Herz für die Mutter, dafür ein Gemüt wie ein Schlächterhund. Und so was lag einst wie ein Jesusknäblein in der Wiege! Sie saß wie erstarrt und fühlte, das war nicht mehr ihr Sohn. Nichts mehr von Alfi war in ihm. Alles gelöscht und umerzogen. Sie zerriss den Brief, denn Alfred gab es für sie nicht mehr.

Der Gefängnisdirektor bedauerte, dass sie nun zwischen Kindsmörderinnen, Diebinnen, all diesen Schmutzlappen und diesem Hurengesindel leben musste, aber selbstverständlich brauchte sie nicht zum Arbeiten in die Nähstube, sie konnte in den Leseraum, hatte zweimal täglich Freigang, ein Seelsorger stand zur Verfügung, auch ein Arzt war da und wenn der nicht im Hause war, gab es den Arzneikundigen. Dann ließ er für sie frische Gefängniskleidung kommen und in die Zelle bringen.

Sophie schrieb sofort Anwalt Bloem und bat um eine dringliche Unterredung, wartete voller Ungeduld auf ihn, doch als er dann endlich nach Tagen eintraf, vergaß er zu sagen, dass noch immer Lassalles Briefe auf der Poststelle des Arresthauses lagen und aus Schikane nicht abgeschickt wurden, saß bloß kreidebleich vor ihr, wusste nicht, wie er es ihr beibringen sollte, rang nach Worten und sagte nur: »Sie haben Paul verhaftet. Man hat ihn in Düsseldorf am Bahnhof festgenommen, weil er angeblich eine Büchse bei sich trug, hat ihn aufs Rathaus gebracht, einem Verhör unterzogen und vor die Alternative gestellt, entweder ins Gefängnis zu gehen oder zurück zu seinem Vater. Das klingt mir nach einem abgekarteten Spiel. Er lässt den Sohn verhaften, um ihn anschließend großzügig freizukaufen.«

Sophie hatte es kommen sehen. Auf den Moment hatte Edmund gelauert. Nun war es passiert. Paul in seinen Krallen. Sie glaubte, man würde ihr ein Halseisen umlegen. »Weiß es Lassalle?«

»Noch nicht. Ich muss sofort zu ihm. Ich nehm' den nächsten Zug.«

Dann ging sie in ihre Zelle, abwesend von sich, abwesend von allem und dachte nur, Edmund war am Ziel. Lassalle verhaftet, sie verhaftet, Paul verhaftet – er hatte erreicht, was er wollte: die Gegenpartei hinter Schloss und Riegel, die verhasste Dreisamkeit auseinandergebracht. Sie ließ das Essen unberührt, erschien nicht zum Freigang, spürte, wie ein Nervenfieber in ihr hochkroch, lag zwei Tage ohne zu denken, ohne zu fühlen, glaubte ihrer Auflösung entgegenzugehen und plötzlich wurde sie aus der Zelle geholt und Paul stand vor ihr. Sie sagte nichts, überlegte bloß angestrengt, war es ein Trugbild oder war er es wirklich und er sagte auch nichts, denn so hatte er seine Mama noch nie gesehen – so bleich, fast wachsgelb, so zitternd, so abgelebt und am Ende ihrer Nervenkraft. Die Haare schlecht gekämmt und die Gefängniskleidung schmutziggrau. Es kam ihm so vor, als stünde sie auf einem Armesünderkarren und würde jeden Moment zur Exekution gefahren. Ihm lief es eiskalt über den Rücken. Sie so gottserbärmlich tief im Elend zu sehen, war ein solcher Schock, eine solche Schande und ein so großes Unglück, dass er sich um die gestrenge Besucherregelung nicht kümmerte, sie ganz spontan umarmte und mit ungewöhnlich entschlossener Stimme forderte: »Mama, zieh sofort deine Gegenklage zurück und hör auf zu prozessieren. Die Prozesse bringen dich um. Ich bin nicht der Einzige, der das befürchtet. Fürst Pückler hat bereits eine Petition an den König gerichtet, dass dir deine Gefängnisstrafe erlassen wird, und ich habe dem Fürsten selbstverständlich sofort in aller Form gedankt. Auch in deinem Namen.«

Es klang überraschend standesbewusst und ganz so, als würde der Sohn jetzt den Schutz für seine Mutter übernehmen wollen. Doch Sophie schien das alles zu überhören, fragte nur, wann Paul seinen Arrest antreten musste und hatte Mühe, ihre Tränen zurückzuhalten. »Dass man dich jetzt auch verhaftet, ist das Werk deines Vaters.«

Doch Paul kam gerade von Lassalle und hatte bereits alles mit ihm besprochen. Zwar zweifelte sie nicht, dass er ihm dem richtigen Rat gegeben hatte, trotzdem überkam sie ein tiefes Gefühl von Schuld, den Sohn vor dem Hass ihres Geier-Gemahls nicht besser beschützt zu haben, ja sie machte sich auf einmal Vorwürfe, im Scheidungsprozess bislang jeden Kompromiss abgelehnt zu haben. Hätte sie seinerzeit in den Vergleich eingewilligt, hätte sie sich und Paul jetzt das Gefängniselend erspart und ganz anders vor ihm dagestanden. Wohlsituiert und nicht wie eine, die in den Lattenkammern der Unterschicht gelandet war.

Paul gab ihr ein Kistchen Zigarren und Sophie sah sofort, dass es das Kistchen mit dem doppelten Boden und doppelten Deckel war, das sie eigens für Lassalles Gefängnisaufenthalte hatte anfertigen lassen und wusste, dass von den 60 Blättern feinsten Seidenpapiers 30 unbeschrieben für die Antwort bleiben mussten. »Vermutlich wirst du jetzt lange nichts von mir hören«, sagte Paul und bemühte sich um einen sachlichen Ton, um die Situation für sie nicht noch zu verschlimmern. »Du weißt ja, Briefe zwischen den Gefängnissen dauern ewig.« Als er ging, ahnte sie, dass jetzt das Entsetzen der Familie noch größer wurde und sich alle einig waren: Sie hatte ihm sein Leben ruiniert. Und plötzlich dachte sie auch so.

Die Verzweiflung von Lassalle hätte nicht größer sein können. Die Gräfin im Gefängnis zu wissen, trieb ihn zum Wahnsinn. Eine Frau aus diesen Höhen, gewohnt an Eleganz und Luxus plötzlich im Kerker, umgeben von Schmutz, Zwang und Demütigung – das ließ ihn innerlich langsam zu Stein werden, kalt und schwer wie Marmor. Er kam sich altersschwach und ohnmächtig vor. Es reichte nicht mal mehr zur Wut. Zwar konnte er essen, trinken und rauchen, aber alles hatte eine andere Melodie. Er schrieb ihr, er wollte nichts mehr, gar nichts mehr, keine Freude pflücken auf dieser Erde, keine Lust genießen, keine Hoffnung, kein Verlangen mehr haben nach eigenem Glück, schwor allem ab, was begehrenswert vor seiner Seele stand und wollte nur noch eins: Rache. Rache nehmen an diesen Tigern, die Recht, Gesetz und Menschlichkeit mit Füßen traten, Rache an diesen erkauften Banditen, dieser Kannibalenbrut, die über sie zu Gericht saß. Das war das Einzige, was ihn noch aufrechthielt, was ihm übermenschliche Kraft gab und kein Gott war stark genug, ihn um seine Rache zu betrügen. Ja, er hatte ein Recht darauf, den Menschen auszuziehen und zum wilden Tier zu werden. Wäre er frei gewesen, wäre das alles nicht passiert. Nach Artikel 25 Code Pénal durfte man sie weder am Sonntag noch außerhalb ihres Wohnorts so mir nichts dir nichts ohne Ankündigung von der Straße wegfangen und ins Gefängnis bringen. Jeder Spitzbube bekam das Recht, vorher seine Angelegenheiten zu arrangieren und sich dann freiwillig zu stellen. Aber nicht das!

Nein, es war nicht nur eine Katastrophe für sie, es war eine Katastrophe für ihn. Denn wie stand er jetzt da! Als ob nicht jeder wusste, dass er der Verteidiger und Generalbevollmächtigte der Gräfin war. Jetzt kam gewiss wieder die alte Mär vom Kassettendieb hoch und jeder sagte sich, mit so einem wie ihm musste man ja hinter Gittern landen. Es war eine Schande für ihn, sie so schlecht verteidigt zu haben, dass man sogar an ihre Person herankonnte. Das konnte er sich nicht verzeihen, das brannte ihm auf der Seele und quälte ihn von Stunde zu Stunde und Tag zu Tag mehr.

Glücklicherweise hatte ihm seine Beteiligung am Breslauer Gasgeschäft, das für die Beleuchtung Prags zuständig war, einen guten Gewinn ausgeschüttet, und er beauftragte sofort zwei Kölner Rechtsanwälte, die der Gräfin ein Attest besorgen mussten, damit sie vorzeitig entlassen wurde und die auch die Verbindung zu Paul aufrechterhielten.

Er wusste nicht, sollte er es als bewundernswert oder als beschämend empfinden, dass sie auf dem feinen Seidenpapierblatt in winziger Perlschrift ihn inständigst darum bat, sich um sie keine Sorgen zu machen, sondern seine Gedanken ganz auf den bevorstehenden Verhandlungstermin zu richten. Er wollte ihr sofort antworten, dass nur der Gedanke an sie ihn über sich selber hinauswachsen ließ, doch da wurde er schon in den Gerichtssaal geführt, hatte in sich nichts als diesen Vorsatz der Rache, sah die Gräfin wie ein höheres Prinzip vor sich, legte dem Richter kühl, klar und konkludent Argument für Argument wie eine aufsteigende Zahlenreihe vor, was so überzeugend war, dass es gar nichts anderes als Freispruch geben konnte und genau das hatte Lassalle auch erwartet.

Jubelnd ließ er sich vom Gerichtsdiener die Extrapost bestellen, denn er wollte auf der Stelle so wie er war zur Gräfin ins Frauengefängnis und sei's drum, die ganze Nacht auf dem Weg nach Köln in dem Rippenbrecher zu hängen, denn er brannte darauf, sie endlich zu sehen, zu hören, zu trösten, raste vor Glück, eilte durch den langen Korridor und atmete auf, endlich wieder freien Boden zu betreten und seinen Arrestfrühling hinter sich zu haben. Da lief ihm der Staatsprokurator über den Weg, der seinerzeit im Kassettenprozess als öffentlicher Ankläger gegen ihn aufgetreten war und den er gut kannte. Lassalle grüßte höflich und ließ es sich nicht nehmen, still triumphierend hinzuzufügen: »Tja Freispruch, verehrter Herr, wieder Freispruch!«, aber der Staatsprokurator entgegnete bloß trocken: »Sie sind freigesprochen von der Strafe, aber nicht freigesprochen von der Schuld.«

Das allerdings ärgerte Lassalle dann doch. Schließlich war der Freispruch ein klares Gerichtsurteil. Er ließ sich doch von diesem Kümmelspalter keine Schuld unterstellen. Wo keine Schuld war, konnte es auch keine Strafe geben und darum war er freigesprochen worden. Eindeutiger ging es doch gar nicht. Das hätte dem Pandektengaul so gepasst, dass er schuldig war! Der traute ihm ja ohnehin nichts anderes zu. Das sollte er ihm erst mal beweisen, wie man freigesprochen werden konnte und trotzdem Schuld hatte. Wenn dem so war, taugte der ganze Freispruch nicht. Er jedenfalls war frei von Schuld und darum frei von Strafe. Aber es war dem hohen Herrn ja unbenommen, die Logik preußischer Gerichtsbarkeit außer Kraft zu setzen. Mochte er sich auch für Gott Vater und Gott Sohn halten, der Heilige Geist hatte sich offensichtlich bei ihm noch nicht eingestellt. Lassalle war so erbost über diesen juristischen Krümelkacker, dass ein Wort das andere gab und plötzlich wurde er auf der Stelle wegen Beamtenbeleidigung festgenommen. Er wollte sich wehren, stand vor einem Tobsuchtsanfall, aber begriff auf einmal, dass der Großwesir mit ihm jetzt kurzen Prozess machen konnte, denn zuzutrauen war dem alles. Aber am Ende gar noch ins Tollhaus zu kommen und mit Stricken am Bett festgebunden zu werden, das wollte Lassalle dann doch nicht riskieren, schwieg eisern und sagte sich mit dem brüllendsten Selbstvorwurf, wäre er doch bloß stumm an diesem Idioten vorbeigegangen!

Eine elegante Equipage hielt vor dem Kölner Frauengefängnis. Passanten blieben neugierig stehen. Sophie sah nicht nach rechts und links, ließ die Fragen der Presseleute unbeantwortet, stieg schnell ein, zog die Vorhänge zu und wurde von ihren beiden Anwälten nach Hause begleitet, wo bereits alles für ihre Ankunft vorbereitet war. Unterwegs bemerkte einer der beiden, dass Herr Lassalle in einem Verzweiflungsstreich erneut einen Alimentationsprozess gegen den Reichsgrafen angestrengt hatte und ganz unerwartet damit so erfolgreich war, dass ihr Unterhaltsgeld diesmal in voller Höhe abrufbereit auf dem Bankhaus lag. So erfreulich die Nachricht auch klang, Sophie nahm sie teilnahmslos auf. Alles an ihr juckte und klebte, roch nach Schweiß und Kellerfeuchte, die Haut kam ihr staubig und verkrustet vor und sie dachte nur noch an eins – an Wasser. Sah Wasser in allen Farben und Formen, fließend, sprudelnd, rieselnd, strömend, sah Bäche, Flüsse, Seen, Meere und kaum dass sie das Haus betreten hatte, stürzte sie als Erstes in die Waschküche. Ihre Sitzbadewanne war schon mit warmem Wasser gefüllt, Sophie gab noch ein paar Tropfen Rosenöl dazu, riss sich die Kleider vom Leib und stieg in die Wanne. Als sie in das Wasser eintauchte und mit ihrem levantinischen Badeschwamm Arme und Beine berührte, war ihr, als würde sie von den Toten auferstehen. Noch nie hatte sie die reinigende Wirkung von Wasser als eine solche Wohltat, geradezu als eine

Erlösung empfunden, kostete das Erlebnis aus, bis sich die Wanne abgekühlt hatte, ließ sich dann die große Waschschüssel mit dem verdünnten Seifenspiritus kommen und wusch sich die Haare, die fettig, dünn und strähnig waren und wie abgetretene Teppichfransen am Kopf hingen. Sie spülte sie gehörig mit Rum, damit sie sich wieder kräftigten, umband sie mit einem erwärmten Flanelltuch, zog sich den Bademantel über, ging ins Toilettezimmer, setzte sich an die Psyche und betrachtetete sich in dem dreiflügligen Spiegel von allen Seiten, als suchte sie nach Spuren einer vorzeitigen Alterung, die die Gefängniswochen hinterlassen hatten. Dann polierte sie sich die Fingernägel, damit sie den gewohnten Glanz und die gewohnte Transparenz bekamen, besprühte sich wie immer gegen Hautrötung mit dem unvermeidlichen Eau de lys, begann sich behutsam zu schminken und spürte, wie sie allmählich wieder in ihre Erscheinung eintrat.

Schließlich kleidete sie sich in ihr elegantestes Sommernégligé, façonnirte Mousseline durchsichtig weiß auf weiß mit bordierten Volants, setzte sich auf den Balkon, um die Haare kurz in der Sonne trocknen zu lassen, ließ sich mit der Brennschere ein paar Locken machen, die wie Trauben von Hyazinthen in den Nacken fallen mussten und steckte sich ihre brillantgefassten Perlenohrringe an, die ihr augenblicks das Gefühl gaben, wieder die zu sein, die sie immer war. Zur letzten Bestätigung stellte sie sich vor den großen Ankleidespiegel, drehte und wendete sich, als müsste sie sich ihrer Herkunft vergewissern und vor Augen führen, dass so eine Landstreicherin nicht aussehen konnte. Gleich in welche Schmähwinkel sie nach diesem Gefängnisabsturz jetzt öffentlich gestellt wurde – sie war noch immer ganz oben und eine Frau von Rang, denn Herkunft blieb Herkunft und mit billigem Briefadel konnte ihr keiner kommen. Schließlich stammte sie aus einem alten hessischen Dynastengeschlecht und ihr Vater war auch nicht irgendein kleiner piefiger Provinzfürst, sondern Reichsfürst, und wäre sie unbegütert gewesen, wäre ihr die Ehe mit dem werten Cousin garantiert erspart geblieben. Doch es stand nirgendwo geschrieben, dass die Vermehrung des Besitzes mit dem Preis eines lebenslangen Unglücks bezahlt werden musste.

In dieser Gewissheit betrat sie mit der ihr eigenen Grandezza den Salon und ausgehungert wie sie war, ließ sie das Empfangsmahl servieren, so als würde sie jetzt mit Lassalle speisen. Selbstverständlich Kalbsbraten mit Seele und anschließend seine Lieblingsdesserts Pudding royale und Champagnergelee. Lena, die Schwester Bürgers', die sie inzwischen offiziell als ihr Hausmädchen eingestellt hatte, die aber längst ihre Vertraute war, saß mit am Tisch und sagte aufgeregt, dass es die *Neue Rheinische Zeitung* nicht mehr gab – die Redaktion über Nacht aufgelöst, die Redakteure in alle Winde zerstreut und der Rest auf der Flucht. Herr Engels hatte sich als Kämpfer in der Badischen Volksarmee verdungen, Herr Marx war nach Paris emigriert, Herr Weerth in Lüttich als Kaufmann untergetaucht und ihr Bruder war zur Fahndung ausgeschrieben. Ende der Kehrbesenära. Sic transit gloria mundi.

Sophie wollte wissen, wo Frau Jenny mit den Kindern geblieben war, doch da reichte Rudolph auf einem Silbertablett einen Brief von Paul herein, den soeben der Postmann gebracht hatte. Auf der Stelle öffnete Sophie den Brief gegen alle guten Sitten mit dem Besteckmesser, denn es war das erste Lebenszeichen von Paul aus dem Gefängnis, das sie sehnsüchtig erwartete. Sie überflog die Zeilen, streifte begierig die Worte, um sie alle mit einem einzigen Atemzug zu erfassen, doch auf einmal griff sie unwillkürlich nach der Armlehne, um sich festzuhalten, das Blut rauschte ihr aus dem Kopf und sie glaubte, der Schlag würde sie treffen: Paul war zu seinem Vater zurückgekehrt.

Sie brauchte eine Weile, um zu begreifen, was da geschrieben stand, ließ sich rasch das Fläschchen mit dem Ätherweingeist reichen, nahm die doppelte Dosis an Tropfen und zog sich ins Kaminzimmer zurück. Sie las den Brief wieder und wieder, bis sie ihn auswendig kannte: Ich will endlich mein Abitur machen und gehe zum Vater, weil er das Geld hat, mir ein Studium zu finanzieren und ich muss studieren, muss einen anständigen Beruf erlernen, um später einmal für Dich sorgen zu können und Dir nicht auf der Tasche zu liegen. Alles, was Du für mich getan hast, all das Gute, will ich Dir zurückgeben, aber Du musst auch meine Situation verstehen: Das Gefängnis mag für Herrn Lassalle eine normale Wohnstube sein, wo er lesen und schreiben kann wie anderswo auch, für mich ist es Abgrund, Endstation und nicht der Ort, auf den sich eine Zukunft bauen lässt. Aber genau die liegt vor mir. Wäre ich nicht zum Vater, sondern ins Gefängnis gegangen, dann wäre ich in Lassalles Abhängigkeit geblieben, denn er weiß genau was er will, hat dafür die Worte, das Feuer, die Glut und schlimmer noch – er kann dafür so begeistern, dass man vergisst, eigene Gedanken zu fassen. Das ist leider das Tückische an so hochgescheiten Menschen – ihr Geist hält einen wie von selber in der Spur, aber ich will nicht ständig vom geborgten Verstand leben, ich will meinen eigenen Verstand gebrauchen und meinen eigenen Weg einschlagen. Wie alle aus Deiner Familie, Onkel Max, Großvater und Urgroßvater will ich in die diplomatische Laufbahn, wo ich eines Tages sicherlich konkret mehr bewirken kann, als für ein fernes Ideal von einer Arreststube in die andere zu wandern. Mit dem Vater werde ich schon klarkommen. Fest steht, ich bin immer für Dich da. Schreibe mir recht bald. Dein Dich liebender Sohn Paul von Hatzfeldt.

Was war darauf zu antworten. Sie wusste es nicht. Sie wusste nur, seine verzweifelte Lage hatte Edmund hinterhältig ausgenutzt, um sie mitten ins Herz zu treffen und endgültig zugrunde zu richten. Nun konnte er sich vor aller Welt rühmen, dass sein erwachsener Sohn sich von seiner verkommenen Mutter abgewandt hatte, weil sie ihm keine Zukunft sichern konnte, sich in kein geordnetes Familienleben einfügen wollte, sondern es vorzog, mit einem Staatsfeind und Aufrührer zusammenzuleben. Sie zu zerstören, darauf kam es ihm an. Der Sohn war ihm doch egal. Und natürlich hatte die Familie Mitleid mit seinem Papa, der unheilbar krank war und an Morbus sonticus litt. Aber um sie kaputtzumachen, dafür war er offenbar gesund genug. Dazu reichte es allemal.

Wie zum Selbstschutz formten sich wieder die Gegenkräfte in ihr, der Wille, um keinen Preis der Welt an diesem Ehemann zugrunde zu gehen und am Ende gar sein Opfer zu werden. Dazu war sie sich zu schade und das hätte sie sich nie verziehen. Doch an den Scheidungsprozess wagte sie nicht zu denken, denn nun stand Edmund vor den Richtern als fürsorglicher Vater da und das Schuldurteil gegen sie war wohl nur noch eine Frage von Wochen. Nein, sie wusste nicht, was sie Paul schreiben sollte, sie fand die Worte nicht.

Lassalle bedrängte sie mit Briefen, bat flehentlich darum, ihn zu besuchen, wenigstens für ein paar Minuten, Briefe am Morgen, Briefe am Mittag, Briefe am Abend, aber sie konnte nicht. Sie konnte kein Gefängnis mehr sehen, kein Gefängnis mehr betreten, schon das Wort konnte sie nicht mehr hören. Sie besorgte ihm lediglich das gewünschte Attest, hinterlegte die Kaution für seinen Haftaufschub, übergab alles Anwalt Bloem und floh nach Bad Ems. Die Thermalquellen hatten ihr immer gutgetan und das brauchte sie jetzt, denn sie fühlte sich abgezehrt und ausgelaugt, brauchte Abstand zu allem, musste raus aus dem Schlackenschwarz und an ihre Gesundheit denken. Sie wohnte auch diesmal in einem noblen, hochherrschaftlichen Kurhaus, doch schon nach wenigen Tagen war ihr klar, dass es hier keine Erholung geben konnte. Betrat sie die Kurhalle, gingen die Köpfe zusammen und es wurde getuschelt. Spazierte sie mit ihrem Trinkbecher auf dem Brunnenweg, ging man blicklos an ihr vorüber und tat, als kenne man sie nicht. Selbst die alten Bekannten, die sie hier traf, wechselten rasch auf die andere Seite, um nicht mit ihr reden zu müssen. Nahm sie zum Mittagessen im Restaurant Platz, standen die Gäste am Nebentisch auf und setzten sich von ihr weg. Keiner wollte mit ihr etwas zu tun haben. Auch der Badearzt ließ sich nicht blicken und hatte leider nur einen langfristigen Termin für sie. Am schlimmsten war es abends beim Kurkonzert. Obwohl es keinen freien Platz mehr gab und die Leute sich im Gang drängten, blieben die Stühle rechts und links neben ihr leer und sie saß ganz allein in der Reihe. Sie kam sich wie eine Aussätzige vor und überlegte, ob sie sich frühmorgens überhaupt noch zum Brunnen begeben oder gar die Badehalle besuchen sollte, ging zum Postamt, um zu sehen, ob ein Brief für sie gekommen war, und plötzlich stand Lassalle vor ihr.

Überraschend schnell war ihm der Haftaufschub gewährt worden und er hatte seine letzten Taler zusammengekratzt, sich einen Separat-Eilwagen gemietet, um keinen Augenblick länger ihre Nähe entbehren zu müssen. Er musste sie sehen, hören, spüren und ihr in der Katastrophe mit Paul beistehen. Sosehr seine Seele auch fieberte, er wagte inmitten all der Neugiernasen keine stürmische Umarmung, sondern blieb bloß ganz nah vor ihr stehen, umkreiste sie mit seinem Feuerblick, sagte nichts, aber alles an ihm sprach. Sophie vergaß die Betriebsamkeit in der Schalterhalle, er war da, war bei ihr und gleich sah die Welt ganz anders aus. Das Schlackenschwarz verschwand und es kam Farbe in ihr Gemüt. Doch dann besann sie sich, wo sie war, reichte ihm betont hoheitsvoll die Hand zum Kuss, aber überfiel ihn sofort damit, dass sie hier offenbar als unerwünschte Person galt, die von allen auf Schritt und Tritt gemieden wurde.

Lassalle hatte so etwas schon geahnt, vermied aber tunlichst, seinem Spott über dieses eingebildete Kurpack freien Lauf zu lassen, sah sich bloß stumm um, dachte, dass sie es nicht nötig hatte, sich der Verachtung dieser Gesellschaftsschranzen auszusetzen und ihnen keinen Augenblick länger die Gelegenheit geben durfte, mit ihren dicken Pfoten auf sie zu zeigen. Sofort ließ er im Kurhotel ihre Sachen einpacken, die Koffer in den Wagen laden, überlegte nicht lange und fuhr mit ihr in die Schweiz, wo man sie nicht kannte und noch eine echte Erholung möglich war.

Ja, sie freute sich, dass er gekommen war, aber es fehlte die gewohnte Dreisamkeit und ihre Missstimmung wollte nicht weichen. Egal, ob er sie jetzt als Matrone, Großmutter oder als seinen greisen Engel empfand – schon unterwegs brach es aus ihr heraus: So konnte es mit ihm nicht weitergehen. Von einer Verhaftung zur anderen – das war kein Leben. Sich so wenig unter Kontrolle zu haben und mit seiner impulsiven Art sich selbst zu schaden – damit musste jetzt Schluss sein. Endgültig Schluss.

Er versuchte ihre Aufregung zu mildern und gab zu, er hatte einen Fehler, einen schweren Fehler gemacht. Die jetzige Haft hätte nicht sein müssen und er begriff selber nicht, wie ihm das passieren konnte. Doch sie musste verstehen, dass seine Nerven blank lagen, 6 Monate für nichts und wieder nichts arretiert zu werden, sich aus eigener Kraft aus dem Loch rausboxen und sich dann von einem Oberaffen sagen zu lassen, dass man trotz Freispruch schuldig war – da musste er ausrasten. Da konnte er nicht anders. Schließlich hatte auch er seine Ehre.

Sophie wollte nicht wissen, was er dem Staatsprokurator alles an den Kopf gedonnert hatte, aber sie sagte ihm, er musste seine Sprache im Umgang mit anderen gründlich ändern. Wenn sie das schon wieder hörte – Oberaffe! Nur weil er mehr Verstand als andere besaß, war das noch lange kein Grund, in jedem gleich einen Blödian und Flachkopf zu sehen. Vielleicht hatte er sich das von Herrn Marx abgeschaut. Wenn er sich schon zu seinem Glaubensstall zählte, musste er sich ja nicht auch noch diese Art von Überheblichkeit zum Vorbild nehmen. Sie wusste, wovon sie sprach, denn als sie vor Monaten im Redaktionsbüro der *Neuen Rheinischen Zeitung* auf die Druckfahnen seines Artikels warten musste, hatte sie bei geöffneter Tür eine Unterhaltung zwischen Herrn Marx und Herrn Engels mit angehört und es standen ihr die Haare zu Berge, wie die beiden über andere herzogen. »Die ließen kein gutes Wort an den Leuten. Alles bepisste Pudel, getarnte Analphabeten, nichts als Hausmachersülze im Kopf, keinem war zu trauen, überall Strohmänner und Strohfrauen, die engsten Mitarbeiter Parteiesel und Stänker, der Rest lamentierende Schlappschwänze, Halbkrepierte und Staatskrüppel, alles Seichbeutel, denen eins aufs Maul gehörte, die Beamten reine Bescheißer, Grünkrämer und devote Pinsel – mir hat's gereicht. Es hörte sich so an, als wären die beiden allein im Besitz der seligmachenden Wahrheit, was allerdings nicht wundert, wenn man so einer kleinen Kirche angehört.« Sie ärgerte sich und wollte kein Wort der Beschwichtigung von Lassalle hören. »Diese Art Selbstüberhebung mag sich Herr Marx leisten, doch der ist weit weg, sitzt irgendwo im Ausland, betreibt eine Revolutionsagentur, arbeitet an einer Wirtschaftstheorie oder sonst einer Universalgeschichte und zieht vom Schreibtisch aus im Hintergrund die Fäden. Sie aber sind vor Ort, kommen ständig mit den unterschiedlichsten Menschen zusammen, von Ihnen werden die Reden erwartet, die den Arbeiterstand einigt, da brauchen Sie Verbündete und sollten jeden, der Ihren Weg kreuzt, ernst nehmen und nicht in einem Wahn von Selbstüberschätzung vor den Kopf stoßen. Das darf nicht Ihre Sprache werden, das darf gar nicht erst in Ihr Denken! In den Ämtern sitzen nun mal keine Blüten des Weltgeistes. Sie müssen mit denen zurechtkommen, die da sind. Sie brauchen auch die stillen Sympathisanten. Die können Ihrer Sache nicht weniger dienen. Aber wenn Sie so weitermachen, schaffen Sie sich mit Ihrer Art nur Gegner.«

Sie war wütend auf Lassalle, dass er sich nicht im Zaume gehalten hatte und wieder ins Gefängnis musste und darum fügte sie gleich noch hinzu, dass sie ihn an diesem Ort nicht noch einmal besuchen werde. »Nie wieder betrete ich ein Gefängnis, ob es nun Arrest, Korrekturhaus oder sonst wie heißt. Ich habe genug von den preußischen Cachotten. In den nächsten sieben Monaten werden wir uns nicht sehen und das haben Sie einzig sich selber zuzuschreiben.«

Lassalle hatte sie noch nie so aufgebracht erlebt, spürte aber deutlich, wie sehr das Dilemma mit Paul in ihr gärte und er nun ihre ganze Verzweiflung aufgeladen bekam. Doch darauf war er vorbereitet und mit ihrer Demarche hatte sie ja nicht unrecht: Er musste sich zusammenreißen. Anderseits wollte er aber auch bewusst nicht antworten, denn er fand es hinreißend, ihr zuzuhören. Es war als würde mit jedem Satz die doppelte Lebendigkeit aus ihr kommen, die ihm zeigte, wie sehr sie sich in den tiefsten Tiefen mit ihm beschäftigte. Er war in ihr anwesend, sein Dasein wurzelte in ihr und das war das Höchste für ihn. Ihr auch nur annähernd etwas zu bedeuten war auch jetzt in diesem dicken Pech das reine Glück. Niemand konnte ihm auch nur im Entferntesten das sein, was sie ihm war. Als sie ausstiegen, um im Postgasthof zu Mittag zu essen, reichte er ihr mit ritterlicher Höflichkeit die Hand und sagte mit einer Miene, als legte er ein Gelübde ab: »Es wird mein letzter Arrest sein, das verspreche ich Ihnen. Dass ich Sie die nächsten 7 Monate nicht sehen werde, ist für mich eine Strafe, die jedes Maß übersteigt und sich nicht wiederholen darf.«

Sein Blick, sein Ton – alles flutete sie an und plötzlich waren wieder die anderen Klänge in ihr, dieses Rauschen in Moll, das ihr etwas Geschmeidiges und Biegsames gab, so als würde sich alles in ihr zu ihm hinverwandeln, den Unmut nehmen und sie über ihre Misere hinaustragen können. Ja, seine Gegenwart tat gut, einfach nur gut. Schon nach wenigen Tagen kam sie sich wie ausgewechselt vor und lebte auf. Nichts tat mehr weh, nichts drückte, der Rücken ohne Schmerzen, in der Schulter keine Verspannung, die Schritte leichtfüßig und schnell, die Unternehmungslust wuchs und die Unterhaltung riss nicht ab. Sie sprachen über seine Vorträge, die er für die Arbeiterbildungsvereine geplant hatte. »Etwas von der klassischen deutschen Philosophie muss in die Köpfe der Produzenten«, sagte er, »Kant, Fichte, Schelling, Hegel – wenigstens das Grundprogramm.«

»Das ist schon gut, aber werden Sie bloß nicht zu theoretisch und lassen Sie um Himmels willen das ganze Abstrakte weg. Diese Schubfächer der Kategorien, Ansichsein, Fürsichsein, Ich, Nicht-Ich, Urteile a priori und all die Ornamentik. Da bekommen die Zuhörer ja sofort einen

Schreck und glauben am Ende noch, Philosophen werden in Gewächshäusern groß oder gehörten am besten gleich eingepökelt. Auch wenn die Herrn Olympier noch so hoch ins Transzendente steigen – im Grunde geht es doch immer um die eigene Aktivität. Darauf müssen Sie abzielen. Denken Sie nur an Kants Kategorischen Imperativ. Nach dieser Maxime zu leben – da kann man eigentlich nichts falsch machen. Oder nehmen Sie Ihren geliebten Meister. Als bibelfester Hegelianer sollten Sie unbedingt seine Auffassung von Arbeit erläutern – Arbeit als das sich bewährende Wesen des Menschen, was eben mehr ist als rackern, schuften und Geld verdienen, sondern fortgesetzte Selbsttätigkeit. So was find ich großartig: unaufgefordert, von sich aus tätig werden und sich damit seine eigene Wirklichkeit schaffen. Da hat man allemal eine starke Position. Wenn Sie den Zuhörern die Philosophie als Anleitung zum Handeln vermitteln, wird das eine sehr erfolgreiche Vortragsreihe. Und den Arbeitern jeden großen Gedanken dann auch noch als Ausdruck einer gegenwärtigen Stimmung präsentieren – das kann keiner besser als Sie. Sie haben Passion. Können überzeugen und mitreißen und sind ein begnadeter Redner. Das ist nicht irgendwas, das ist eine Göttergabe.«

Lassalle fühlte wieder, dieser Frau konnte man nur ergeben sein. »Noch ein Wort und ich knie vor Ihnen«, sagte er und sie entgegnete ausgelassen: »Tun Sie es doch, es wird mir nicht schaden«, und legte es darauf an, dieses knisternde Geplänkel zu steigern, weil sie spürte, dass es heilsamer als jede Thermalquelle war.

Doch kaum zu Hause angekommen, fand die Erholung ein jähes Ende. Das Urteil im Scheidungsprozess Hatzfeldt gegen Hatzfeldt wurde verkündet: Sie trug Schuld, sie hatte die Ehe zerstört. Das alleinige Sorgerecht für die Kinder bekam der Kläger, alle Vorteile einer Gütergemeinschaft hatte die Beklagte verloren, der Unterhalt für sie wurde eingestellt und als der unterliegende Teil musste sie die Gerichtskosten der Gegenpartei bezahlen.

In Panik lief sie hinauf in Lassalles Wohnung, legte ihm das Urteil auf sein Schreibpult und sagte nur: »Ich habe es kommen sehen. Das ist der Ruin.«

Ein Blick auf das Papier genügte und er begriff, dass er sofort handeln musste. Es war so lausig kalt in dem Raum, als wäre sie in einen Eiskeller geraten. Sie sagte nichts, weil sie meinte, dieses Frostgefühl würde aus ihr selber kommen, doch da sah sie, dass Lassalle im Wintermantel und mit Pelzstiefeln an seinem Schreibpult stand und bemerkte beiläufig: »Sie müssen mehr heizen, wir haben Februar und die Temperaturen sind tief unter dem Gefrierpunkt.«

»Ich weiß, aber ich warte seit Tagen auf den Holzwagen«, sagte er. »Die verdammte Fuhre kommt einfach nicht.« Sie ahnte, dass er vergessen hatte, rechtzeitig die Holzlieferung zu bestellen und Augenblicke später stand sein Schreibpult in Pauls Zimmer. So konnten sie das Trostlose wenigstens im Warmen beraten. Sein Plan stand fest: Sofort eine zweite Gegenklage, gleichzeitig noch ein Hilfsantrag an das Königliche Landgericht, das Urteil so lange auszusetzen, bis ihre Klage beim Zuchtpolizeigericht wegen »Haltens von Concubinen in der ehelichen Wohnung« entschieden worden war und natürlich gleich in Berufung gehen. Auch einen Brief an Alexander von Humboldt hatte er in Gedanken bereits konzipiert, um Seine Exzellenz huldvoll zu bitten, sich beim König dafür einzusetzen, dass dieses schandbare Scheidungsurteil keine Rechtskraft bekam. Alle Register galt es zu ziehen, er schrieb die ganze Nacht, legte sich zwischendrin für einen Kurzschlaf mit seinen Stiefeln auf das Sofa, und als Sophie am nächsten Morgen am Frühstückstisch saß, hörte sie, dass er bereits zu Anwalt Bloem unterwegs war und neben ihrer Tasse lag die zweite Gegenklage zur Unterschrift. Lassalle arbeitete wie im Rausch, denn dass die Gräfin die Ehe zerstört haben sollte, war für ihn eine so eklatante Verdrehung der Tatsachen, die er unter keinen Umständen hinnehmen konnte.

Doch alles blieb ohne Erfolg. Die Gegenklage wurde abgewiesen, der Hilfsantrag nicht angenommen, Maitre Humboldt antwortete, dass er sich jederzeit in allgemeine, aber niemals in private Dinge einmischen werde und ihre Berufung beim Rheinischen Appellationshof in Köln wurde verworfen. Jetzt blieb nur noch das letzte Mittel, die höchste Instanz: Rekurs beim Rheinischen Revisions- und Kassationshof in Berlin. Lassalle formulierte auch diesen Schriftsatz noch, doch dann war sein Haftaufschub beendet und er musste für 7 Monate in den Arrest.

Sophie machte sich keine Illusionen. Auch die höchste Instanz würde ihr nur bestätigen, dass sie den Prozess verloren hatte. Kinder weg, Unterhalt weg, Vermögen weg, alles weg. Die Vorstellung, im Armenhaus zu landen oder irgendwo in einem Rattenloch, wie Edmund es gewollt hatte, raubte ihr den Schlaf. Sie versuchte, wenigstens für ein paar Stunden nachts nicht wachliegen zu müssen, nahm ein Glas Wasser mit einem Teelöffel Weinstein und Magnesia, doch es half nicht. Sie machte sich für die Füße Umschläge mit einem Brei aus Mohnköpfen und warmer Milch, hing sich einen Strauß Schafgarbe über ihr Bett, ließ sich ihr Kopfkissen mit Hopfen füllen, trank eine halbe Kanne Baldriantee, aß vor dem Zubettgehen noch ein Stück Fleisch – alles von den Ärzten empfohlen und alles ohne Wirkung. Die Gedanken räderten sie. Der Absturz war da. Vielleicht hätte sie doch auf ihre Schwester hören sollen. Clara hatte ihr ja vorausgesagt, dass sie alles verlieren würde.

Mit den Kindern war es so eine Sache. Wären sie klein und hilflos gewesen, hätte jetzt alles noch ganz anders ausgesehen. Aber inzwischen waren sie erwachsen und wussten, was sie taten. Wenn sie sich bei ihrem edelmütigen Vater wohler fühlten, dann wollte sie ihnen nicht im Wege stehen. Mit seinem Geld hatte er sie alle auf seine Seite gebracht. Sie sah es nüchtern. Von ihren Kindern war nichts zu erwarten. Es waren andere geworden, eben Edmunds Kinder. Sie brauchte bloß an Alfred zu denken: steinreich, aber für seine Mutter keinen lumpigen Groschen und sie im Arrest schmoren lassen, damit sie endlich zur Selbstbesinnung kam. Diesen Sohn gab es für sie nicht mehr. Enfant perdu. Alfi passé.

Und wie sie jetzt gehört hatte, stand Melanie in Wien kurz vor ihrer Hochzeit mit dem Grafen Nesselrode-Ehreshoven. In einem langen Brief hatte sie ihrer Tochter noch einmal die Gründe ihrer Handlungsweise dargelegt, aber es kam keine Antwort. Zwar war ihr gesteckt worden, dass der Bräutigam ihr jeden Kontakt zur Mutter untersagt hatte, weil ihm ein hoher Posten am Hofe in Aussicht stand und ihm eine Schwiegermutter, die mit einem Arbeiteragitator und berüchtigten Socialisten liiert war, die Karriere kostete. Aber wenn Melanie gewollt hätte, wäre es ihr ein Leichtes gewesen zu antworten, doch es kam nichts, gar nichts und Sophie spürte, im Schweigen der Tochter lag nicht nur eine Antwort, sondern eine Art von Verachtung. Auch für Melanie war sie genauso wie für Alfred Luft. Stickluft. Sie schämten sich offenbar für ihre Mutter und in den Augen der lieben Sprösslinge gar noch eine Blamage zu sein, das wollte sie sich dann doch ersparen. Sie bettelte nicht darum, von ihnen verstanden zu werden. Und sich allweil reumütig zu rechtfertigen, weshalb sie so und nicht anders handelte, das tat sie sich nicht an. Ohnehin hätten sie es weder begriffen noch geglaubt, und wollten es auch nicht, denn sie waren Partei und hielten zu ihrem Vater. Natürlich wusste sie bereits, dass sie zu Melanies Hochzeit nicht gebeten war und auch Alfreds künftige Braut nicht zu sehen bekam. Sosehr sie sich auch um kühle Distanziertheit bemühte, es lag ihr trotzdem auf der Seele und bedrückte sie. Aber wenn die beiden es für richtig hielten, sie zu meiden und ihr aus dem Weg zu gehen, dann sollten sie es in Gottes Namen tun. Schließlich hatte sie die Kinder nicht geboren, um vor ihnen zu Kreuze zu kriechen. Wenn sie nicht wollten, dann wollten sie nicht und man musste sie lassen. Nur mit Paul war es anders. Paul war Paul. Obwohl er dem Vater Abbitte geleistet hatte und zu ihm zurückgekehrt war – Paul blieb ihr Paul. Zwar konnte sie seine Entscheidung noch immer nicht verwinden, aber sah jetzt doch, dass sie nicht in der Lage gewesen wäre, ihm ein

Studium zu finanzieren. Und dass er einen Beruf haben wollte, sprach für ihn und konnte nur unterstützt werden. Sie war sich sicher, sie und Paul verloren sich nicht aus den Augen. Gerade hatte er ihr geschrieben, wie froh er war, dass der Wucherprozess sein Ende nahm und er jetzt auf den Vater einreden wollte, mit ihr zu einem annehmbaren Vergleich zu kommen. Das war natürlich wie immer rührend gutgläubig, aber es sprach aus allem die Sorge für sie, was hoffen ließ.

An Lassalle wollte sie gar nicht denken. Alles hatte er für sie aufgegeben, in seinem jugendlichen Enthusiasmus seine Universitätskarriere hingeschmissen, um für ihre Freiheit und ihr Recht zu kämpfen und nun erleben zu müssen: alles umsonst, alles vergebliche Mühe. Sein weiblicher Faust endete als Gretchen im Kerker und wartete auf das Urteil. Der Rest bloß Schutt und Asche. Sein Kampf für sie war verloren.

Sie ging in sein Arbeitszimmer, suchte in dem wüsten Durcheinander die Bücher, von denen sie wusste, dass er sie alle für seine Heraklit-Studie lesen wollte, packte sie in einen Handkoffer, legte obenauf einen Brief, ja geradezu ein Mahnschreiben, dass er die Monate im Arrest nutzen sollte, um den abgerissenen Faden zur Wissenschaft wieder aufzunehmen und endlich mit dem Dunklen von Ephesos zu beginnen.

Tage später nahm Anwalt Bloem die wertvolle Fracht entgegen, reichte ihr wie immer, wenn er zum verabredeten Besuchstermin erschien, von Lassalle das leere Zigarrenkistchen, damit sie es auffüllte. Um Zeit zu sparen, hatte sie diesmal bereits ein volles Kistchen parat, das identisch aussah und in das gleichfalls ein doppelter Boden und doppelter Deckel eingearbeitet war. Schließlich hatten es Anwälte immer eilig und jede Minute Wartezeit wurde in Rechnung gestellt. Aber sie musste in allem radikal sparen und konnte sich nicht das Geringste mehr leisten.

Lassalles Briefe allerdings entschädigten für vieles. Sie las sie nicht sofort, nicht beiläufig, nicht zwischen irgendwelchen profanen Tätigkeiten, sie las sie abends im Bett. Die feinen Seidenpapierblätter legte sie in ihr Pergamentfutteral, die neusten immer obenauf und jeden Abend las sie einen anderen Brief. Aber immer nur einen. Auf diesen Moment freute sie sich den ganzen Tag, denn es war, als wäre er leibhaftig bei ihr, als würde sie mit ihm reden, rauchen und am Kamin sitzen. Sie las langsam und bedächtig, ließ sich von seinen Worten berühren, um jeder Spur von Empfindung zu folgen und ihm ganz nahe zu sein. Gleich ob er über Heraklits Fragment vom Schlafen und Wachen, über Platons Staat oder den griechischen Schönheitsbegriff schrieb – immer wieder kam er auf sie, auf sein Zentrum, seine Mitte, sein eigenes, noch einmal verkörpertes Ich. Selbst wenn man ihn in die Bleidächer von Venedig sperren würde – keine Stunde seines Lebens fühlte er sich getrennt von ihr. »Würden Sie mir Ihre Neigung entziehen, wäre ich verloren, denn niemand kann ermessen, was Sie mir sind.« Das tropfte schon gewaltig ins Herz. Wer hatte ihr so etwas je gestanden! Sie las es wieder und wieder, denn es gab ihr das Gefühl, von nichts mehr erdrückt, sondern von allem getragen zu sein, was ihr in dieser trostlosen Lage den Himmel ersetzte. Und dazwischen so locker hingestreut die hochgestochensten Passagen wie in einem

Parforceritt der Gedanken. Solche Briefe hatte sie noch von keinem gelesen und solche hätte auch keiner schreiben können. Nur er. Niemand sonst. Das Geniale quoll und sprudelte aus jedem Satz, brillant, geschliffen, wendig, schmiegsam – ein sinnliches Vergnügen. Es riss sie in eine Leidenschaft und jedes Mal war der Raum dann so voller Lust, dass sie meinte, sie würde neben ihm liegen, ihn in den Armen halten, nichts mehr sagen, nichts mehr fragen, nur noch tun. Auf in die Tiefen. Mit ihm in die Nachtmusik. Da waren alle Schlafmittel vergessen.

Auch wenn sich jeder Brief so las, als würde er die Dinge noch wenden können und ihr hochheilig versicherte, dass er in nichts so skrupellos war wie in der Erfüllung seines Wortes und im Kampf für ihr Recht bis zum Äußersten ging, sah sie darin lediglich so einen heißblütigen Fackelton, wie er nun mal zu seinem Naturell gehörte. Aber für sie war der Gerichtsprozess bereits entschieden. Zwar befreit von ihrem Ehe-Teufel, doch als Preis der Verlust ihres Vermögens. Da konnte ihr Verbündeter, ihr Alliierter und Generalbevollmächtigter seinen Willen zum Sieg noch so sehr aufrüsten und jedes Wort über das Endurteil in einen öffentlichen Protest verwandeln – ihr stand klar vor Augen: Der Kampf war verloren.

Was jetzt an finanziellen Forderungen und Verlusten auf sie zukam, machte ihr Angst. Denn sie wusste, jetzt als Verliererin knebelte Edmund sie mit dem Hungertuch. Alles, reinweg alles, nur eins konnte sie sich nicht vorstellen – am Ende womöglich noch von Lassalle leben zu müssen. Es reichte ja schon, dass sie 20 Jahre älter war, aber dann noch von ihm unterstützt zu werden, das hätte die Hinfälligkeit perfekt gemacht und sie in einen leibhaftigen Trümmerhaufen verwandelt. Alt und hilfsbedürftig – da war ja jeder Reiz dahin. Und das gerade bei ihm, der das Elegante so liebte, ein offenes, gastfreies Haus schätzte und überhaupt so einen stillen Hang zum großen Lebensstil hatte. Nichts von allem konnte sie ihm dann mehr bieten und vielleicht auch nichts mehr sein. Kein Zentrum, keine Mitte, keine Erdung. Bevor das passierte, ging sie ins Kloster.

Kaum war Lassalle wieder auf freiem Fuß, brachte der Gerichtsvollzieher die letzte Gewissheit: Der Rekurs an die höchste Instanz in Berlin wurde als ungegründet verworfen. Das Schuldurteil gegen Sophie Gräfin von Hatzfeldt war rechtskräftig. Lassalle hatte Mühe, die Fassung zu behalten. Es war ein Hieb, der schwer auf ihn einschlug. Doch dann begriff er, das Urteil sollte nicht nur sie, sondern vor allem ihn treffen. Dem Arbeiterführer im Rheinland sollte die Lektion erteilt werden, dass ein Feudalherr unangreifbar war. Hätte die Revolution gesiegt, wäre der Prozess ganz anders ausgegangen. Schließlich hatte er zu Beginn alle Prozesse für die Gräfin gewonnen und die Sympathien lagen auf ihrer Seite. Aber seit die Königstreuen wieder fest im Sattel saßen, hatte er alle Richter zu seinen Feinden und einen Prozess nach dem andern verloren. Nur eine neue Revolution hätte die Kräfteverhältnisse wieder ändern können. Aber darauf zu warten war müßig. Die Krönung von 5 Prozessjahren war nun mal dieses meineidige Schlussurteil und dem musste er sich fügen. Doch er empfand es als eine persönliche Niederlage, denn wie stand er vor der Gräfin jetzt da!? Am Ende sah sie in ihm gar den

Mann, der mehr versprochen hatte, als er halten konnte. Ein Wortmacher, dem die Puste ausgegangen war. Er ahnte schon, wie jetzt in der Presse über das Urteil geschrieben wurde: Die Hatzfeldtsche Hetzjagd zugunsten des Grafen beendet. Auch wenn das Urteil noch so rechtskräftig war, mit Gerechtigkeit hatte es für ihn nichts zu tun. Dass der Tyrann von Kalkum nun den Sieg davontrug und jetzt die Bedingungen diktierte, die die Gräfin bis zur Entwürdigung erniedrigten – das kam nicht in Frage. Nicht nach all dem, was dieser Giftsack ihr angetan hatte. Als ob das nicht schon mehr als genug war! Allein schon der Gedanke daran mobilisierte in ihm sämtliche Energien, denn jetzt sollten alle mal sehen, was Kampf wirklich bedeutete: nicht müde zu werden, nicht nachzulassen und sein Prinzip bis zur letzten Konsequenz verteidigen. Alles in ihm bäumte sich auf und die Leidenschaft des Willens nahm plötzlich eine solche Form an, dass er sie wie eine Waffe empfand. Damit zog er jetzt gegen das Schandurteil ins Feld, waren doch der Gräfin bereits die vermögensrechtlichen Prozesse angekündigt. Lassalle ahnte, dass es jetzt ein Hauen und Stechen geben würde, denn nun ging es ans Eingemachte. Jetzt wurde jedes Goldtellerchen und jedes Wagenrad gezählt und festgelegt, wem was gehörte und wer was zu beanspruchen hatte. Womöglich wurden am Ende noch die Stuten halbiert. Ausgeschlossen war nichts mehr.

Die Schar der gekauften Anwälte stand schon in den Startlöchern und die ersten Streitigkeiten gab es bereits über die Frage, wer welche Schätzer benennen durfte, denn der Reichsgraf wollte Schätzer, die sein Vermögen hoch und ihr Vermögen niedrig schätzten. Natürlich wusste

Lassalle, worauf es dieser Grundstinker abgesehen hatte: die Alimentation sofort einstellen und dafür die Prozesse möglichst über Jahre hinziehen, damit es für die Gräfin umso bitterer wurde und sie zu guter Letzt noch dankbar war, dass er ihr von dem gemeinsamen Vermögen noch einen lumpigen Überlebensrest vor die Füße warf. Aber Lassalle war nicht der Narr seiner eigenen Hoffnung. Er wusste, was er tat und führte aus, was er angefangen hatte. Wer die Existenz der Gräfin vernichten wollte, für den wurde er zum Löwen. Da klang in ihm nicht mehr die Marseillaise, sondern das Réveil du lion. Denn ihre Vernichtung empfand er wie seine Vernichtung, ihre Demütigung war seine Demütigung und beides ließ er nicht zu.

So traurig es auch war, die Arbeit am Heraklit, die er im Arrest so schwungvoll begonnen hatte, wieder abbrechen zu müssen – der Kampfgeist brodelte in ihm und er war entschlossen, sich der Prozesslawine, die nun auf sie zurollte, entgegenzustellen. Sollten die gräflichen Anwälte, diese Madenhacker, ihn ruhig unterschätzen, es machte ihn nur desto stärker und befeuerte die Kräfte seines Willens. Ungerechtigkeit vertrug er nun mal nicht. Dagegen hatte er einen angeborenen Hass und den sollten sie spüren.

Deutlich war ihm gesagt worden, wenn er in die Vergleichsverhandlungen für die Gräfin eintreten wollte, musste er zuallererst einmal den Urkundenbeweis für die Höhe des gemeinsamen Vermögens erbringen, um überhaupt eine Forderung stellen zu können. Und dafür gab es eine Frist. Dass dies viel Zeit verschlingen würde, war ihm klar, aber nach der 5-jährigen Prozesstortur kam es ihm auf ein weiteres Jahr nun auch nicht mehr an. Sofort suchte er die Notare auf, dazu die Sachverständigen, die das Mobiliarvermögen schätzten, Möbel, Pferde, Wagen, Hunde, Holz, und begann gleichzeitig mit der Inventarisation der gräflichen Archive und Literalien, nahm Einsicht in die gräflichen Bücher, Renteirechnungen, Verwaltungspapiere, Hypothekenauszüge und Fortschreibungslisten, um pünktlich die Revenue-Evaluation einzureichen. Versäumte er die festgesetzte Frist, wurde die Gräfin mit gebundenen Händen dem Prozess-Geier überliefert. Das war abzusehen. Dazu brauchte es für ihn keiner prophetischen Kraft.

Monat um Monat wühlte er im Aktenstaub und wurmte sich durch die Papiere. Die Gräfin musste bei einem Wucherer Geld leihen, um all die teuren Expertisen, Notargebühren und Ausgaben für die Vermögenserforschung bezahlen zu können. Doch dann waren die Belege erbracht: das gemeinsame Vermögen belief sich auf eine Million und davon stand die Hälfte der Gräfin zu. Allein dieses astronomische Sümmchen zu Papier zu bringen und zuordnen zu können, ließ einen Schauer über seinen Rücken laufen, denn so gewaltige Beträge lagen jenseits seiner Zahlenwelt. Aber das jetzt schwarz auf weiß dokumentiert zu haben, glich fast schon einer Kameral-Dissertation und war ein großer Erfolg. An dem Gerüst konnten sich nun gerne die geschicktesten Paragraphenreiter versuchen. Die Zahlen standen fest und sprachen für sich. Doch dann begann bereits der nächste Prozess: wer überhaupt das Beweisführungsrecht an den gemeinsamen Urkunden und Papieren hatte. Ein Hin und Her mit Gutachten, Gegengutachten, Drittgutachten und wieder war für ihn ein kostbares Venusjahr um. Aber wenigstens konnte die Klage der Gräfin auf Herausgabe ihres Anteils an der ehelichen Gütergemeinschaft, ihres Paraphernalvermögens, ihrer Mitgift und Aussteuer eingereicht werden und die Siegelanlegung, Inventarisation, Massebildung und Sequestration bei den Gerichten beantragt werden.

Allerdings kam zur Antwort, die verschiedenen Inventuren hätten so umfangreiche Materialien zum Gegenstand, dass deren Beendigung zurzeit nicht abzusehen sei. Außerdem hätte die Frau Gräfin eine große Menge von Vermögensbeständen zur Gütergemeinschaft herangezogen, welche der Herr Graf als Sondergut in Anspruch nehme, weshalb die Fragen über die Entschädigungsansprüche an die Masse streitig seien, so dass mit den langwierigsten Prozessen gerechnet werden musste, bis eine Liquidation unter den Parteien möglich sei.

Lassalle brauchte nicht weiterzulesen, denn Satz für Satz folgte eine neue Fuchserei. Er begriff, dass die Pandektengäule den flauesten Paragraphenkohl ausgruben, um sich noch jahrelang von ihm zu nähren, ja dass dies bewusst kein Ende nehmen sollte, bis endlich die Gräfin aufgab, krank und geschunden alles hinwarf und nur noch am Leben blieb, wenn sie von alldem nichts mehr hören und nichts mehr sehen musste. Der Augenschein trog nicht. Er sah es ihr an, sie war am Ende. Sie sagte ihm offen: Das Gezerre hielt sie nicht durch. Der eiskalte Wille, sich von diesem Ehe-Ekel nicht zur Friedhofsreife führen zu lassen, war erloschen. Keine Gegenkraft formierte sich mehr, sie wollte nur noch alles los sein, denn das, was jetzt passierte, führte sie geradewegs in den Nerventod.

Lassalle spürte, auf diesem Pfad kamen sie nicht weiter. Hätte Jesus einen Prozess gegen den Teufel geführt, er hätte ihn auch verloren. Es gab jetzt nur eins: Wie immer in einer brenzligen Situation sich an das bewährte Prinzip halten und erst einmal erkunden, was so in der Luft lag. Mit wem er auch sprach – das Urteil gegen die Gräfin fanden alle ungerecht. Hochgnädigster war der große Frauenwilderer, und um das zu vertuschen, wurden ihr die Männeraffären in die Schuhe geschoben. Dabei hatte man sie mehr in der Kirche und der Apotheke als auf Bällen und Vergnügungen gesehen. Eine Zeugin, die vor Jahren an ihrer falschen Aussage gut verdient hatte, brachte ihm sogar das Geld zurück, weil sie von so viel Gemeinheit des Grafen enttäuscht war, zumal der jetzt auch noch ganz willkürlich seinen treuen Geschäftsführer von Stockum gefeuert hatte.

Lassalle horchte auf. Das wollte er dann doch genauer wissen und stattete dem Herrn wie zufällig einen Besuch ab, denn er wusste natürlich, dass der verkrachte Möbelhändler für den Grafen seinerzeit eigens ein Zeugenbestechungsbüro eingerichtet hatte und ein windiger Bursche war. Er musste vorsichtig sein. Solche Typen waren zu allem fähig. Aber Stockum machte seiner ehrlichen Empörung gleich Luft. Ja, er hatte sich mit dem Grafen überworfen, weil er ihm schon das zweite Jahresgehalt schuldig blieb und partout nicht zahlen wollte, und deutete an, dass er Briefe besaß, die den Grafen schwer belasteten. Lassalle witterte Morgenluft.

Stockum holte einen Brief aus der Kassette, um zu zeigen, dass er nicht übertrieb. Was Lassalle da las, war saftig. Fälschungen in den Grundbüchern – ein dickes Ding.

»Und das ist nur *ein* Brief, den Sie da lesen«, sagte von Stockum, »von der Sorte habe ich ein gutes Dutzend, darunter auch noch gefälschte Löschungseinträge in Hypothekenbüchern. Für 10 000 Taler würde ich Ihnen den Packen überlassen.«

Lassalle wusste, dass Fälschungen dieser Art den Grafen auf der Stelle zu Fall brachten. Von wegen läppische Gefängnisstrafe oder Freilassung gegen stattliche Kaution! Darauf stand Zwangsarbeit und Konfiskation der Güter. »10 000 Taler«, sagte er, »eine Riesensumme.«

»Auf die Hand, versteht sich«, entgegnete Stockum und Lassalle traute dem Gauner nicht so recht, ließ sich einen zweiten und einen dritten Brief geben, aber dann war er entschlossen: »10 000, das kann ich nicht aus dem Ärmel schütteln«, und Stockum räumte ihm großzügig zwei Wochen ein.

Fieberhaft überlegte Lassalle, woher er das Geld nehmen sollte und wie er es beschaffen konnte. Beim Wucherer leihen wollte er nicht, denn da zahlte er später das Doppelte zurück, was er erst recht nicht besaß und das Gasgeschäft warf derzeit nichts ab. Blieb nur sein Vater. Er wusste, dass er gerade in Geschäftssachen in Berlin weilte, hätte sich am liebsten sofort in den Zug von Köln nach Berlin geschmissen, den ersten Schnellzug, von dem alle schwärmten, weil er nur 16 Stunden für die lange Strecke brauchte und in dem er endlich auch gern einmal gesessen hätte, aber er wollte am Ankunftsbahnhof nicht mit einem Ausweisungsdekret empfangen werden, denn er hatte noch immer Berlin-Verbot und konnte jetzt nichts riskieren.

Er sandte seinem geliebten Vater eine Depesche, einen Notruf, denn es ging für ihn um Leben und Tod. Er brauchte die Summe augenblicks auf seinem Bankhaus. Andernfalls war es mit ihm vorbei und er hatte keinen Sohn mehr. Der Gräfin sagte er nichts von allem, denn die Sache war kitzlig und wenn es schiefging, stand er als Blamierter da, der einem Gauner ins Garn gegangen war und galt womöglich dann auch für sie als der Abenteurer und Sprüchetrommler, wie man ihn öffentlich so gerne ins Bild setzte. Aber er brauchte die Briefe, denn die konnte er als letzte Trumpfkarte ausspielen.

Mehrmals täglich ging er zum Bankhaus, rauchte eine Zigarre nach der anderen, sprach wenig, aß wenig, arbeitete nichts, war ganz in Gedanken damit beschäftigt, wie er jetzt mit einem einzigen Handstreich die unselige Vergleichsprozedur beenden konnte und nach wenigen Tagen dankte er Gott dem Gerechten, einen solchen Vater zu haben, denn das Geld war in voller Höhe eingetroffen. Er brachte es dem Stockum, ließ sich die Summe mit genauen Angaben – wann, für wen, wofür – quittieren und bekam die Briefe. Zu Hause las er einen nach dem andern und sie übertrafen seine Erwartungen in einem solchen Maße, dass er am liebsten ausgerufen hätte: Pfui, wie schön!, denn mit solchen Fälschungen hatte er den Hatzfeldt endlich im Sack und den schnürte er jetzt zu. Die Stunde der Rache war da.

Als Beleg griff er einen der Briefe, steckte sich wie immer seine Pistole in die Tasche und fuhr nach Kalkum. Im Schlosshof traf er den Grafen gerade dabei an, wie er Koffer und Kisten in seinen Wagen laden ließ und war sich ganz sicher, dass er bereits Lunte gerochen hatte, denn er hörte von einer Magd, dass Seine Hochgeboren nach Paris abreisen wollten. Lassalle passte den Moment ab, wo kein anderer am Wagen stand, dann ging er resolut auf den Schlossherrn zu und sagte: »Es hat keinen Sinn zu fliehen. Die Briefe über Ihre Grundbuchfälschungen sind in meinem Besitz. Sie haben die Wahl: Entweder ich bringe das zur Anzeige oder Sie beenden sofort die Vergleichsverhandlungen mit Ihrer Frau.«

Der Graf hatte ihn offenbar zu spät gesehen, um ihn vom Hof zu weisen, wurde fahlgelb, begann zu zittern und bat ihn ins Haus. Er schloss hastig die Tür zu seinem Arbeitskabinett auf und fragte: »Was wollen Sie?«

»Gerechtigkeit für Ihre Frau. Die Herausgabe ihres Anteils an der ehelichen Gütergemeinschaft.«

Der Graf schwieg lange, derart lange, dass Lassalle plötzlich so ein Gefühl überkam, als hätte der Großgrundherr noch viel mehr auf dem Kerbholz, überlegte nicht länger und diktierte ihm augenblicks die Bedingungen: »300 000 Taler sofort auf ihr Bankhaus und obendrauf ihre Mitgift, ihre Aussteuer und ihr Paraphernalvermögen. Morgen früh kommt ein Fuhrunternehmen und holt ihre inventarisierten Sachen ab. Sobald alles eingetroffen ist, händige ich Ihnen die Briefe aus. Passiert das nicht, ergeht die Anzeige und Sie sind erledigt.«

Graf Hatzfeldt willigte ein. Lassalle preschte nach Hause, wartete ab, was kommen würde, doch schon am nächsten Tag lag die Summe auf ihrer Bank und mehrere Fuhren brachten am späten Nachmittag die Möbel, Bilder, Bücher, Spiegel, Porzellane und all ihre anderen Sachen. Sophie stand an der Tür, wusste nicht, wie ihr geschah und was da geschah, sah nur, dass Lassalle Stück um Stück auf der Inventarisierungsliste abhakte, und als das Haus bis unter den Dachboden mit Möbeln vollgestopft war, die Kisten im Keller und im Hof sich stapelten, nahm er sie in den Arm und sagte betont gelassen, als handle es sich um das Selbstverständlichste der Welt: »Es ist alles gelaufen. 7 Jahre Scheidungskrieg im Handstreich beendet. Wir haben gesiegt.«

Über Nacht war Sophie wieder reich. Sehr reich. Nicht abstoßend reich, aber bekömmlich reich. Eine Frau mit Ressourcen. Auf der Stelle all ihre drückenden Schulden zurückzahlen zu können, empfand sie wie einen krönenden Befreiungsakt. Es kam ihr so vor, als hätte sie ihre Jugend zurückgewonnen, denn mit diesem Vermögen war sie in die Ehe gekommen und damit ging sie auch wieder raus. Dafür hatte ihr Alliierter gekämpft und sie schämte sich fast ein bisschen, dass sie nicht mehr daran geglaubt hatte, es könnte ihm gelingen. Aber wenigstens hatte sie sich in ihrem Anfangsgefühl nicht getäuscht und darauf gesetzt, dass seine ungebremste Respektlosigkeit vor der Macht die Dinge schon richten würde. Als Erstes löste sie ihren Vertrag ein und zahlte ihm ab sofort die versprochene jährliche Pension von 4000 Talern. Ein gigantisches Sümmchen und ein horrendes Einkommen, von dem selbst ein Königlicher Kabinettsminister nur träumen konnte. »Die Siegprämie für den Gladiator der Gerechtigkeit«, sagte sie gutgelaunt, »keiner der Richter und Anwälte hätte das für möglich gehalten, aber Sie haben es geschafft und ich muss

Ihnen recht geben: Die Gesetze kennen ist das eine, aber was nützt das alles, wenn man nicht weiß, was so in der Luft liegt.«

Es war ein großer Moment für Lassalle. Nicht wegen des Geldes, überhaupt nicht. Geldliebe hatte noch nie zu seinen Leidenschaften gehört. Vielmehr war er stolz auf sich, denn er hatte ihr nun den endgültigen Beweis erbracht, dass auf ihn Verlass war. Gegen einen Mächtigen zu Felde zu ziehen, war eben keine Frage des Mutes, sondern eine Frage des Willens. Er hatte ihr nicht zu viel versprochen und sie aus der Gewalt dieses Unmenschen befreit. Er war kein Blindgänger. Wer die Gräfin in Gefahr bringen wollte, musste mit ihm rechnen. Für den wurde er zu einem Mann, der aus allen Knopflöchern schoss. Der Unvergleichbaren, der Hohen Frau zur Freiheit verholfen zu haben, war ihm dieser Krieg, sein Siebenjähriger Krieg schon wert. Er fühlte sich doppelt bestätigt. Nicht nur, dass er spürte, sie jetzt ganz für sich gewonnen zu haben, er wusste auch, dass es nicht vergeblich war, als Einzelner den Kampf gegen den Staat aufzunehmen. Nun konnte er mit ihr gemeinsam das Leben neu angehen. Gestärkt und als Sieger.

Jetzt erst fiel ihm im Kaminzimmer das neue Glanzstück, die Amarantholzvitrine mit all den Büchern auf, die sie während seiner Arrestzeit für ihn gekauft hatte und von denen sie meinte, dass er sie für seine theoretischen Arbeiten gebrauchen konnte. Kostbare Ausgaben von Aristoteles, Platon, Campanella, Thomas Morus, Machiavelli, Leibniz, Voltaire, Rousseau – ausschließlich philosophische Werke, auch von Zeitgenossen, die Lassalle nicht ohne Bewunderung betrachtete. »Da steht ja sogar der alte knurrende Pudel Schopenhauer«, meinte er leicht amüsiert und sie wies ihn zurecht: »Reden Sie nicht so über ihn, er ist lesenswert. Sie sehen, die Vitrine ist prallvoll, aber einen Platz halte ich frei – für Ihren Heraklit. Den lasse ich am prächtigsten von all den Büchern binden, rotes Leder mit vergoldetem Rückenschild.« Dann ließ sie Champagner kommen und sie tranken darauf, dass bereits Franz Duncker in Berlin das Werk in seinen Verlag genommen hatte und sie bald das erste Exemplar in den Händen halten konnten.

Doch auf einmal war der Reichtum der Gräfin in aller Munde und plötzlich kam so ein Gerede auf und es hieß, dass dieses Geld der Partei gehörte. Schließlich war Lassalle nicht irgendwer, sondern der Führer der Umsturzpartei, der durch geschickte Prozessführung der Gräfin dieses gewaltige Vermögen gesichert hatte, das sie ohne ihn nie bekommen hätte. Und alles Geld, was ein Parteiführer erkämpfte, gehörte nun mal in die Parteikasse. Geflüster, Anfragen, Gerüchte, Vermutungen – sie glaubte, in ein Tollhaus geraten zu sein. Dass dort, wo Reichtum sich häufte, plötzlich Begehrlichkeiten entstanden, zählte sie natürlich längst zu den gesetzlichen Begleiterscheinungen, aber was sich hier abspielte, war ja geradezu absurd. Und was hieß Partei!? Es gab doch gar keine Partei. Es gab zwar viele, die den Umsturz wollten und die der Wunsch nach neuen Verhältnissen vereinte, aber die hatten sich doch gar nicht organisiert, hatten sich nicht mal einen Namen gegeben hatten keinen Treffpunkt, keinen Versammlungsort, keine eingetragenen Mitglieder, keinen Vorstand, keinen Kassenwart, nichts, nur die Stimmung führte die Unzufriedenen zusammen und Lassalle war ihr Sprecher. Der Wortführer für neue Verhältnisse. Er war ja noch nicht mal im Bund der Kommunisten. Er organisierte den Arbeiterstand. Und sollte es dafür irgendwann eine Partei geben, dann musste sie erst noch geschaffen werden. Auch Réfugié Marx, der stille Strippenzieher, führte keine Partei. Er hatte ein paar Mitwölfe. Mehr nicht. Und wenn die sich als Partei sahen, dann war das auch bloß ein fernes Ziel. Die Herren waren sich ja untereinander noch nicht einmal darüber einig, was Socialismus wirklich hieß. Marx nannte ihn den Zukunftsdünger. Aber darunter konnte jeder sich so ziemlich alles vorstellen. Das war ein weites Feld und jetzt kamen sie aus den unterschiedlichsten Vereinen, krochen aus allen Löchern hervor und wollten ihr Geld überführt wissen in eine Parteikasse, die es gar nicht gab.

Lassalle amüsierte sich über das Geschwätz, aber sie fand allein schon die Formulierung eines solchen Anspruchs unverschämt und vermessen, denn das Geld gehörte ihr und keinem anderen und sie machte damit, was sie für richtig hielt. Dass man überhaupt auf so einen Gedanken kommen konnte, zeigte ihr, ob arm oder reich, links oder rechts – die Gemeinheit saß überall im Tross. Der Pöbel war klassenlos. Und das sollte Marx für seine Theorie ruhig mal wissen. Das musste sie ihm jetzt nach London schreiben. Für Erfahrungswerte war er immer dankbar.

Doch nicht einmal dazu blieb momentan Zeit, denn plötzlich verwandelte sich ihr Haus in eine Zufluchtsstätte. Ständig kamen irgendwelche fremden Leute, einzeln oder in kleinen Grüppchen, suchten bei Lassalle Rat, wollten juristische Hilfe und überbrachten immer wieder Bittbriefe von den Festungsgefangenen, die seit drei Jahren in Stettin, Glaz, Kosel und Weichselmünde saßen, weil sie beim Kölner Kommunistenprozess als Hochverräter verurteilt worden waren. Die meisten hatten eine strapaziöse Reise hinter sich und sahen so angestrengt aus, dass es für Sophie der Anstand gebot, sie nicht ohne Bewirtung zu lassen, und sie stellte sich auf Düsseldorfer Volkskost ein: Statt blondes Kölsch ein herbes Alt, dazu Röggelchen, Limburger Käse, Leberwurstscheiben in Essig und Öl eingelegt mit Zwiebeln und Lorbeerblättern, Blutwurst mit Senf und Paprika – und die Augen leuchteten. Doch von immer neuen Elendsgeschichten hören zu müssen, war belastend. Sie dankte dem Himmel, dass Lassalle seinerzeit nicht in den Bund der Kommunisten aufgenommen worden war, weil einigen Mitgliedern sein Denken zu aristokratisch erschien, denn jetzt hätte er garantiert wie Bürgers, Nothjung, Roeser, Schapper und all die anderen in Festungshaft sitzen müssen. Und hier schienen die Tragödien kein Ende zu nehmen. Plötzlich starb Schappers Frau, und weil der kleine Sohn verlassen dastand, nahm ihn Sophie in ihr Haus auf.

Lassalle kümmerte sich um die Familien der Inhaftierten und unterstützte sie nicht nur großzügig, sondern auch so regelmäßig, dass er oft gar nicht mehr wusste, wem er bereits wie viel Geld geschickt hatte, und Sophie sich gezwungen sah, darüber Buch zu führen. Denn sie bemerkte, dass manche Lassalles Freigebigkeit schamlos ausnutzten und den Betrag für sich behielten, statt ihn an die Inhaftierten weiterzuleiten. Sie mahnte ihn zur Vorsicht, nicht zu gutgläubig zu sein und aus seinen Spenden keine Selbstverständlichkeit zu machen.

»Werden Sie bloß nicht geizig«, sagte er patzig. »Geiz ist mir in der Seele zuwider.«

»Das hat nichts mit Geiz zu tun«, entgegnete sie, »aber mit der Regelmäßigkeit erzeugen Sie falsche Erwartungen. Wenn man zehnmal mit vollen Händen gibt und verweigert einmal, ist man ebenso verleumdet, als hätte man nie gegeben. Das weiß ich aus eigener Erfahrung. Außerdem sind Sie eine Privatperson und kein Geldinstitut.«

Doch er wollte sich von ihr über Wohltätigkeit nicht belehren lassen, brauste wie aus dem Nichts auf, machte ihr klar, dass er keine Nachhilfe nötig hatte, dass er schon selber wusste, was gut und richtig war, verbat sich ein für alle Mal, von ihr wie ein dummer Junge behandelt zu werden, schließlich hatte er ihr zur Genüge seine geistige Potenz bewiesen, sie war mit seinem Rat bisher nicht schlecht gefahren und steigerte sich derart in seine Wut hinein, dass er türekrachend den Raum verließ. Sie war erschrocken, denn so hatte sie ihn noch nicht erlebt, und erklärte sich die Ursache eines solchen cholerischen Ausbruchs mit seiner Überlastung. Denn unentwegt hastete er von Vortrag zu Vortrag, fühlte sich verpflichtet, als der letzte Mutmacher unterwegs zu sein, um wenigstens die Reste der Arbeitervereine aufrechtzuerhalten, doch er hatte den Eindruck, dass die Zuhörer ihm neuerdings mit Misstrauen begegneten. Einer sagte es ihm nach dem Vortrag auf den Kopf zu: »Sie leben ja mit einer reichen Gräfin zusammen. Sie können uns viel Großes und Wahres erzählen, aber einer von uns sind Sie nicht«, und Lassalle entgegnete ihm ganz offen: »Stimmt, ich bin kein Proletarier, ich habe was ich brauche. Aber ich kämpfe für eure Macht.«

Als er erschöpft nach Hause kam und gerade noch Zeit für eine Zigarre am Kamin blieb, meinte er nur: »Die Leute wollen es immer eindeutig, doch wir beide sind Grenzgänger. Ihr Lebensstil passt nicht zu dem, was Sie tun und mein Lebensstil passt offenbar nicht zu dem, was ich sage. Wir bewegen uns jenseits des Festgefügten. Sie sind jetzt eine Socialaristokratin. Für Marx, der alles so gerne in Klassen einteilt, sind Sie eine Klasse für sich: Eine Frau aus dem Hochadel mit Gespür für die Lage der Besitzlosen. Das hat es in dieser Form noch nicht gegeben. Daran müssen sich die Leute erst gewöhnen. Und ich bin Socialist und als solcher ein socialer Demokrat. Auch das ist ein Novum und bricht mit allem Bisherigen.«

Sophie sah das weniger politisch, sondern fand, es war der blanke Neid, der ihnen plötzlich entgegenwehte. Sie wusste ja, wie auf einmal über Lassalle geredet wurde. Die übelsten Lästerzungen hatten Konjunktur: Nun waren die Prozesse zu Ende, nun hatte er als ihr Generalbevollmächtigter seine Arbeit getan und statt zu gehen, blieb er bei ihr, winselte vor der Gräfin wie ein junger Hund vor einer alten Katze, ließ sich von ihr aushalten, war ihr Sekundant, ihr Haushofmeister, ihr Instrument und stand unter ihrem Joch. Sie hielt ihn sich als ihren Privatprophet, er war ihr Beimann, ihr Faktotum und Hofnarr – er war auf einmal alles Schlechte. Dass er elegante Frackhemden trug und Zigarren rauchte, war ihr zwar nichts Neues, aber auf einmal nahmen die anderen daran Anstoß und sagten, er spiele sich auf wie ein großer Herr und wolle ihr sogar ein Haus bauen, natürlich eine Residenz. Sie wagte nicht einmal mehr, ihm zum Geburtstag ein Döbereinersches Platinfeuerzeug zu schenken aus Sorge, er könnte es irgendwo unbedacht in der Öffentlichkeit gebrauchen und damit neuen Neid wecken. Gekauft hatte sie es trotzdem und es lag immer griffbereit auf dem Kaminsims. Sie zweifelte nicht, wäre er von Adel gewesen, hätte man ihn wie einst Mirabeau den »Volksgraf« genannt, aber er war ein Arbeiteragitator und musste aufpassen, dass er in seinem Äußeren bescheiden blieb und nicht als der homme du grand monde auftrat, denn der Neid war für seine Mission der denkbar schlechteste Wegbegleiter. Er musste es halten wie der steinalte Humboldt – zu Hause trug er die teuersten Taftröcke und in der Öffentlichkeit den schlichtesten Frack. Aber Maître Alexander war eben auch ein Weltweiser. Doch das behielt sie für sich, denn ein zweites Mal wollte sie keinen Wutkoller heraufbeschwören und sich von Lassalle vorwerfen lassen, wie ein Schüler behandelt zu werden, was ihr das Gefühl einer alten Gouvernante gab. Doch dann brachte das Rheinische Musikfest so viele Fremde in die Stadt, dass er sich entschloss, seine Verfassungsvorträge im Hause zu halten, wo er sich den eleganten Ausgeh-Ornat mit Schalweste ohnehin ersparen konnte.

Schon beim ersten Vortrag kamen so viele Zuhörer, dass die 40 Stühle nicht reichten und der Rest auf dem Boden hocken musste. Er spürte, am Rhein herrschte noch immer eine revolutionswütige Stimmung, denn in der anschließenden Diskussion rief einer laut: »Wir brauchen Lüt wie Robespierre statt de Schwätzer von 48«, und im Salon brauste Beifall auf. Unter dem Publikum bemerkte Sophie eine auffallend schöne Frau, die Lassalle ihr anschließend vorstellte. »Agnes Denis-Street, eine Schülerin von Franz

Liszt. Sie begleitet den Meister auf seiner Tournee und ist jetzt mit ihm nach Düsseldorf gekommen«, sagte er und die junge Schönheit knickste artig vor der Gräfin und saß schon am folgenden Tag mit Lassalle zum Fünf-Uhr-Tee an ihrem Tisch. Sie erfuhr, dass es die Tochter von Staatsrat Klindworth war, dem schillernden Geheimagenten, dem sich die Hintertüren in allen Kanzleien Europas öffneten und der mit Doppelspionage viel Geld verdiente. Doch Sophie war wenig gesprächig und in Gedanken ganz woanders, denn sie hatte einen Brief von Paul bekommen, der ihr keine Ruhe ließ. Er forderte sie auf, sich nicht länger mit Menschen zu umgeben, die ihre Gesundheit und ihre Stellung in der Welt ruinierten und wollte noch einmal daran erinnern, wie es ihm bisher ergangen war: Er durfte am Dortmunder Gymnasium kein Abitur machen – wegen Lassalle. Er musste in Münster vor einer Sonderkommission ein Ersatzabitur ablegen – wegen Lassalle. Seine Vorstellung bei Hofe, die für seine berufliche Zukunft so wichtig gewesen wäre, wurde ihm verweigert – wegen Lassalle. Und jetzt, da er in Berlin für das Studium der Staats- und Rechtswissenschaft aufgenommen war, bat er sie inständigst, sich nie mit ihm gemeinsam in der Residenz blicken zu lassen, wenigstens nicht, bis er sein zweites Examen bestanden hatte, sonst flog er auf der Stelle von der Uni, denn sobald Lassalles Name fiel, gingen alle Türen zu und man stand draußen. »Würde man Dich hier in Berlin mit ihm sehen, hätte das garantiert meine Exmatrikulation zur Folge und das, liebste Mama, wäre für mich das Ende einer Laufbahn, die noch gar nicht begonnen hat und der komplette Lebensruin. Den kannst Du nicht wollen und den darfst Du nicht provozieren, denn ich muss einen Beruf haben und kann nicht wie Alfred sorglos satt von den Gütern leben. Darum bin ich auf den Abschluss des Studiums zur Gründung meiner Existenz angewiesen und will nicht geext werden – wegen Lassalle. Du hast keine Vorstellung, was sich um diesen Mann hier abspielt! Obwohl die Revolution gescheitert ist und die Verhältnisse sich konsolidiert haben, gibt er keine Ruhe und ficht in all seinen Artikeln ungehemmt weiter für eine sociale Demokratie. Er gilt als gefährlicher Provokateur, als Staatsfeind Nr. 1 und gehört nicht nur in Berlin zu den bestgehasstesten Personen. Im ganzen Königreich gibt es keinen zweiten Menschen, der so verabscheut und verachtet wird wie er und ich bin fest entschlossen, Dich aus seiner Umklammerung zu befreien. Denn ich ertrage es nicht länger, dass die anderen mit Fingern auf mich zeigen und fragen, warum duldet der Sohn es, dass solche Leute seine Mutter irreführen. Auch wenn Herr Lassalle meint, eine neue Erde und einen neuen Himmel für eine neue Zeit schaffen zu können – er wird die Dilemmata der Welt nicht lösen. Er jagt einer Chimäre hinterher und zieht Dich tief mit runter. Doch er soll sich in mir nicht täuschen: Ich werde Dich wieder zu Ansehen bringen. Wäre er nicht so verflucht schlau, wäre ich versucht, ihn herzlich dumm zu nennen, wenn er glaubt, dass ich dazu nicht fähig bin. Nicht nur er, auch ich habe einen starken Willen und verspreche Dir: Ich hole Dich wieder in die Welt zurück, in die Du gehörst und wenn ich dafür die Guillotine besteigen müsste! Du weißt, auch ich bin kein Zitterrochen und kenne keine Furcht. Denk nicht, dass ich von Papa gesteuert bin. Mit ihm rede ich ohnehin nie über Dich und würde mich auch hüten, es zu tun. Ich handle einzig aus Liebe zu Dir, die ungebrochen ist, und werde nicht zulassen, dass Du Lassalles Opfer wirst und er Dich zugrunde richtet. Das habe ich auch Tante Clara gesagt, die schwer erkrankt ist und im Sterben liegt.«

Noch am Abend zog sich Sophie in ihr Kabinett zurück und verteidigte in einem Brief Lassalle, denn derlei Anschuldigungen wollte sie unter keinen Umständen so stehen lassen. Von Zugrunderichten konnte nicht die geringste Rede sein. Im Gegenteil: Keiner hatte so viel für sie getan, keiner sich jahrelang so für sie aufgeopfert, keiner ihr Interesse so konsequent vertreten und keiner so entschieden für ihr Recht gekämpft. Ja, er war verhasst, aber nicht verachtet, man regte sich für ihn und gegen ihn auf, und sie erklärte ihm Satz für Satz warum. Doch dann konnte sie nicht weiterschreiben, denn dass Clara im Sterben lag, traf sie tief, nahm ihr jeden anderen Gedanken und sie überlegte, wie sie es anstellen könnte, sie noch einmal zu sehen, ohne Lassalle zu kränken.

Inmitten all der Aufregungen war Sophie 50 geworden. Bislang hatte sie darauf keinen einzigen Gedanken verwandt, aber jetzt sah sie, die Prozessjahre hatten ihre Spuren hinterlassen, Falten ins Gesicht gegraben und erschrocken nahm sie die ersten grauen Haarsträhnen wahr. Es ließ sich nicht leugnen – der Nachsommer war da. Früher als erwartet. Lassalle schien das überhaupt nicht zu interessieren. Er hatte kein Empfinden für das Alter. Woher sollte er es auch haben. Er hoffte noch immer auf den ganz anderen Besitz, auf die gemeinsame Nacht. Das war zwar schmeichelhaft, aber sie brauchte bloß in den Spiegel zu schauen und hatte ihre Antwort. Angezogen war sie eine attraktive Erscheinung, nackt kam sie sich kümmerlich vor. So wollte sie nicht gesehen werden und sich ihm nicht zeigen. Mit dem Ausziehen war es ohnehin eine ganz eigene Sache. Wenn es so weit war, durfte man gar nicht lange darüber nachdenken. Das musste wie von selber kommen, andrängend und unbewusst. Man durfte gar nicht merken, wie die Kleidung Stück um Stück zu Boden fiel, plötzlich war man nackt und alles stimmte. Die Lust, sich zu zeigen war da, war das Normalste der Welt, der Körper sprach für sich und gab ein selbstsicheres Gefühl. Aber genau dieses Gefühl wollte sich bei ihr nicht einstellen. Nackt war sie keine beeindruckende Erscheinung mehr. Da hatte sie sich schon besser erlebt. Das Volle, Straffe und Feste konnte sie nicht mehr bieten. Doch mit gemindertem Reiz wollte sie sich ihm nicht präsentieren. Das Bild, das er von ihr hatte, durfte sich nicht trüben. Es war auf Bewunderung gebaut. Für ihn stand sie auf einer Höhe, wohin sie noch kein Mann getragen hatte und das musste so bleiben. Das hielt sie in Atem und war Reiz genug.

Nicht dass sie das Gefühl hatte, ihr wären die Adern ausgetrocknet und sie gehörte zu dem grauen Tross der Tugendschwestern, die sich in Reformkleidern zeigten und von den Freuden des Lebens nichts wissen wollten. Es war ja nicht so, dass sie die Hitze der Liebe nicht gekannt hätte oder sich als züchtige Venus sah. Sie wusste schon, was möglich war. Sie hatte es vor Jahren mit Graf Bassenheim erlebt. Eine Nacht schöner als die andere. In jede Badekur war er ihr gefolgt, konnte nicht oft genug bei ihr sein, wollte keinen Augenblick mehr ohne sie leben, heiße Schwüre, heiße Küsse, und als sie ihm sagte, dass sie sich scheiden lassen wollte, um ihn zu heiraten, war er plötzlich wie vom Erdboden verschwunden und ließ sich nicht mehr blicken. So war es eben, wenn es ernst wurde – der große Liebhaber bloß noch ein kleiner feiger Haubentaucher. Sie wusste Bescheid. Aber die Zeiten für Strickbeutel und Gebetbuch lagen trotzdem noch weit in der Ferne. Nachts, wenn so oft der heilige Schlaf auf sich warten ließ, spielte sie all die schönen Möglichkeiten mit Lassalle durch. Da kam die Lust, peitschte die Phantasie hoch, schreien und aufbäumen – alles war noch da, sie spürte jede Bewegung, stellte sich vor, wie er auf sie losstürmte, tierisch wild und dann vom Glück geschunden in ihre Arme sank. Aber stand er leibhaftig vor ihr, war die Welt wieder real: er 30, sie 50. Da konnte er noch so sehr drängen – das tat sie sich nicht an. Über kurz oder lang war es ohnehin so weit, dass er heiraten und eine eigene Familie gründen würde. Das lag in der Natur und an Reife fehlte es ihm nicht. Unwillkürlich musste sie an ihre Mutter denken, die stattliche 7 Kinder geboren hatte und einmal voller Sorgen war, weil sie erfahren hatte, dass ihre ältere Schwester den Sohn ihrer Freundin liebte. Immer wieder kamen ihr die Worte der Mutter in den Sinn: Wenn du einen Mann jung kennenlernst, kannst du lange Genuss mit ihm haben, denn unwillkürlich sind die Bilder der Jugend atmosphärisch mit dabei, verklären so manches, glätten den Blick und geben Würze. Aber lässt du dich als ältere Frau mit einem jungen Mann ein, dann hast du keinerlei Vorgeschichte mit ihm, dann sieht er dich so, wie du bist und denkt er an eine

Zukunft mit dir, erscheinst du ihm gleich doppelt so alt. Dem darf man sich nicht aussetzen. Wenn du überhaupt in seiner Wahrnehmung bleiben willst, ist die Distanz zu ihm das einzige Mittel, schon um sich selbst die Achtung zu erhalten. Alles andere ist nur peinlich und nimmt dir jede Würde, denn eh du dich versiehst, bist du für ihn eine alte Zange, sein Hausfossil, die alte Runkelrübe, im besten Fall noch seine Spätrose. Das hast du nicht nötig.

Sophie war sich sicher, den nüchternen Blick der Mutter geerbt zu haben, denn sie sah es genauso. Außerdem hatte ihr teurer Lassalle so einen Zug ins Gebieterische. Und wenn sie seinem Drängen jetzt nachgab, vor lauter Aufregung vielleicht alles nur halb so gut war oder völlig danebenging, dann schlich sich garantiert bei ihr so ein dumpfes Gefühl ein, sie könnte ihm nicht genügen oder er hielt sie womöglich gar für abgelebt, was ihr jede Souveränität ihm gegenüber genommen hätte. Am Ende spielte er sich noch auf und meinte, über sie verfügen zu können. Doch sich ihm auf diese Weise bis ins Letzte auszuliefern, kam nicht in Frage. Sie wusste genau, im tiefsten Innern verachtete er die Leute, die ihm ergeben waren und nannte sie hochmütig seine Adjutanten. Ihr Alliierter brauchte jemanden, der seinem Hang zur Selbstüberschätzung die Grenzen aufzeigte. Es brauchte so einen letzten Rest, der unerreichbar für ihn blieb. Damit hielt sie ihn in ihrem Bann. Und unzertrennlich waren sie sowieso allein schon durch ihr Naturell: Er war der Blitz und sie die Erdung. Das musste genügen. Allerdings gestand sie sich ein – anklopfen sollte er schon. Es war für sie wie eine körperliche Bestätigung, denn dieses gewisse Ungewisse, dieses Gefühl, da könnte noch was laufen, gab allem so eine herrlich prickelnde Spannung und allein schon das Neinsagen tat ihren Sinnen gut. Auch darin gab sie ihrer Mutter recht: Jeder noch so kleine Selbstgenuss gehörte zu den verlässlichen Freuden der Welt und war keine geringe Hilfe für ein strapaziertes Gemüt.

Lassalle begriff sie nicht. Jetzt, wo er mit der Gräfin in glücklicher Symbiose hätte leben können, gingen ihre Gedanken so schleichend still immer mehr zu ihrem Sohn hin. Sie vermied jedes Gespräch über ihn, gab ihm auch keine Briefe mehr zu lesen, ja versteckte sie sogar, was für Lassalle ein sicheres Zeichen war, dass Paul im Hintergrund gegen ihn zu arbeiten begann. Er hatte nun mal ein Gespür für das, was so in der Luft lag und zweifelte nicht, Paul wollte die Frau Mama in die Familie zurückholen und musste darum einen Keil zwischen sie treiben. Nicht dass er auf den jungen Blaublüter eifersüchtig gewesen wäre. Schließlich hatte er schon den erlauchten Senior niedergezwungen und dem erlauchten Junior würde es im Ernstfalle nicht anders ergehen. Er begriff bloß nicht, wie die Gräfin vergessen haben konnte, dass Paul sie in der schwierigsten Situation ihres Lebens im Stich gelassen hatte, ihr schnöde in den Rücken gefallen war und statt für ein paar lumpige Tage den Arrest in Kauf zu nehmen, reumütig zu seinem Vater zurückgekehrt war, weil dort das fette Geld lag. Dass er ihr damit fast das Herz gebrochen hätte, schien offenbar inzwischen ganz aus ihrem Gedächtnis gelöscht, so als wollte sie es gar nicht mehr wahrhaben. Aber vom vornehmen Schweigen und diplomatischen Herumdrucksen hielt er nichts. Die Dinge mussten offen ausgesprochen werden, anders lösten sich Konflikte nicht. Ja, er gestand sich ein, es wurmte ihn. Sie konnte ihrem Stammhalter ja die gebotene Aufmerksamkeit schenken, aber Heimlichkeiten zwischen ihnen beiden behagten ihm nicht. Er besaß den ersten Platz in ihrem Herzen, da durfte sich kein Geheimnis dazwischenschieben, denn dieser Platz war unteilbar. Allein schon das Gefühl dafür ließ er sich von niemandem nehmen.

»Wenn Sie mir nur halb so viel Gedanken schenken würden wie Ihrem Herzenssohn, dürfte ich mich wohl glücklich schätzen«, sagte er gereizt, »aber offenbar kann der Herr Filius auf Ihnen herumtrampeln, so viel er will. Sie mag das nicht stören, aber mich schon. Auch wenn Sie es mir verbergen – ich spüre es trotzdem: Er will mich aus Ihrem Leben drängen und ich sage Ihnen, da steckt sein Vater und sein Bruder dahinter. Die ärgern sich grün und blau, dass ihnen Ihr Vermögen entzogen wurde. Mit dieser Größe hatten sie bereits gerechnet. Doch jetzt ist es anders gekommen und nun wird Paul vorgeschickt, um Sie milde zu stimmen. Da geht es um keinen schön menschlichen Versöhnungsakt, sondern um eine knallharte Eigentumsfrage. Nicht Sie, sondern der Besitz Ihres Vermögens soll in den Schoß der Familie zurück.«

»Nein, so ist es nicht«, sagte Sophie und ärgerte sich, dass er immer alles ökonomisch sah, statt auch mal ganz schlicht daran zu denken, dass sich vielleicht ein Sohn nur Sorgen um die Zukunft seiner Mutter machte. »Paul will seinen eigenen Weg gehen und das kann ich verstehen. Es ist eben nicht jeder zum Revolutionär geboren wie Sie. Paul hat schon genug Nachteile durch meine Verbindung mit Ihnen. Er muss ja nicht das Opfer unserer Beziehung werden. Und klug wie er ist, sehe ich nicht ein, dass er den Dummköpfen den Platz überlassen soll, nur weil seine Mutter mit einem Socialisten zusammenlebt, einem Kopfkämpfer, der nicht aufhört, die Verhältnisse zu attackieren und es wagt, sich um die Interessen der Besitzlosen zu kümmern! Das darf doch Paul nicht an seiner Laufbahn hindern! Als socialer Demokrat werden Sie das ja wohl einsehen und mir recht geben, dass die Freiheit des Einzelnen ein Grundgut ist, gleich wie er denkt und auf welcher Seite er steht.«

Er fand, sie hatte plötzlich so einen spitzen Ton, der ihr etwas von einer Stechmücke gab und von oben herab klang. Doch brüske Zurechtweisung vertrug er nicht. »Sie vergessen, dass Ihr Sohn Sie damals verraten hat.«

Sie lachte auf. »Kommen Sie mir doch nicht so! Verraten! Verräter! Das ist ja das reinste Kriegsvokabular und klingt nach Fahnenflucht und Frontwechsel. Er hat mich im Gefängnis gesehen und dieser Anblick hat ihm offenbar fürs Leben genügt. Außerdem war er damals gerade 18. In dem zarten Alter kann nicht jeder die politische Reife haben wie Sie.«

Lassalle fühlte, für den geliebten Sohn war ihr kein Wort zu wenig, da ging sie auf die Barrikaden, für ihn hatte sie reichlich Gefühl und Kampfgeist, bebte und bangte um seine Zukunft und seine Existenz, während er nicht die Hälfte ihrer Aufmerksamkeit bekam. Er konnte für sie tun, was er wollte – es wurde nicht wirklich geschätzt. Die große Hinwendung gehörte Paul, dem Enkel des Fürsten. Ihn hob sie auf den Thron. Lassalle fühlte sich zurückgesetzt, an den Rand gedrängt und kam sich wie ein Eckensteher vor. Wahrscheinlich war auch seine Liebe zu ihr für sie plötzlich eine Selbstverständlichkeit, womöglich nur noch ein schmackhaftes Häppchen am Büfett ihres Lebens. Der Amtsgehilfe hatte seine Pflicht getan. Der Amtsgehilfe konnte gehen. Ihr Ton, ihr Blick, ihre aufsässige Art zu antworten – alles brachte ihn in Rage. Doch er ließ sich von ihr nicht als zweitrangig behandeln und war nicht gewillt, die Umkehrung der Verhältnisse zu dulden. Von wegen der große Herr Sohn konnte sie verraten wie ihm beliebte und stand trotzdem bei ihr hoch oben auf dem Sockel und er, der so viel für sie getan hatte, wurde wie ein Adjunkt betrachtet, der froh sein durfte, wenn er von ihr eine gütige Beachtung fand. Nicht mit ihm! Er warf ihr Unverstand und hirnverbrannte Leichtgläubigkeit vor. Sie sollte verdammt noch mal endlich in sich gehen, die Lage erkennen und sich bloß nicht einbilden, er war ihr Meisterknecht! Er hatte fünf gesunde Sinne und wusste, wovon er sprach! Weil sie ohne jede Reaktion blieb und so tat, als ginge sie das alles nichts an, sprang er auf, schmiss wütend seine Zigarre in das volle Weinglas und stürmte in seine Wohnung hinauf.

Doch am Morgen stand er wieder an ihrer Tür, klopfte leise an, bat um Verzeihung für sein aufbrausendes Benehmen, aber verlangte von ihr nach den jahrelangen Demütigungen, die sie erdulden musste, Haltung zu zeigen und gegenüber ihren Familiengöttern konsequent zu bleiben. Da waren sie sich beide doch immer einig: Die ganze Sippschaft hatte ihre klare Verachtung verdient. Und sie sollte sich in Paul nicht täuschen: Auch er wollte nur ihr Geld.

So hinreißend elegant sie auch vor ihm saß – ihre Gelassenheit, die ihm sonst so guttat, trieb ihn jetzt zur Weißglut. Er fühlte sich in seiner fürsorglichen Warnung nicht ernst genommen und es machte ihn fuchsteufelswild, dass sie so verblendet war und partout nicht begreifen wollte was man strategisch mit ihr vorhatte. Tag für Tag, Abend für Abend Szenen um Szenen, heftige Auftritte, denn er verlangte Einsicht von ihr. Nichts weiter. Einsicht in die Realität. Dazu war sie ja wohl noch in der Lage. Statt der himmelblauen Liebe zum Sohn auf den Boden der Tatsachen kommen. Das war doch wohl nicht zu viel verlangt und Reste von Vernunft besaß sie doch noch!

Aber sie war des Ganzen überdrüssig, konnte das alles nicht mehr hören und bemerkte nur trocken: »Sie spielen sich ja auf wie ein Feldherr. Kaum haben Sie gesiegt fordern Sie unterwürfige Ergebenheit. Das liegt nicht in meiner Natur. Ihre Gedanken müssen ja nicht zwangsläufig meine Gedanken sein. Es reicht doch schon, dass ich zu Ihrem Sonnensystem gehöre. Das dürfte Ihrem Ehrgeiz doch genügen.«

Ihm stockte der Atem. Das war zu viel, eindeutig zu viel für ihn. Das klang nach Absage an ihre Gemeinsamkeit. So hatte er sie noch nicht erlebt. Sie setzte alles aufs Spiel. Das hatte sie nicht umsonst gesagt. Herablassend ließ er sich nicht kommen. Gräfin hin, Gräfin her. Von Geblüt oder nicht von Geblüt! Was bildete sie sich ein! Die Gnädigste hatte es mit keinem Fußschemel zu tun. Er war ein Mann der liebte, und wenn sie das vergessen hatte, musste sie augenblicks daran erinnert werden. Noch in derselben Nacht packte er seine Koffer und verließ das Haus.

Am Morgen fand sie sein Billett auf ihrem Frühstücksteller und als sie es las, fiel ihr die Tasse aus der Hand: »Durch Sie sehe ich mich gezwungen, einer Einladung meines ungeschätzten Schwagers zu folgen und mit ihm für drei Monate in den Orient zu reisen. Ich fliehe in die Trennung, um zu wissen, wie tief ich Ihnen verbunden bin.«

Plötzlich war es ganz still im Haus und sie war zum ersten Mal seit langem wieder allein in der Wohnung. Jetzt, da es draußen zu dunkeln begann, hätte sie früher längst schon die Fensterrollos heruntergelassen, die Haustür verriegelt und die Wohnungstür abgeschlossen, aber das Gefühl von Angst stellte sich nicht mehr ein. Von nirgendwoher kam ihr dieser Stallgeruch entgegen, dieses stinkende Gemisch aus feuchter Streu, Sabber, Rotz und Pferdepisse, das wie Unheil auf ihrem Leben lag. Sie konnte in die dunkelste Ecke der Wohnung gehen – es wehte sie nicht mehr an, klebte nicht mehr dumpfig an den Wänden, kroch nicht mehr aus den Dielenritzen und war nicht mehr in ihr. Es fehlte das Organ dafür. Jetzt erst wusste sie, dass sie ihren satanischen Stutenzüchter los war. Sie roch ihn nicht mehr. Er war weggefegt und fortgespült. Vorbei mit dem Vierteljahrhundert Eheschikane. Nun konnte er mit seinem Morbus sonticus all die Damen seiner Wahl beglücken. Auf einmal begann sie leise zu summen, alles in ihr wurde Musik, die Füße setzten wie von selber zu einer Rheinischen Polka an und sie tanzte im raschen Halbschritt durch die ganze Wohnung, bis sie sich außer Atem auf ihr Bett fallen ließ und plötzlich einschlief. Sie schlief selig tief, gegen jede Gewohnheit ohne Unterbrechung, und als sie am Morgen in ihren Kleidern schwitznass erwachte, quälte sie sich nicht mühsam in den Tag, sondern sprang mit einem Satz aus dem Bett, als springe sie in ein neues Leben. Ohne Ziehen im Rücken, ohne Brummen im Kopf, nicht müde, nicht duselig, keine Furcht vor Bedrohung, erlöst von dem Übel, Amen. Es war wie eine Auferstehung.

Ihre Gedanken gingen zu Lassalle. Er fehlte ihr. Kein Gegenüber, keine Gespräche, kein flammender Blick, kein Antönen des Gemüts und nicht das leiseste Gefühl von Bestätigung. Dass er ohne Pelz, ohne Bett, ohne Zelt und ohne warme Kleider in den Orient geflohen war, in die fremdeste aller fremden Wüstenzonen, einfach so, aus dem Affekt heraus, bedrückte sie. Wenigstens hatte er schon eine Depesche aus Konstantinopel gesandt, dass er gut angekommen war. Aber gleich, was passierte – ob er einen Wutkoller, einen Aussetzer oder sonst einen Drehsturm bekam –, sie konnte ihn sich aus ihrem Leben nicht mehr herausdenken. Vielleicht musste es eine höhere Bedeutung haben, dass er im April geboren war. Womöglich war er deshalb ein Mann, der hageln, blitzen, donnern und jedes Wetter machen konnte. Anderseits ahnte sie, dass er auch darum so hochgereizt und voller Unruhe war, weil er in das Zentrum der Wissenschaft drängte, aber ihm noch immer ein Aufenthalt in Berlin polizeilich streng verboten war.

Doch in ihm den Staatsfeind Nr. 1 zu sehen, fand sie völlig deplatziert. Nur weil er bei den Arbeitern populär wie kein Zweiter war und es wagte, der benachteiligten Mehrheit eine Stimme zu geben, war er noch lange kein Staatsfeind. Wenn, dann höchstens Opfer von Zeitungskampagnen, die ihn niedermachten, aber hinter denen sich nur die Schwäche des Throns verbarg. Ihr Amicus traute sich nun mal, was sich keiner traute und dafür wurde er gehasst, denn sie wusste, er weckte damit zugleich die stillen Sympathien für Veränderungen, die erst recht gefürchtet waren. Sie sah es ja an sich selbst. So wie sie hatten viele immer nur das andere erlebt – wegducken, zurückweichen, Gesicht wahren, diskret bleiben, einlenken und sich in die Umstände fügen. Er dagegen war ein Aufräumer, mischte sich ein, packte die Wahrheit auf den Tisch und sprach offen aus, was verändert werden musste. All die üblen Anfeindungen, die er damit provozierte, konnte nur einer wie er aushalten, der wusste, was er wollte und ein Ziel verfolgte, das die anderen noch gar nicht sahen.

Ja, er fehlte ihr, zumindest das Sanfte in ihm, doch dass er sich plötzlich in seiner Wut wie ein Schüler behandelt fühlte, gab ihr am allermeisten zu denken. Denn als Schüler konnte man sich doch nur fühlen, wenn man den anderen als Lehrer sah und Lehrer waren immer alt. Vermutlich war sie das auch für ihn. Nicht im Wein, in der Wut lag die Wahrheit. Zwar hatte sie ihm schon viel von seiner Unbeherrschtheit genommen, ihm reichlich guten Ton und Taktgefühl beigebracht, aber wenn er jetzt ihren Rat als Gouvernantengelaber oder Tantenart empfand, dann war das ein Signal. Sie spürte, was sie auch tat und was sie auch dachte – in allem kam sie immer wieder auf seine Jugend zurück, denn das Schlimme daran war, dass sie ihr ständig das eigene Alter bewusst machte.

Sie nutzte seine Abwesenheit, um als Erstes sein Arbeitszimmer aufzuräumen, denn alles war hier so wüst und liederlich, was sie an seine Studentenstube erinnerte, wo er nicht gewohnt, sondern gehaust hatte. Die Bücher kreuz und quer durcheinander, Stapel auf dem Fußboden, Berge auf dem Sofa und dem Tisch, dazwischen haufenweise Zeitungen und überall verstreut Manuskripte, Briefe und in den Zimmerecken die Kästen mit den Gerichtsakten. Zwar waren die Regale längst gekauft worden, aber standen ungenutzt im Keller, weil es ihm immer an Zeit fehlte und vor allem lästig war, die Bücher einzuräumen. Lieber wühlte er sich fluchend durch das Chaos, bis er endlich aus irgendeinem Stapel das gesuchte Buch hervorgezerrt hatte. Jetzt ließ sie die Regale aufstellen, ordnete die Bücher nach Sachgebieten ein und damit er überhaupt wusste, was er besaß, legte sie ein Verzeichnis an, das bald so umfangreich wurde, dass sie es als Katalog in weißes Atlasleder binden ließ. Wenn er aus dem Morgenland zurückkam, sollte er sehen, sie war für ihn tätig. In ihm konnte das Chaos sein, sie war die Ordnung. Und diese wacklige Krücke von Schreibpult hätte natürlich längst zersägt werden müssen, aber sie gab sein geliebtes Stück vorsichtshalber erst mal zum Aufarbeiten in die Tischlerei.

Nun fand sie auch die Zeit, um endlich an Marx zu schreiben. Sie wusste, wie sehr er unter dem Tod seines Sohnes Edgar litt und hoffte, dass sein Flüchtlingsdasein bald ein Ende hatte und er in Deutschland wieder eine Zeitung herausgeben konnte. Vielleicht sogar eine Fortsetzung der *Neuen Rheinischen,* denn jetzt war sie in der Lage, ein solches Vorhaben zu finanzieren. Wenn sie Geld ausgab, dann nicht, damit es die Leute in die Kneipen trugen, sondern sie wollte in Projekte investieren, die auf geistigen Boden fielen und in denen Zukunftsdünger lag. Sie fragte, wann mit seiner Rückkehr zu rechnen war, berichtete ihm das Neuste aus der Rheinprovinz, ihr Haus stand noch immer unter Polizeibeobachtung und Demokraten wurden jetzt amtlich als »Leute unter Null« geführt, packte für seine beiden Töchter noch zwei elegante Mantillen ein, die sie in dem neu eröffneten Pariser Modegeschäft auf der Königsallee gekauft hatte, und sandte alles nach London, wie immer vorsichtshalber außen anders als innen adressiert.

Als sie dann zufällig in der Zeitung las, dass Prinz Wilhelm von Preußen und Prinzessin Augusta in Marienbad zur Kur eingetroffen waren, benachrichtigte sie sofort Paul und zögerte nicht, die günstige Gelegenheit zu nutzen, um ihn dem künftigen Königspaar vorzustellen. Denn sie wollte, dass er in seiner beruflichen Laufbahn unbedingt Erfolg hatte, schon um seinem großen Bruder zu zeigen, dass man auch mit Fleiß und Talent vorankam und es nicht hieß, wer von so einer Mutter erzogen worden war, aus dem konnte nun mal nichts werden, der musste gesetzmäßig auf dem Müllhaufen der Geschichte landen. Sie wusste, dass Prinzessin Augusta in Personalfragen den größten Einfluss am Hofe hatte. Außerdem war sie die Tochter von Maria Paulowna, Großfürstin von Russland und Tochter von Zar Paul, die seinerzeit den Erbprinzen von Weimar geheiratet hatte und bei ihrem Einzug von Schiller als Engel besungen wurde. Ihre Mütter kannten sich gut und von früheren Begegnungen wusste Sophie, dass Prinzessin Augusta viel weltoffenen Verstand besaß.

Ob die Badegäste sie diesmal schnitten oder nicht, war ihr herzlich egal, denn jetzt, wo sie wieder im Besitz ihres

Vermögens war, fühlte sie sich auf einer Höhe, die eine große Gelassenheit gab, gleich ob man sie als heruntergekommen, entartet oder als Komplizin eines Staatsfeindes umzischte. Sie war sich sicher, wäre ihr durch die Scheidung das Vermögen genommen worden, hätten jetzt alle gesagt: So ist das, wenn man sich mit einem Socialisten einlässt. Da geht's bergab und kommt Armut auf. Doch nun war sie reich und blieb bei einem Socialisten, so dass sie bei ihrer Ankunft fast den Eindruck hatte, in verwirrte Gesichter zu schauen, was sie nicht ohne eine gewisse Genugtuung zur Kenntnis nahm.

Paul traf pünktlich ein, und schon wenige Tage später wurden sie vom Prinzenpaar empfangen. Er ging gewandt auf die beiden zu, war in seiner Haltung respektvoll aber nicht untertänig, verbindlich doch bestimmt, und berichtete amüsant über das studentische Leben an der Berliner Universität. Als Prinzessin Augusta auf Louis Philipp und die momentane Lage in Frankreich zu sprechen kam, entwarf er ihr gleichfalls in fließendem Französisch ein klares und ausgewogenes Bild, was sie offenbar so beeindruckte dass sie ihn in ihren Koblenzer Kreis einlud, wo sie junge Liberale um sich scharte. Am folgenden Tag überbrachte ihm der Oberhofmeister noch zusätzlich eine Einladung in die Koblenzer Residenz des Prinzenpaares und damit wusste Sophie, dass ihr Sohn eine mächtige Fürsprecherin am preußischen Hof gewonnen hatte und seiner Vorstellung dort nichts mehr im Wege stand. Um die gesellschaftliche Weihe brauchte er nun nicht mehr zu bangen. Nach diesem Auftreten spürte sie aber auch, dass Paul für die diplomatische Laufbahn wie geschaffen war, was sie ihm nicht ohne Stolz bekannte. Doch er wollte kein Wort davon hören, sondern kam wieder nur auf das eine: Sie sollte nicht länger mit den Leuten der untersten Schichten verkehren und sich von dem abenteuerlichen Agitator trennen. Sie sollte endlich Vernunft annehmen und den Charakter von Lassalle erkennen. In allem, was er unternahm, tat er, als gelte für ihn das Unfehlbarkeitsdogma, was ihm dieses Dämonische gab, das besonders die schwachen Naturen faszinierte und die Massen in Bann hielt. Deshalb gehörte er ja zu den politisch gefährlichsten Personen, die nicht umsonst Berlin-Verbot hatten und ständig unter behördlicher Bewachung standen. Das musste ihr doch zu denken geben! Hatte sie es nötig, sich von ihm auf diese kriminelle dunkle Polizei-Ebene herunterziehen zu lassen! So geistvoll und gebildet wie sie war, konnte sie mit der Elite der Gesellschaft verkehren. Auch nach der Scheidung standen für sie alle Türen offen.

»Er ist die Elite«, warf sie ein und spürte, Paul war zu jung, um die Größe Lassalles zu erkennen. Ihm fehlte der Instinkt für das Geniale. »Lassalle ist eine außergewöhnliche Natur und nur weil er die arbeitenden Menschen ermutigt, sich ihrer Kraft bewusst zu werden, ist er weder ein Staatsfeind noch ein Hochverräter. Er steht als kritischer Geist in der Tradition der Humanisten.«

»Mama, ich bitte dich, sei nicht so naiv! Der Mann will die bestehenden Verhältnisse stürzen. Er ist der preußische Marat und hat bei allem schon die nächste Revolution im Kopf. Er will eine demokratische Republik unter Führung eines Arbeiterkomitees. Und er als Diktator an der Spitze.« Paul beschwor sie, umzudenken. Er meinte es ihr nur gut und wollte, dass sie wieder in ihrer Welt zu Ansehen kam doch als er merkte, dass sie nicht weiter darauf einging brach er ab und sagte, dass ihm der Papa kein Geld mehr zahlte, weil er die Verbindung zu ihr aufrechterhielt.

Dieses Manöver war Sophie mehr als vertraut und eigentlich hätte sie sagen müssen: »So ist dein Vater. Wärst du bei mir geblieben, statt zu ihm zurückzugehen, wäre dir das jetzt alles erspart geblieben«, aber Paul hatte ja schon genug Konflikte ertragen müssen. »Was soll ich denn machen?«, sagte er fast vorwurfsvoll, »etwa auch gegen Papa klagen?«

»Sprich mit ihm, dass es so nicht geht. Schließlich hat ihm das Gericht das alleinige Erziehungsrecht für euch drei zuerkannt.« Doch so wie Paul plötzlich vor ihr stand, so hilflos, verloren und unglücklich, tat er ihr leid. Dass er sich so entschieden von Lassalle abgewandt hatte, war zweifelsohne Edmunds Werk. Aber sie wollte nicht, dass Paul nun das Opfer einer Rache wurde, die eigentlich ihr gelten sollte und ging mit ihm zur Bank. Allerdings bemerkte sie trocken: »Den Finanzhebel anzusetzen ist ein beliebtes Spiel deines Vaters. Ernst wird es für dich nur, wenn er für dein Leibreitpferd nicht mehr bezahlen will.« Sie reichte ihm das Geld, dachte, er würde sich für die stolze Summe bedanken, aber er vergaß es leider, übergab ihr einen Brief von Tante Clara und fuhr nach Koblenz, um rechtzeitig für die ehrenvolle Audienz einzutreffen. Einen Moment lang kam Sophie der Verdacht, dass ihr Alliierter in seiner Wut vielleicht doch die Wahrheit herausgeschleudert hatte: Auch Paul wollte nur ihr Geld.

Doch dann kam ein gesiegelter Brief von Lassalle, quer

auf dem Bogen nur der Satz: »Ich ersticke, wenn Sie mir fehlen«, drunter klitzeklein, fast wie versteckt seine Ankunftszeit und alles genügte, um seinen Pelz und seine Winterstiefel einzupacken und ihm bis Breslau entgegenzufahren, wo sie ihn mit seinem Vater im eiskalten schlesischen Januar in der Perronhalle empfing.

Für Lassalle war es ein glücklicher Moment, die beiden, die er am meisten liebte, umarmen zu können und noch glücklicher war er, als er dann mit der Gräfin allein im Kupeewagen nach Hause fuhr. Sie hatte den ganzen Wagen gemietet und die vier restlichen Sitze noch bezahlt, denn sie wollte auf der langen Fahrt keine Fremden neben sich haben und ungestört mit ihm reden, rauchen, essen und trinken. Die Überraschung schien gelungen. Noch nie war er in einem Wagen der ersten Klasse und noch nie so luxuriös gefahren. Die Sessel weich gepolstert und mit Kopfstützen, die Wände getäfelt, die Fußwärmer mit heißem Sand gefüllt, in der Ecke ein eisernes Öfchen, in dem Holzkohle brannte, und sie verriet ihm schmunzelnd, dass dieser Wagen noch einen ganz besonderen Luxus bot – den Abort-Raum gleich nebenan. Sie brauchten nicht mehr bis zum nächsten Bahnhof zu warten, um dann rasch am Ende des Zuges in den Packwagen umzusteigen, wo der Abort war und alle Reisenden sich drängten, was oft so lange dauerte, dass der Zug inzwischen abfuhr und man im Packwagen bis zur nächsten Station ausharren musste. Doch dieser Wagen, der als Neuheit im Probebetrieb lief, war den Aufpreis wert. Für sein dringendes Bedürfnis nicht mehr bei Wind und Wetter auf ungepflastertem Weg durch Pfützen, Matsch und Schnee ans Zugende eilen zu müssen, sondern bloß aufzustehen und ein paar Schritte nach nebenan zu gehen, wo noch eine Wasserkanne stand, ein Handtuch lag und ein Spiegel hing – mehr Komfort konnte es nicht geben. Aber die wahre Attraktion des Salonwagens war das große Glasfenster, das einen so weiten Blick in die Winterlandschaft zuließ, dass er meinte, mit ihr mitten durch die Frostauen zu streifen. An jeder Haltestelle wurden ihnen heiße Getränke hereingereicht, in Liegnitz bereits die ersten warmen Speisen serviert und auf seinen Wunsch der Champagner gebracht. Zwar war es ihm wegen seines Augenleidens ärztlich untersagt, Champagner zu trinken, aber sie wollte ihn diesmal nicht ermahnen, um am Ende womöglich beim nächsten Wutanfall als die alte Tante zu gelten, die ihn ständig zur Ordnung rief.

Bis zur Frau Prinzipalin mit dem Silberhaar war es noch ein Weilchen hin. Sie hatte für die Fahrt ganz bewusst eine auffallend elegante Reiserobe gewählt, denn jeder sollte sehen: auch nach der Scheidung war sie nicht heruntergekommen, hatte sich weder mit verwahrlostem Gesindel noch mit irgendwelchen Barbaren gemein gemacht, sondern war dieselbe geblieben – nur um eine Lebenslänge freier. Natürlich wollte sie Lassalle gefallen, aber die Eleganz ihrer Erscheinung sollte ihn diesmal auch beschützen. Darum trug sie den allerneusten Pelz, einen teuren Chinchilla, dazu passend Kapotthut und Muff und an der Hand einen großen Brillantring, den sie eigens in Hanau hatte arbeiten lassen, wo die weltbesten Diamantenschleifer saßen. Und tatsächlich gab die Sternfacette einen so gesteigerten Glanz, dass der Ring die Blicke magisch anzog, was fürs Unterschreiben und Bezahlen besonders wirksam war und darauf hatte sie gezielt. Ob Zugpersonal oder Hotelgäste – jeder sollte sehen, wer in Begleitung einer solchen Dame reiste, konnte kein Staatsverbrecher sein und auf keiner Fahndungsliste stehen. Neben Ihrer Hochgeboren konnte es nur ein Mann von Geist, Gefühl und Charakter sein, dem aller Respekt gebührte. Als das Dinner serviert wurde, beste schlesische Küche mit Bigos und Mohnklößen, legte sie den Pelz ab und saß in einem prächtigen Kleid vor ihm, die Ärmel und der Rocksaum reich gerafft, und statt der sperrigen Krinoline hellfarbige spitzenbesetzte Seidenunterröcke, die unter den offenen Falten des dunklen Kleiderrocks hervorschimmerten und bei der geringsten Bewegung so aufregend rauschten, dass sich nicht mehr unterscheiden ließ, ob so die Sinnlichkeit oder der Luxus klang. Lassalle verschlang sie mit seinen Blicken, verwandelte sich geradezu in ein Augentier, was sie schon darum so wohlig auskostete, weil sie wusste, dass für ihn ein Kleid das Echo des Körpers war. Und er hielt sich ja auch lange genug bei dem engen Oberteil mit all seinen feinen Biesen und raffinierten Knopfreihen auf. Der Schaffner legte noch einmal Holzkohle nach, stellte jedem eine Öllampe auf den Tisch, öffnete die Champagnerflasche und empfahl sich den hohen Herrschaften mit einer tiefen Verbeugung. Sie steckten sich ihre Zigarren an, er wie immer seine Havanna, sie ihre mildere Brazil, und alles geriet zu einem gesteigerten Behagen. Seine flammenden Blicke, dazu dieses gleichmäßige Dahingleiten über die Schienen, drinnen die Wärme, draußen die weiße Winterlandschaft, aus der ab und an ein einsames Licht aufflackerte und am Horizont die schneeversunkenen Dörfer, die wie Sternenhaufen entgegenfunkelten – es kam ihr wie eine Hochzeitsreise vor, nur leider zu spät für sie. Doch im Kern waren sie längst verschmolzen. Er ein Aristokrat des Geistes, sie eine Aristokratin der Herkunft, er gefürchtet und sie verlästert, doch sie fühlte, zusammen hatten sie in der Gesellschaft einen neuen, ganz eigenen Platz. Sollten sich doch alle die Köpfe zerbrechen und die Mäuler zerreißen über ihre Beziehung zu ihm. Es konnte ohnehin niemand begreifen und es ließ sich nicht erklären. Sie liebte ihn wie ihren Sohn und nicht wie ihren Sohn. Mal ging es in die eine, mal in die andere Richtung. Wie das Pendel auch ausschlug – entscheidend war: Sie liebte. Und dafür gab es Gott sei Dank keine Paragraphen. Da musste jeder die beste Art für sich selber finden.

So munter und amüsant er auch von seiner Beduinentour erzählte, von den Basaren, Minaretten, Moscheen und all dem morgenländischen Zauber – sie hörte nur auf den Unterton. Wohin er auch kam, er hatte sich überall als ein Vogel ohne Nest gefühlt. Das war tröstlich. Doch dann hielt er ein, sein Gesicht bekam so etwas Ergebenes, fast Scheues und er sagte mit samtiger Raucherstimme: »Sie sehen, ich bringe Ihnen mein treues Herz unverdörrt aus der Wüstenhitze zurück. Nur bei Ihnen ist mir wohl. Darum wiederhole ich noch einmal, was ich Ihnen bereits geschrieben habe und flehe Sie an, face à face: Nehmen Sie mich nicht ernst, wenn ich mit den Worten wieder zu heftig werde, und es dann zwischen uns zu unnötigem Streit kommt. Das will ich nicht. Das darf nicht mehr passieren. Sie sind nicht meine Probepassion. Sie sind mein Einalles und werden es immer bleiben, solange Sie es selbst wollen und nicht in mir einen Stein des Anstoßes sehen. Ich habe es Ihnen bereits vor 10 Jahren geschworen und Sie wissen, ich halte mein Wort: Niemals werde ich Sie verlassen, denn Sie sind das Bedürfnis meines echten Glücks.«

Diese Umarmung tat not. Darauf hatte sie gewartet.

Zu Hause bei der Durchsicht der Postberge tobte Lassalle, dass der erhoffte Brief nicht eingegangen war und ihm diese Lusche von Polizeipräsident noch immer keine Aufenthaltsgenehmigung für Berlin erteilt hatte, ja es offenbar gar nicht für nötig hielt, auf seine Eingabe zu antworten und wohl glaubte, ihn mit dieser Hinhaltetaktik abspeisen zu können. Aber er wollte sich nicht schon wieder über dieses ganze Staatsdienerpack aufregen, das sich mühsam zu den Scheißposten hochgeschleimt hatte, um endlich auch jemand zu sein und von oben runterdreschen zu können. Nein, er hielt seine Wut zurück, denn es gab noch eine ganz andere Nachricht. »Ich bin Vater geworden«, sagte er zu Sophie, »ich habe eine Tochter.«

Sophie hatte zwar so etwas im Stillen schon immer erwartet, aber nun musste sie doch schlucken, fasste sich aber rasch und meinte nur: »Nehmen Sie auf mich keine Rücksicht und heiraten Sie.«

»Agnes ist schon verheiratet. Ob es ihren Ehemann überhaupt noch gibt, ob sie von ihm geschieden ist oder getrennt lebt – ich weiß es nicht und habe auch nicht danach gefragt. Ich weiß nur, sie lebt jetzt bei ihrem Vater in Brüssel und hat kein Interesse, dass ich komme, um meine Tochter zu sehen, aber sie hat ihr immerhin meinen Namen gegeben. Sie heißt Fernande. So oder so – ich hätte die schöne Agnese ohnehin nicht geheiratet. Es hat sich nur so ergeben. Aber Liebe ist eben noch was anderes Ist ein gottesdienstlicher Akt. Lieben kann ich nur eine gleichgestimmte Seele.« Auf einmal bekam seine Stimme wieder diesen weichen, sanften Klang und er sah Sophie an als wollte er ihr sagen: Lieben kann ich nur Sie. Doch dann kam er wieder auf den Polizeipräsidenten zurück, denn so ließ er sich von diesem Staatskriecher nicht behandeln überlegte, wie er gegen ihn vorgehen konnte, aber Sophie meinte, diese dunkle Polizei- und Halbweltsebene hatte er nicht nötig. Um nach Berlin zu kommen, gab es für ihn noch ganz andere Möglichkeiten. Schließlich schlug er sich mit einem heftigen Augenleiden herum und sie kannte persönlich den berühmten Graefe, der neben der Charité seine Klinik hatte und zu dem die Patienten aus aller Welt anreisten. Nur einer wie Albrecht von Graefe konnte seine Netzhautgeschichte richtig behandeln, denn er arbeitete mit der neusten Technik, dem Helmholtzschen Augenspiegel, der den ganzen Augenhintergrund ausleuchtete, was den Kranken sensationelle Heilerfolge bescherte. Da brauchte es keiner langen Überlegung. Wenn sie für ihn von Professor Graefe ein Attest für eine halbjährige Augenkur bekam, konnte ihm keiner seine Einreise in die Hauptstadt verweigern und Tage später saß sie bereits in Begleitung ihrer neuen Zofe im Zug nach Berlin.

Schneller als erwartet hielt sie das kostbare Dokument in ihren Händen, hinterlegte vorsichtshalber eine notariell beglaubigte Abschrift im Polizeipräsidium und eilte dann zu ihrer Schwester. Als sie Clara im Bett liegen sah abgemagert, ein Schatten ihrer selbst und kaum noch zu einer Bewegung fähig, vergaß Sophie alles, was zwischen ihnen gewesen war und fiel ihr um den Hals. »Ach, Sophie, wer hätte gedacht, dass wir uns einmal so wiedersehen!«, sagte Clara, »mich hat's elend erwischt. Von der Krankheit habe ich noch nie gehört. Sie heißt Carcinoma. Der Arzt hat gemeint, das sei ein Geschwür, das den Menschen von innen her auffrisst. Da weiß man doch, woran man ist.« Clara ließ wie früher die venetianischen Becher und den Aquavit kommen, doch sie ließ sich Pomeranzenwasser einschenken, weil sie Alkohol nicht mehr vertrug und Sophie trank aus Solidarität ebenfalls das Wasser. »Du siehst wunderbar aus«, sagte Clara, »du hast dich mächtig verjüngt. Aber schau mich an. So schnell kann's gehen. Genieße bloß jede Stunde! Weißt du, was mir jetzt erst so richtig bewusst geworden ist? Ich habe mich nie auf einen Mann freuen können. Es war keiner da. Das Gefühl, er kommt auf dich zu und alles vibriert – mir war's nicht vergönnt. Von der Welt zu gehen ohne wenigstens einmal richtig geliebt zu haben, das ist das Schlimmste. Schon die Erinnerung daran könnte jetzt guttun. Aber diese Kraftarznei hat mir gefehlt. Kein Rauf, kein Runter, nur Ebbe. Und das ist das Ergebnis. Mein alter Nostitz kommt kaum ins Krankenzimmer. Er kann mich angeblich nicht leiden sehen. In Wirklichkeit habe ich mich für ihn von einer Gewohnheit in einen Störfaktor verwandelt. Ich hätte deinen Mut haben sollen, dann hätte ich anders geendet.«

Sophie nahm Claras Hand, als wollte sie die Schwester trösten. »Übrigens bereut Edmund schwer, dass er gegen dich diese bösartige Scheidungsklage eingereicht hat, aber meint, er sei von seinen Anwälten dazu gedrängt worden.

Jedenfalls will keiner mehr mit ihm so recht was zu tun haben. Wenigstens konntest du dein Vermögen retten, denn krank sein, alt werden und kein Geld haben, das macht erst den richtigen Schmerz.« Sophie wollte jetzt nicht daran erinnern, dass sie eben doch den einzig richtigen Anwalt gewählt hatte, denn Clara kam auf Paul zu sprechen und war heilfroh, dass er so hoch in der Gunst der Prinzessin Augusta stand, die vielleicht schon im kommenden Jahr Preußens neue Königin war. »Übrigens hat sie mich dringend gebeten, dir auszurichten, dich nicht gemeinsam mit dem Agitator Lassalle in Berlin zu zeigen, damit am Hof keine unnötigen Feindschaften gegen Paul entstehen und sie nicht gehindert wird, ihn zu fördern. Denn sie ist beeindruckt von seiner geschmeidigen Intelligenz und du weißt ja, sie hat so ein intuitives Gespür, die richtigen Leute an die richtige Stelle zu bringen.«

Die Krankenschwester kam mit der Bettschüssel herein und gab Sophie ein Zeichen, die Patientin nicht zu überanstrengen. Clara wollte sich aufrichten, um die Schwester zu umarmen, aber es gelang ihr nicht und sie fiel wieder auf das Kopfkissen zurück. »Wenn es so weit ist, bleib meiner Beerdigung lieber fern. Ich will nicht, dass du mit feindseligen Blicken traktiert wirst. Wenn die Karawane abgezogen ist, komm an mein Grab. Ich sehe dich.«

Sophie hielt Clara ganz fest, verbarg standhaft ihre Tränen, doch dann lief sie hinaus in den Korridor und weinte Nur Paul konnte sie trösten, denn als sie am Abend mit ihm im Hotel dinierte, überraschte er sie mit der freudigen Nachricht, dass ihm das zweite Examen erlassen wurde und auch die langweilige Referendarszeit am Stadtgericht musste er nicht zu Ende bringen, denn er sollte vorzeitig als unbezahlter Attaché der preußischen Gesandtschaft nach Paris gehen. »Mein subtiles Französisch ist offenbar gefragt«, sagte er gutgelaunt, und bewunderte die geradezu avantgardistische Eleganz seiner Mama, in der er ein erstes Zeichen sah, dass sie auf dem Weg der Läuterung war und wieder in die Welt zurückkehrte, in die sie gehörte. »Krinolinefrei – das hat man ja noch nicht einmal bei der Kaiserin Eugenie gesehen. Wäre ich jetzt schon in Versailles, könntest du damit gleich Furore machen. Aber das dauert noch. Bloß schaff mir bis dahin keine Feinde. Du weißt ja: Sollte Lassalle nach Berlin kommen, dann darfst du dich auf keinen Fall mit ihm zeigen. Dies würden selbst die liberalsten Kräfte am Hofe als offene Provokation empfinden. Willst du in Berlin sein, dann komm zu mir oder Tante Clara. Sonst zu keinem. Damit Lassalle nicht in seiner bewährten Art querschlagen kann, hat Nostitz sicherheitshalber mit einer Ordre an den Innenminister vorgesorgt: Sobald du aus anderen als familiären Gründen die Hauptstadt betrittst, wird Lassalle sofort ausgewiesen. Fährst du ab, darf er wieder einreisen.« Dann ließ er vielmals von Onkel Max grüßen, der ihn nach Paris eingeladen hat, um ihn schon jetzt in die Mysterien der preußischen Gesandtschaft am französischen Kaiserhof einzuweihen, und bat seine Mama um das Reisegeld. Eigentlich hatte sie ihm ja erst vor kurzem einen stattlichen Betrag herübergereicht, aber wollte nicht fragen, wo das Geld geblieben war, denn ihr Bruder sollte sehen, sein Neffe kam nicht als der Sohn einer Verliererin.

Lassalle fühlte sich hintergangen. Dass die Gräfin so lange in Berlin blieb, war ihm ein sicheres Zeichen, dass sie dem geliebten Herrn Sohn Stunde um Stunde widmete und alle Gelegenheit gab, das Wühlen gegen ihn fortzusetzen. Er spürte nun mal, was in der Luft lag, zumal er wusste, der Knabe hatte Schneid, war intelligent, entschlossen und außerdem noch standesbewusst – eine Kombination, die nicht unterschätzt werden durfte. Natürlich wollte er die Mama für sich allein haben, denn ihr Geld verschaffte ihm die nötige Reputation. Dass die Gräfin das nicht durchschaute, ließ Lassalle keine Ruhe und der Ärger darüber zehrte ihn so aus, dass er sich zum ersten Mal fast schachmatt gesetzt fühlte. Dabei war sie gerade jetzt in der glänzendsten Position, den Leuten, die ihr so schnöde in den Rücken gefallen waren, mit einer gepfefferten Portion Verachtung zu zeigen, wo ihre Zukunft lag. Stattdessen hatte sie auf einmal so ein seltsames Verständnis für diese Bagage. Es kam ihm so vor, als wäre sie plötzlich eine Blattlaus geworden, die über das Blatt, auf dem sie gerade herumkroch, nicht hinausblicken konnte. Aber das war sie doch nicht! Anfällig und rückfällig – diese Schwächen gab es bei ihr doch nicht. Sie war doch nicht die Frau, der man die Strickwolle hielt! Sie war kämpferisch, hatte Weitblick und Mut, aber offenbar wollte ihr die Familie hinterrücks das alles wieder nehmen. Doch er hatte ihr die Freiheit erfochten und damit den Beweis seiner Liebe erbracht. Und Liebe war für ihn nun mal nicht die übliche Tour von erregt genossen und kalt vergessen. Liebe war mehr, war die gefühlte Einheit zweier Individuen und die verband sie miteinander. Diese Einheit ließ er sich von keinem zerbröseln, gleich ob es der Herzenssohn oder sonst wer war. Lassalle spürte, er musste jetzt sofort die Dinge energisch in die Hand nehmen, damit die Gräfin ihm nicht still entglitt und wusste, zu wem sie gehörte. Er war für sie da, er gab ihr Rat und ihm allein gebührte der Platz an ihrer Seite.

Er empfing sie kühl, nahm das Attest entgegen, vergaß sich zu bedanken, wie schön sie seine Bibliothek geordnet hatte, sah nur ihre Unvernunft und Inkonsequenz und sagte kategorisch: »Wenn ich erst mal in Berlin bin und Fuß gefasst habe, dann kommen Sie nach. Entweder wir ziehen wieder zusammen oder wenn Sie es wünschen, nehmen Sie sich in der Nähe eine eigene Wohnung. Wir brauchen einander. Sollte ich darin irren, müssen Sie mich auf der Stelle korrigieren.«

Sie sah ihm an, dass er schon wieder kurz vor dem Aufbrausen war, aber wusste, wie aussichtslos es im Moment für beide gewesen wäre. Doch nach Berlin zu Paul oder Clara zu reisen, ohne Lassalle zu sehen – das ging gar nicht. Das hätte sie nicht ausgehalten. Nie wäre sie dazu fähig gewesen. Und einfach so, ohne Angabe von Gründen Berliner Boden zu betreten, hätte sofort seine Ausweisung bedeutet, was sie ihm erst recht ersparen wollte. Denn dass die Nostitzsche Order eingehalten wurde, daran zweifelte sie keine Minute. Sie hatte nun mal einen Schwager, der Generaladjutant des Königs war. Der ferne Marx konnte ja auch nichts dafür, dass sein Schwager preußischer Innenminister war und sich beide überboten im harten Durchgreifen gegen Demokraten. Das musste man aushalten, wenn man sich mit Damen des Adels liierte. Darum bat sie Lassalle, erst einmal in Ruhe seine Augen zu kurieren und anschließend konnte man weitersehen. Wort für Wort holte sie ihn herunter von seinem Feldherrnhügel, doch Lassalle fuchste dieses Abwiegeln, zumal er ahnte, dass der Sohn dahintersteckte. »Ich weiß, dass Paul in mir ein Hindernis sieht und Sie wissen es auch, aber geben es nicht zu, weil Sie unter dem Pantoffel Ihres Sohnes stehen.«

Das allerdings fand sie unverschämt und seine Eifersucht auf Paul geradezu lächerlich, und meinte bloß, er müsse sich endlich mal damit abfinden, dass es neben ihm noch andere Menschen mit Verstand gab, die sich das Recht herausnahmen, ihren eigenen Weg einzuschlagen. »Außerdem haben Sie ihm das doch seinerzeit als Lehrer beigebracht – reingehen in die Strukturen, ein hohes Staatsamt besetzen und mit fortschrittlichem Denken etwas in Gang bringen. Nun soll Paul das auch tun und ich werde ihn nicht daran hindern.«

Lassalle trieb es die Galle ins Blut. Da war wieder dieser spitze Stechmückenton, den er partout nicht vertrug und der ihn rasend machte, weil er ihn als kränkend und ungerecht empfand, ganz an der Sache vorbei und ohne die mindeste Spur von Einsicht. Wütend gab er ihr die Schuld, dass sie schon wieder Streit anfing. Doch das ließ sie sich nicht vorwerfen. »Warten wir erst mal ab, bis Ihre Tochter so weit ist, da werden Sie viele Dinge ganz anders sehen«, sagte sie, aber hörte bloß noch das Krachen der Tür.

Und dann, als er in Berlin war, spitzte sich alles noch zu. Die befristete Aufenthaltsgenehmigung scherte ihn einen feuchten Kehricht. Er mietete sich sofort eine elegante große Wohnung hautparterre in der Potsdamer Straße, um vor aller Augen zu demonstrieren, wer sich so großartig etablierte, konnte nicht so ohne weiteres wieder ausgewiesen werden und bat Sophie, ihm seine Bibliothek nachsenden zu lassen.

Kein Wort über den Erfolg seiner Augenbehandlung, sondern Brief um Brief die Aufforderung, endlich zu ihm in die Hauptstadt zu kommen und sei es nur für ein paar Tage. »Wenn Ihre Leute so weit gehen und Sie ihnen soweit nachgeben, dass wir beide nicht mehr in derselben Stadt sein können, dann haben sie Sie eben von mir getrennt und Sie sich trennen lassen. Dann sind Sie für mich siebenmal schlimmer als tot.« Und schon kam neue Post. »Ihr Hanswurst, Madame, bin ich nicht. So wahr ich Lassalle heiße, ist dies das letzte Wort, das Sie von mir jemals sehen und hören, wenn Sie nicht am 2. spätestens hier sind.« Am nächsten Tag die nächste Freundlichkeit: »Wenn Sie nicht am 4. hier sind, so sind Sie gewesen für mich.« Die Woche drauf: »Beide oder keiner!« Dann ein billet doux: »Und wenn Sie nicht kommen, dann komme ich wie der Dieb in der Nacht und hole Sie zu mir.« Schließlich der Vorschlag für eine gute Möglichkeit einzureisen, ohne dass man ihn auswies: »Pfingsten geht der Präsident auf seine Güter und der König nach Marienbad. Da fallen keine Entscheidungen. Das wäre die beste Gelegenheit zum Herkommen. Mit Ihrem Herrn Sohn darüber zu sprechen, fehlt mir die Zeit und als Beirat kann ich ihn nicht gebrauchen. Ich weiß selbst, was ich zu tun und zu lassen habe. Entweder Sie entschließen sich jetzt, zu mir zu kommen oder ich überlasse Sie ganz und gar dem Kultus Ihrer Familiengötter und werde mich nie mehr um irgendetwas, das Sie anlangt, bekümmern.« Doch weil sie Pauls Zukunft nicht gefährden wollte und keine Zusage geben konnte, kam postwendend die Kriegserklärung vom Feldherrnhügel: »Ich verlange pünktlichen und blinden Gehorsam, sonst ist es mit unserer Freundschaft entschieden aus. Ich mag keine Leute, auf die ich mich nicht verlassen kann!« Und in ihr Schweigen donnerte es erneut: »Sie zwingen mich, mit Ihnen zu brechen. Sei denn, Sie geben mir schriftlich, dass Sie von nun ab auf Paul und Ihre Familie nur so viel Rücksicht nehmen wie ich es selbst billigen und für gut finden werde.«

Doch das war zu viel. Es klang ja geradezu so, als ob er Macht über sie ausüben wollte! Er konnte sich ja gerne als Enkel Gottes auf Erden fühlen, aber er war weder ihr Brotherr noch ihr Hausgebieter. Was brachte es denn, wenn sie kam und man wies ihn aus! Es wäre doch nur eine andere Form von Arrest gewesen und das wollte sie ihm ersparen. Er mochte ja stolz darauf sein, dass sein Wille alles bezwang und sogar seinen Körper steuerte, aber gegen die preußische Gendarmerie kam auch der couragierteste Kopfkämpfer nicht an. Da konnte er noch so viel wollen – da klickten die Handschellen und man führte ihn ab. Zur Freude der Mitglieder des Herrenhauses. Nein, nicht sie war die Unvernünftige, er hatte diesmal einen Mangel an Ratio. Sie kannte die Lage und handelte aus Rücksicht auf ihn. Doch dafür noch Vorwürfe zu bekommen, überschritt alles Maß. Ob vulkanische Natur, feuerspeiende Art oder Aprilwettergemüt – es gab dafür keine Entschuldigung. Sie las nur seine ungerechtfertigten Übertreibungen und es war höchste Zeit, ihn auf den Boden der wirklichen Verhältnisse zurückzuholen. »Wenn ich mich nicht wie ein Automat in alle Ihre Ideen sogleich füge, werde ich beschimpft, mit Brechen aller Freundschaft und sogar mit Verachtung bedroht! Diese immerwährenden Gemütsbewegungen, in die mich Ihre Heftigkeit und Ihr Despotismus versetzen, reiben meine Kräfte derart auf, dass mir nichts anderes übrigbleiben wird, als mich in eine gänzliche Einsamkeit zurückzuziehen.« Im PS teilte sie ihm mit, dass ihre Gesundheit von alldem so zerrüttet war, dass sie jetzt erst einmal auf dringenden ärztlichen Rat für mehrere Wochen zur Kur nach Wildbad fahren musste.

Seine Antwort kam postwendend: »Sie wissen, Sie sind mir alles, was ein Individuum einem sein kann. Aber Sie müssen mich verstehen. Meine Seele ist matt geworden und sieht ein, dass es nicht mehr geht. Ich ergebe mich also in die Situation, die Sie nun einmal nicht anders wollen. Zu mir nach Berlin kommen Sie nicht – Pauls wegen. In der Kur kann ich Sie nicht besuchen – Pauls wegen. Es wird mir endlich zu viel Paul. Ich quäle mich hier ab, bin in allem, was ich tue, auf Sie bezogen und Sie können nichts von dem, was mir lieb ist, tun – Pauls wegen. Haben Sie für mich keine Zeit mehr übrig, Pauls wegen, so können wir uns auch nichts mehr sein.«

Statt sich in Wildbad zu erholen, überfiel sie eine tiefe Melancholie. Nie hätte sie gedacht, einmal in eine solche Situation zu kommen und Opfer der Eifersucht zweier Söhne zu werden. Einem geborenen und einem ungeborenen Sohn. Jeder wollte über ihr Leben bestimmen, aber sie musste ihnen klarmachen, sie bestimmte über sich selbst. Ob sie durch das romantische Schwarzwaldtal an der Enz spazierte oder Bäder gegen Lähmungen und Rheumatismus nahm – sie spürte nichts als eine große Verlassenheit.

Paul ließ sich nicht blicken, weil er fürchtete, Lassalle zu begegnen, und Lassalle setzte sie trotzig mit seiner Abwesenheit unter Druck, damit sie bewusst die Leere empfand und endlich begriff, dass sie ohne einander nicht froh werden konnten. Natürlich wartete sie begierig darauf, dass Paul seinen Posten in Paris antrat, denn dann war seine Zukunft gesichert und sie konnte sich in der Öffentlichkeit zeigen, mit wem sie wollte. Aber sie musste sich auch gegen Lassalles ungerechtfertigte Vorwürfe wehren. Auf den Sohn Rücksicht zu nehmen, hieß noch lange nicht, dass sie in den Familienclan zurückkehren wollte. Auch wenn ihr Alliierter immer alles gleich politisch sah – es war doch für eine Mutter das Normalste der Welt, sich dafür einzusetzen, dass aus dem eigenen Kind etwas halbwegs Vernünftiges wurde, gleich ob es aus dem Adel oder der Arbeiterschicht kam. Deswegen gab sie doch ihre kritische Haltung zum eigenen Stand nicht auf! Hätte sie sich nicht längst davon abgewandt, hätte er sie wohl nie so begeistert als ein historisches Novum, eine Socialaristokratin bezeichnet, ja sie sogar zur dynastischen Opposition gezählt. Und dann ein solches Theater! Schrecklich. Alles immer auf eine Karte, immer Jetzt oder Nie, alles überhitzt, übertrieben, überzogen, überreizt und jedes Wort im Jähzorn aufs Papier gedroschen. Das konnte ja kein Mensch aushalten. Und doch – es war trostlos ohne ihn. Ringsum öde. Kein Spiel des Geistes, kein Flammenwurf, kein Gedankenblitz, kein Austausch, kein Feuer, keine Bewunderung, keine Wahrnehmung. Nichts, was Sonne in den Tag gab. Gleich was sie hörte, gleich was sie sah – alles blieb ohne Echo und alles war abstoßend. Die Luft muffig, das Essen salzig, das Thermalwasser flau.

die Badeärzte überarbeitet, die Abende düster. Eine Kur, die krank machte. Doch dann traf in die Hundstage sein Brief: ›Es ist mir unbeschreiblich bange nach Ihnen. Ohne Sie bin ich eine vereinsamte Träne, reibe mich auf und zugrunde. Denken Sie daran, dass auch mein ganzes Lebensglück, meine Ruhe und Zufriedenheit von Ihrer Gesundheit abhängt und schonen Sie sich wenigstens für mich, wenn Sie es nicht um Ihrer selbst willen tun.« Da war er wieder, der Mann ihrer Seele, teilnehmend und sorgenvoll, ohne alle Feldherrnallüren, der Amant mit den anderen, den sanften Worten, die in ihre Verlorenheit augenblicks etwas Geselliges brachten und ihr wie das Beste und Verlässlichste, wie eine Selbstheilquelle entgegensprudelten. Egal was passierte, sie besuchte ihn jetzt in Berlin.

Zu Hause erfuhr sie von Claras Tod und Lena überraschte sie mit der Kopie eines Dossiers über Lassalle, die ihr zugesteckt worden war und die das Düsseldorfer Polizeipräsidium als amtliche Warnung bereits nach Berlin an das Ministerium des Innern weitergeleitet hatte. »In der Akte wird er geführt als einer der gefährlichsten Menschen, die vor keinem Verbrechen zurückscheuen«, sagte sie aufgeregt, »als ein Mann mit außerordentlichen geistigen Fähigkeiten, einer hinreißenden Beredsamkeit, einer unermüdlichen Tätigkeit, großer Entschlossenheit, exaltierten Freiheitsideen und durch die bedeutenden Geldmittel seiner Klientin instand gesetzt, der Hauptleiter der Umsturzpartei in der Rheinprovinz zu sein. – Und jetzt hören Sie die Schlussfolgerungen der Schnüffler: Sein Haus in Düsseldorf war das furchtlose Asyl demokratischer Propaganda und es muss damit gerechnet werden, dass er seinen Wohnsitz in Berlin nun gleichfalls in ein Zentrum für eine künftige Umsturzbewegung verwandeln wird. Darum ist aus Sicherheitsgründen dringend angeraten, einen solchen Ort unter ständige polizeiliche Bewachung zu stellen und die Versammlungen in seinem Haus nicht aus den Augen zu lassen.«

»Was nützen all die Polizeiberichte, wenn der Observierte den anderen immer einen Schritt voraus ist und Wandlungen hinlegt, die in kein Raster passen«, entgegnete Sophie fast übermütig, denn der Beweis lag bereits auf dem Tisch: ein Jubelbrief von Lassalle. Sein *Heraklit* war ein Riesenerfolg und begeisterte die Koryphäen. Alexander von Humboldt dankte ihm für das wichtige, echt philosophische Werk, mit dem er die deutsche Literatur bereichert hat und fand herrlich, was er aus dem Dunkeln über die Philosophie der Sprache und über das Leben als ein immerwährendes Sterben ans Licht gebracht hat. August Böckh, der große Altphilologe, bei dem er einst die Vorlesungen gehört hatte, bewunderte, wie tief und geistreich ihm die allgemeine Darstellung des Systems des Heraklit gelungen war, vollkommen überzeugend und lichtvoll die Auseinandersetzungen und kannte kein Werk, das seinen Stoff nach allen Seiten hin so erschöpfte, wie sein Herakleitos. Geradezu bezaubert war Richard Lepsius, der König der Ägyptologen. Er schlug Lassalle vor, den Pythagoras und anschließend sämtliche griechische Philosophen in der Weise wie den Heraklit monographisch zu behandeln und lud ihn gleich zu sich ein, um über den schwierigen Begriff des Äthers zu diskutieren. Denn Lepsius vermutete, dass dieser Begriff nachheraklitisch gewesen ist oder wenn sich Heraklit wirklich dieses Ausdrucks bedient hat, fragte er sich, ob es dann nicht nur ein neuer Ausdruck für sein kosmisch-elementares Feuer war. Auf jeden Fall freute er sich, mit Lassalle über das fünfte Element sprechen zu können. Und Heinrich Brugsch, der Schöpfer der demotischen Schrift, erbot sich, Lassalle Hieroglyphenstunden zu geben, denn er hielt ihn für berufen, endlich das Verständnis für das *Totenbuch* der Welt zu eröffnen. Zudem die vielen Zeitungsartikel. Selbst seine Feinde erkannten an, dass der Autor Lassalle, dieser berüchtigte Demokrat, sich auf die Tiefen der Philosophie, auf die großen Dinge und das Begreifen der Welt verstand.

Sophie war stolz. Sie wusste ja immer um seine Dimensionen, doch nun musste wohl auch der letzte Hasser einsehen, dass in einem solchen Geist kein Terrorist und kein Staatsverbrecher nisten konnte. Auf einmal kam es ihr so vor, als würde sein Erfolg auch jeden ihrer Schritte rechtfertigen. Sie las seinen Triumphbrief wieder und wieder. Die Hegelianer jubelten und es stand ihm die ehrenvolle Aufnahme in die Berliner Philosophische Gesellschaft bevor. Die Einladungen zu Vorträgen türmten sich und sein Verleger war himmelhoch glücklich über den Bucherfolg. Zu Ehren des Autors lud Duncker zu einem großen Maskenball, wo alles erschien, was in Berlin geistig Rang und Namen hatte. »Liebste Gräfin, Sie sehen, wie man die Polizeimaßnahmen außer Kraft setzen kann! Über Nacht habe ich mir einen Hochsitz in der Wissenschaft erklommen und es bestehen beste Aussichten, dass meine befristete Aufenthaltsgenehmigung für Berlin in ein dauerhaftes Bleiberecht verwandelt wird! Alles für Ihr Herkommen ist getan!«

Doch bis dahin wollte sie nicht warten, sondern sah eine

günstige Gelegenheit, ihn unauffällig zu treffen, ließ sich in aller Eile ein ionisches Kostüm schneidern, dazu von einem Bildhauer aus feinster Leinwand und Wachs eine Kopfmaske von Heraklit fertigen, nahm einen Zug nach Hamburg über Berlin, und weil die Presseleute am Bahnhof immer vor dem Wagen der ersten Klasse herumlungerten, stieg sie kurz vor Berlin in den Wagen der dritten Klasse um, erreichte unbeachtet das Bahnhofshotel, in dem nur Durchreisende, aber nicht Einreisende nächtigen durften, bestellte sich einen Fiaker und fuhr in ihrem Heraklitkostüm zum Hause Dunckers, wo sich die Karnevalsgäste schon am Eingang drängten.

Lassalle stand mit einer schwarzen Augenmaske als orientalischer Pascha im Entree und war dicht umringt. Eigentlich hatte er für Vergnügungen dieser Art nichts übrig, aber er kannte keinen Autor, der sich der Ehrung seines Verlegers widersetzt hätte, und die Zeit war ja für Narren auch wie geschaffen. Er betrachtete amüsiert das Treiben und die schrille Buntheit der Kostüme, doch eines zog seinen Blick geradezu magisch an. Da hatte sich jemand als Heraklit verkleidet, trug dieses klassisch reich gefaltete Gewand aus hellglänzend gebleichtem Linnen und eine Kopfmaske, die ihm so echt erschien, als stünde der Dunkle von Ephesos leibhaftig vor ihm. Lassalle meinte, so konnte nur einer erscheinen, der sein Werk gelesen hatte und vielleicht sogar mit diesem Aufzug den Autor ehren wollte, was ihn auf einmal fast schmeichelhaft anmutete. Er wollte auf den Heraklit zugehen, doch da ertönte schon zur Eröffnung die Galoppronde und ehe er sich versah, zog die Frau des Verlegers ihn ins Gewühl und tanzte ekstatisch mit ihm durch alle Räume. Er war ein schlechter Tänzer, aber in dem wilden Gedränge fiel das glücklicherweise nicht auf. Kaum dass die Kapelle pausierte, suchte er nach dem Heraklit, der wie eine Marmorstatue noch an derselben Stelle stand, näherte sich ihm und sah, dass auf dem Saum des Überwurfs in großen Buchstaben das *Panta rhei* gestickt war, was auf Fachkenntnis schließen ließ, und sagte respektvoll: »So habe ich mir den Heraklit immer vorgestellt. Eine Charaktermaske. Alles stimmt. Nur beim Überwurf muss eine Schulter frei bleiben. Sie gestatten…« Er fasste den Zipfel des Überwurfs, legte ihn mit seinen reichen Falten sorgsam auf die andere Seite, trat einen Schritt zurück, und weil er eine Koryphäe unter dem Kostüm vermutete, meinte er sachkundig: »Jetzt ist es perfekt.« Doch auf einmal war er sichtlich irritiert, denn diese nackte Schulter kannte er. Weich und voll. Die hatte er schon einmal geküsst. Da spielte die Kapelle den Schnell-Walzer, dreschend und dröhnend als Preußischen Dreher, dass alles wie besessen zur Tanzfläche stürmte und er mit dem Heraklit plötzlich allein im Entree stand. Er legte die Arme um ihn und wusste, es war die Gräfin. Er sagte nichts und sie sagte nichts. Kein Hauchlaut kam von ihm, nichts, gar nichts, keine Regung. Er atmete bloß ihre Gegenwart ein und stand in Flammen. Noch nie hatte er die Stille so tief empfunden wie inmitten des kreischenden Lärms. Eine orgastische Stille, die alle Lust und alle Freuden in sich barg. Er ließ sie nicht los und auch für sie war es ein Augenblick, wo sie meinte, das Zusammenfließen ihrer Seelen hören zu müssen. »Ich miete mir jetzt eine Wohnung in Berlin, damit wir uns wieder nahe sind«, sagte sie, »ich gebe Ihnen recht: Das Getrenntsein muss ein Ende haben.« Er separierte sich mit ihr in der kalten Loggia, besprach sofort alle Details, doch dann wurde der Mann des Abends für den Abschluss und Höhepunkt, den Galopp infernale, gesucht denn alle wollten, dass Lassalle die Spitze anführte. Sosehr er sich auch wehrte – es nützte nichts. Man trug ihn wie eine Trophäe johlend zur Tanzfläche und als er sich endlich erschöpft von dieser sinnlosen Rummelpflicht befreit hatte saß sie im Morgengrauen bereits im Schnellzug nach Köln

Kaum hatte sich Sophie über einen Makler Lassalles die Wohnung in Berlin gemietet, erhielt sie eine Depesche vom schlesischen Hermann, Fürst von Trachenberg, dass ihr Bruder Max in Paris gestorben war und lud sie zu einer Familientrauerfeier aufs Schloss. Sophie fasste es nicht. Erst Clara und jetzt Max und er war der Jüngste der Geschwister. Weil sie ahnte, dass der ganze Verwandtschaftstross sie mit aufgeschlitzter Arbeiterbluse und dem Rock einer Landfrau erwartete, besorgte sie sich eine besonders prunkvolle Trauerrobe, legte auch beim Schmuck noch kräftig zu, schon aus Trotz konnte es nicht genug glitzern, doch da stand bereits Paul an der Tür, um sie zu begleiten und gemeinsam mit ihr bei der Familie zu erscheinen, denn er sah im Tod von Onkel Max den geeigneten Moment für die große Versöhnung. Als er sie in ihrer Pracht sah, zweifelte er nicht, dass es ihm gelingen würde und sagte ihr auf der Fahrt, sie müsse sich keine Sorgen machen, dem Vater zu begegnen, denn der lag schwerkrank darnieder. Doch ob dieser Unmensch mit seinem vorgegaukelten Morbus sonticus ins Delirium ging, hinfällig, leidend, halb tot oder ganz tot war, interessierte sie nicht. Alles, was Edmund betraf, war in ihr gelöscht, und wenn überhaupt noch mehr als ein Wort für ihn in Frage kam, dann nur die Zeile aus dem *Faust:* Auch Flöhe und Wanzen gehören zum Ganzen. Paul teilte ihr freudig mit, dass er auf königliche Order in den diplomatischen Dienst übernommen worden war, jetzt nach Paris ging und spätestens im nächsten Jahr den Titel eines Legationssekretärs bei der Gesandtschaft erhielt.

Sophie schlug im Stillen mehrere Kreuzzeichen und atmete auf, denn nun war sie frei von allen Zwängen der Rücksichtnahme und konnte sich treffen, mit wem sie wollte. Dann überraschte sie Paul noch mit einer anderen Nachricht: Tante Clara hatte in ihrem Testament verfügt, dass Edmund nicht an ihrer Beerdigung teilnehmen durfte, weil er aus Rache gegen seine geschiedene Frau dem Sohn das gesetzliche Ausbildungsgeld verweigerte, und hinterließ ihrem Neffen eine respektable Bargeldsumme, damit er das erste Jahr in Paris standesgerecht leben konnte. Sophie empfand es im Nachhinein als ein Bekenntnis zu ihr, das sie so nicht erwartet hätte und alles vergessen ließ, was Clara aus Feindschaft gegen Lassalle über Jahre von ihr getrennt hatte. Doch Paul jammerte trotzdem, nicht als Kronprinz oder als Rothschild geboren worden zu sein, denn er befürchtete, man hielt ihn besonders lange auf dem Anfangsposten, weil der unbezahlt blieb. Aber Sophie hatte sich längst darauf eingestellt, ihrem Sohn regelmäßig einen ordentlichen Batzen Bares herüberzureichen, bis er zum Botschafter ernannt wurde und dann von seinen eigenen Einkünften leben konnte. Voller Bewunderung schilderte er ihr, wer alles zu Claras Beerdigung gekommen war, so viele, dass die Polizei wegen all der hochrangigen Personen die Straße sperren ließ. Sie hörte sich das alles gelassen an und dachte nur, wenn es bei ihr so weit war, gab es ganz gewiss kein großartiges Erbbegräbnis mit Psalmengesängen und ins Familiengrabgewölbe mit Säulen aus grauem Marmor kam sie nicht und wollte auch nicht, denn für sie gab es nur einen Platz und den bestimmte Lassalle. Da konnte die erlauchte Sippe samt der drei Kinder kopfstehen – Lassalle, sonst keiner. Doch das behielt sie vorerst für sich.

Dann, im großen Schlosssaal, wo sich die ganze Kolonne ihrer Qualverwandtschaft versammelt hatte, wurde sie von oben bis unten begafft, beäugt und von Blicken eingekreist, die erst hämisch und scheel, auch halb neidisch, halb bewundernd, und schließlich irritiert und verblüfft waren, denn ihre prachtvolle Robe überbot offenbar alles, was man bislang gesehen hatte und gerade von ihr nicht mehr erwartet hätte. Hermann nahm sie sichtlich beeindruckt zur Seite und sagte nur: »Du siehst blendend aus und jetzt, wo du die Misere so gut überstanden hast, solltest du wieder heiraten. Mein exzellenter Freund ist gerade Witwer geworden und sucht eine Frau. Du hättest gute Chancen, Fürstin zu werden.« Anscheinend gingen auch die anderen davon aus: Wer so erschien, hatte die Episode mit dem roten Republikaner überstanden und verkehrte nicht mit Leuten aus dem Souterrain. Selbst Alfred, den sie bewusst keines Blickes würdigte, kam auf sie zu und stellte ihr seine Frau vor und auch Melanies Mann, Graf Nesselrode, suchte plötzlich das Gespräch mit ihr, doch sie wandte sich ab, sprach mit der schönen Tochter von Hermann, mit dem

Sohn von Clara, mit Nostitz, auch ihrem Neffen Freiherr von Loë, dem persönlichen Adjutanten des Prinzregenten und zeigte allen, sie war nur gekommen, um Max die letzte Ehre zu erweisen. Paul war stolz, seine geliebte Mama wieder in die Welt zurückgeholt zu haben, in die sie gehörte, doch Sophie behielt ihren klaren Blick und sah unwillkürlich alles mit den Augen von Lassalle. Beim Abschied schien Paul das zu spüren, denn als er in den Zug nach Paris stieg, sagte er betont beiläufig, als wollte er sie zur Erinnerung noch einmal warnen: »Und täusch dich nicht in Lassalle. Auch wenn ihm jetzt ein philosophisches Werk gelungen ist – seine Leib-und-Magen-Gedanken gehören der Politik, dem Umsturz der Verhältnisse und da kennt er nur ein Ziel: dass die Arbeiter an die Macht kommen und den Staat regieren. Er bleibt unberechenbar und ich weiß von Nostitz, er wird weiter von der Geheimpolizei überwacht und in den Akten als gesellschaftsumstürzender Socialdemokrat und als hochgefährlich geführt. Also halt dich von ihm fern, dann wirst du in keine Revolte hineingezogen und kannst gut leben. Vor allem vergiss nicht: Du hast mich und ich bin immer für dich da.«

Das hörte sich zwar gut an und sicherlich war es auch so gemeint, aber im Ernstfall wollte sie es lieber nicht darauf ankommen lassen. Auf die Kinder angewiesen zu sein und am Ende ihnen gar zur Last zu fallen, gehörte zu den Übeln, die es besser zu vermeiden galt. Sie sah es ja schon jetzt an ihrem Restkind: Immer hatte Paul es eilig, alles war wichtig, alles dringlich und wenn er zu ihr kam, dann ging es stets um seine Sorgen, seine Probleme, sein Fortkommen, und fragte er einmal nach ihrem Befinden, dann aus einer so unhörbar leisen Angst heraus, sie könnte krank werden und er müsste sich um sie kümmern.

Sicher war nur, wenn er kam, wollte er Geld. Sie gab es ihm ja auch gern, denn Nachteile wegen Lassalle sollte Paul auf keinen Fall haben. Aber über all das hinaus hatte sie ihr eigenes Leben und brauchte dafür keinen Rat und keine Anleitung. Sie wusste schon selber, was ihr guttat und was ihr in der Tiefe wirklich fehlte, konnte auch der Kronsohn weder verstehen noch beurteilen und schon gar nicht ermessen. Und wozu ihm den Unterschied zwischen einem geborenen und einem ungeborenen Sohn erklären Es wäre völlig umsonst gewesen, denn es gab Erfahrungen, die Kinder ohnehin erst dann verstanden, wenn sie sie selber gemacht hatten. Für den geborenen Sohn war alles selbstverständlich. Die Frau Mama war für ihn da, gehörte von Natur aus dazu und so hatte es zu sein. Für den ungeborenen Sohn war nichts selbstverständlich. Lassalle nahm sie ganz anders wahr und achtete auf jedes Detail, bemerkte die kleinste Veränderung, sei es eine neue Frisur, ein neuer Duft, eine neue Lektüre, ein neuer Kummer – nichts entging ihm. Jedes Wort, jede Geste, jedes Lachen – alles sog er von ihr auf, alles beschäftigte ihn, in allem fühlte er mit und immer hatte sie den Eindruck, er nahm sie nicht einfach nur wahr, er nahm sie in Besitz, umkreiste sie mit seiner Teilnahme, seiner Leidenschaft, seiner Bewunderung und allein das zu spüren, war ein so großer sinnlicher Reiz, der ihrem Leben Lust und Antrieb gab. Das war eben der Unterschied.

14 Tage später zog sie nach Berlin, legte als Erstes Blumen auf das Grab von Clara und als sie ihre neue Wohnung

betrat, standen im Entree links und rechts zwei kleine Lebensbäume. Noch ehe sie die prächtigen Majolika-Töpfe bewundern konnte, kam Lassalle schon auf sie zu, begrüßte sie als Mann von Welt formvollendet mit einem Handkuss, nahm ihr die Mantille ab, sagte nichts, bezähmte alle Spontanität, aber es war ihm anzusehen, wie sehr er ihr entgegengefiebert hatte. Auch sie sagte nichts, denn das Schweigen tat gut. Es löschte all die Bedrohungen, Vorwürfe und ständigen Streitereien wegen seiner blöden Eifersucht und es kam wieder das Eigentliche zum Vorschein – die Gewissheit, dass sie ohne einander nicht wirklich froh werden konnten. Doch dann hielt er das wortlose Gegenüber nicht länger aus und nahm sie in seine Arme. Es war ein Augenblick, der ihm all das gab, was ihm gefehlt hatte. »Endlich«, sagte er, »endlich sind Sie da. Mein Glück, mein ganzes inneres Leben hat wieder sein Zuhause.« Und das klang so wie früher. Zärtlich und ergeben.

Im Salon am Marmorkamin lagen bereits die Zigarren. Für ihn wie immer die Havanna, für sie die Brazil und dazu das Neuste: ein Kästchen mit kleinen Papiercigarettes, die derzeit allerorts hoch im Kurs standen. Zwar war sie müde von den Strapazen der Reise, aber spürte es nicht, denn sie wusste, jetzt gab es mit ihm die ersehnte lange Rauchernacht.

Tags drauf verschlug es ihr die Sprache. Sie hatte ja schon so manches über seine Luxuswohnung in der Bellevuestraße gehört, aber als Lassalle sie durch die Räume führte, waren alle Erwartungen übertroffen. Im Arbeitskabinett lag nichts wüst durcheinander oder gar kreuz und quer gestapelt auf Tisch und Fußboden, sondern alles war wohlgeordnet. Die Regale aus teurem Madeira-Mahagoni, die prachtvollsten Buchausgaben lückenlos aneinandergereiht, als sollten sie zeigen, dass ihm ein Handgriff genügte, um jederzeit mit den Weltdenkern in ein Gespräch eintreten zu können und mittendrin ihr Katalog aus weißem Atlasleder, den er mit einem roten Rückenschild versehen hatte, das ihre Initialen trug. Im Ess-Saal ein ovaler Tisch mit 30 Stühlen für die allabendlichen Gastgebungen, an den Wänden eine Galerie von Kupferstichen mit allen Freuden- und Schreckensszenen der Französischen Revolution und ringsum auf Marmorsäulen die Büsten der großen Dichter und Philosophen. Das pompejanische Zimmer ein Kunsttempel mit Gipsabgüssen antiker Köpfe, Torsi und Marmorskulpturen, dazu seltene Trophäen orientalischer Waffen und überall kostbare Perserteppiche. Doch seine liebsten Räume zeigte er ihr zum Schluss – die noch leere Suite für sie, die sie ganz nach ihrem Geschmack einrichten konnte und die ein Badezimmer hatte mit dem allerneusten Luxus: einem Wasserhahn, aus dem geläutertes, reines, weiches Wasser kam und keine Brunnenbrühe.

Dann bat er sie in den modern angebauten Glaspavillon zum abendlichen Dinner. Ein Blick genügte und sie sah, wäre sie jetzt nicht in dieser pompösen Robe erschienen, sie hätte sich unpassend gekleidet gefühlt. Seine Wandlung war kaum zu fassen. Jahrelang in irgendwelchen Arrestlöchern und nun das! Nur an seinem Auftreten hatte sich nichts geändert. Im Gefängnis war er genauso selbstbewusst und nicht weniger elegant wie hier in seinem Luxusappartement. Mit geradezu diebischer Freude genoss er hre Verblüffung, denn genau darauf hatte er abgezielt: ihr :u demonstrieren, dass er fähig war, sich nach einem gro-ßen Maßstab zu organisieren und stets in der Lage, auf je-ler Ebene alles zu überbieten. Ob in forensischer Rhetorik,)b in Arbeiteragitation, ob in Wissenschaft oder Wohnkul-ur – er war immer Sieger und stach alle aus. »Herr Fon-ane, mein früherer Nachbar aus der Potsdamer Straße, der eider für die Kreuzzeitung schreibt, die alle Demokraten-1asser abonniert haben, nennt mich den Anti-Fürst. Das dingt doch ganz respektabel, oder?«

»Falsch ist es nicht«, entgegnete sie und Lassalle ließ :inen Wein servieren, den sie beide noch nie zusammen getrunken hatten. »Ein Parfaitamour, ein feiner Brannt-vein, heißt aber auch ›vollkommene Liebe‹. Ich will nur vissen: Was bekäme Ihnen besser?«

»Auf keinen Fall Branntwein«, erwiderte sie in so einem Flitterton, und da er diese Antwort erwartet hatte, ließ er das Beweisstück sofort wieder abräumen und es kam der Champagner. »Also trinken wir auf die Liebe, das einzig Wahre, alles andere ist Käserinde«, sagte er, erhob vergnügt das Glas und für den späteren Abend hielt er zum Einfüh-en in die Region das Potsdamer Stangenbier bereit.

Doch so heiter ihr Anti-Fürst auch wurde, inmitten des Pracht-Pavillons musste sie plötzlich an Marx denken, denn es war ihr hinterbracht worden, dass Lassalle wegen seines luxuriösen Lebensstils beim Hüter der Gemeinde im fernen Exil denunziert worden war. Eigens deshalb war der kleine Herr Lewy nach London gereist, um Marx hin-zuflöten, wie sehr sich der rheinische Arbeiterführer geän-dert hatte. Er lebte nach dem Sieg des Scheidungskrieges in Saus und Braus, war der ausgehaltene Mann, der homme entretenu der Gräfin, warf die Arbeiter als überflüssige Ins trumente beiseite, spielte mit Diktatorgelüsten und war im Begriff, zur Bürgerpartei überzuwechseln. Und auch das hatte man ihr höchstvertraulich gesteckt: Marx ließ dar aufhin seinen Freund Lassalle bespitzeln und sofort in die Bundesakte eintragen, die er über jedes Mitglied seiner Kampf-Kirche führte und die Herr Engels sorgsam ver waltete. Sie ahnte, dass es womöglich ihre Schuld gewesen war, denn sie hatte dem klimperkleinen Herrn Lewy, von Beruf Kaufmann in Nöten, seine Bitte um ein Darlehen abgeschlagen, weil sie durch die Liquidation einer Kölner Firma einen großen Vermögensverlust erlitten hatte. Das Restgeld war festgelegt und stante pede kam der Rache feldzug – anschmieren bei Marx, um den von Geburt so Misstrauischen noch misstrauischer zu machen. Aber sie erwähnte kein Wort davon, denn der Moment, wieder bei Lassalle zu sein, war zu schön, um ihn mit einer Nachricht von Kleinneid und Hinterlist einzutrüben.

»Ich habe gelesen, dass Sie bei Ihrer Familie auf Schloss Trachenberg waren und hoffe, dass es nicht mehr nötig sein wird, im Kreise dieser Aaskrähen erscheinen zu müssen.«

Fast klang es so, als wollte er gleich wieder im vollen Eifersuchtswahn gegen Paul losziehen, doch Lassalle behielt seinen sanften Ton: »Nicht nur Ihr Bruder in Paris ist gestorben, auch ich habe zu trauern – um meine kleine Tochter. Agnes hat mich gebeten, die Beerdigungskosten zu übernehmen. Dabei wollte ich meine Fernande, wenn es so weit war, selber erziehen. Mit ihr hätten Sie gewiss nehr Freude gehabt als mit den eigenen Kindern. Aber eden wir nicht vom Tod, reden wir vom Leben.« Diese Nachricht allerdings ging Sophie dann doch nahe und sie vollte mehr darüber wissen, aber Agnes hatte keine Details geschrieben, sondern ihm nur den Besuch ihres Vaters angekündigt.

Draußen im Garten wurden die kleinen Gaslaternen ıngezündet, warfen ihren Lichtschatten in den Pavillon, auchten alles in ein schimmerndes Claire-obscure und gaben der Gräfin einen so gesteigerten Glanz, dass er auf einmal seine eigene Jugend in ihr verkörpert sah. Mit der Gräfin war er groß geworden, in ihr fühlte er sich aufgehoben und geborgen und selbst jetzt nach 13 Jahren – o guten, 2 schlechten und einem halben Unjahr – hatte ie für ihn noch immer diese Anziehungskraft, die ihn n Bann hielt. War es ihr überlegtes Denken mit diesem scharfsichtigen Urteil, war es ihre hoheitsvolle Erscheinung mit dieser sinnlichen Ausstrahlung oder war es der Zusammenklang all ihrer Vorzüge, der ihn durchtönte – er suchte nicht mehr nach einer Erklärung. Er spürte nur, schon ihre Gegenwart genügte und es stieg ein Behagen n ihm auf, das alles forträumte, was als Last auf seinen Schultern lag. Sie weckte die feineren Seiten, das Sanfte n ihm, kannte seine Höhen und Tiefen, seine Kreuz- und Quergänge und rückte wie von selbst alles in ihm zurecht. Sie hatten eben eine gemeinsame Seele. Sollten erneut die Gäule mit ihm durchgehen und es zu krachenden Streitereien kommen – er überwand auch das und ließ sie nicht los, denn sie gehörte zu ihm. Die Gräfin war die Gefährtin auf der Reise seines Lebens. Die unvergleichbar Große. Er hätte ihr das jetzt alles sagen können, aber fand in dieser Atmosphäre jedes Wort überflüssig, genoss das Spiel des Lichts, das auch sie als ein Spiel der Stille empfand, und dann schritten sie auf ihre Weise zum Altar: Er gab ihr seinen Schlüssel zu seiner Wohnung und sie gab ihm ihre Schlüssel zu ihrer Wohnung.

Lassalle hatte nicht übertrieben. Bei ihm traf sie die geistige Elite Berlins. Abend für Abend andere Gesichter, andere Meinungen, jeder eine Welt für sich und alle seine Freunde Scherenberg, der Dichter der Schlachtenepen, Hans von Bülow, der Bahnbrecher der Zukunftsmusik, verheiratet mit Cosima, der Tochter von Liszt, Begas, der Bildhauer Pietsch, der Maler, Ernst Dohm, der Herausgeber des *Kladderadatsch,* mit seiner eloquenten Hedwig, als zweiköpfiges Tintentier Adolf Stahr und Fanny Lewald, Varnhagen mit seiner Nichte Ludmilla Assing, Lothar Bucher Steuerverweigerer von 48, der Hegelianer Michelet, die Professoren Böckh und Brugsch, Hofrat Dr. Förster, Geschichtsschreiber und ehemaliger Waffengefährte Theodor Körners, der alte General von Pfuel, einstiger preußischer Ministerpräsident und Jugendfreund Kleists, häufig Fürst Pückler, als Stammgast Franz Duncker mit Ehefrau Lina und immer führte das Wort Ferdinand le Grand, ihr Feuerspeier. Ob ernst oder heiter, laut oder leise, direkt oder indirekt – gegen den Heuchelstaat herzuziehen, war große Unterhaltung, machte Spaß, erhitzte die Gemüter und endete immer in der philosophischen Sentenz, auf die man beim Abschied sich einigen konnte: Die Welt war es nicht wert, dass man an ihr irre wurde.

So ganz nebenbei nutzte Lassalle gerade in diesem Kreis jede sich bietende Gelegenheit, das Fremdwort *Socialismus* einzudeutschen und für das gestelzte C ein Z wie Zukunft zu setzen, was vertrauter anmutete und wärmer klang, denn dieses Wort sollte im lieben Vaterland heimisch werden und gehörte in alle Köpfe.

Sophie mischte sich selten in die Gespräche ein, staunte nur über die Vielfalt der Meinungen, aber wusste von Fontane, bei Lassalle verkehrte man aus Respekt vor dem Esprit. Doch für sie klang es so, als hätte jeder seine eigene Art von Sozialismus im Kopf und gab ihm seine individuelle Note. Unwillkürlich musste sie an die Weerthschen Rheinweinvertreter denken. Da saß das ganze bunte Spektrum: Champagnersozialisten, feudale Sozialisten, Bohemesozialisten, Kathedersozialisten, wahre Sozialisten, demokratische Sozialisten, Bourgeoissozialisten, utopische Sozialisten, kleinbürgerliche Sozialisten und zwischen allen die stillen Bewunderer, die Kryptosozialisten.

Noch mehr allerdings fiel ihr auf, wie sehr ihn die Frauen umschwärmten. Sie himmelten ihn an, gaben ihm recht, tranken ihm zu, drängten sich an ihn, und Varnhagens schmusige Nichte Ludmilla legte ihm zu vorgerückter Stunde die Hand aufs Knie, doch Sophie hatte längst gesehen, sein Greifblick, dieser Agnes-Blick, galt der schönen Frau des Verlegers. Und einmal, als alle gegangen waren und er wie immer mit Sophie gemeinsam noch eine Schlusszigarre rauchte und ein Restbier trank, gestand er ihr, dass er mit Lina Duncker ein Verhältnis hatte, aber Sophie meinte bloß: »Ich weiß, das brauchen Sie mir nicht zu sagen.«

»Sie müssen mich verstehen, ich bin ein Mann und kann

schließlich nicht als Jungfer enden. Die platonischen Räusche sind zwar schön, aber ich muss auch mal die Musik der Schenkel spüren.«

»Dann gehen Sie doch musizieren. Niemand hindert Sie daran und unser Miteinander berührt es nicht.«

Lassalle fand ihre Haltung großartig, aber schaute sie dennoch irgendwie so traurig an, als hätte sie ihn fortgeschickt.

Allerdings war es ihr ein Rätsel, wann er musizierte. Sie merkte nur, wenn sie aufwachte, war er schon fort. Sie traute ihm ja inzwischen so ziemlich alles zu. Nicht dass er in der Lage gewesen wäre, den Ozean zu überdachen, aber dass er sich die Zeit nach seinem Willen schuf, das erlebte sie Tag für Tag. Ein normales Nacheinander gab es für ihn nicht, nur ein Gleichzeitig. Darum zählte ein Lassalle-Tag für sie als ein Quartal. Dass er schon wieder ein zweibändiges Standardwerk geschrieben hatte, *Das System der erworbenen Rechte,* fasste sie nicht. Aber sie hatte ihn ja auch an seinem Schreibpult noch nicht ein einziges Mal grübelnd oder gar zögerlich gesehen. Offenbar waren die Gedanken in ihm nicht wie ein Keim angelegt, den es langsam zu entwickeln galt, sondern brachen wie eine Flut über ihn herein, so dass er bloß noch die Feder festhalten musste um den Strom aufs Papier fließen zu lassen. Aber nach dem Aufstehen ganz ungefrühstückt gleich zum Musizieren zu eilen, das war dann doch noch ein Extra-Kraftakt, der von mehr als stillen Reserven zeugte. Anscheinend musste er nachholen, was ihm gefehlt hatte und brauchte die Musik der Schenkel, um mit voller Lustdröhnung in den Tag zu kommen, denn sie sah ihn dann bis in den frühen Nachmittag völlig entspannt am Schreibpult stehen und es hätte sie nicht gewundert, wenn er zu allem noch die Marseillaise gepfiffen hätte. Sobald ein Quantum Bogen beschrieben war, brach er zu seinen Vorträgen auf. Nicht in den exklusiven Zirkel der Philosophischen Gesellschaft, wo es ihm viel zu weltfern und abstrakt zuging. Ihn zog es in die Kampfzentren der Stadt, wo er das Fiebern eines Aufbruchs erlebte, das in dieser Dimension bislang fern seiner Vorstellung gelegen hatte und ihn faszinierte. Fabriken, Großbetriebe, Industrieanlagen und Gewerbehöfe schossen wie Pilze aus dem Boden und täglich strömten Massen von Arbeitssuchenden nach Berlin, was er als den großen Moment sah, der seiner Mission neuen Auftrieb gab. Denn es war, als strömten diese Massen ihm zu und er ergriff die Chance, ihnen deutlich zu machen, dass sie nicht als Lohnsklaven und Bettler, sondern als Produzenten kamen. Darum ging er nach Moabit, in den Friedrichshain und in die Oranienburger Vorstadt, vergrößerte die Zahl der Arbeiterbildungsvereine, sprach vor Kattundruckern, Eisengießern, Waggonbauern, Tabakarbeitern, Knopfmachern und Borsig-Werkern über Schiller und Hegel, über Fichtes politisches Vermächtnis, sprach über Kapital und Arbeit, über die *Kritik der politischen Ökonomie,* das neuste Buch von Karl Marx, das auf sein Zureden Franz Duncker gerade in seinem Verlag ediert hatte, wollte, dass sich die Arbeiter ihrer Zahl und ihrer Macht bewusst wurden, dass sie sich zu einer eigenständigen Kraft zusammenschlossen, sich endlich aus dem Fahrwasser der Bourgeoisie befreiten und war wieder ganz in seinem Element. Zwar hielt Paul sein neuerliches Auftreten für brandgefährlich und illusionär, flehte sie an, sich von diesem verblendeten Vorträumer endgültig fernzuhalten, sie aber fand das genial und kühn: die Besitzlosen zu organisieren, um dem allmächtigen Staat eine Gegenmacht zu präsentieren.

Abends war er dann wieder der Anti-Fürst, der zum großen Essplӓsir lud und inzwischen blieb zu später Stunde, wenn die meisten schon höflich gegangen waren, noch ein kleiner Kreis, der harte Kern, der Haschisch rauchte. Mehr aus Neugier, denn aus Genuss. Sie wollten gegenseitig bloß die Wirkung studieren und ausprobieren, ob dieses Kraut wirklich so ein heimliches Himmelselixier war, das in Höhen katapultierte, die dem Bewusstsein unbekannte Dimensionen eröffnete. Ziemlich viel davon wurde in den Tabak gemischt und eine Weile hielt es die fröhliche Runde fest am Boden, doch dann hatte Sophie den Eindruck, dass allmählich um sie herum alles ganz locker und leger wurde. Die Gäste verloren ihre Scheu, fläzten sich auf dem Tisch und den Sesseln herum, zogen Frack und Westen aus, als müssten sie unter dem dicken Tabaksqualm wie unter einer diesigen Mittagssonne schwitzen, benahmen sich enthemmt und ganz selbstverständlich daneben, waren keine normalen Raucher mehr, sondern Schmauchlümmel, freuten sich am Schlüpfrigen, sparten nicht mit Zoten, prusteten ihr Gelächter in den Raum und plötzlich geriet auch sie in so ein konfuses Kopfüber Kopfunter. Die Ordnung der Dinge schwand, die Gegenstände entrückten, vor ihr lag eine helle, lichte Ferne, ein wogendes Kornfeld, über das sie leicht dahinschwebte, ohne an irgendeinen Gedanken gekettet zu sein, war losgelöst von allem nd auf einmal saß sie auf dem Schoß von Lassalle. Er sah n Raum eine Gestalt, eine wunderschöne Mönchin, die r ihr lustvoll beschrieb: Atlasmieder, Perlenohrringe und ote Lederpantoffeln. »Du bist meine Mönchin«, sagte er, meine geliebte Mönchin, deine Kühle und meine Hitze nachen das Unzertrennliche aus. Ohne meine Mönchin in ich nichts.«

Dass er wagte, was er noch nie gewagt hatte und sie so reiweg duzte, ließ die letzte Distanz schwinden und plötz-ich lag er neben ihr im Bett. Sie fasste nach ihm, tat, was ie tausendmal in Gedanken getan hatte, doch der Platz eben ihr war leer. Aber trotzdem spürte sie einen Kör-er, glaubte, dass sie sich selber geteilt hatte und nach ihrer igenen Hälfte griff, wusste nicht, lag sie wirklich in ihrem ett oder lag sie in einem Rauschtraum neben Lassalle. Sie achte an nichts mehr, spürte in ihrem Körper so einen nderen, klopfend pulsierenden Rhythmus, aus dem wie ine Sternschnuppe ein Moment vor ihr aufblitzte, der kei-en Anfang und kein Ende hatte, der ganz ohne Grenzen var, sich ins Zeitlose dehnte, alle Knoten löste und alle Vidersprüche verschwinden ließ. Sie schweifte hinaus in in entgegenkommendes Scheinen und meinte auf einmal las Licht einer anderen Welt zu schauen. Aus einem wei-ßen Grund stiegen Farben, in denen Mond und Sonne leichzeitig schienen, üppig satte, wunderbunte Farben mit iner Glanzkraft, die eine magische Helle schufen. Alle ontraste in einem bewegten Ineinander, alles ganz nah, lles greifbar, alles fühlbar und sie mitten in einem Fluss us leuchtendrotem Purpur. Sie ließ sich sanft dahintrei-en, herrlich weit fort und war sich ganz sicher, dass der

Fluss bergauf floss, denn sie sah, dass aus der Helle imme noch Helleres kam. Es war sinnbetäubend schön. Sie wollte den Moment für immer festhalten, wollte ihn tief in sich hineinholen, doch als sie dann irgendwann am nächsten Mittag erwachte, war alles verflogen, alles verdunstet. Sie lag in einem trüben Nebel, wälzte sich aus dem Bett wie aus einem Aschenkasten und es war, als holte sie die dop- pelte Schwerkraft auf die Erdrinde zurück. Der Kopf leere als vorher, der Raum eine einzige Öde und die Vase au dem Tisch voll pestfarbener Blumen. Sie taumelte in den Tag, fühlte sich elend und zermürbt, wusste nicht einma mehr, ob sie die Helle wirklich gesehen hatte, ob es ein Trug, ein Traum, ein Nachtschatten oder bloß ein jämmer licher Halbschlaf gewesen war. Sie wusste nur, die erhoffte Bewusstseinserweiterung blieb Illusion und es lohnte nicht sich auf dieses Experiment einzulassen. Vergeudung von Zeit, Vergeudung von Leben. Aber dass er sie geduzt haben könnte, ging ihr trotzdem nicht aus dem Sinn und das mit der Mönchin hatte sie bestimmt nicht geträumt.

Gegen alle Gewohnheit schlurfte Lassalle zu später Ta gesstunde mitgenommen und übernächtigt an den Früh stückstisch, und weil auch er sich an nichts erinnern konnte war alles für ihn wie nicht gewesen und er meinte lediglich »Zwar hat der Mensch ein Recht auf Rausch, aber was nützen die schönsten Bilder und die besten Ideen, wenn sie bloß aufblitzen, um zu verlöschen.« Nein, diese Gaukel spiele brachten nichts und machten nur krank. Sosehr es sie auch verlockte, ihn auf die Mönchin anzusprechen – sie verlor kein Wort darüber, denn sie war sich nicht sicher, ob sie es bloß gedacht oder ob er es tatsächlich gesagt hatte

Venn sie es gedacht hatte, dann brachte sie ihn womöglich ıoch darauf, wie sie sich selber sah, was so nicht wirklich timmte. Hatte er es aber gesagt, wurden womöglich die ᐠnspielungen auf die gemeinsame Nacht erneut geweckt ınd sie war heilfroh, seinen Körperhunger endlich in den Status einer leidenschaftlich ergebenen Freundschaft verwandelt zu haben.

Nach all den Abenden tauchte überraschend Frau Lina bei ihr auf, zeigte ihr gutes Benehmen mit einem respektvollen Hofknicks und beschwerte sich, dass Lassalle immer nur am frühen Morgen zu ihr kam, aber sie wollte ihn auch abends bei sich haben und bat Frau Gräfin Hatzfeldt Hochgeboren, ihn endlich freizugeben und nicht länger zu okkupieren. Ihr Ton war gereizt und Sophie hörte aus jeder Silbe, es passte ihr nicht, dass es sie gab, dass sie da war und nichts weiter tat, als da zu sein. Dass ihm das genügte, wollte Frau Lina nicht glauben, wurde immer heftiger und forderte sie wütend auf, Lassalle nicht länger abzuschirmen und wie eine Festung zu belagern. Sophie versuchte Lina zu besänftigen und konnte gut verstehen, dass seine Schoßschöne ihn ganz für sich haben wollte, sprach betont ruhig und ohne alle Standesallüren, wie es ihre Art war, und meinte sogar, sie solle ihn heiraten. Nichts stand dem im Wege. Aber sie sagte ihr auch deutlich, dass sie keinerlei Einfluss darauf hatte, wo Herr Lassalle beliebte, seine Zeit zu verbringen. Wenn er kam, dann kam er, wenn er fortbleiben wollte, blieb er fort. Sie rief ihn nicht, sie hielt ihn nicht, sie fragte nicht und bewachte ihn nicht. Selbst wenn sie sich in ihre eigene Wohnung zurückziehen würde, nahm er vermutlich dort seinen Hauptaufenthalt.

Sophie sah die Enttäuschung im Gesicht der Verlegersgattin und wunderte sich nicht, dass sie sich in Lassalle verliebt hatte. Sie kannte den Sog. Lina sagte nichts weiter, aber ließ für Lassalle ein paar Schlittschuhe zurück und bat die Frau Gräfin, mit ihm ans Lützower Kanalufer zu kommen, wo sich abends ganz Berlin traf und im nächtlichen Schimmer von Fackeln und Lampions Schlittschuh lief. Das war magisch. Das musste man erlebt haben! Nur sie konnte ihn dazu überreden. Denn wenn Lassalle sie erst einmal auf dem Eis gesehen hatte, dann kam er bestimmt auch abends zu ihr. Sophie nahm die Schlittschuhe entgegen und wollte es versuchen, doch versprechen konnte sie nichts.

Lassalle spürte den Gifttau, der von den Frauen seiner Umgebung so steigend still auf die Gräfin niedertropfte, doch Misstöne gegen sie duldete er nicht. Darum nutzte er die nächste große Abendgesellschaft in seinem Hause, um allen klar zu sagen, wie er zur Gräfin stand: »Wer nicht für sie ist, ist gegen mich.« Dann ließ er reichlich auftischen, den ganzen Futterkorb heraushängen, wie es der gerade verstorbene Varnhagen immer scherzhaft genannt hatte, dazu Bordeaux, Steinberger Kabinett und Champagner servieren, damit die Gäste sahen, wer daran teilhaben wollte musste sich in seinem Hause seinen Regeln fügen, andernfalls konnten sie fernbleiben. Denn gleich wo er war – an oberster Stelle stand immer die Gräfin. Sie sollte spüren dass er alles, was er tat, mit Bezug auf sie tat und nur für sie tat.

Doch Lina Duncker fand sich damit nicht ab. Schließich wollte sie sich Lassalles wegen scheiden lassen und weil er abends für sie keine Zeit hatte, begleitete sie ihn neuerdings nachmittags zu seinen Vorträgen und drängte darauf, dass die Staatsdame sich wieder in ihre eigene Wohnung zurückzog und Schluss war mit der ständigen Belagerung. Ein Mann wie er hatte es doch nicht nötig, sich mit einer Hocharistokratin zu schmücken! Diese Bemerkung versetzte ihm einen solchen Schlag, dass er meinte, ihm müsse das Blut in den Adern stocken. Er hatte Mühe, sich aufrecht zu halten, winkte dem nächstbesten Fiaker, ließ Lina stehen und fuhr wortlos nach Hause.

Statt wie gewohnt in aller Herrgottsfrühe zum Musizieren zu eilen, schrieb er Madame Duncker einen Brief, damit seine Schoßgesellin ein für alle Mal begriff, was die Gräfin für ihn bedeutete: »Sie steht vor mir wie meine eigene Geschichte, meine eigene Entwicklung, mein eigener Charakter. Sie ist mein eigenes, noch einmal verkörpertes Ich. Sie ist identisch mit allen Gefahren und allen Triumphen, allen Ängsten und allen schweißtriefenden Arbeiten, allen Leiden, Anstrengungen und Siegesgenüssen, kurz mit allen Emotionen, die meine Seele je durchgemacht hat. Sie ist identisch mit meiner Seele selbst. Sie ist also die erste und unerlässlichste Bedingung meines Glücks. Ja noch mehr, sie ist Bedingung der Integrität meines Ichs. Man könnte mir Arm und Bein abschneiden, und ich würde mich nicht so in der Integrität meiner Person verstümmelt fühlen, als wenn ich die Gräfin verlöre. Es folgt aus dem allen, dass sie mir nicht nur so teuer sein muss wie mein eigenes Ich, sondern noch teurer; dass ich eine weit größere Weichheit und Zärtlichkeit für dieses mein anderes Ich haben muss, als für das eigene. Sie steht vor mir wie meine Jugend. Sie ist das Denkmal und die Geschichte dieser Jugend, ihre lebendige Vergegenwärtigung für mich – und jeder Mensch bewahrt für diese Zeit seines Lebens am meisten Anhänglichkeit und Empfindung. Deswegen ist auch kein Zweifel dass, solange ich sie haben werde, ich immer so ziemlich jung bleiben werde. Verlöre ich sie einst, so würde ich mir selbst abgestorben und ein ganz anderer geworden sein.«

Darunter hätte er ein Amen setzen können, aber wenn Madame Lina das nicht begriff, begriff sie nichts von ihm und konnte ihm gestohlen bleiben. Denn so gut ihm die Musik der Schenkel auch tat – es war nicht alles und schon gar nicht das Ganze.

Doch dann, bei einem großen Souper im Hause ihres Ehemannes, der seinem geschätzten Autor stets das Wort überließ, fühlte sich einer der Stammgäste, ein Verehrer Linas, durch Lassalles Esprit so tief in den Schatten gestellt und schon ein überlegenes Lächeln von ihm empfand er als eine so große Demütigung seiner Person, dass er am nächsten Morgen mit einem Bekannten im Tiergarten ihm auflauerte, aus dem Gebüsch sprang und mit einer Reitpeitsche auf den Judenbengel einhieb. Doch Lassalle setzte sich sofort zur Wehr, schlug ihm mit seinem Spanischen Rohrstock ein Loch in den Kopf und eine herbeisprengende berittene Polizeipatrouille beendete die Prügelei und verhaftete den Angreifer.

Lassalle brachte den Überfall des Intendanturrats Fabrice sofort bei dessen vorgesetzter Militärbehörde zur Anzeige und forderte strengste Untersuchung und Bestrafung eines so groben Kriminalvergehens. Über Nacht hatten die Zeitungen ihre Sensation. Wenigstens war diesmal die öffentliche Meinung auf seiner Seite, doch Herr Fabrice wehrte sich in den Provinzialblättern mit einer Gegendarstellung, behauptete, bei einer Abendgesellschaft im Hause des Verlegers Duncker von Herrn Lassalle aufs Gröbste verlacht worden zu sein, was ihn derart verletzt hatte, dass er nicht anders handeln konnte und forderte ihn öffentlich zum Duell. Plötzlich geriet alles zum Politikum. Weil Lassalle wusste, reich an Freunden und reich an Feinden zu sein, wunderte es ihn nicht, dass sich alle einmischten. Fürst Pückler meinte, ein Lächeln sei kein Forderungsgrund. Doch die *Neue Preußische Zeitung* schrieb, der großmundige Herr Lassalle würde aus Feigheit die Forderung ablehnen. Aber das wollte er unter keinen Umständen auf sich sitzen lassen, denn wenn er eins nicht war, dann feige. Feigheit war ehrlos und seine Ehre ließ er sich von keinem nehmen, gleich ob es einer von ganz oben oder einer von ganz unten war. Er überlegte, ob er sich nicht doch dem Duell auf Pistolen stellen sollte, zumal er sich für einen ziemlich guten Schützen hielt und schrieb in seiner Ratlosigkeit seinem Freund nach London. Die Antwort von Marx kam prompt: Ein Duell ist das Standeszeremoniell der privilegierten Klasse. »Unsere Partei hat diesen Standeszeremonien gegenüber resolut Front zu machen und die anmaßliche Forderung, sich ihnen zu unterwerfen, mit dem zynischsten Hohn zurückzuweisen. Es wäre reine Kinderei, sich mit Herrn Fabriz zu duellieren, weil er ›Intendanturrat‹ ist und zu der duellfähigen Clique gehört. Die Forderung von Kerlen, dass Kollisionen mit ihnen im Wege des Duells abgemacht werden müssen als ihnen zukommendes

Privilegium, muss absolut verlacht werden. Die Anerkennung derselben wäre direkt konterrevolutionär.«

Obgleich Lassalles Unschuld völlig eindeutig war, wurde auf einmal das Geschrei seiner Feinde so groß, dass Minister Manteuffel eine günstige Gelegenheit sah, den unliebsamen Literaten sofort wieder aus Berlin auszuweisen. Lassalles Proteste halfen so wenig wie der massive Einspruch der Wissenschaftler, denn er erhielt polizeiliche Order, umgehend die Hauptstadt zu verlassen. Doch Minister oder Nicht-Minister – wenn der Demokratenfresser Manteuffel glaubte, sein Niederlassungsrecht in Berlin damit aufheben zu können, hatte er sich gründlich geirrt. Dieser Staatsdämel sollte ihn kennenlernen! Aber vorerst teilte ihm Lassalle auf den Ausweisungsbefehl lediglich lapidar mit dass er ohne Polizeieskorte seine Wohnung zu verlassen wünsche und den festgesetzten Termin schon darum einhalten werde, weil er sich an diesem Tag ohnehin zur Kur begeben wollte.

Sein Freund Hofrat Förster, Verfasser der *Preußischen Geschichte,* brachte dem Ausgewiesenen als Trost für den zersplitterten Knopf seines Rohrstocks, den er im Tiergarten beim »Straßenkampf« einbüßen musste, aus seiner kostbaren Antiquitätensammlung den echten Stockknopf Robespierres – eine Nachbildung der Bastille aus vergoldetem Silber –, was Lassalle als eine außergewöhnliche Ehrung empfand, die alle Untiefen der Ungerechtigkeit vergessen ließ. Kam doch die größte Enttäuschung von Lina, die in Verkennung der Lage die Chuzpe besaß, ihn auch noch um Verständnis für die Handlungsweise ihres Verehrers zu bitten. Er musste Fabrice verstehen, er war ben eifersüchtig auf ihn und da rutschte schon mal die Hand aus. Er war ja nicht der Erste, dem das passierte und n der Eifersucht war jeder echte Mann immer scharf daeben, egal was er tat. Dann gestand sie ihrem berühmten Ferdinand, dass sie fast so weit gewesen wäre, ihn zu heiaten. Aber wie sie leider feststellen musste, saß die Frau Gräfin mental immer mit am Tisch und lag immer mit im Bett. Da konnte er noch so schöne Briefe schreiben und hr hochheilig versichern, dass er sein woman of high birth nur mit dem Geiste liebte – eine Teilung war es allemal. Da blieb sie doch lieber bei ihrem braven Duncker.

Zwar wäre für Lassalle diese Teilung kein Hindernisgrund gewesen, aber erst der hundsgemeine Dolchstoß, dass er sich mit einer Hocharistokratin schmückte, und nun auch noch der Versuch, ihn mit dieser Kreatur von ntendanturrat zu versöhnen – das verkraftete seine Seele nicht. Das war eine so große Beleidigung und Missachtung einer Person, dass die Musik der Schenkel keinen Klang mehr hatte und er auf der Stelle das Verhältnis zu Lina beendete.

Kaum an den Thermalquellen der alten Kaiserpfalz angekommen, hatte sich seine Gelenkentzündung derart verschlechtert, dass er nicht mehr laufen konnte. Die Schmerzen waren so groß, als würde er von vier Pferden zerrissen, und es blieb ihm nichts anderes übrig, als von einem Kurgehilfen in einem Handwagen zum Dampfschwefelbad gefahren zu werden. Dort hatte er die Hitze so lange auszuhalten, bis er rot wie ein Puter war, kurz vor einem Drehschwindel stand, und anschließend musste er noch mehrere Stunden schwitzen. Dazu bekam er jede Menge Medizin, Merkur innerlich, Merkur äußerlich, Einreibungen und Jodkali, und am nächsten Tag begann die Tortur von vorn. Wieder in die Dampfschwefelhölle und wieder in die Schwitzpackung, die ihn allmählich so düselig im Geiste machte, dass er sich wie im Fegefeuer fühlte und an Arbeit nicht zu denken war. So ging es Woche um Woche, ohne dass sich eine Besserung einstellte.

Die Vorstellung, womöglich nicht mehr laufen zu können und nur noch wie ein Paralytiker im Stuhl gefahren zu werden, ein Krüppel zu sein, gar als Hinketeufel das Rednerpult betreten zu müssen, keine Aktionskraft mehr zu haben – diese Vorstellung depotenzierte so sehr, dass er meinte, ihm wäre alle Männlichkeit genommen worden. Was er nie wahrhaben wollte, wurde ihm jetzt vorgeführt: Sein Wille war nicht allmächtig. Er hatte ihn überschätzt. Er konnte noch so viel wollen – es war alles umsonst, wenn die Gesundheit nicht mitspielte und ihn aus heiterem Himmel in den Zustand der Gebrechlichkeit stürzte, wo eins aufs andere folgte, bis man tief unten angekommen war und auf der schönen Mutter Erde als Blindlahmtauber herumkraxeln durfte.

Lassalles Hoffnung auf Heilung nahm zusehends ab und es stellte sich eine Mutlosigkeit ein, wie er sie bislang von sich nicht gekannt hatte, geschweige denn für möglich gehalten hätte. Täglich schrieb er der Gräfin lange Briefe und einer nach dem anderen in steigend melancholischer Stimmung, weil er ganz klar sah: Ohne seinen unverwüstlichen Körper, wie er ihn von der Natur bekommen hatte, konnte er nicht mehr das bleiben, was er war, denn mit halber Kraft war er gar nichts. Am Ende war er nur noch eine japsende Jammergestalt, ein klappriger apoplektischer Amor. Auf die behandelnden Ärzte wollte er sich nicht verlassen. Es reichte ja schon das Gefühl, ihnen ausgeliefert zu sein und statt als der Mensch bloß als die Knöchelentzündung gesehen zu werden. Außerdem wechselten die Heilherren so häufig, dass er ständig mit anderen zu tun hatte und nicht wusste, war er an einen Guten oder an einen Schlechten geraten, konnte man seinem Rat trauen oder nicht. Er wusste nur, was allen gemeinsam war – nach jeder Behandlung kam eine gepfefferte Rechnung und für jeden Brunnenbecher musste saftig gezahlt werden.

Seine einzige Freude richtete sich auf den Tag, da die Gräfin nach Aachen kam, um ihn aus diesem öden Schwitznest abzuholen. Inzwischen hatte er von der Berliner Philosophischen Gesellschaft die ehrenvolle Einladung für eine öffentliche Vorlesung über ein Thema seiner Wahl bekommen, die er natürlich schon wegen des skandalösen Ausweisungsbefehls sofort angenommen hatte, wenngleich er nicht wusste, welches Thema sich in der Kürze von anderthalb Stunden abhandeln ließ, zumal gerade von ihm Bedeutendes und Eingreifendes erwartet wurde. Er bat die Gräfin, ihm dazu ein paar Vorschläge zu machen. Sie besaß einen Sinn dafür, den Geist der Tradition mit den momentanen Zeitideen geschickt zu verbinden, kannte außerdem die Gemütslagen von Ganz Reich und Ganz Arm, hatte beides erlebt und verstand sich auf die Balance.

Doch dann traf er unter den Kurgästen den russischen Gouverneur Sontzoff mit seiner Tochter und von Stund an hatte er zwei außerordentlich interessante Gesprächspartner. Beide hochgebildet, durch und durch revolutionär und so vertraut mit der deutschen Wissenschaft, dass sie oft bis spät in die Nacht hinein über Hegel, David Strauß und über die physiologischen Lehren Moleschotts sprachen. Es war ein Vergnügen. Vor allem seine reizende, höchst graziöse Tochter mit ihrem radikalen Denken, ihrem Hass auf den Zaren und ihrer Sehnsucht nach der großen russischen Revolution faszinierte ihn so sehr, dass er keine Stunde mit ihr mehr missen wollte. Er hätte nicht für möglich gehalten, dass ihm das noch einmal passieren konnte: Er hatte sich verliebt. Er brauchte Sophie Sontzoff bloß zu sehen und schon gingen Flammenwellen durch seinen Körper. Dabei hatte er geglaubt, sein Herz war längst vom Feuer verzehrt, doch nun stieg aus der Asche eine solche Glut. Die Schmerzen nahmen ab, sein Zustand besserte sich und in der siebten Woche konnte er sogar schon ein kurzes Stück zum Brunnen laufen.

Der Gedanke an Heirat hatte bei ihm bislang ja jedes Mal ein Frösteln ausgelöst, doch jetzt stand für ihn fest, dass Sophie Andrianowna die Frau war, der er dieses ungeheure Opfer bringen konnte. Die 19-Jährige aus bloßer Begehrlichkeit zu verspeisen – dazu war sie ihm zu respektabel. Aber als Ehefrau konnte er sie sich sehr gut vorstellen. Da war sie seiner würdig.

Als Gouverneur Sontzoff und Tochter zur Abreise rüsteten, traf die Gräfin gerade ein und Lassalle nutzte rasch noch die Gelegenheit, um die beiden Frauen miteinander bekanntzumachen. Dass sie sich auf Anhieb sympathisch waren, schien ihm ein gutes Vorzeichen. Doch Sophie brachte ihm die allerbeste Nachricht: Minister Manteuffel var abgesetzt und der Prinzregent hatte intern verfügt, den usweisungsbefehl für Lassalle nicht länger aufrechtzu- rhalten. Aber sosehr das die Gräfin auch freute – dass der rzstinker Manteuffel über kurz oder lang seinen Abtrab nachen musste, war ihm sowieso klar und auch ohne diese Nachricht wäre er selbstverständlich wieder in die Haupt- tadt eingereist, schon um zu demonstrieren, ein Mann sei- ies Schlages beugte sich keiner Willkürmaßnahme. Kaum n Berlin angekommen, stürmte er ans Schreibpult und nachte Sophie Andrianowna Sontzoff einen Heiratsantrag. Er ließ den Brief recommandirt mit Courierpost abgehen ind fieberte der Antwort entgegen. Es verging die erste Woche, es verging die zweite Woche, es brach die dritte Woche an und weil nichts kam, fragte er beim Postamt iach, ob sein Brief abgesandt und am Ort der Adressatin eingetroffen war, und beides wurde ihm bestätigt. Lassalle konnte sich das Schweigen nicht erklären, zumal er der ungen Russin offen und ehrlich geschrieben hatte, was sie n einer Ehe mit ihm erwartete, sprach schließlich mit der Gräfin darüber, doch sie wusste auch keine Antwort.

Tage später beim Aufräumen seiner Bibliothek fand Sophie auf seinem Schreibpult ein stattliches Manuskript von 40 Großquartseiten, eng beschrieben in Französisch, dachte, es wäre der Entwurf für die anderthalbstündige Vorlesung, wunderte sich, weshalb es in Französisch war, las aber mal rein, welches Thema er gewählt hatte, und plötz- lich merkte sie, dass es die Abschrift des Heiratsantrages an Sophie Sontzoff war. Unwillkürlich las sie weiter, überflog das Opus und fragte sich, welcher Teufel ihn da geritten hatte, sein Leben in einem so überspannten Selbstbekenntnis aufs Papier zu bringen und eine Seelenbeichte abzu legen, die dem jungen Geschöpf alle Lust nehmen musste ihn zu heiraten. Und das Ganze auch noch in einem Über-Pathos hoch oben vom Feldherrnhügel: »Vor allen Dingen ist reiflich zu überlegen, dass ich ein Mann bin, der seine ganze Existenz einer heiligen Sache, der Sache des Volkes bis in ihre äußersten Konsequenzen gewidmet hat Diese Sache ist bestimmt, noch in unserem Jahrhundert zu triumphieren, aber sie wird ihren Anhängern noch oft schweren Niederlagen und Gefahren aussetzen. In diesem Kampfe könnte ich in schreckliche Lagen kommen. Mein Vermögen, meine Freiheit, mein Leben selbst können fortwährend gefährdet sein. Nichts ist bei mir sicher! Indem Sie mich heiraten, bauen Sie Ihre Existenz, Ihr Haus auf der Höhe eines Vulkans! Werden Sie den Mut haben, im Falle des Misslingens alles zu tragen: Verbannung, Gefängnis, Ruin, Armut und selbst den Tod? Und was noch schlimmer ist, vielleicht ein Leben voller Entbehrungen?«

Und dann schrieb er seitenlang über die Scheidungsschlacht, die er für die Gräfin siegreich geschlagen hatte: »Obgleich der Prozess kein eigentlich politischer war, hatte das Volk wohl begriffen, dass es im tiefsten Sinne des Wortes die Auflehnung gegen die Unterdrückung war. Ich habe für diese Frau viel gekämpft. Sie hatte Vertrauen in meine Kräfte. Sie hat ihr Schicksal in meine Hand gelegt und zwar nicht heute, wo ich einen begründeten Ruf habe, sondern damals, als ich unbekannt in der Welt war. Und ich, ein junger machtloser Jude, erhob mich gegen die furchtbarsten Mächte – ich allein gegen die ganze Welt, gegen die Macht des Ranges und der ganzen Aristokratie, gegen die Macht eines unbegrenzten Reichtums, gegen die Regierung und gegen die Beamten aller Art, welche stets die Verbündeten von Rang und Reichtum sind, gegen alle nur möglichen Vorurteile. Jeder Kampf war mir immer angenehm, wenn es sich um die Gräfin handelte und durch jeden Kampf, den ich für sie hatte, wurde sie mir immer teurer. Ich liebe sie mit der Liebe des zärtlichsten Sohnes, der je existiert hat; ich liebe sie wie meine Mutter, nein! ich liebe sie noch dreimal mehr als meine zärtlich geliebte Mutter. Das kommt daher, weil sie mir weit näher steht durch Seelenhöhe und Gefühlsgröße, die ich noch bei niemand sonst gefunden habe. Ich liebe sie wie eine treue Waffengefährtin, die mit mir zehn Jahre des Kampfes und der Gefahren geteilt hat. Ich liebe sie endlich mit philosophischer Liebe, d.h. ich liebe sie als den schönsten Typus des Menschengeschlechts, als den Typus der leidenden Menschheit. Und glauben Sie mir, jeder Mann, der ihre Leiden so edel und staunenswert tragen gesehen, wie ich sie sah im Laufe so vieler Jahre, würde sie ebenso lieben und verehren wie ich. Ich würde mich also nie glücklich fühlen, wenn ich sie nicht auch glücklich, zufrieden und froh sehen könnte.«

Und dann die Schlussfolgerung, die Sophie geradezu erschreckte, weil sie nicht nur peinlich und unpassend, sondern eine Zumutung war: Wenn er Sophie Andrianowna heiratete, musste natürlich die Gräfin zu ihnen ziehen, damit sie alle drei glücklich und vereint miteinander leben konnten.

Sosehr sie sein unüberlegtes Bekenntnis zu ihr auch anrührte – dass da keine Antwort kam, war Antwort genug.

Das ließ sich doch keine gefallen! Was glaubte er denn, wer er war, dass seine künftige Ehefrau sich auf so etwas einließ. Wäre sie Fräulein Sontzoff gewesen, sie hätte nicht anders reagiert und sich gesagt: Soll er doch gleich bei seiner Gräfin bleiben. Nicht dass sie ein großes Herzenshalleluja erwartet hätte, aber das war kein Heiratsantrag, das war ein Heiratsverhinderungsantrag. Wenn er da auch nur die halbe Zeile einer Antwort erhofft hatte, dann kannte er die Frauen nicht. Und auch bei ihr hatte er offenbar noch gründlich Nachholbedarf, denn sie fand es vermessen, derart über sie zu verfügen. Da hatte er sich gewaltig getäuscht, wenn er meinte, sie würde sich auf eine Ehe zu dritt einlassen. Von wegen, sie für die Musik der Gedanken und die Ehefrau für die Musik der Schenkel – das konnte er sich abschminken. Dass es für ihn Zeit zum Heiraten wurde, dass er eine Familie gründen und Kinder haben wollte, war ja normal und gewiss nicht schlecht für ihn, aber sie so selbstverständlich da mit einzubinden, als sei sie sein Zubehör, statt daran zu denken, dass sie womöglich in diesen Dingen ihre eigenen Vorstellungen haben könnte – das war mehr als anmaßend. Sie präsentierte sich seiner Ehefrau doch nicht als sein Beiwerk oder sein Mitbringsel! Am Ende galt sie gar noch als die alte Wächterin über ein junges Glück! So weit kam es noch! Sein Wille mochte ja grenzenlos sein und seine Liebe besitzergreifend, aber deswegen konnte er noch lange nicht über sie bestimmen und sich als Großmogul gebärden. Wahrscheinlich war es allerhöchste Zeit, ihm auch mal die andere Seite von ihr vorzuführen und zu zeigen, was ihr anerzogen war: aristokratische Distanz. So was verlernte man nicht. Und darüer musste sie dann doch mit ihrem Alliierten und Amicus n aller Freundschaft reden.

assalle bog jedes Gespräch übers Heiraten ab, denn es gab nomentan Wichtigeres. Marx hatte seinen Besuch angeündigt und er wollte ihn mit einem besonderen Begrüßungsgeschenk empfangen. Die Stunde dafür war günstig vie nie. Der Prinzregent hatte gerade den Thron bestiegen ınd mit seiner hochhimmlischen Ankunft als König Wilıelm I. sollte natürlich ein ganz neues, ein liberales Lüftchen m Preußenland wehen. Darum war eine Amnestie für die olitischen Flüchtlinge von 48 und all diese Kommunisten ınd Staatsgefährder angekündigt. Das klang verheißungsoll. Nun konnte Freund Marx endlich sein Londoner Arnenexil in Haverstock Hill verlassen, nach Deutschland urückkehren und hier mit ihm wie geplant ein radikales Blatt ins Leben rufen, das die Gräfin finanzierte. Lassalle ilte zum Polizeipräsidenten, denn die Angelegenheit war lringlich, musste dann aber erfahren, dass die Amnestie oll der tückischsten Klauseln war. Marx hatte mit seinem o-jährigen Exil die preußische Staatsbürgerschaft verloen und fiel darum nicht mehr unter das Amnestiegesetz, ondern galt als ein Ausländer, der für seine Rückkehr ein Naturalisationsgesuch einreichen musste. Lassalle bekam lle Vollmachten von Marx und reichte umgehend das Gesuch ein. Nicht per Post, sondern persönlich brachte r es ins Präsidium, drängte auf Antwort und weil die ausblieb, wurde er erneut beim Polizeipräsidenten vorstellig, loch der teilte ihm mit, dass die Naturalisation von Marx uf Grund des Bescholtenheitsgesetzes abgelehnt war, da das Politische bei ihm geltend gemacht wurde: Herr Marx musste Ausländer bleiben und durfte kein Deutscher werden, »weil er eine republikanische oder zumindest keine royalistische Gesinnung besaß«.

Lassalle war empört. So was war keine Begründung, sondern eine Stegreifposse! Damit war auch er kein Deutscher, denn auch er hatte eine republikanische Gesinnung vom royalistischen Quark nicht zu reden. Zwar sah er, dass die vielbejubelte Neue Ära die alte Soße war, aber setzte dennoch alles in Bewegung, um diese Entscheidung aufzuheben. Sofort wandte er sich an den neuen Innenminister Graf Schwerin. Schließlich war der noch nicht vom preußischen Lakaiengeist infiziert, galt als liberal und war außerdem der Schwiegersohn Schleiermachers. Unter Aufbietung all seiner Redekünste machte er ihm klar, dass er mit den größten deutschen Traditionen brach, wenn er Männern des Geistes wie einem Marx die Heimkehr ins Vaterland verwehrte, was ihn sichtlich nachdenklich stimmte. Doch weil auch von ihm nichts Eindeutiges kam zog Lassalle alle Register, sandte an die Zeitungen ein offenes Schreiben, um das Naturalisationsgesuch durchzusetzen, doch als Marx kam, war das Verfahren noch in der Schwebe und er konnte ihn nicht mit dem ersehnten Begrüßungsgeschenk empfangen.

Sophie dagegen hatte ganz andere Sorgen. Der bitterarme Marx, der zur Zeit vom Wucherwechsel leben musste im Luxustempel von Lassalle – das war nach einem 10-jährigen Wiedersehen gewiss nicht der beste Empfangsort Zwei Söhne und eine Tochter verloren, Frau Jenny, sein zuverlässigster Sekretär, schwerkrank und voller Sehnsucht ıit den Kindern lieber im Grab zu liegen, als all das Elend och länger ertragen zu müssen, und er in dieser Situation usgerechnet auf so einem Pracht-Parkett! Natürlich hatte ophie als Erstes die Porträtbüste von Lassalle abgeräumt nd in den Schrank geschlossen. Lassalle hatte sie gar nicht ;ewollt, sondern nur dem Drängen von Reinhold Begas ıachgegeben und ihm fast widerwillig Modell gesessen, loch dann fand er das Werk seines Freundes so gelungen, lass er ihm einen Ehrenplatz in seiner Bibliothek gegeben ıatte. Aber wenn Marx diese Büste gesehen hätte, wäre er vomöglich noch zu falschen Schlussfolgerungen gekomnen – Lassalle, ein aufgespreizter Kerl mit Tendenz zum Größenwahn und eitlem Hang zur Unsterblichkeit. Das vollte sie nicht.

Überhaupt war Sophie sich diesmal ihrer besonderen 'unktion bewusst, denn sie musste gerade in dieser Umgebung zwischen den beiden Männern ausgleichen und ıufpassen, dass Lassalle nicht zu viel von seinen Erfolgen prach. Sie freute sich auf Marx und es war ihr eine Geıugtuung, dass sie ihm wenigstens in seiner Elendslage :twas helfen konnte und ihm die Streitschrift *Herr Vogt* inanziert hatte, die wichtig für ihn war, weil er sich damit n Deutschland wieder in Erinnerung brachte. Von ihrer Köchin hatte sie ein einfaches Empfangsdinner vorbereien lassen, das an die Kölner Kampfzeiten erinnerte, natürich auch ein paar Flaschen Moselwein bereitgestellt, einen Wintricher und Dusemonder, doch mehr als symbolische Geste, denn sie wusste, dem Trierer Rebellen schmeckte der Moselwein immer nach Schieferboden, war viel zu ieblich und mehr etwas für ältere Damen. Selbstverständlich hatte sie sich auch bewusst äußerst schlicht gekleidet: wenig Rüschen, wenig Schmuck, schon aus Rücksicht auf seine abwesende Frau, denn dass er Vergleiche zog, konnte nicht ausbleiben. Sie sah es ja schon bei Betreten der Wohnung. Nichts von dem gewohnten Wünschelrutenblick; in seinen Augen vielmehr die Frage, was er hier überhaupt noch zu suchen hatte. Die vergoldeten Plafonds und die venetianischen Spiegel im Entree genügten, dass er sich auf einmal ganz unsicher und steif bewegte, als hätte er sich in eine andere Welt verirrt. Halb verlegen, halb fassungslos stand er vor Lassalle und sagte mit so einem bewundernd stachligen Unterton: »Du hast dich ja mächtig vervornehmt.« Doch Sophie ließ ihm keine Zeit, sich lange umzuschauen, sondern führte Marx gleich in den kleinen Salon, begrüßte ihn mit seinem Lieblingsgetränk, bat nach nebenan zum Dinner und dann, als die Zwiebelsuppe und der Rheinwein gereicht wurden, schien auf einmal das Vertraute für ihn in diese Umgebung gekommen zu sein. Er langte kräftig zu, aß und trank wie früher voller Freude und obwohl er immer meinte, dass man das Neuste von den Alten erfuhr, erörterten sie diesmal sofort die aktuelle Weltlage.

Es brodelte in Europa. Die Polen erhoben sich gegen die zaristische Fremdherrschaft, die Italiener kämpften für ihre Unabhängkeit, die bonapartistischen Franzmänner wollten sich die linksrheinischen Gebiete unter den Nagel reißen, was im lieben Vaterland für Unruhe sorgte. Die Stimmung war aufgeheizt. »Man muss die Bewegung von 48 wieder aufnehmen und der royalen Clique zeigen, die Revolution, die wir wollen, ist kein Dusel von Freiheit und Champagner, sondern eine historische Notwendigkeit«, sagte Marx und Lassalle schilderte ihm die Situation in Preußens Residenzstadt, wo die Musik spielte: Die stockkonservative Brut war zurückgedrängt, die Großwürdenträger des Liberalismus führten das Wort, lobten die Bourgeoisiekretins und wetterten gegen radikale Demokraten; dazwischen die stille Masse der Weißbierphilister und eine grundfreche, frivole Einwohnerschaft – so sah es in Berlin aus. Und was die Arbeiter anging, hatte er den Eindruck, bei ihnen verlor sich allmählich das Gefühl der Ohnmacht. Sie wachten auf und rückten zusammen. Jedenfalls stieg die Zuhörerzahl in den Arbeiterbildungsvereinen. Und das wollte etwas heißen, denn es waren ja keine Turner- oder Gewerkvereine, die sich als Fachverbände um die Invaliden- und Sterbekassen kümmerten. Es waren Kampfzellen, in denen sich Mitglieder aller Berufszweige trafen.

»Kampfzellen«, sagte Marx, »die sind der Kern. Bildung ist schon gut, aber an erster Stelle muss hier die politische Bildung stehen. Bloß kein Spekulationskehricht! Steig in den Sumpf von Heute. Das rüttelt wach. Es braucht eine scharfe Analyse der Verhältnisse. Wir werden ihnen ihre eigene Melodie vorspielen und sie zum Tanzen zwingen. Hau ordentlich drauf und mach den Arbeitern klar: Ohne sie kann der Kapitalist keinen Gewinn einheimsen. Ihre Arbeit, die er ungenügend entlohnt, schafft ihm den Mehrwert. Nicht sein Kapital, ihre Arbeit macht ihn reich. Und denk an die momentane politische Hauptaufgabe: Das Proletariat muss die nationale Einigung vorantreiben. Dafür habe ich eine Konzeption entworfen: Einigung von unten. Eine brandheiße Sache und historische Chance.«

Gerade darum kam tags drauf Sophie auf das Zeitungsprojekt, denn schließlich wollte sie in den Zukunftsdünger investieren und hatte dafür sogar ein Memoire entworfen, das Lassalle ihm begeistert erläuterte: In der schwammigen Presselandschaft mit ihren Seichbeuteleien brauchte es ein radikales Blatt, das quer reinschlug und alle aufschreien ließ, eine Art Fortsetzung der *Neuen Rheinischen.* »Um in dem Morast überhaupt noch wahrgenommen zu werden müssen wir uns extrem positionieren. Gegen das latschige Motto der Liberalen: Nur nicht drängen, setzen wir das schrille Sofort. Das zieht.«

Doch Marx meinte, er könne so ein Blatt nur führen wenn er nach Deutschland zurückkehren konnte. Von London aus war das nicht zu machen. Da noch nichts entschieden war, schlug Lassalle fürs Erste einen Kompromiss vor: Er war der Chefredakteur in Berlin und Marx der Chefredakteur in London. Doch davon versprach sich Marx nicht viel, druckste herum und gab zu verstehen wenn, dann wollte er die Leitung der Zeitung schon selber übernehmen. Lassalle begriff, Marx sah sich als Oberhaupt und Stratege des Unternehmens, und ahnte, was er vorhatte. »Solltest du Engels als dritten Chefredakteur mit ins Boot holen wollen, sage ich dir gleich, daraus wird nichts denn dann bin ich überstimmt.« Sophie gab ihm im Stillen recht. Von wegen die zwei Dirigenten in London und er ihre Posaune in Berlin – das hatte er nicht nötig. Sie hätte es sich sogar umgekehrt denken können: Er als Chefredakteur und die anderen beiden seine Mitarbeiter. Schließlich hatte Lassalle eine Popularität in Deutschland, von der Marx nur träumen konnte. Lassalle war im Lande ja ganz anders verankert, wenn auch oft im Gefängnis, aber doch immer vor Ort, mit allem vertraut und tausendfältigen Kontakten, was Marx sich erst mühsam erarbeiten musste. Zehn Jahre Ausland waren kein Kurzausflug. Da brauchte es seine Zeit, um zu Hause wieder Fuß zu fassen und sich neu zu orientieren. Am schlimmsten fand sie, dass Weerth in Kuba an Tropenfieber gestorben war und als Mann fürs Feuilleton fehlte. Natürlich war ihr klar, dass Marx sich erst mit seinem Frederick über alles beraten wollte, aber da kam gewiss nichts Gutes für Lassalle heraus, denn sie wusste, dass Engels ihren Freiheitsritter nicht recht leiden konnte, weil er eifersüchtig auf ihn war und fürchtete, er könnte ihm seinen engsten Vertrauten abspenstig machen. Jedenfalls schien Marx mit dem Unternehmen keine Eile zu haben, wollte erst seine Rückkehrerlaubnis abwarten, doch bei Ablehnung womöglich noch als letzten Versuch einen Gnadenantrag zu stellen, kam für ihn nicht in Frage. Sophie dachte nur, offenbar konnte er es sich leisten, inmitten des Elends ihr großzügiges Finanzierungsangebot in den Wind zu schlagen.

Auch Lassalle spürte ein aufsteigendes Unbehagen, denn er hatte den Eindruck, Primus Marx traute ihm nicht zu, eine Zeitung leiten zu können. Vielleicht hielt er ihn für zu feurig, zu offensiv, vielleicht aber hegte er insgeheim ganz generell ein Misstrauen gegen ihn und auf einmal kamen ihm die Verleumdungsgeschichten von all den Schuften wie Lewy in den Sinn, von denen er natürlich längst Witterung hatte. Zwar war es ihm zuwider, seine kostbare Zeit mit der Aufklärung von Denunziationen und derlei Teufelsdreck zu verbringen, aber jetzt sah er einen günstigen Moment, die Karten offen auf den Tisch zu packen und Marx zu zeigen, dass ihm nichts verborgen blieb gleich ob er in London oder sonst wo war. »Ja, ich gebe dir recht, ich habe mich vervornehmt«, sagte Lassalle. »Ich habe mich bewusst so fürstlich etabliert, denn ich brauche das als meine Schutzhülle. Wer diesen ständigen Anfeindungen ausgesetzt ist, rund um die Uhr von allen Seiten bewacht und beschnüffelt wird und jederzeit wegen seiner Reden vom Fleck weg verhaftet werden kann, muss zeigen, dass die Stimme der Arbeiterschaft nicht in einem Arrestloch ihr angemessenes Zuhause hat. Mit dieser Luxuskate habe ich mir zudem einen Status geschaffen, der es den Offiziellen schwermacht, meine Ausweisung anzuordnen, denn noch immer habe ich kein dauerhaftes Bleiberecht in Berlin. Wie eine Trutzburg steht meine Klause vor den Behörden. Hier verkehren eine Menge Leute und wer mich daraus vertreiben will, riskiert einen öffentlichen Skandal, den man natürlich vermeiden möchte.«

Doch alles hatte seine Kehrseite. Sosehr ihn dieses Luxusquartier auch beschützte, für die meisten war es ein Objekt des Neids. Darum bat er Marx, wann immer ihm etwas zugetragen wurde, und sei es auch nur der kleinste mieseste Winkelklatsch, sich zuallererst bei ihm selbst zu erkundigen, statt andere zu befragen, was daran wahr sein könnte. Marx sah ja jetzt, wie er lebte, mit wem er verkehrte und brauchte niemanden vorschicken, um ihn auszuspionieren. So was gehörte sich unter Freunden nicht. Er hatte nichts zu verbergen, er sagte was er dachte, sagte es überall, jeder kannte seine Meinung und wenn ein nichtswürdiger Schuft extra zu ihm nach London fuhr, um ihm inzuflüstern, dass er sich von den Arbeitern abgewandt atte, mit Diktatorgelüsten spielte und zur Bürgerpartei berwechseln wollte, dann war das eine feige Finte. Ertunken und erlogen. Und wer ihm erzählte, dass er ein ukullisches Leben mit seiner verschwenderischen Gräfin ührte und sich allerorts damit brüstete, dass sie mit keinem 'aschentuch, das unter 100 Taler wert war, ihre erhabene Nase schnäuzte, den konnte er schon bei der ersten Silbe nit einem Fußtritt von der Schwelle jagen.

Sophie fragte sich, woher er davon erfahren hatte, denn on ihr war bislang kein Wort darüber gefallen. Offenar war es sein Gespür für das, was so in der Luft lag. Auf inmal hatte sie Sorge, dass es zu einem Streit kommen önnte und sie schlichten musste, aber Marx blieb seltsam tumm. »Ich weiß zwar, dass ich in vielen Akten stehe«, agte Lassalle, »doch das ist mir inzwischen herzlich egal. Aber den Bericht eines erbärmlichen Lügners gleich in die Bundesakte unserer Partei aufzunehmen, ohne auch nur m Geringsten seinen Wahrheitsgehalt zu überprüfen, das st schon ein starkes Stück. Schofel und infam. Jetzt liegen da Akten über mich, die gegen mich sprechen, dabei wäre es deine Pflicht gewesen, mich vorher darüber zu informieren, statt sich mit anderen über mich zu beraten und den Wisch weiterzuleiten. Nein, so geht man nicht mit Freunden um.«

Marx war das ganze hochpeinlich. Er wollte ihm die näheren Umstände erklären, ihm einmal das ganze Emigrantenelend schildern, wie er selber von Zuträgern und Aushorchern umgeben war, von Exilveteranen und Polizeiagenten belagert wurde, wie in diesem trügerischen Fangnetz jeder gegen jeden sprach, um irgendwie überleben zu können, doch Sophie hatte ihm zu Ehren zu einem Empfang geladen und die ersten Gäste standen bereits an der Tür. Sie war froh, auf diese Weise das Gespräch beenden zu können, denn mehr brauchte nicht gesagt zu werden. Marx wusste nun, dass Lassalle jede Hinterhältigkeit und Verleumdung in Erfahrung brachte, und wenn ihm dies keine Warnung war, musste er im Umgang mit Menschen noch gewaltig dazulernen. Sophie hatte sich für ein Stehbankett entschieden, damit Marx mit möglichst vielen ins Gespräch kam und blieb an seiner Seite, um ihn mit den wichtigsten Gästen bekanntzumachen, denn sie wusste, er war viel zu schüchtern, um von sich aus auf jemanden zuzugehen. Schon nach den ersten Begegnungen fand er es hoffnungsvoll, dass über allem so ein allgemeiner Auflösungsduft lag und Leute von jedem Rang die revolutionäre Krise herannahen sahen, aber dass ihn keiner auf seine Schriften ansprach, war enttäuschend. Brockhaus hatte abgesagt, weil er seinem Verlegerkollegen Duncker nicht begegnen wollte und Duncker zeigte wenig Interesse mit Marx zu reden, weil sich seine *Kritik der politischen Ökonomie* nicht verkauft hatte und er darum kein neues Buch von ihm in seinen Verlag nehmen wollte.

Als alle gegangen waren, mussten Sophie und Lassalle mit vereinten Kräften Marx trösten, denn er hatte den Eindruck, in Deutschland krähte kein Hahn mehr nach ihm. Von seinem *Herrn Vogt* hatte er gerade mal 6 Stück in Köln verkauft. Offenbar wollte die Schandwahrheit über einen Reichshalunken niemand wissen. »Wenn man sich gegen die gemeinen Anschuldigungen eines bonapartistichen Agenten zur Wehr setzt, wird man in Rheinpreußen von den Kritikern gleich niedergemacht und als ›Meister der konstruktiven Denunziation‹ an den Pranger gestellt«, sagte er, doch Lassalle kannte das Rezensentengelichter zur Genüge und bemerkte nur: »Wer etwas versteht, schreibt keine Kritiken und wer Kritiken schreibt, versteht nichts. Das hat sich inzwischen auf dem Zeitungsmarkt so eingebürgert. Daran musst du dich hier gewöhnen.«

Doch Marx sah alles noch krasser. Gegen politisch unerwünschte Bücher gab es eine Verschwörung des Schweigens. Das war die abgefeimteste Form von Zensur. »Das Buch kommt zwar auf den Markt als Alibi für Offenheit und Meinungsvielfalt, aber dann wird es durch bewusste Nichtwahrnehmung weggedrückt und gezielt von allen Seiten mit Schweigen bedacht. Offiziell nennt sich so was dann Pressefreiheit, denn immerhin – das Buch ist ja erschienen.«

Aber Sophie meinte, wer seit 10 Jahren in London lebte und für amerikanische Zeitungen schrieb, konnte vom lieben Vaterland nicht allzu viel erwarten, doch dass ihn keiner in Deutschland kannte, war ein Irrtum, denn für Aufrührer gab es eine spezielle Form von Wahrnehmung. Um das zu beweisen, ging sie mit ihm Tage später in die Oper, kaufte die teuersten Plätze direkt gegenüber der königlichen Loge und machte sich ein Vergnügen daraus, dem neuen Königspaar ihren Gast zu präsentieren. Natürlich ging sie davon aus, dass die beiden Majestäten Herrn Marx noch nie gesehen, geschweige denn etwas von ihm gelesen hatten, aber dass an ihrer Seite kein anderer als ein radikaler Demokrat und Querpflüger sitzen konnte, das wussten sie, denn seit Jahren bekam sie keine Einladung zum Hofe mehr, und auch diesmal wurde sie vom Königspaar mit Wegsehen geehrt. Stillvergnügt flüsterte sie Marx zu, dass genau das die Aufmerksamkeit war, die nur die Besten bekamen. Doch dafür drei Stunden Ballett aushalten zu müssen, kostete Marx sichtlich Überwindung, aber noch schlimmer fand er das Publikum: Überall Uniformen der Saal voll von Fallstaffnaturen, die nicht nur dick waren sondern dick taten, die Frauen wohlgenudelte Gänse mit Prunkfedern, im reservierten Block die Parlaments-Schafe dazwischen jede Menge Glitzerdamen, und in den ersten Reihen all diese hohen Herrn mit ihren gesalbten Scharlatansgesichtern und ihren Ordensbändern – allein dieser Anblick bestätigte ihm, woran er nie gezweifelt hatte: Die widerlichste Form der Reaktion war die königlich-preußische Hofdemokratie. Anschließend floh er mit Sophie in die nächstbeste Kneipe und bestellte ein Weißbier mit Schuss, um sich von alldem zu erholen.

Er erkundigte sich nach ihrer Familie und einmal ohne jede Furcht vor einem Eifersuchtsausbruch auch über Paul reden zu können, empfand sie geradezu als befreiend und wurde immer munterer. Erzählte vom Französischen Hof von ihrem Neffen, der jetzt Adjutant des Königs war, vom alten Nostitz, der hellwach die militärischen Vorgänge verfolgte, kam auf die prekäre Lage in Österreich, auf die Freiheitsbewegung in Italien, und Marx hörte beeindruckt zu »Sie haben den richtigen Blick auf die Dinge, werden Sie mein Privatkorrespondent«, sagte er, doch Sophie hoffte dass er bald aus dem Exil zurückkam, denn für lange Briefe fehlte ihr die Zeit. Er sah ja selbst, wie es im Hause Lassalles zuging. Jeden Abend ein anderes Souper, alles vorbereiten, alles dirigieren, dazwischen Dinners oder Soireen, da kam sie zu nichts anderem mehr. Aber sie versprach ihm: Wie immer er sich mit dem Zeitungsprojekt auch entscheiden würde – ihr Finanzierungsangebot erhielt sie aufrecht. Allerdings fügte sie hinzu, dass dies ein ganz besonderes Opfer für sie war, weil sie gerade einen beträchtlichen Teil ihres Vermögens durch den Bankrott des Düsseldorfer Bankhauses Block verloren hatte. Wenigstens verriet sein Blick, dass er ihre großzügige Unterstützung zu schätzen wusste.

Doch dann sorgte Paul für neue Unruhe. Die Erbschaftsverhandlungen mit seinem Vater waren gescheitert. Angeblich konnte er die vertraglich festgesetzte Summe von 30 000 Talern nur auszahlen mit der Zustimmung seines Universalerben und Alfred lehnte natürlich ab. Seine Begründung stank nach Edmunds Stall: Die Mutter hatte durch die Scheidung dem Vater viel Geld geraubt, das letztlich den Kindern zugestanden hätte, und darum sollte nicht er, sondern sie den Betrag an Paul bezahlen, statt ihr Geld an die Proleten zu verschwenden.

Geschieden zu sein und trotzdem den Ehemann noch immer im Nacken spüren zu müssen, war Seelenterror der heimtückischsten Art, denn nichts quälte mehr, als ständig an eine Vergangenheit erinnert zu werden, die man endlich los sein wollte. Hätte sie keine Kinder von ihm gehabt, wäre alles ganz anders gewesen, aber nun waren sie da und immer fand der Untote neue Gründe, sie damit zu erpressen. Lassalle hatte ihr ja vorausgesagt, dass das gaunerhafte Vater-Sohn-Gespann keine Ruhe geben würde, bis das Geld zurückgeholt war, das sie in die Ehe eingebracht hatte, und mehr als einmal vor dieser Geier-Bande gewarnt

Sie wollte Lassalle in seiner Weitsicht bestätigen und mit ihm darüber reden, aber auf einmal blieb er abends fort Kam einfach nicht nach Hause. Sie wurde unruhig, machte sich Sorgen, fürchtete, dass man ihn nach einem seiner Vorträge von der Stelle weg verhaftet haben könnte, wartete voller Aufregung die ganze Nacht bis in den Morgen, doch dann erfuhr sie von seinem Diener, dass es keinen Grund zur Beunruhigung gab, denn Herr Lassalle hielt sich bei einer Dame auf, deren Gemahl zu einer Dienstreise aufgebrochen war. Sophie fasste es nicht. Dass er das Musizieren brauchte, war ihr ja nichts Neues. Aber einfach fortzubleiben, ohne ein Wort zu sagen und so zu tun, als existierte sie gar nicht, als sei sie Luft – das war bislang noch nicht vorgekommen. Wahrscheinlich hatte er sich wieder Hals über Kopf in eine neue Liebschaft gestürzt und war tief ins erotische Garn gegangen. Vielleicht bei Hedwig Dohm vielleicht bei einer anderen. Es interessierte sie nicht. Aber einfach wortlos wegzubleiben, Tür zu und fort, ganze zwei Tage hintereinander, 48 Stunden, vermutlich sein neues Zeitmaß für eine Quernacht – das hatte er sich noch nie erlaubt. Das war kein Patzer und kein Affront, das war ihr gegenüber eine Form von Missachtung, die größer nicht hätte sein können. Vielleicht hatte sie schon zu viel Patina angesetzt oder war für ihn etwas Selbstverständliches geworden, eine gute alte Gewohnheit, auf die man ungern verzichten wollte und eben mit durchs Leben schleppte.

Natürlich war er ihr keine Rechenschaft schuldig und als er dann vergnügt wieder auftauchte, fragte sie nicht, wo r gewesen war, denn dass er noch einmal Vater werden vollte, konnte sie schon verstehen und es war ja auch an ler Zeit. Aber trotzdem kam es ihr so vor, als hätte er mit einem fläzigen Benehmen sie um das Gefühl ihres Mitei-ıanders gebracht. Auch wenn er als einer der begehrtesten unggesellen heiß umschwärmt war, sie allein war bislang eine Vertraute gewesen, doch nun kam es ihr auf einmal o vor, als wäre sie von diesem Platz verdrängt, als bedurfte r ihrer nicht mehr und das war ein Bruch. Doch wenn r glaubte, sie würde demnächst treubrav auf ihn warten, ›is er irgendwann nach Mitternacht angeduselt über die)ielen polterte in der Hoffnung, sie könnte aufwachen ınd noch einmal auf ein Restbier zu ihm an den Kamin chweben, dann hatte er sich gewaltig getäuscht. Sie war ıicht sein greiser Engel und er nicht ihr Altersglück. Und ich von seinen Musikantinnen vorwerfen zu lassen, sie vürde Herrn Ferdinand okkupieren und sich wie eine Hausschwalbe bei ihm einnisten – das hatte sie nicht nötig.)amit war jetzt Schluss. Es reichte ja schon, wie hinter-ücks über sie hergezogen wurde und was ihr die Vipern o andichteten: geschminkt bis über die Möglichkeit, blut-egelartige falsche Augenbrauen, gelbpergamentener sehni-ger Hals, fußlange Zigarren zwischen falschen Zähnen – ein abgetakeltes Mannweib aus der Hocharistokratie. Am Ende galt sie in den Augen der Damen gar noch als das alte Möbelstück im Haushalt Lassalles, das endlich entrümpelt verden sollte. So weit kam es noch!

Sophie nutzte die erstbeste Gelegenheit, um ihm ganz ıebenbei zu sagen, dass es höchste Zeit für sie wurde, in hrer eigenen Wohnung nach dem Rechten zu sehen. Sie hätte aber auch sagen können, dass es höchste Zeit wurde ihn zu erden. Denn er tat ja fast so, als verkörperte sich in ihm die Menschwerdung Gottes und er könne sich alles erlauben. Von diesem Thron musste er heruntergeholt werden.

Kaum dass sie ihre Wohnung betreten hatte, stand Paul schon an der Tür, regte sich über die Ungerechtigkeit der Gesetze auf, denn es war nicht einzusehen, wieso sein großer Bruder alles erben durfte und er, der zuletzt Geborene sich die Restbrocken abbetteln musste. Eigentlich hätte er dagegen klagen müssen, aber gegen Vater und Bruder vor Gericht zu ziehen, widerstrebte seiner Natur. Schließlich war er in einem Paragraphenkrieg aufgewachsen und hatte die Nase gestrichen voll davon. Denn was hatte es gebracht! Das eine Elend löste doch bloß das andere ab. Aufs private folgte das öffentliche. Und er war das Opfer! Wie stand er denn da! Zwar hatte er Eltern, aber auf die konnte er nicht stolz sein, geschweige denn sie erwähnen. Ein Vater, der als Frauenhengst die Familie ins Elend geritten hatte und eine Mutter, die mit einem brandroten Staatsgefährder liiert war Und er, ihr jüngster Sohn, musste sich auf einem unbezahlten Posten als Attaché hocharbeiten, bekam vom Vater aus Rache bewusst keine Unterstützung, im Gegenteil, jetzt hatte er ihm sogar sein Leibreitpferd verkauft.

Das allerdings war für Sophie dann doch alarmierend Sie versuchte Paul zu beruhigen und erinnerte daran, dass er von Clara immerhin eine stattliche Barschaft geerbt hatte. Doch als sie hörte, dass davon nicht mehr viel übrig war, wusste sie, dass Paul mit Geld nicht umgehen konnte

Vielleicht hatte sie ihn über die Jahre auch zu sehr verwöhnt, doch auf keinen Fall wollte sie seinen verschwenderischen Lebensstil unterstützen. Aber was sie dann hörte, klang durchaus respektabel, denn er hatte sich so rasch in den Gesandtschaftsposten eingelebt, dass er offenbar bereits wie ein hochbezahlter Botschafter agierte: hatte Richard Wagner eine Aufführung der *Nibelungen* in Paris besorgt, lud Chopin zu Klavierabenden in die Gesandtschaft ein, hielt im Salon der Fürstin Metternich im elegantesten Französisch einen Vortrag über *Die Blumen des Bösen,* das neuste Skandalbuch von Baudelaire, und als die Witwe von Onkel Max, Gräfin de Castellane, ihn der Kaiserin Eugenie vorstellte, gehörte er von Stund an in den engsten Kreis von Frankreichs Regentin und dort, wo sie Hof hielt, ob in den Tuilerien, Saint-Cloud, Fontainebleau oder Malmaison, war er als jüngstes Mitglied der preußischen Gesandtschaft zu Gast.

Zwar lachte Sophie immer über diese affigen Mütter, die ihre Söhne für hochbegabt hielten und als kleine Weltgenies vergötterten, aber Paul war tatsächlich ein geistvoller, wendiger Kopf, der gegen alles Verstockte und Überholte geschickt zu Felde zog und hatte eine faszinierende Art, sich auszudrücken, denn er dachte nach, bevor er sprach. Sie behielt es für sich, aber fand, dass Lassalle eben nicht umsonst sein Lehrer gewesen war. Paul schwor sie darauf ein, alles, was er ihr erzählte, unbedingt für sich zu behalten und ab sofort über Privat-Chiffre mit ihm brieflich zu verkehren, denn auf dem Postweg wurde zu viel mitgelesen. Kein Sterbenswort von dem was er sagte, durfte sie an die Leute geben, denen sie ihr Vertrauen schenkte.

Ihre Verbindung zu ihnen war prekär genug und konnte ihm die Zukunft kosten. Darum war für ihn äußerste Vorsicht geboten und er musste alles hinter einem Schleier halten. Wenn er ihr einmal längere Zeit nicht schrieb, dann sollte sie ihm keine Gleichgültigkeit vorwerfen, dann hatte das berufliche, was hieß: politische Gründe. Eine Warnung allerdings wollte er sich dann doch nicht nehmen lassen. »Mama, dein Rotgardist war in Aachen zur Kur! Wach endlich auf! Schwefeldampfbäder, Quecksilbereinreibungen und Schwitzpackungen – da müssten doch alle Glocken bei dir läuten! In Aachen werden die Syphilitiker behandelt. Dafür ist die Stadt doch berühmt!«

»Ich bitte dich, Lassalle hatte eine Knöchelentzündung«, sagte sie empört.

»Eben, damit beginnt es ja. Und wenn so was schlecht auskuriert wird, kommt die sekundäre Syphilis und danach der Knochenfraß. Das weiß man doch! Papa hat sich nicht umsonst in Aachen ein Haus gekauft. Halt dich bloß fern und lass dich nicht anstecken!«

Sophie war aufgebracht. Dass er Lassalle politisch als Gegner sah und ihn von ihrer Seite haben wollte, wusste sie ja. Aber dass er ihm jetzt auch noch eine Syphilis andichtete, war der Gipfel und wer weiß, was ihm noch alles einfiel, um sie auseinanderzubringen. Unglaublich, was man sich von seinen Kindern bieten lassen musste! Und sie zwischen den Mühlsteinen: Ein Sohn, der in königliche Dienste eingetreten war und ein Gefährte, der den König beseitigen wollte. Doch Paul vermied bewusst, ihre Empörung auf die Spitze zu treiben, lenkte sofort davon ab und überraschte sie mit einer sensationellen Neuheit –

breitete auf dem Tisch Lichtbilder seiner Cousins und Cousinen aus, Daguerreotypien, die jetzt groß in Mode waren und mit denen man sich gegenseitig beschenkte. Auf einmal kam es ihr so vor, als wäre ihre Familie wie auf einem königlichen Hoffest um sie herum versammelt. Sie sah Claras Sohn Friedrich in Leutnantsuniform und das schöne Bild von Hermanns Tochter, Elisabeth Fürstin von Carolath, und dann zeigte Paul ihr noch das Porträt von einem jüngeren Mann, den sie nicht kannte. »Das wird mein neuer Missionschef«, sagte er, »Otto von Bismarck. Er war in Petersburg und übernimmt jetzt die preußische Gesandtschaft in Paris. Ich habe mit ihm schon gesprochen. Der gefällt mir. Das ist keiner von diesen tauben Postenhockern, ich glaube, das ist ein richtiger Staatsmann. Der will gestalten und bringt garantiert Bewegung in den Laden. Auf den freue ich mich.«

Erst jetzt fiel ihr auf, dass Paul nichts von seinen ewigen Kränklichkeiten erwähnt hatte, denn mal plagte ihn der Weltschmerz, dann wieder das Rheuma in den Eingeweiden oder quälende Mattigkeit und Tintenscheu. Aber diesmal schien alles verschwunden und das ließ Gutes ahnen. Doch dass Paul sich als Opfer ihrer Scheidung sah, wollte sie unbedingt vermeiden. Das durfte nicht passieren, denn die Erfahrung sagte ihr, der Vater setzte sich in voller Absicht über seine Unterhaltspflicht hinweg, um Paul zu zerstören und sich damit an ihr zu rächen. Diese Praxis kannte sie zur Genüge. Doch mit dem Geldhahnzudrehen war er schon einmal gescheitert. Entschlossen ging sie zu ihrem Berliner Bankier, um dem Sohn für ein weiteres Jahr den unbezahlten Posten zu finanzieren, denn dass er hier zu

Namen und Ansehen kommen würde, daran zweifelte sie keinen Augenblick. Doch ob er sich als Opfer fühlte oder nicht – ein Dankeschön hätte trotzdem nicht geschadet. Stattdessen dachte Paul nur daran, noch rasch den nächsten Zug nach Paris zu bekommen.

Wenig später tauchte Lassalle bei ihr auf, stürmte grußlos in ihr Zimmer, stellte sich ans Fenster, schaute auf die Straße hinab, zündete sich eine Zigarette an und sagte nichts. Auch wenn er ihr den Rücken zukehrte, sie sah ihm an, er kochte. In ihm war Gischt und Brandung. Sie ließ ihm einen Kaffee servieren, doch er rührte die Tasse nicht an. Dann wandte er sich jäh um und es brach aus ihm heraus: Sie hatte ihn betrogen und vorsätzlich getäuscht. Von wegen in der eigenen Wohnung nach dem Rechten sehen! Sie ist bei ihm ausgezogen, weil Graf Paul es gewünscht hat. Sie wollte sich ungestört mit ihm treffen und sich ihrem Liebling zu Füßen legen. Ihr Rückzug aus der Bellevue-Burg war systematisch geplant, hinterrücks vom Junior-Gesandten und preußischen Hoffnungsträger organisiert und sie ließ das alles zu, weil sie dem Herrn Sohn hörig war und blind ergeben, statt sich vielleicht einmal die Frage zu stellen, ob er nicht mit dem Vater unter einer Decke steckte und in seinem Auftrag das Geld von ihr zurückholte, das er durch die Scheidung verloren hatte. Bislang wollte er nicht darüber reden und sie damit belasten, aber hätte er ihn nicht bei einem Großbetrug auf frischer Tat ertappt, würde sie noch immer tief in den Vergleichsverhandlungen stecken und hätte bis heute noch keinen Pfennig von ihrem Vermögen gesehen. Nur die Angst durch seine Grundbuchfälschungen sämtlichen Besitz zu verlieren, nötigte ihm ein Einlenken ab. Er war ein Großgauner, ein Bandit und in einer Banditenfamilie war alles denkbar. Woher wollte sie denn wissen, dass er Paul nicht wie seinen Bruder Alfred umerzogen hatte und er von ihm vorgeschickt war und doppelt kassierte. Sackte das Geld vom Vater und sackte das Geld von der Mutter ein.

Sie konnte das alles nicht mehr hören. Sie hatte es satt, gründlich satt. Diese krankhafte Eifersucht war nicht zum Aushalten. Wenn das kein Ende nahm, bekam sie Kopfgicht. Für nichts und wieder nichts sich ungerechte Vorhaltungen machen zu lassen, wo er doch genau wusste, wie sie zu ihrer Familie stand, von der sie nichts weiter wollte, als dass sie ihr zehn Schritte vom Leibe blieb! Dafür sich anbrüllen zu lassen und seine cholerischen Anfälle ertragen zu müssen – das hielt der gesündeste Mensch nicht aus. Allein schon der Anblick, wie er vor ihr stand und aus allen Kiemen schnaufte, schlug ihr auf den Magen. Am liebsten hätte sie ihm den Kaffee ins Gesicht geschüttet, damit er zur Besinnung kam oder den Diener gebeten, ihn vor die Tür zu setzen, doch sie wusste, wenn sie das tat, gab es eine Prügelei. Noch so ein Auftritt und sie war am Ende. Er musizierte nächtelang mit irgendwelchen Damen wild drauflos und sie nahm alles schweigend hin, weil sie im Tiefsten wusste, dass er ohne sie nicht leben konnte, aber dafür sich derart behandeln zu lassen, überschritt jedes Maß. Am Ende behauptete er noch, sie hätte ein Verhältnis mit ihrem Sohn. Er stöberte ja genug in der Antike herum und in seiner Wut war ihm alles zuzutrauen.

Wortlos ließ sie den Kaffee abräumen, vermied in dieses zornrot verzerrte Gesicht zu schauen und hatte nur den einen Gedanken: Sie musste sich vor ihm retten, denn seine Eifersucht war tödlich. Sie wollte ihn nicht mehr sehen. Schluss, Aus, Fini. Ihr Blut schien sich zu kristallisieren, alles stockte, drückte, wurde bleiern und sie sagte in einem Ton, als holte sie die Worte aus arktischer Ferne »Sollte ich wirklich eine Bedingung Ihres Glücks sein dann verlassen Sie jetzt auf der Stelle meine Wohnung.«

Der eisige Frostton ihrer Stimme kühlte ihn so jäh ab dass er sichtlich erschrak, denn so hatte er sie noch nie erlebt. Leblos kalt und todfremd. Aber dass sie sich derart stur seiner Einsicht verweigerte, schien ihm der Beweis, dass er für sie eben doch der Stein des Anstoßes war, und das traf ihn wie ein Dolchstich in beide Herzkammern. Er zögerte einen Moment, dann schmiss er ihre Wohnungsschlüssel auf das Sofa, drückte die Zigarette im Buchsbaumtopf aus und stürmte zur Tür.

Stunden später brachte ihr der Diener einen Brief von Herrn Lassalle. Sie warf ihn ungeöffnet auf den Schlüsselbund, trank einen Becher Aquavit, dachte an Clara und beneidete sie um ihre Ruhe.

Lassalle machte sich Vorwürfe, schwere Vorwürfe. Wie konnte er nur so bestusst gewesen sein, ihr das Kronjuwel vor die Füße zu schmeißen! Aber sie war schuld daran. Sie hatte ihn dazu provoziert. Er hatte es schließlich nur gut gemeint und wollte sie vor den hinterhältigen Schachzügen der Familie warnen. Doch statt auch nur den Ansatz eines Wollens zu zeigen, ließ sie ihn mit arroganter Gelassenheit wortlos wissen, wo für sie die Prioritäten lagen Erst kam der Sohn, die Hoffnung und der Stolz ihres Leens, dann kam lange lange nichts und irgendwo am Ende dümpelte einer dahin mit Namen Ferdinand Lassalle und dieser Tölpel hatte sich nun auch noch von ihr in Rage bringen lassen und sich selber ausgesperrt. Er war verzweifelt. Keinen seiner Briefe hatte sie bislang beantwortet und sooft er in ihrer Straße auch auf und ab ging – er sah sie nicht, er traf sie nicht, sie kam nicht aus dem Haus und wenn er klingelte und sich bei ihr melden ließ, musste er sich von ihrem dusseligen Diener jedes Mal sagen lassen, dass Ihre Hochgeboren nicht zu sprechen seien. Sich selber durch Unbeherrschtheit auf die Protokollebene heruntergebracht zu haben, verzieh er sich nicht.

Lassalle stand mitten im Gedränge, wurde ständig angesprochen, fühlte sich belästigt, antwortete nicht und nahm das gesellschaftliche Glanzereignis nur vermindert wahr. Sein Freund Bülow hatte ihn und die Gräfin zu dem großen Empfang eingeladen, den er in seinem Hause zu Ehren seines Schwiegervaters Franz Liszt gab, aber Lassalle war allein gekommen. Frau Cosima fragte ihn zwar im Vorübergehen, wo die Gräfin geblieben sei, doch er wollte sich nichts von seiner Situation anmerken lassen und bemerkte betont beiläufig, dass sie im Augenblick blutwenig Zeit für ihn hatte. Aber dann war die Frau des Hauses schon von den Gästen umringt, denn alle drängten in den großen Salon, wo Liszt am Flügel Platz nahm. Eigentlich hatte der Gefeierte keine Lust mehr auf den Klimperkasten, tat es nur seiner Tochter zuliebe und sagte heiter, er wollte bloß mal ausprobieren, ob seine Werkzeuge noch funktionierten, und kaum hatten seine Finger die Tasten berührt, brach Begeisterung aus. Doch Lassalle stand unbewegt, dachte nur an die Gräfin und daran, dass er sich den Weg zu ihr wieder erkämpfen musste. Trotz, obgleich und weil. Er hatte ihre Köchin, die sie ihm freundlicherweise geliehen hatte, wieder zu ihr zurückgeschickt, selbstverständlich für die Zeit bei ihm entlohnt und ausdrücklich darum gebeten, der Gräfin zu sagen, dass es ohne sie in seinem Hause keine Gesellschaften mehr geben werde, doch auch darauf kam keine Reaktion.

Der Applaus für den Maestro, die Bravorufe – alles rauschte an ihm vorbei. Doch anschließend beim Büfett kam Liszt auf ihn zu, sichtlich erfreut, ihn einmal persönlich kennenzulernen, denn er bewunderte seinen Mut, mit dem er gegen die bedrückenden Verhältnisse zu Felde zog, und gestand ihm freiheraus: »So wie die Zustände sind, fühlt man sich bei den großen Toten heimischer als inmitten so mancher halbkrepierter Leute, denen man in diesem Leben nicht ausweichen kann«, und schilderte ihm voller Empörung die Schwierigkeiten, die man seinem revoltanten Freund Wagner in den Weg legte. Auf einmal dachte Lassalle an die schöne Agnese und konnte verstehen, dass sie für Liszt entflammt war. Vielleicht hatte sie ihm sogar von ihrer gemeinsamen Tochter Fernande erzählt, denn Liszt wandte ihm mehr Aufmerksamkeit als jedem anderen Gast zu, aber dann drängten sich die Umstehenden in das Gespräch, belagerten den Maestro und Lassalle nutzte die Gelegenheit, um sich unbemerkt davonzustehlen.

Zu Hause überraschte ihn eine Depesche seines Vaters, der ihm wegen wichtiger Geschäfte seinen Besuch in Berlin ankündigte und auf einmal war ihm, als wäre ein Stern als Bote gekommen. Er konnte es kaum erwarten, ihn vom

Bahnhof abzuholen und ihm zu sagen, dass er sich derzeit mit der Gräfin nicht nur verknurrt hatte, sondern durch einen gottsjämmerlichen Jähzorn war es zu einem Bruch gekommen. Doch der Vater meinte, das ließ sich schon wieder einrenken, denn er hatte mehr als gute Nachrichten für Hochdieselbe, lud sie tags darauf zu einem Souper ins *Royal* am Brandenburger Tor und Sophie erschien. Natürlich in einer prachtvoll seidigen Sommerrobe, denn sie wusste, anders bekam man in diesem Hotel keinen Einlass und brauchte sich ihm auch gar nicht erst zu nähern.

Heyman Lassal überreichte ihr zur Begrüßung ein kleines Präsent, ein silbernes Zigarettenetui, und als sie es aufklappte, bemerkte er beiläufig: »Eine Novität aus Breslau. Zigaretten mit Mundstück, virginischer Tabak, eingerollt in feinstes Seidenpapier. Die Nachfrage ist so groß, dass dafür sogar eine eigene Fabrik gebaut worden ist.«

Am liebsten hätte sie gleich ein Röllchen ausprobiert, doch Heyman hatte noch andere Überraschungen: Ihre Geldanlagen, zu denen er geraten hatte, standen alle hoch im Kurs und hatten einen respektablen Gewinn eingefahren. Er übergab ihr die Bankpapiere, ein kurzer Blick darauf genügte und sie wusste, Heyman war der geborene Handelsherr. »Sie sehen, gnädigste Gräfin, nicht Kleider – Geschäfte machen Leute«, sagte er gutgelaunt und ließ vor dem sechsgängigen Menü zuallererst einen roten Champagner kommen. »Ein Mailly grand mousseux mit schöner Farbe, Körper, Geist und Blume, ganz auf Ihre Hochgeboren abgestimmt.«

Sophie genoss es, einmal nicht allein zu Hause zu sitzen und sich immer dieselben trüben Gedanken zu machen, sondern einzutauchen in ein buntes Gesellschaftstreiben mit all den exotisch gekleideten Figuren – Inder, Chinesen, Turbanmänner aller Art, und am Nebentisch wurde russisch gesprochen. Das *Royal* war nun mal ein Sternetreff der Welt. Auch Heyman schien das zu genießen und fühlte sich am richtigen Ort, kam doch jeder echte Berliner ohnehin aus Breslau. Seine Geschäfte liefen gut und jetzt, da Berlin endlich Wasserleitungen bekam, lohnte es kräftig zu investieren, denn hier flossen demnächst garantiert die Renditen.

Ein Gang nach dem anderen wurde serviert, dazu jeweils der passende Wein gereicht, was die Unterhaltung immer vergnüglicher machte, und plötzlich stand Sohn Ferdinand am Tisch – in einer Eleganz, als ließe er bei Jackson in London arbeiten. Er begrüßte Sophie mit perfekt weltmännischer Kavaliersgeste, doch gleichzeitig tief unsicher und konfirmandenscheu, mit einem Blick, der sie zwar anglühte, aber versteckt flehend um Verzeihung bat. Eigentlich hätte sie aufstehen und gehen müssen, denn sie wollte den Sturmbrecher nicht mehr sehen, wollte raus aus seiner Zugluft, doch das konnte sie dem Gastgeber nicht antun. Sie sah auch nicht ein, sich die heitere Stimmung mit Heyman nehmen zu lassen, blieb sitzen, wandte sich demonstrativ dem Vater zu und tat, als würde der Sohn gar nicht am Tisch sein. Nach dem letzten Gang bat Heyman einmal die neuen Röllchen zu probieren, und kaum dass sie das Etui geöffnet hatte, standen die Kellner mit dem Fidibus schon bereit, um den Gästen die Zigaretten anzuzünden. Schon der erste Zug glich einem Dessert. Sie sog den Rauch tief ein, fand, dass er wie ein mildes Aroma durch den Körper glitt, sah unwillkürlich zu Lassalle, aber vermied, die Nähe herzustellen, die immer zwischen ihnen beim Rauchen entstand. Zwar war die Versuchung groß, doch mit dem Kam, Sah und Siegte war es vorbei. Wenn überhaupt wieder das Andere, das Sanfte in ihm wachwerden sollte, dann musste sie ihn dies deutlich spüren lassen und auf Distanz gehen. Um nicht den kleinsten Moment einer Verlegenheit aufkommen zu lassen, sprach Lassalle sofort von seinem Vortrag, den er gerade in der Akademie über den Freiheitskampf der Italiener gehalten hatte, war begeistert von Garibaldi, hoffte, dass die Bewegung auch auf Deutschland übersprang und es eine nationale Einigung unter einer demokratischen Volksregierung gab, einer Regierung, die dem Geheul des Herrengesindels ein Ende setzte, das Lausepack der Hohenzollern und Habsburger zum Teufel jagte und war wieder ganz der Vulkan, aus dem glühende Lava kam. Aber so faszinierend er auch argumentierte, sosehr sie ihm im Stillen auch recht gab – sie wollte sich auf keinen Fall von seinem Feuer anstecken lassen. Sein Ausraster saß zu tief, denn sie wurde das Gefühl nicht los, dass er ihr nur darum den Schlüsselbund vor die Füße knallen konnte, weil er sie satthatte und ihrer überdrüssig war. Bei ihm lag nun mal nicht im Wein, sondern in der Wut die Wahrheit.

Er bat höflich darum, sie nach Hause begleiten zu dürfen, was sie nicht ablehnte, doch als sie dann vor ihrer Haustür standen, wartete sie bloß darauf, dass er mit nach oben kommen wollte, denn dann hätte es bei ihr gewaltig zurückgekracht, von wegen was er sich einbildete, wer er war, dass er sie so behandeln konnte, aber sein Gespür für das, was in der Luft lag, ließ ihn auch diesmal offenbar nicht im Stich und er klopfte nur bescheiden mit einer Frage bei ihr an: »Darf ich darauf hoffen, dass Sie mich zu Garibaldi begleiten werden?«

Sie schwieg lange und meinte dann bloß: »Eigentlich sollte jeder kultivierte Mensch wenigstens einmal in seinem Leben in Italien gewesen sein.« Er wartete, doch mehr kam nicht von ihr. Aber da er wusste, dass sie noch nie in Italien gewesen war, keimte die Hoffnung auf, dass sie zusagen würde, denn ohne sie zu fahren, war ganz undenkbar für ihn. »Noch in diesem Monat müssten wir aufbrechen Der Brachmond ist die beste Reisezeit.« Sie ließ ihn weiter warten und sagte noch immer nichts. »Ich habe gepatzt schwer gepatzt, ich weiß und bin steinunglücklich darüber Aber verdammen Sie mich nicht zu der Tortur, ohne Sie zu fahren!«

Das klang zwar nach Reue und Einsicht, nach großem Herzenschoral, doch im angetrunkenen Zustand entschied sie eh nichts und wenn überhaupt, musste er erst mal für eine Weile gründlich ganz klein mit Hut sein, bevor es wieder zu einer Genieaudienz kam. Sicher war nur: den Schlüssel gab es nicht zurück. Ab sofort ging es streng nach Vorschrift: Wollte er ihr seine Aufwartung machen, musste er sich bei ihr melden lassen und sie entschied, ob sie geruhte, den Herrn zu empfangen oder nicht. Nun war er ein Besucher wie jeder andere und das hatte er sich selber zuzuschreiben. Auch wenn sie am liebsten auf der Stelle das ganze Zigarettenetui mit ihm leergeraucht hätte, sagte sie betont kühl: »Sie erhalten Bescheid.«

Um keinen Fehler zu machen, verabschiedete er sich mit

einem korrekten Handkuss und dachte nur, denselben Satz hatte er von ihr schon einmal gehört, vor 15 Jahren, als alles zwischen ihnen begonnen hatte.

Eine halbe Woche Zeitungslektüre genügte Sophie, um den Entschluss zu fassen, dass es nicht schaden könnte, der deutschen Piepmeierei einmal den Rücken zu kehren, sie gab Lassalle Bescheid, packte ihre Koffer und es kam ihr gelegen, dass sich ihnen Ludmilla Assing mit ihren beiden russischen Freundinnen anschloss. So interessant die Italienreise politisch auch sein mochte – Sophie brauchte seine Nähe, um ihn ihre Distanz fühlen zu lassen, damit er vom Feldherrnhügel herunterkam und sich wieder auf seine besseren Seiten besann.

In Zürich machten sie als Erstes Station, um Georg Herwegh zu besuchen. Seine *Gedichte eines Lebendigen* hatten seinerzeit ganz Deutschland wachgerüttelt und Lassalle kannte sie noch immer auswendig. Dank Ehefrau Emma hatte Herwegh das karge Leben im Asyl beenden können, das Schweizer Bürgerrecht erworben und wohnte in einem imposanten Haus am Zürichberg. Den Salon hatte er eigens als ein Zelt tapezieren lassen, wo sich alles traf, was für Freiheit und Fortschritt ein Sensorium hatte: Liszt, Wagner, Bakunin, Semper, Moleschott, Gottfried Keller, und nun betrat auch Lassalle das Herweghsche Königszelt und fühlte sich auf Anhieb wohl. Essen, trinken, rauchen, reden, das Alphabet der Revolution mit einem Kampfpoeten neu buchstabieren – das allein hätte schon die Reise in den Süden gelohnt. Zwar wollte Lassalle ein neues Gedicht von Herwegh hören, aber er gestand ihm, derzeit leider einen Mangel an Schwung zu haben. Doch Lassalle war überzeugt, dass er mit seiner Begeisterung für die damaligen Arbeiten Herwegh aus dem Phlegma reißen und ihn wieder dazu bringen konnte, Stanzen zu verfassen, die ganz Deutschland in Aufruhr versetzten. Noch hatte er seinen Ruf als eiserne Lerche nicht verloren. Täglich kamen ins Königszelt neue Gäste. Allerdings fand Sophie von der Gräfin d'Agoult nicht die geringste Spur, traf aber Ärzte Architekten, Gelehrte aller Art, und dann stellte ihnen Herwegh seinen engsten Freund, den Militärschriftsteller Wilhelm Rüstow vor, der als preußischer Leutnant wegen seiner Begeisterung für die 48er-Revolution seinerzeit vor ein Kriegsgericht gestellt worden war, in die Schweiz entkam, sich anschließend in den Freiheitskampf der Italiener stürzte und mit einem Freiwilligenkorps Garibaldi zu Hilfe eilte.

Schon nach der ersten kurzen Unterhaltung merkte Lassalle, dieser Rüstow war kein Haudegen der üblichen Sorte, kein diensteifriger Kronuntertan, sondern ein Demokrat und Denker, schneidig und kampfbereit, ein Brandenburger Patriot, wie er noch keinen getroffen hatte, und lud ihn spontan ein, sich der kleinen Reisegesellschaft anzuschließen, was Rüstow freudig annahm. Sophie allerdings ärgerte sich, dass Lassalle nichts Besseres einfiel, als den Herweghs stolz seine Reden und Klageschriften aus ihrem Scheidungsprozess, seinem Siebenjährigen Krieg, zu überreichen. Ohne sie zu fragen, packte er ihnen ihre Vergangenheit auf den Tisch, was sie rücksichtslos fand, denn er wusste genau, dass sie daran nicht mehr erinnert werden wollte, aber nein, er kramte wieder alles fröhlich aus, als wollte er zeigen, wie er mit seiner Unerschrockenheit gegen einen Übermächtigen nicht nur gekämpft, sondern auch noch gesiegt hatte. Zwar war das unbestritten eine einmalige Leistung, für die er sich getrost aufs Podest stellen konnte, aber nicht auf Kosten ihres Gemüts. Sie ließ sich von ihrem Ärger nichts anmerken, revanchierte sich für die Gastfreundschaft, lud die Herweghs samt ihrem großen Freundeskreis zu einem prächtigen Diner ins *Hotel Baur am See* und dann brachen sie nach Italien auf.

Kaum hatten sie das Engadin erreicht, kursierte in Zürich bereits das Gerücht, dass der muntere Demokratentross in Tarasp auf dem Ochsenkorso »ganz nackt angezogen umhergelaufen« sei und weiter südlich in Candenabbia am Comer See gab Lassalle den Herweghs eine gutgelaunte Bestätigung: »Alles von uns ausgetrunken. Rüstow hat genau berechnet, dass die täglich verbrauchten Flüssigkeiten das Quantum bilden, das für eine Armee von 5738 Mann erforderlich war. Der Gräfin schlägt diese Traubenkur vortrefflich an.«

Sein neuer Freund, der Major und Schlachtenkenner, machte ihn auf dem Weg nach Caprera mit allen führenden Männern aus dem Generalstab Garibaldis bekannt, schwärmte von ihm als dem Meister der Nachtmärsche, der ungeschützt durch alle Sperrfeuer eilte, von den Feinden als wütender Gorilla gefürchtet war und mit seinen 400 Freiwilligen ganz Sizilien von der Übermacht der Besatzer befreit hatte. Es war ein Vergnügen, an seiner Seite zu kämpfen, mit ihm die Horden der Fremden aus dem Land zu jagen und nicht eher die Waffen ruhen zu lassen, bis der letzte Bourbone in die Flucht geschlagen war. Und alles gelang, weil Garibaldi nur eines kannte: siegen oder sterben.

Lassalle merkte, wie fasziniert die Frauen ihm zuhörten und wie sie es liebten, den Mann als Helden zu sehen. Vor allem entging ihm nicht, dass Freund Rüstow der Gräfin mit jedem Wort imponieren wollte und sie mit jedem Blick suchte. Zwar wurde Garibaldi immer präsenter, je tiefer sie in den Süden kamen – die Frauen trugen sein Bild als Amulett um den Hals, waren stolz, ihre Kinder von ihm taufen zu lassen, doch was Lassalle auch sah und hörte, er hatte plötzlich nur noch Augen für das eine: Rüstow machte der Gräfin ganz ungehemmt Avancen, wich allweil von der Fahrstraße ab, um mit ihr auf irgendwelchen Karrenwegen allein durch die Pinienwälder zu fahren, und kaum dass der ganze Tross wieder gemeinsam in der Kutsche saß, drängte er sich neben sie, legte seine Hand auf ihr Knie und Lassalle starrte wie gelähmt auf jede Bewegung des Militärs, als wollte er wissen, ob er sich bis zum Strumpfband hochwagte und dann womöglich weiter tastend aufwärts marschierte.

Sophie nahm das ungestüme Verliebtsein von Rüstow gelassen und als eine Art Genugtuung hin. Nun konnte sie Lassalle seine Fläzigkeiten heimzahlen und ihm einmal vorführen, wie es war, sich so aufzuspielen, als gäbe es den anderen gar nicht. Am Ende war sie nicht nur für seine Musizier-Damen das gute alte Möbelstück im Haushalt Lassalles, sondern auch für ihn selbst. Die Gelegenheit, diesem Eindruck zuvorzukommen, schien ihr günstig wie nie, denn so was durfte sich gar nicht erst in den Köpfen festsetzen.

Als dann der Liniendampfer auf der Insel Caprera, dem Vohnort Garibaldis anlegte, rutschte der Gräfin auf dem türmischen Deck das Pelzcape von der Schulter, Lassalle vollte es ihr behutsam wieder umlegen, doch da war schon reund Rüstow zur Stelle, schob auch noch den Schal zu-ück und küsste ihre nackte Schulter so ungeniert, dass assalle bloß noch darauf wartete, bis die geliebte Stelle ine knutschblaue Färbung bekam, dann hätte er den Oberst über Bord gestürzt und ihm ein kaltes Duschbad erschafft. Doch angesichts der Mitreisenden zwang er sich zur äußersten Souveränität und ließ sich nichts anmerken, denn das war er seinem Ansehen und seiner Ehre schuldig.

Dass Rüstow sich in die Gräfin verschossen hatte, konnte er schon verstehen. Sie hatte eben das, was einen Mann faszinierte und war eine Ausnahmenatur. Dem Rüstow nahm er es nicht übel. Aber dass die Gräfin seine Zudringlichkeit nicht abwehrte, sondern ganz stillhielt und sich auch noch lächelnd von ihm begrapschen ließ – das war nicht nur peinlich, das war Verrat. Verrat in höchster Potenz. Am Ende gewährte sie seinem Freund noch das, was sie ihm, ihrem Gefährten, bis heute verweigert hatte, verbrachte womöglich noch die Nächte mit ihm, wälzte sich wild im Bett und gierte nach seinem Stoßdegen. Die Vorstellung, dass sie ihm das erlauben könnte, machte ihn wahnsinnig. Nein, Rüstow traf keine Schuld. Er war nun mal ein echter Mann und jeder echte Mann konnte bei dieser Frau nicht anders. Trotzdem – bei ihm gab sie sich als züchtige Venus, was ihn in feuchte Träume trieb, mit denen er sich begnügen musste, und von dem vernarrten Bataillonschef ließ sie sich nicht nur dreist abküssen, sondern hatte sichtlich auch noch Spaß daran – das war für Lassalle, als würde sie ihn vor aller Augen aus ihrem Leben schmeißen.

Doch der Gedanke brach jäh ab, denn mit einem Mal standen sie vor dem Freiheitshelden. Garibaldi trug keine Uniform, sondern wie immer seinen alten kleinen Filzhut, sein rotes Wollhemd und die grauen weiten Tuchhosen, begrüßte Comandante Rüstow und seine Reisegesellschaft voller Freude, zeigte ihnen stolz, wie er auf diesem felsigen Boden der Ziegeninsel doch noch einen Garten mit Gemüse und Blumen geschaffen hatte, lud sie in sein Haus, und dann beim Essen kam Lassalle auf die politische Strategie und hoffte, wenn Garibaldi jetzt Kossuth in seinem Kampf in Ungarn unterstützte, sprang die Revolution auf Österreich über und Revolution in Wien bedeutete Revolution in Berlin. Doch Garibaldi gab zu verstehen, er hatte für sein Volk die Freiheit erfochten, verzichtete auf jede Machtposition, wollte auch nicht Herrscher Siziliens werden, denn es genügte ihm, dem König ein geeintes Italien zu Füßen gelegt zu haben. Er überreichte der Gräfin sein Bild, eine Daguerreotypie mit einer begeisterten Widmung an sie, und Lassalle hatte das unverwechselbar Eigene dieses Mannes begriffen: Er kam aus dem Volk, kämpfte für das Volk und ging wieder in sein Volk zurück, das ihn wie einen Gott verehrte.

Die Begegnung hinterließ einen tiefen Eindruck, doch kaum hatten sie die Insel verlassen, nutzte Lassalle eine kurze Abwesenheit Rüstows, um die Gräfin zur Rede zu stellen. Was sie da so schamlos trieb, das sah er sich nicht länger mit an. Davon bekam er Haarausfall und ein Lapsis capillorum stand ihm schlecht zu Gesicht. Egal, welchen acheakt sie gegen ihn im Schilde führte, er war nicht der ann, der nach einem Fußtritt in die Knie ging. Ob er insteckte oder austeilte – er blieb Herr der Lage und das onnte sie sich diesmal in ihr Gehirn hämmern: Einen Weg urück ins Einvernehmen gab es nicht.

Sophie spürte, sie hatte ihn im Tiefsten getroffen, auf eden Fall seinen ausgeprägten Hang zu sich selbst veretzt, aber wer fragte denn nach ihr? Rüstow hatte sich n sie verliebt. Ja und? Warum nicht? Das durfte ja wohl nal vorkommen. Und was hieß da schamloses Betragen! Ver wie sie ständig mit grundloser Eifersucht und geifernlem Jähzorn traktiert wurde, der war eben empfänglich ür die zärtliche Zuneigung eines anderen Mannes. Wenn r wollte, konnte er sich ja seinem Freund anschließen. Ein eben zu dritt war doch ohnehin ganz nach seinem Geschmack.

Lassalle kannte ja in solchen Situationen ihre Stechnückenart, die einem die Karbunkel auf die Haut trieb, ber was sie jetzt bot, übertraf alles und er fragte sich, ob ie noch bei Sinnen war. Mit ihr und Rüstow im glücklihen Drei leben! Eine Zumutung! Eine Unverschämtheit! Ein Leugnen von allem, was sie verband! Ihn neben einen nderen zu stellen, zum Beigesellen zu degradieren, als Mitspieler und Teilhaber zu sehen! Er als Anhängsel und Zubehör! Das hatte sie sich ausgeheckt, um ihn niederzustrecken. Doch er ließ sich von ihr nicht guillotinieren! ›Offenbar scheint es Ihnen entgangen zu sein – aber ich brauche einen Menschen, der ganz für mich lebt und dessen Liebe ich mit niemandem teilen muss.«

»Wie schön! Aber ich soll als Ihr Mitbringsel und Beiwerk ganz selbstverständlich in Ihre künftige Ehe gehen. Ich soll für eine Ehe zu dritt zur Verfügung stehen und werde gar nicht erst gefragt! So haben Sie es an Sophie Sontzoff geschrieben und bei Lina Duncker ist es nicht anders gewesen. Und mit der Nächstbesten wird es wieder so sein. Ja, ich habe Ihren Freund ganz bewusst nicht zurückgewiesen, um Ihnen zu zeigen, dass nicht alles nach Ihren Vorgaben läuft. Auch wenn ich zu Ihnen gehöre, können Sie nicht über mich verfügen. Und ich lasse mich nicht so behandeln, als hätte ich mich Ihren Launen unterzuordnen. Es freut mich, dass Sie wenigstens das einmal gespürt haben.«

Lassalle hatte noch nie einen Mangel an Worten, doch jetzt fehlten sie ihm und es reichte nicht mal, ihr ein paar Silben hinzustottern. Kaum dass Rüstow mit den anderen eintraf, verabschiedete er sich bei seinem Freund wegen eines dringenden Termins, verließ abrupt die Reisegesellschaft, nahm den erstbesten Schnellzug nach Norden, jagte nach Berlin, hastete an sein Schreibpult und stürzte sich wie von Sinnen in die Arbeit.

Plötzlich brach der Winter herein, Italien lag tief im Schnee und vom südlich blauen Himmel blieb bloß noch der Schatten einer grau verhangenen Wand. Sophie saß in ihren Pelz gehüllt im Foyer des Hotels, das auf die Kälte nicht vorbereitet war, und Rüstow tat alles, um wenigstens das Feuer im Kamin nicht ausgehen zu lassen und den nötigen Holzvorrat zu sichern. Pelzstiefel waren in der Stadt über Nacht ausverkauft und für den Schnee fehlten ihr die richtigen Schuhe, so dass sie den ganzen Tag im

Hotel verbringen musste. Rüstow wich keinen Augenblick von ihrer Seite und fand das wunderbar. Er wollte nichts als ihre Nähe. Er wollte nur bei ihr sein, sie nicht bedrängen, nur das tun, was auch sie tun mochte und hätte am liebsten die ganze Nacht mit ihr am Kaminfeuer gesessen, denn endlich hatte er jemanden, mit dem er reden konnte, der ihm zuhörte und ihn verstand. Dass sie keines seiner Bücher kannte, störte ihn nicht. Im Gegenteil. Umso größer war seine Freude, ihr jetzt in seine Werke einen Einblick geben zu können. Begeistert sprach er über Kriegstaktik und Kriegsführung, über das Heerwesen Cäsars, über die Feldherrnkunst des 18. Jahrhunderts, erklärte ihr, wie man mit einem rasch ausgeführten Flankenstoß den Feind aus seiner Riegelstellung brachte, wie man Deckungen säuberte und Batterien in dominierende Stellungen einbaute, was es hieß, mit Vorpostengefechten den Feind zu überlisten oder die Depeschenreiter in Gang zu setzen und blühte Wort für Wort auf.

Sophie hörte zwar zu, aber vergaß das meiste auch gleich wieder, denn so interessant das für ihn auch sein mochte, sie fragte sich, wozu sie den Unterschied von Vorder- und Hinterlader, von Kugel und Langgeschoss und all diesem Militärkram überhaupt kennen musste. Natürlich tat es schon gut, mal wieder die Anbetung eines Mannes zu spüren, und dass er 16 Jahre jünger als sie war, hatte noch einen ganz besonderen Reiz, denn für sie lag darin der indirekte Beweis, dass sie bei einem solchen Verehrer nicht das alte Möbelstück im Hause Lassalles sein konnte. Aber Tag für Tag mit seiner Schlachtenprosa bombardiert zu werden, ging ihr auf die Nerven. Vor allem, dass er keinen

Schritt mehr ohne sie tat, gab ihr so ein Gefühl von Besitznahme und Belagerung und das mochte sie nicht. Das engte ein. Ein Mann musste kommen und wieder gehen, damit man sich auf ihn freuen konnte, aber einem nicht ständig im Genick hocken. Sie drängte ihn, zu seiner Familie zurückzukehren, schließlich hatte er in Zürich Frau und zwei Kinder und das dritte war unterwegs, doch von Rückkehr wollte er nichts wissen. Er lebte getrennt und gestand Sophie ganz offen, er war auch darum Garibaldi mit einem Bataillon so rasch zu Hilfe geeilt, in der Hoffnung, im Kampf zu fallen, um auf diese ehrenvolle Weise Frau und Kinder los zu sein. Bislang war er ständig von diesem Motiv umwittert, aber jetzt, da er sich so heftig verliebt hatte, spürte er wieder Boden unter den Füßen und sein Leben bekam einen Sinn.

Doch Sophie wollte nicht, dass er sich in Erwartungen hineinsteigerte, die sie nicht erfüllen konnte und wie immer, wenn sie etwas Bedrohliches spürte, ging sie auf Distanz, war augenblicks verwandelt und schien unnahbar. Abends trank sie mit ihm zwar stets einen guten Wein, ließ ein gutes Essen servieren, konnte auch mal über Paul reden ohne befürchten zu müssen, dass dies einen Tobsuchtsanfall auslösen könnte, aber mit dem Philosophischen hatte Rüstow seine liebe Not. So hinreißend er ihre Ausführungen über Heraklit auch fand, er kam dann doch auf seine neuste Lektüre, das grandiose Werk von Friedrich Engels über die *Geschichte des gezogenen Gewehrs. Die Entwicklung der Handfeuerwaffen*, und zündete ihr eine Zigarette an, um das Zuhören behaglicher zu machen. Doch schon beim ersten Zug musste sie husten, so heftig, dass es gar nicht enden wollte, ja geradezu einem Anfall glich und fast so war, als würde sich der Qualm in einen Quader verwandeln und ihr die Luftröhre zudrücken wollen. Ein paarmal probierte sie es noch, aber sie konnte mit Rüstow nicht rauchen. Erst am späten Abend, wenn jeder für sich in sein Hotelzimmer ging und sie allein im Bett lag, atmete sie auf und hatte das Gefühl, wieder sich selbst zu gehören. Aufmerksamerweise lag im Bett ein Thermophor, ein Gummibeutel, der für warme Füße sorgte und zum eigenen Luxus hatte sie sich noch eine japanische Wärmedose kommen lassen, die mit heiß gepresstem Kohlenstaub gefüllt war und über die Kälte trug. Trotzdem schien ihr das Zimmer eisig und sie täuschte sich nicht, die Kälte kam von innen und lag in ihr selbst. Sie zog sich das Federbett über den Kopf, kringelte sich unter der wärmenden Decke zusammen und dachte an Lassalle. Zwar hatte er ihr mit seiner jähen Abreise einen Strich durch die Rechnung gemacht, aber sie fand es trotzdem richtig, ihm einmal auf diese Weise das Ungleiche vorgeführt zu haben. Von wegen er wollte einzig geliebt sein und sie sollte als das Organ seiner Seele oder sonst was Schönes mit in seine Ehe gehen. Außerdem war sie nun für alle Bewerberinnen weit weg, hatte sich ihm aus dem Weg geräumt und keine seiner Liebschaften konnte sich mehr beschweren, dass sie ihn belagern würde. Jetzt war er frei. Und doch hatte dieser Gedanke nichts Erlösendes und machte sie nicht froh. Sie stand noch einmal auf, zündete sich eine Zigarette an, setzte sich ans Fenster und schaute in die schneedunkle Nacht hinaus. Plötzlich war ihr, als rauchte sie mit ihm eine Fernzigarette. Mit jedem Zug sah sie ihn näher kommen, spürte so eine andere, eine sinnliche Wärme durch den Körper strömen und unwillkürlich horchte sie, ob es an der Tür klopfte, denn sie glaubte, er könnte plötzlich im Zimmer stehen wie in seinen besten Stunden.

Lassalle trieb sich jeden Gedanken an die Gräfin rigoros aus. Sollte sie mit seinem Freund herumpoussieren so viel sie wollte, sollte sie sich als Muse eines Militärs gefallen vielleicht sogar von Kusswoche zu Kusswoche reisen – sie irrte, wenn sie meinte, ihn mit dieser Grenadiers-Episode demütigen zu können oder ihn krank und einsam zu machen. Sie musste begreifen: Lassalle war Lassalle und niemandes Windspiel. Er krümmte sich nicht unter die Liebe. Gewiss, ihre Verbindung war nun mal kein so alltägliches Ding, dass sie jedermann verstehen konnte, aber es gab das Unzertrennliche, das sie jetzt getrennt hatte und darum konnte es keinen Weg zurück ins Einvernehmen mehr geben. Sie hatte die Fäden gekappt. Sie war schuld. Er fragte nicht nach ihr, stellte jeden Briefwechsel ein, ließ sie nicht grüßen, tat, als gäbe es sie gar nicht, als wäre sie ein verlöschter Stern, ein ausgeträumter Traum, ein nicht vorhandenes Nichts, hatte in seiner Verzweiflung immer schwärzere Bilder für sie, und schrieb Herwegh mit keuchender Seele: »Das beste Heilmittel, das der Mann auf eine Wunde, die ihm geschlagen wurde, legen kann, ist fieberhafte, rasende Tätigkeit mit aller Unterdrückung von Empfindung. Ich hab's ausprobiert: Sich nicht Zeit gönnen, zu empfinden! Nur vorwärts und vorwärts und gearbeitet mit fliegender, zitternder Hast, wie unter dem Stock, wie unter der Fronpeitsche, das hilft.« Und Brief um Brief an seinen Freund Rüstow: »Ich arbeite, martere mich, ächze mich ab an dem unmöglichen Ziel, drücke mir den rotglühenden Stachel immer tiefer in die Flanken, reibe mich auf und in dieser verzehrenden Leidenschaft, in der ich dann mich winde und ringe, die mir die Seele durchdringt und den Geist beschäftigt, täglich, bis mir die Augen zufallen, in dieser wahnsinnigen Nervenerzitterung fühle ich mich dann gesättigt und mache das Unmögliche möglich. Sowie es aber auf dem Tisch liegt und mir der Stachel aus den Eingeweiden gezogen ist, falle ich zurück in die Fauststimmung: es möchte kein Hund so länger leben!«

Als Beleg für dieses fieberhafte Arbeiten sandte er ihm mit den besten Grüßen seine neuste Schrift *Über Verfassungswesen,* die im Preußenland für großes Aufsehen sorgte, weil er die Verfassungsfrage als eine Machtfrage gestellt hatte, was die reaktionäre Junker- und Muckerpartei mit ihrem Cliquenregime in helle Empörung versetzte, aber ihm die gute Gewissheit gab, damit die politische Agitation eröffnet zu haben. So viel Einladungen, wie er dazu bekam, konnte er gar nicht wahrnehmen, und kurz darauf sandte er ihm seine zweite Streitschrift *Das Arbeiterprogramm,* das für noch größere Aufregung sorgte. Er bat Rüstow, dieses Exemplar besonders sorgfältig aufzubewahren, denn gleich nach dem Erscheinen war die gesamte Auflage von der Polizei konfisziert worden und zudem hatte er jetzt noch eine Anklage wegen Gefährdung des öffentlichen Friedens am Hals, die auf dem hinterfotzigen Hass- und Verachtungsparagraphen gegründet war. Gegen die Haussuchung in seiner Wohnung, wo nach weiteren Exemplaren geschnüffelt wurde, hatte er natürlich sofort Protest eingelegt, überraschend erfolgreich, und jetzt brach er zu seiner Agitationsreise auf, und schrieb ihm von unterwegs sobald er konnte.

Dann hastete Lassalle von Stadt zu Stadt, von Verein zu Verein und immer waren die Vortragssäle brechend voll. Voll wie nie und es wunderte ihn nicht, denn jetzt, ein sattes Jahrzehnt nach der gescheiterten Revolution, war die Zeit eine andere geworden. Alles hatte sich ins Gewaltige gedreht, gewaltige Industrien, gewaltige Unternehmen, gewaltiges Wachstum des Kapitals und diejenigen die den Profiteuren die Gewinne erarbeiteten, besaßen noch immer kein Stimmrecht, keine Macht, kein Gewicht und wurden von den Herrn des Gottesgnadentums und all diesen Hornochsen nicht mal als eine unendlich kleine Größe, sondern als gar keine Größe gesehen, als wären sie eine bloße Ansammlung von lauter Nullen. Doch da lag für ihn bereits schon rein mathematisch der Rechenfehler. Schließlich war die Null eine besondere Zahl. Sie stand zwar für Leere, aber ihr wohnte eine additive Macht inne, die alles ins Gigantische steigern und alle Vorstellungen sprengen konnte. Ob eine oder viele – die Null war nicht zu unterschätzen, eher zu fürchten und in jeder Rechnung von Gewicht. Dass in den Vortragssälen auch reichlich Spitzel der Geheimpolizei, Informanten und andere wasserköpfige Filzläuse hockten, kümmerte ihn nicht im Geringsten, denn er war ganz in seinem Element: furchtlos die Wahrheit auf den Tisch packen, nichts bemänteln, nichts vertuschen, sondern offen aussprechen, wie die Dinge lagen. Damit begann für ihn alle große politische Aktion und er traf die richtige Stimmung. Nein, die Arbeiter waren nicht das Lumpenheer rechtloser Indusriesoldaten und nicht die dumpfe Masse von Lohnsklaven, ondern mussten sich ihrer eigenen Fähigkeiten bewusst verden und ihre Sache selber in die Hand nehmen, sich usammenschließen, alle Kräfte bündeln, um der Macht les Kapitals ihre eigene Macht gegenüberzustellen. Nur in ler Geschlossenheit wurden sie ernst genommen, bekamen Größe und Gewicht und wurden zu einer Klasse, mit ler man rechnen musste, weil nur sie die gesellschaftlichen Verhältnisse grundlegend verändern konnte.

Er spürte, wie die Zuhörer mitgingen, wie er mit seinem Feuergeist ihre Gemüter in Bewegung brachte und ie begeistern konnte für die Aufgabe, die ihnen von der Geschichte gestellt war. Etwas von seinem Naturell, seiner Furchtlosigkeit und Entschlossenheit auf die Zuhörer ibertragen zu können, in ihnen den Aufbruchsmut zu wecken, den Funken zu zünden und sie vorzubereiten auf das große Ziel, war als spürte er damit seine eigene Macht, was hm jedes Mal ein Glücksgefühl gab, das die Strapazen der Agitationsreise vergessen ließ. Aber er sah jetzt auch, woran es mangelte. Die Initiativen in den vielen Vereinen gehörten dringend unter ein gemeinsames Dach. Sie brauchten ein Zentrum und das musste schleunigst organisiert werden. Damit durfte nicht länger gewartet werden. Denn jetzt sah er die Stunde gekommen, jetzt war es höchste Zeit, einen Gesamt-Arbeiterverein zu gründen. Kurzerhand entschloss er sich, zu Marx nach London zu fahren, um mit ihm seinen Plan zu beraten.

Gerade als ihm sein Diener die Koffer zum Wagen trug, erreichte ihn ein Brief von der Gräfin. Lassalle glaubte seinen Augen nicht zu trauen, überlegte, ob er ihn überhaupt öffnen sollte, zögerte, wollte und wollte nicht und schließlich überwand er sich dann doch, da mal reinzulesen, was die Treuebrecherin ihm mitzuteilen hatte. Ja, sie musste ihm schreiben, ob er den Brief in die Ecke schleuderte oder nicht – es war ihr ein Bedürfnis ihm zu sagen, dass seine beiden Aufklärungsschriften über das Verfassungswesen und die Idee des Arbeiterstandes zwei unübertroffene und geniale Traktate waren, mit denen er die unorganisierten Mächte in der Tiefe entfesselte und auch dem letzten Zweifler den Beweis erbrachte, dass das Kulturempfinden eines Volkes ein realer Machtfaktor war, der nicht ignoriert werden konnte und in eine wirkliche Verfassung gehörte, andernfalls blieb es eine geschriebene Verfassung oder ein Blatt Papier. Voilà! Dafür die Grandenwürde! Und was er über den Arbeiterstand schrieb, war Programm, da lag der Zukunftsdünger, alles überzeugend und jeder Satz ein Grundsatz. Très bien: Die Demokratie wird social sein oder sie wird nicht sein. Das sprach für sich. Klarer hatte den Weg in eine neue Gesellschaft noch keiner gezeigt und keiner den geschichtsphilosophischen Beweis so eindeutig erbracht: Alles Recht ist bei der Demokratie und bei ihr allein wird die Macht sein. Mit den beiden Arbeiten brachte er die Dinge in Fluss und mehr Heraklit hatte sie bislang nirgendwo gefunden. Wenn er ihr erlaubte, würde sie die Broschüren ins Italienische übersetzen lassen.

Lassalle ging ein paar Schritte auf und ein paar Schritte ab, als müsste er sich vergewissern, dass er noch mit beiden Füßen auf dem Boden der Tatsachen stand. Er war überwältigt von ihrer Begeisterung. Aus jedem Satz spürte er, was er immer bei ihr gespürt hatte: Sie sah sein Ziel. Sie fühlte, worauf es ihm ankam und begriff seine historische Mission: die Herrschaft einer begünstigten Minderheit über eine benachteiligte Mehrheit musste ein Ende haben. Die Kleinen durften nicht länger zum Vorteil der Großen ausgeplündert werden. Plötzlich war sie wieder im Zentrum seiner Wahrnehmung, nah wie nie und er ganz plötzlich wieder eins mit ihr, so sehr, dass er sich jetzt schämte, in seiner Wut ihr ein verwahrlostes Herz unterstellt zu haben. Im Reisemantel hastete er noch einmal zurück an sein Stehpult, schrieb sofort an Rüstow, bat ihn, der Gräfin für den Brief zu danken, ließ sie grüßen und brachte seine Antwort selber noch rasch zur Post.

Als er dann im Zug saß, las er den Brief wieder und wieder, denn er fühlte sich durch ihre Begeisterung in allem doppelt bestärkt und doppelt bestätigt. Sie hatte nun mal dieses fein ausgeprägte Empfinden für das, was die Menschen bewegte und was der Zeit nottat. Und not tat jetzt nur eins: die Besitzlosen zu organisieren. Und sie traute ihm das zu. Sie hatte noch nie an der Kraft seines Willens gezweifelt. Schuld hin, Schuld her – das ganze Teufelsgeflecht der Ursachen und Wirkungen ihres Getrenntseins entwirren zu wollen, brachte nichts und lähmte bloß. Wozu sich darüber noch länger quälende Gedanken machen! Eine Million Qualen war mehr als genug. Er steckte den Brief in seine Westentasche und fand, er reiste auf einmal in ihrer Gesellschaft.

Unterdes traf Sophie in Zürich ein. Sie hatte Rüstow überreden können, seiner Frau in der schweren Zeit nach der Entbindung beizustehen, mietete sich in einer noblen

Pension am Zürichsee ein, stattete sich im ersten Modesalon der Stadt mit einer neuen Sommerrobe aus, ließ sich von einer Coiffeuse shampoonieren und die ersten grauen Haare mit frisch gepresstem Walnussschalensaft abdunkeln und teilte Paul unter Privatchiffre ihre Adresse mit. Als er bereits zwei Tage später zu einem Blitzbesuch erschien wusste sie, dass er wieder dringend neues Geld brauchte Er kam aus Turin, wo er derzeit Dienst tat und es gab gute Nachrichten, über die sie allerdings noch zu niemandem reden durfte. Sein Missionschef Bismarck wurde jetzt Preußens neuer Ministerpräsident. Paul hatte bereits als Zeichen des Vertrauens eine Sonderchiffriernummer von ihm bekommen und war entweder für einen hohen Posten im Auswärtigen Amt vorgesehen oder ging als Botschafter nach London. »Du weißt ja, ich kann gut mit Bismarck. In den Berichten setze ich auch nie zu viel Ich, denn er merkt selbst, wenn man eine Sache gut gefingert hat. Er hat reichlich politischen Instinkt.«

»Hauptsache, du bekommst endlich mal ein Gehalt«, sagte Sophie. »Du bist im vierten Dienstjahr noch immer ohne Bezahlung. So geht das nicht. Sprich mit Herrn von Bismarck darüber. Wenn er dich so schätzt, wird er auch die Schatullen öffnen.«

Paul war zuversichtlich und versprach der Mama, sie nur noch diesmal um einen höheren Geldbetrag zu bitten, und kaum hatte sie ihm den zugesagt, war er auch schon auf dem Weg zum Bahnhof. Wieder kein Wort des Dankes, keine Frage nach ihrem Befinden, keine Teilnahme, nichts, nur kurz vor Einfahrt des Zuges seine fürsorgliche Warnung: »Dein Jemand sorgt ja derzeit mächtig für Aufregung.

Er kann es nicht lassen. Angeblich soll er nach London zur Weltausstellung gefahren sein, um sich über den neusten Industriefortschritt ein Bild zu machen, doch ich sage dir, in Wirklichkeit besucht er seinen Freund Marx, um sich radikalisieren zu lassen, denn Lassalle hat vor, einen Arbeiterstaat zu gründen, natürlich mit ihm an der Spitze, damit er wie Ludwig der XIV. sagen kann: Der Staat bin ich. Mama, zum letzten Mal: Lass endlich die Hände von ihm! Dann kommst du wieder zu Ansehen!«

Doch sie wollte darüber keinen neuen Streit beginnen und sagte bloß trocken: »Lassalle erfüllt eine historische Mission.« Für Paul klang das so jenseitig und absurd, dass er glaubte, sie sei nun wirklich von allen guten Geistern verlassen. Wortlos stieg er in den Zug und gab seine Mama endgültig verloren. Sie sah es ihm an, aber nahm es gelassen, denn er brauchte gewiss nicht zum letzten Mal Geld.

Aufregung gab es für sie nur, als sie von den Herweghs erfuhr, dass Lassalle mit Depesche für den kommenden Tag seinen Besuch angekündigt hatte. Frau Emma hoffte, dass er erst nachmittags kam, denn Georg war in der Uni, Rüstow mit seiner Frau beim Arzt und sie wollte abends alle Freunde einladen und musste das Souper vorbereiten. Sophie war sich auf einmal ganz sicher, dass Lassalle ihretwegen den Umweg über Zürich gewählt hatte, wusste, dass er die Nachtzüge nicht scheute und vermutlich schon nach Sonnenaufgang bei den Herweghs eintreffen würde. Natürlich hätte sie am liebsten im Bahnhofsrestaurant auf ihn gewartet, um ihn vom Zug abzuholen, aber sie hatten sich fast ein Jahr lang nicht gesehen, er hatte ihr nicht mehr geschrieben, sich mit keinem Wort mehr nach ihr erkundigt, alles jäh abgebrochen, und darum war sie sich nicht sicher, wie er auf sie reagieren würde. Dennoch stand sie gegen alle Gewohnheiten sehr früh auf, stieg in ihre neue Sommerrobe – ein luftiges, crèmeweißes Tarlatan-Kleid mit Pagodenärmeln, Spitzenberthe und der Rock ein einzig wogender Baumwollflor von 15 passepoilierten Volants. Ein Prachtkleid für die Promenade, das auf jede ihrer Bewegung zugeschnitten schien und in dem sie sich so gut gefiel, dass sie sich gleich viel besser fühlte und meinte den Dingen doppelt gewachsen zu sein. So erschien sie zu ungehörig früher Stunde im Hause Herweghs. Sie entschuldigte sich für die Unzeit, wollte nicht stören, sondern nur wissen, ob zufällig ihr Schal hier liegengeblieben war, doch Frau Emma bat sie gleich ins Haus zum Morgenkaffee, denn Herr Lassalle war bereits eingetroffen. Plötzlich war Sophie so aufgeregt, dass sie mehrmals tief Luft holen musste, um sich zu beruhigen und sich nichts anmerken zu lassen, warf einen flüchtigen Blick in den Garderobenspiegel und dann betrat sie den Salon. Lassalle kam sofort auf sie zu, einen Moment lang standen sie sich stumm gegenüber, schüchtern wie Quartaner und keiner fand das erste Wort, denn ihre Seelen fieberten. Die Streitmaterien fielen wie welke Blätter von ihnen ab, die schwarzen Bilder verloren ihre Farbe, die kratzigen Auftritte hatte es nie gegeben, jede Entfernung verschwand, alles was nur fließen konnte, floss in ihnen zusammen und das Unzertrennliche war wieder da.

Schon wenig später saßen sie auf der Terrasse ihrer Pension und waren endlich allein. Den Blick auf den See hatte sie bislang noch nie so schön empfunden. Aus der glitzernden Wasserfläche stieg eine Luftruhe, die alle Unebenheiten glättete und die Sicht ins Weite schier grenzenlos machte. Ein leichter Wind brachte die Sonne aus den Alpentälern heran und gab der Mittagshitze eine sanfte Kühle, die in jede Pore das reine Behagen trug. Lassalle ließ kein Auge von Sophie, sagte nichts, fragte nichts, atmete ihre Gegenwart ein und spürte, er konnte die Gräfin treffen wo er wollte und wann er wollte, es war immer wie beim ersten Mal. Ein einziger Blick hatte genügt, um sie in sein Leben zu holen und jetzt war es wieder so. Es kümmerte ihn nicht, wie sie inzwischen zu Rüstow stand, ob er noch ihr Leibgrenadier war oder nicht. Tunlichst vermied er, dem Trennenden auch nur mit einem Anlaut Raum zu geben und das Gewesene zu berühren, wollte um Himmels willen jetzt keine pompejanische Ausgrabung, sondern stürzte sich gleich auf das Gegenwärtige, Vertraute und berichtete ihr von seinem Besuch bei Marx.

Alles war gründlich schiefgelaufen. Zwar wurde er von der Familie herzlich empfangen, aber Marx schämte sich für seine Armut. Er wollte nicht zugeben, dass er auf dem Strumpf stand, kaum noch wusste, wie er das Schulgeld für seine Kinder bezahlen sollte und ständig von den Monstern, den Gläubigern umringt war. Obwohl er so tief in der Geldklemme steckte, hatte er dafür bloß die lapidare Bemerkung: »Du siehst, ich bin geplagt wie Hiob, aber nicht so gottesfürchtig.« Lud Lassalle ihn zum Essen ein, lehnte er ab, weil er keine Hungerhilfe nötig hatte, aber wenn er ihm etwas Gutes tun wollte, konnte er gern mit seinen Töchtern ausfahren. Brachte Lassalle ihm Portwein und Stout, nahm er das Trauben- und Hefegesöff gerade noch gnädig an, und als sie aufs Politische kamen, war old boy gänzlich ungehalten. Von dem Plan, einen Gesamt-Arbeiterverein zu gründen, hielt er nicht viel, angeblich waren »die Wogen noch nicht wieder hoch genug, um unser Schiff zu tragen«, murrte herum und meinte, was da im *Arbeiterprogramm* stand, hatte er bereits schon vor Jahren im *Kommunistischen Manifest* geschrieben. Alles hörte sich für Lassalle so an, als benutze er das Marxsche Inventarium, um jetzt in Deutschland politisch vorzupreschen, eine Arbeiterpartei zu gründen und abzuernten, was Marx gesät hatte. Irgendwie passte ihm alles nicht. Zwar war Marx weder dagegen noch dafür; doch ins Präsidium des Gesamt-Arbeitervereins zu gehen, hatte er nicht die Zeit, denn er saß an einem großen ökonomischen Werk. Nicht mal auf eine Grußadresse wollte er sich festlegen lassen. Als Lassalle ihm sagte wie gewaltig inzwischen die Zahl der Arbeitervereine in Deutschland gestiegen war und wie nötig jetzt der Zusammenschluss wurde, kommentierte Champion Charles das Ganze lediglich spitz mit einem »Ach ja, ich weiß, dein deutsches Publikum, deine Arbeiter«, und wollte genau genommen gar nichts weiter davon hören. Er war eben tief im Vakuum und grundschlecht gelaunt.

Sophie versuchte, Lassalles Enttäuschung zu mildern »Ich kann den Marx schon verstehen. Er ist der Ältere gleichsam Ihr Lehrmeister, hockt in seiner Londoner Stube im Exil und fühlt sich ausgeschaltet von der politischen Aktion, die Sie jetzt in die Hand nehmen. Das behagt ihm nicht. Statt sich zu freuen, dass Sie seine Ideen verbreiten, gönnt er Ihnen nicht, dass Sie etwas können was er nicht kann: Unbestritten hat er große Ideen, aber hm fehlt nun mal jedes Redetalent. Und genau das gibt hnen die Popularität, die er gerne hätte. Ich glaube sogar, m tiefsten Innern leidet er darunter, dass er seine Analyse ler Verhältnisse zwar messerscharf zu Papier bringt, aber ie den Arbeitermassen nicht wirklich anschaulich vermiteln kann. Nie könnte er in der Öffentlichkeit so auftreten vie Sie. So ungehemmt und völlig furchtlos die Wahrheit ıerausdonnern. Nicht dass er ängstlich wäre, doch er hat ıicht Ihre Art, die Menschen zu begeistern. Er kann sie ıicht in seinen Bann ziehen und scheut die große Tribüne. Aber man muss ja auch nicht zu allem geboren sein. Und vas heißt da: dein deutsches Publikum! So kühn er das mit dem Weltproletariat auch formuliert, anfangen muss man nit den Veränderungen im eigenen Land. Erst mal kehren vor der eigenen Tür. Das überzeugt am meisten und schafft Glaubwürdigkeit. Auch die große Weltrevolution braucht einen allerersten praktischen Schritt und den vollziehen Sie jetzt. Das wird sein ganz eigenes Gewicht haben.«

Lassalle spürte wieder, dass sie die Einzige war, die ihn wirklich verstand und darum wollte er ihr seinen Ärger über den unschönen Ausgang des Besuchs nicht verbergen. Denn zwei Tage vor seiner Abfahrt rückte Marx dann doch mit seinem ganzen Elend heraus, gestand ihm offen, dass er sich als Mann auf dem Pulverfass fühlte und sich am liebsten eine Kugel durch den Kopf geschossen hätte, und bat ihn erneut um Geld. Lassalle hatte ihm ja schon viel gegeben und der Knabe Karl hatte noch nichts wie versprochen zurückgezahlt. Nicht mal seine geborgten Bücher hatte er ihm zurückgeschickt, was für Lassalle das viel Schlimmere war, denn die Bücher hatten alle seine Anstreichungen und ein Buch ohne seine Anstreichungen war für ihn wie nicht gelesen und er musste die Texte neu durchochsen, wofür ihm die Zeit fehlte. Und jetzt wollte Marx 400 Taler von ihm und er sollte den Wechsel auf Engels ziehen. Lassalle zögerte nicht, ihm das Geld zu geben, brauchte aber für den Wechsel die Unterschrift von Engels, doch da brauste Marx auf, fand das ganz unerhört und unverschämt, ja geradezu einen Akt des Misstrauens. Schließlich war Engels sein engster Freund, bürgte immer für die Wechsel, gleich in welcher Höhe, dazu brauchte es keiner Unterschrift, doch Lassalle hielt sich an die kaufmännischen Vorschriften, denn ohne Zustimmung von Engels konnte er keinen Wechsel ausstellen. »Dominus Marx mag ja in seinem Frederick ein verlässliches Bankhaus sehen«, sagte er, »aber 400 Taler sind keine Kleinigkeit und das muss dann banktechnisch schon korrekt über die Bühne gehen.«

Sophie sah, wie sehr ihn das aufbrachte und beruhigte ihn, denn dass Marx sich wegen einer ganz normalen Unterschrift für eine neue Geldspritze derart aufregen konnte, zeigte ihr nur, wie es um ihn stand: Er wusste nicht mehr ein noch aus. »Sie sehen ja, er ist eben kein Mann der Praxis. Er lebt für eine Idee und vergisst, dass auch die ernährt werden muss. Auch wenn Sie sich derzeit mit ihm positiv entzweit haben, seine Überreizung legt sich wieder, denn so viel gute Freunde hat er nicht.« Lassalle gab ihr recht, aber wollte von alldem nichts mehr wissen, genoss das Besänftigende, das alles hart Gekantete in ihm glättete und seine Vorsätze so rasch in ihr Gegenteil verkehrte, dass der Weg zurück ins Einvernehmen für ihn zu einem erholsamen Spaziergang wurde.

Sophie ließ die Marquise aufziehen, einen Teller mit Südfrüchten kommen und dazu einen gekühlten Champagner. Lassalle suchte nach keiner Erklärung, es blieb unergründlich: Sie brauchte ihm bloß gegenüberzusitzen und alles bekam Atmosphäre. Alles in ihm galoppierte, alles rauschte und er meinte in einem fast kindlich trotzigen Ton: »Wenn Sie noch länger wegbleiben, wird mein Herz faltig.«

»Keine Bange, das passiert nicht«, sagte sie. »Es ist nun mal so und lässt sich nicht leugnen – wir beide haben uns gegenseitig für andere verdorben«, und das ließ er unwidersprochen, allerdings mit dem stillen Triumph, dass er ihr einen grenzenlosen Mangel an Einsicht nicht mehr vorwerfen musste.

Sophie wollte allein zur Kur nach Wildbad fahren, aber Rüstow begleitete sie. Doch sein ständiges Gejammer ging ihr auf die Nerven. Er konnte sich die Finger wundschreiben – mit seinen Büchern verdiente er nichts. Zwar wurden sie in den Zeitungen gelobt, aber nicht gekauft. Wäre er nicht Mitglied des Nationalvereins gewesen, für den sein Verleger die Volkswehrzeitung herausgab, in der er die Artikel schrieb, hätte es zappenduster ausgesehen. In einer großen Schlacht zu Ruhm zu kommen, war aussichtslos, denn derzeit passierte nichts. Es gab nicht mal die Chance für ihn, auf dem Felde der Ehre zu bleiben. Er war eben ein Invalide der Revolution und es blieb ihm bloß noch das Ziel, über die Wehrvereine eine radikale Volksbewaffnung zu organisieren, denn das ganze Hohenzollerngezücht samt der Kapitalherrschaft musste vor die Flinte.

Sophie hörte dem Lamento gar nicht mehr zu, wartete

voller Ungeduld auf Lassalle, der ihr versprochen hatte, sie zu besuchen, doch da kam ein Brief, dass sein Vater gestorben war. Sie ahnte, was dieser Verlust für ihn bedeutete, antwortete gleich, doch auf dem Weg in die Pfalz erreichte sie ein zweiter Brief in einer so verzweifelten Stimmung, dass sie sofort die Reise abbrach und nach Berlin fuhr. Dem überraschten Rüstow sagte sie lediglich, sie müsse in einer dringenden Angelegenheit nach ihrer Wohnung schauen und war froh, dass er sie nicht begleiten konnte, denn als Exilierter hatte er Einreiseverbot für die Residenzstadt.

Glücklicherweise bekam sie noch den Expresszug nach Berlin, ließ sich ihr Gepäck in die Wohnung tragen, und so wie sie war, ohne Trauerrobe, eilte sie direkt zu Lassalle, verzichtete, sich melden zu lassen, stand bloß an der Tür und als er öffnete, umarmte sie ihn, lange und wortlos. Er sollte spüren, dass sie die Trauer mit ihm teilte und ihm etwas von seiner Verzweiflung nehmen wollte, damit er sich nicht vereinsamt und verödet vorkam, nicht wie vergangen und gewesen, nicht innerlich abgestorben und abgestumpft – nichts von dem, was er ihr geschrieben hatte. Doch als sie ihn losließ, war sie erschrocken, wie krank und müde er aussah. Zerfurcht und um Jahre gealtert. Auf den Möbeln und Fußböden überall Stapel von Zeitungen und Manuskripten, ein wüstes Durcheinander, das nach Bergen von Arbeit aussah. Fast entschuldigend sagte sie, dass sie bloß auf der Durchreise war, und nur wissen wollte, auf welchem Friedhof Heyman in Breslau lag, damit sie sein Grab besuchen konnte, doch Lassalle meinte sichtlich bewegt: Wenn, dann gemeinsam und später. Er kam gerade von dort und wusste nicht mehr, wo ihm der Kopf stand.

Die Schwester lag in Scheidung und er half ihr, von dem Lumpengemahl loszukommen; vor allem musste er seine Verteidigungsrede für den Strafprozess vorbereiten, schließlich war er angeklagt, die besitzlosen Klassen zum Hass und zur Verachtung gegen die Besitzenden öffentlich angereizt zu haben, und wenn diese Rede kein Erfolg wurde, konnte er sich als Arbeiterführer einsacken lassen. Der Himmel lag schwer auf ihm und er wagte nicht einmal mehr einen Blick auf seine Bücherregale, denn all die Bücher grinsten ihn an wie unbezahlte Schuldscheine. Sie wollten gelesen sein und es war nicht möglich, diese Schulden zu bezahlen. Zu viel drosch auf ihn ein und jede Woche neue Agitationsvorträge. Rüstow hatte ihm geschrieben, dass Garibaldi auf seinem missglückten Marsch nach Rom verwundet worden war und sie beide eingeladen hatte. »Gewähren Sie ihm noch mal diesen einen Kurzbesuch und trennen Sie sich im Guten von Rüstow. Ich warte hier auf Sie und dann schmücken wir wie jedes Jahr zusammen den Weihnachtsbaum, denn Heiligabend ist nun mal der Tag, wo man weiß, wer zu einem gehört.«

Sophie versprach es ihm, fuhr noch einmal mit Rüstow nach Caprera, bezahlte ihm wie gewohnt Essen, Unterkunft und die Reise, weshalb sie ihn als ihren Gesellschafter sah, was ihm nicht gering erschien, denn Hauptsache, er war bei ihr. Doch dann gerieten sie auf der Rückreise unverhofft in einen so fürchterlichen Winter, dass sie nicht über die Alpenpässe kamen, in Genua festsaßen und Sophie Weihnachten nicht bei Lassalle sein konnte. Sie war verzweifelt und hatte das Gefühl, gegen einen aufsteigenden Trübsinn ankämpfen zu müssen. Heiligabend schloss sie sich in ihr Hotelzimmer ein, schrieb ihm einen Brief, holte ihn Wort für Wort in ihre Suite und hörte nur noch das Kratzen der Feder. Ja, sie hatten jeder an dem anderen ein Herzensrecht und lebten miteinander in einer Form, die sie sich selber erschaffen hatten, eine Symbiose, die es nur für sie beide gab: Es war diese Kontrastharmonie, die sich bei ihnen schon im Äußeren zeigte und sich im Innern fortsetzte, eine Kontrastharmonie, die alles weckte, alles wach hielt, über alle Entfernungen trug, im Ebbe-und-Flut-Spiel sie immer wieder zusammenführte, wie ein unsichtbares Band mit einem Knoten, den kein Fremder auflösen konnte, weil er nicht die leiseste Ahnung davon hatte, welche Kräfte aus der Gewissheit wuchsen, im Dasein eines anderen zu wurzeln. So viel Unausgesprochenes drängte plötzlich aufs Papier, dass die Sätze ihr zuflogen, sich wie Perlenschnüre aneinanderreihten und sie nur gestört wurde, als draußen an der Tür mit einem Klopfzeichen an die Mitternachtsmette erinnert wurde. Sie las sich das Ganze nicht mehr durch, denn sie wollte nichts korrigieren. Geschrieben wie empfunden und gesiegelt. Jetzt konnte das Halleluja der Engel kommen. Noch nie hatte sie einen solchen Brief geschrieben. Der Trübsinn war verschwunden, die trostlose Entfernung aufgehoben, Lassalle war auf einmal hier, sie war auf einmal dort, ihr war sogar als schmückten sie zusammen den Baum und sie wusste auf einmal um das Privileg ihrer Situation: Das Glück eines Liebesbriefs bestand darin, dass man jemanden hatte, an den man ihn adressieren konnte.

Doch Wochen später, als endlich die Alpenpässe wieder befahrbar waren, krachte es mit Rüstow. Mitten auf dem

Bahnhof. Er nahm den Zug nach Zürich, sie den Zug nach Berlin und das brachte ihn in Harnisch. »Sie wollen gar nicht in Ihre Wohnung, alles nur vorgetäuscht, in Wirklichkeit wollen Sie zu Lassalle. Machen Sie mir nichts vor. Sie lieben ihn. Sie denken wohl, ich bin blind! Kaum fällt sein Name, beginnen Ihre Augen zu leuchten. Ich weiß genau, wie Sie ihn sehen: Für Sie ist er doch der Adler, der Sie zur Sonne trägt.«

Sophie sagte nichts, denn sie wollte keinen Streit und dachte nur, dass das Bild gar nicht so falsch war. Adler war gut, Sonne war gut und getragen werden war auch nicht schlecht. Und ein kühner Adler war allemal besser als ein feiger Haubentaucher. Rüstow machte ihr eine heftige Szene, doch jedes Wort perlte an ihr ab. Als der Zug einfuhr und sich die Fahrgäste auf dem Perron drängten, wahrte er immerhin die Form und verabschiedete sie höflich. Wie es sich für einen Gesellschafter gehörte.

Lassalle war im Triumph. Seine Verteidigungsrede erregte mächtiges Aufsehen, denn es war ein grandioses Plädoyer, wissenschaftliches Denken unter das Volk zu bringen und die Kulturmission der Arbeiterklasse nicht länger zu leugnen. Vor allem hatte er dem Hohen Gericht klargemacht, dass ihm keinerlei Vergehen zur Last gelegt werden konnte und von vornherein festgestellt: Es handelte sich um einen Tendenzprozess. Nicht er, sondern eine Tendenz war angeklagt und Tendenzen konnten nie strafbar sein. Staatsanwalt Schelling, der feige Sohn des großen Philosophen, hatte zwar 1 Jahr Gefängnis für ihn beantragt, war aber zur Verhandlung nicht erschienen und hatte sich vertreten lassen, weil der Staatsbube natürlich genau wusste, dass Lassalle den Sohn mit den Argumenten des Vaters zur Strecke bringen würde. Offenbar wollte sich keiner das Naturschauspiel des Tages entgehen lassen. Die Presseleute dichtgedrängt vor dem Haus, auf den Treppen, in den Fluren, der Gerichtssaal brechend voll, unter den Zuhörern namhafte Vertreter der Wissenschaft, Abordnungen der Gewerke, Arbeiterdelegationen von weit her angereist, so dass er wieder eine große Tribüne hatte und sie nutzte, um die Missstände der Zeit anzuklagen und dabei natürlich auch das vermoderte Dreiklassenwahlrecht an den Pranger zu stellen. Zwar bekam er gegen seine Erwartungen keinen Freispruch, sondern 4 Monate Gefängnis – ein Spotturteil, gegen das er selbstverständlich sofort Berufung einlegte. Doch die Rede machte gleich als Broschüre ihre Runde und donnerte gewaltig in die Zeit.

Dreimal täglich kam inzwischen der Postbote, Glückwunschdepeschen und Briefe türmten sich, und er hatte von Stund an keine Ruhe mehr. Doch Lassalle nahm alles ohne jeden inneren Druck auf, denn die Gräfin war wieder bei ihm und sogar in seine Wohnung gezogen. Gleich am ersten Abend, als sie zusammen am Kamin saßen und rauchten, warf er demonstrativ die roten Hemden des Capitanos ins Feuer, sah zu, wie sie verbrannten, freute sich an den Flammen, denn damit war für ihn das italienische Intermezzo ausgelöscht. Vorbei mit dem Grenadiers-Stück ihrem Querspiel, das tausend Ursachen hatte, von denen sich keine einzige wiederholen durfte. Dann nutzte er den ersten freien Tag und fuhr mit ihr nach Breslau zum Grab seines Vaters. Sophie hatte eigens dafür Kunstblumen aus der berühmten Sebnitzer Manufaktur bestellt, gelbe Tüllrosen mit einem schwarzen Trauerflor, der sich wie ein Schatten ausnahm, unter dem die Sonne weiterschien. Es sah prächtig aus und Lassalle war von dieser Geste auch sichtlich gerührt, doch Blumen waren auf diesen Gräbern nicht üblich. Dafür legten sie jeder drei Steine auf die Granitplatte, standen nebeneinander und lauschten der Stille. »Außer Ihnen habe ich nur noch meinen Vater geliebt und jetzt hat er mich verlassen. Das verzeihe ich ihm nie.« Er klang wie ein beleidigtes Kind. »Bestimmt wäre er gern noch geblieben«, meinte sie fast tröstend, denn auch ihr fiel es schwer, das Jähe zu begreifen. Jüngst noch gutgelaunt mit ihm einen Mailly getrunken und plötzlich für immer fort. Auf einmal hatte sie das Gefühl, dass sie die Nächste sein könnte, erst Clara, dann Max, jetzt Heyman, aber so war wohl der Weg des Lebens: Man kam aus dem Dunklen, trat ans Licht der Welt, verbreitete bestenfalls ein bisschen Helle und kehrte wieder ins Dunkle zurück. Auf der Heimfahrt bemerkte sie bewusst beiläufig: »Ich werde jetzt in meinem Testament verfügen, dass nur Sie an meinem Grab stehen dürfen und die Stelle aussuchen, wo ich liegen soll.«

»Denken Sie bloß nicht ans Sterben! Das darf nicht passieren. Ich muss Sie behalten!«

Sie lächelte nachsichtig, dachte nur, auch wenn er aus Wille und Vorstellung komponiert war, das würde er wohl doch nicht aufhalten können, holte aus ihrem Reisekoffer ein kleines Ledersäckchen und schob es ihm über den Tisch. Er öffnete es und hielt ihre Wohnungsschlüssel in der Hand – am Bund ein kleiner, in Silber gehämmerter

Adler mit ausgebreiteten Flügeln. Aber den schien Lassalle gar nicht zu bemerken, griff nur strahlend nach dem Kronjuwel, steckte es sofort in seine Westentasche und knöpfte sie von innen und außen zu, als hätte er Angst, es könnte ihm noch einmal abhandenkommen.

Doch kaum waren sie zu Hause, überraschte ihn eine Deputation von Leipziger Arbeitern, die einen Kongress vorbereiteten und ihn baten, dafür das Aktionsprogramm auszuarbeiten. Er hatte bislang am klarsten die Interessen der Arbeiter zur Sprache gebracht und nur er konnte das für sie tun – die gegenwärtigen Aufgaben begreifbar machen und für die künftigen Ziele begeistern. Lassalle fühlte sich geehrt, verstanden und bestätigt. Seine Stimme war ins Volk gedrungen, sein Kampf war nicht vergebens und er sagte sofort zu. Die Größe eines historischen Moments stand ihm klar vor Augen. Sein Programm musste wirken wie die Thesen Martin Luthers, die er einst an die Tür der Wittenberger Schlosskirche genagelt hatte. Vor allem musste alles so formuliert sein, dass jeder Arbeiter es nicht nur verstand, sondern ihm so war, als hätte er das seit je gewusst, gedacht, gesagt.

Im Handumdrehen lag das Programm als *Offizielles Antwortschreiben* vor, erschien in Vorbereitung des Kongresses als Broschüre und löste ein solches Beben aus, dass seinen Namen nun auch der Letzte im Lande kannte. Ein einziger Wutschrei kam aus dem Pressewald, Schundartikel und Hassattacken überschlugen sich in einem Maße, wie er es selbst nicht für möglich gehalten hätte. Und er war ja bei Gott einiges gewohnt. Doch plötzlich sah er: Jeder Dreiviertelschmierer durfte ihn wie eine Sau durchs Dorf agen und hineinstoßen in eine Flutrinne von Geifer, Gift und Galle. Die schwatzschweifigen Liberalen mit ihrer Fortschrittspartei fürchteten, Apostel Lassalle trug damit jetzt den Sozialismus in die Arbeiterklasse, ihre Claqeure, die Fortschrittsliteraten, diese After-Girondisten, machten Front gegen ihn, jeden Tag ein neuer Angriff, eine neue Verleumdung, und schon wurde er zum spektakulären Rededuell mit Schulze-Delitzsch, dem Genossenschaftspapa, ins Maingau geladen, um vor großer Volksversammlung ihre entgegengesetzten ökonomischen Positionen zur Arbeiterfrage ins Publikum zu schleudern. Aber er sprach allein in Frankfurt, weil sein Gegner abgesagt hatte, und nutzte souverän das Kampffeld, um seinen Standpunkt darzulegen, ließ seine Rede als *Arbeiter-Lesebuch* drucken und gleich nach Erscheinen wurde es in allen Vereinen heftig diskutiert. Der Auftakt für den Gründungskongress hätte nicht besser sein können, denn sein *Lesebuch* machte das Feldgeschrei nur noch kreischender, jeder Leitartikel wurde zu einem offenen Sendschreiben gegen den socialen Demokraten Lassalle und steigerte die Wahrnehmung für die Sache der Arbeiter ins Grandiose. Mehr Öffentlichkeit konnte nicht sein und das hatte es bislang auch so noch nicht gegeben. Saupresse hin, Saupresse her – seine Sterne führten ihn günstig.

Doch Sophie geriet in helle Aufregung. Sie hatte nur noch Sorge, er könnte erneut verhaftet werden. Vor dem Haus patrouillierten bereits Tag und Nacht Doppelstreifen der Polizei. Sie fühlte sich bewacht und eingekreist, aber für Lassalle war es ein gewohnter Anblick und er meinte amüsiert, dass er mit seinem Programm offenbar goldrichtig lag, denn es brachte ihm ein Menge Feinde und eine Menge Zuspruch. Augenblicks telegraphierte er Herwegh sofort eine Stanze zu dichten, die Bülow vertonen wollte damit zur Eröffnung die neue Arbeiterhymne gesungen werden konnte. Dann fuhr er in Begleitung der Gräfin gut gelaunt ins Sachsenland nach Leipzig. Voller Bange mietete sie sich in einem Hotel neben dem *Pantheon,* dem Versammlungslokal ein, um vor Ort zu sein, falls sie ihn wegen Anstiftung zum Aufruhr vom Podium weg ins Gefängnis brachten. Doch wie immer, wenn sich Lassalle einer großen Menschenversammlung gegenübersah, fühlte er seine Macht, seinen Ehrgeiz und seinen Drang, als Teil der Allgemeinheit für alle auszusprechen, was sich keiner wagte, fühlte seine Mission und wusste um seine Natur: Was er wollte, das konnte er auch. Mitreißend und in freier Rede erläuterte er sein Programm, jedes Wort saß, jeder Satz überzeugte, 1350 Delegierte stimmten dafür, zwei dagegen und unter großem Jubel wurde er zum Präsidenten des *Allgemeinen Deutschen Arbeitervereins* gewählt. Nun war die Fahne des Proletariats entrollt.

Als er die Gräfin im Hotel abholte, genügte ihr ein Blick, um zu wissen – so sah ein Mann aus, der am Ziel stand. Erlöst, strahlend, der neue Hoffnungsträger. Er war ja immer eine imposante Erscheinung mit seinem römischen Cäsarenkopf und dem dunklen dichtgelockten Haar, aber diesmal stand er vor ihr wie ein Sieger nach einer gewonnenen Schlacht, erhobenen Hauptes mit Ehrenkrone, Kranz und Lorbeer und im Gesicht die Sonne. »Den heutigen Tag wird man sich merken müssen«, sagte er stolz. »23. Mai 1863. Jetzt ist die Arbeiterbewegung kein Anhängsel der Bourgeoisie mehr, sondern eine selbständige politische Partei. Die Stimmung im Saal war großartig. Nur die Hymne von unserem faulen Sturmpoeten hat gefehlt.« Sofort ließ er erneut eine Depesche nach Zürich abgehen und drängte Herwegh, endlich das Bundeslied zu dichten, denn damit sollte jetzt der große Agitationsfeldzug durchs Rheinland beginnen und ein gemeinsamer Gesang tat bekanntermaßen Wunder. »Damit Sie wissen, mit wem Sie jetzt zum Büfett gehen und Champagner trinken: Ein Presseknecht hat mich soeben den neuen Heiland des Pöbels genannt.«

»Heiland ist Heiland«, meinte sie heiter und war erleichtert über den Gang der Dinge.

Sophie verschwieg ihm die eifersüchtigen Briefe von Rüstow, denn jede zusätzliche Belastung wollte sie von Lassalle fernhalten. Er musste den Kopf freihaben für wichtigere Dinge, zumal aus den Briefen ohnehin nur der blanke Neid sprach: »Ihr Lassalle hat einen Arbeiterfimmel. Von wegen Präsident des ADAV! Er will Präsident der Menschheit werden! Heilige Sophie, begreifen Sie doch endlich, der Kerl unterjocht Ihre Seele. Er hat Sie dressiert. Sie sehen alles nur noch durch seine Brille. Aber meine Brille würde Ihnen weit besser stehen, doch die ist Ihnen ja nicht fein genug. Sie brauchen eben die mit der geschliffenen Eleganz. Aber ich sehe genau, was los ist. Mit seiner Arbeiterbibel lässt er sich feiern als Titan, spielt sich in allem wie der künftige Tyrannentilger auf und so kann man Ihnen imponieren. Als Wille und Wunder. Ich dagegen bin Ihnen ein Nichts, habe zwar auch Verstand, aber keine Aktien, errege kein Aufsehen, bin kein Tagesgespräch, nur ein armer Teufel, der Fachbücher schreibt und habe nicht diesen glücklich frivolen Blick, um über die Lumpereien der Zeit hinwegzukommen. Um Ihren Lassalle ängstigen Sie sich zu Tode, aber ich könnte verfaulen und es würde Sie nicht bekümmern. Sie lieben eben Ihren Bourgeois-Juden. Da bleibt mir keine Chance und ich weiß, gegen den kommt ohnehin keiner an.«

Ein so tiefstehendes Denken hätte sie von Rüstow nicht erwartet. Jetzt kam er auch noch damit! Schob alles auf die jüdische Schiene, bloß weil er seinem Freund geistig nicht gewachsen war. Statt sich um Frau und Kinder zu kümmern, seine Zeit vergeuden mit einem solchen Gekleckse! Aber darauf wollte sie keinen weiteren Gedanken verschwenden und ließ derlei Sendschreiben unbeantwortet, denn sie hatte Wichtigeres zu tun: Sie blieb in Berlin und hielt die Stellung, während Lassalle im Rheinland unterwegs war, sandte ihm die dringendsten Briefe nach, kopierte Vorstandsprotokolle, hielt ihn mit sämtlichen politischen Neuigkeiten aus der Residenz, vor allem den Schachzügen Bismarcks, auf dem Laufenden und verfolgte in den Zeitungen aufgeregt die Stationen der Agitationsreise. Sophie war stolz auf Lassalle. So musste ein Mann sein. Ein Akteur und keine gedrosselte Persönlichkeit. Er musste etwas wollen, etwas voranbringen und in die Tat umsetzen. Lassalle hatte es geschafft. Er hatte sich eingemischt und alles in Bewegung gebracht. Dass das ein Einzelner leisten konnte, ohne Heere und Armeen in den Tod zu führen, sondern nur mit den Leistungen des Geistes die Menschen für eine andere Gesellschaft wachzurütteln und ein stehendes Gewässer zum Fließen zu bringen – das war kein Pappenstil, das machte Epoche. Nicht warten, bis die Zukunft irgendwann eintrat, sondern sie einfach auf die Tagesordnung setzen – sie war begeistert. So wie er aus ihrem Leben den Stallgeruch entfernt hatte, räumte er ihn jetzt aus der Gesellschaft. Kein anderer traute sich das. Er hatte ihre Scheidungsschlacht gewonnen und jetzt gewann er die Arbeiterschlacht. Sie half ihm, wo sie nur konnte, schon um ihrer hochherrlichen, ordensschweren Familie zu zeigen, wozu er fähig war: Mit ihrem Scheidungskrieg hatte er weithin ein großes Aufsehen gemacht, aber jetzt machte er Geschichte.

Die Nachrichten aus den Zeitungen ließen hoffen. Schon auf den Bahnhöfen wurde er von unübersehbaren Menschenmengen empfangen, in blumengeschmückten Wagen zu den Versammlungsorten gefahren und überall Jubel, ob in Köln, Düsseldorf, Barmen oder Elberfeld. Hier konnte er endlich auch das neue Herweghsche Gedicht vortragen, das gerade von Bülow vertont wurde und mit dem in Zukunft alle Versammlungen der Partei beginnen sollten: »Mann der Arbeit aufgewacht und erkenne deine Macht! Alle Räder stehen still, wenn dein starker Arm es will. Brecht das Doppeljoch entzwei, brecht die Not der Sklaverei! Brecht die Sklaverei der Not! Brot ist Freiheit, Freiheit Brot!« Sie fand, das zündete und konnte vielleicht sogar die deutsche Marseillaise werden. Nur die Nachrichten aus Solingen beunruhigten sie. 5000 Menschen, die ins Versammlungslokal geströmt waren, wurden von der Gendarmerie mit Bajonettgewehren auseinandergetrieben. Lassalle legte sofort dagegen Protest bei der Regierung ein, weshalb ihm ein Zug von Tausenden Schutzgeleit zum

Telegraphenamt gab und dann hastete er zur nächsten Veranstaltung nach Frankfurt, wo er zur wütenden Abrechnung ausholte.

Als er nach Hause kam, hatte Sophie ihm den ausdrücklichen Wunsch erfüllt: kein Willkommensempfang, keinerlei Trubel, keinen Menschen, nur Ruhe, nur er und sie und Ruhe. Erschöpft ließ er sich in den Sessel fallen und sagte mit ungewohnt matter Stimme: »Man hat mich gefeiert wie den Stifter einer neuen Religion. Ein wahrer Triumphzug, aber alles andere als Butterwochen. Ich konnte drauf warten: Je voller die Säle, desto heftiger die Angriffe der Knebelpresse. Wieder bis hin zum Massaker Aber die Zeitungsmeute täuscht sich, wenn sie meint, sie könnte Männer wie mich zu Tode schimpfen, sie schimpft sie höchstens groß.« Das Sprechen fiel ihm schwer, denn er hatte sich eine Halsentzündung geholt, was ihn nicht wunderte. Überall zwei und mehr Stunden in vollbesetzten Hallen frei gesprochen, anschließend um sein Podium ein Riesengedränge, tausend Fragen, die auf ihn einhämmerten und wieder reden müssen, weil er die Leute nicht ohne Antwort lassen wollte, im kleineren Kreis dann bis in die Nacht diskutiert und am Morgen mit dem Zug in die nächste Stadt – und jetzt fühlte er sich nur noch gejagt, gehetzt, todmüde und ausgelaugt.

Sophie gab ihm sofort einen Teelöffel Kirschlorbeerwasser, ließ aus der Apotheke zur Reinigung der Stimme Brustmalzzucker kommen, sorgte für einen Anis-Tee und räumte diskret den bereitstehenden Champagner ab, damit er gar nicht erst in Versuchung kam. Widerspruchslos nahm er alles hin, warf einen flüchtigen Blick auf den

Waschkorb mit der Post, Berge von Anträgen, Protokollen, Beschwerden, Beschlüssen, Eingaben und ganz unten das Amtsschreiben des Königlichen Kammergerichts, dass er zu Monaten Gefängnis verurteilt war. Er wusste, dass er dies der Staatspfeife Schelling, dem kommenden Justizminister, zu verdanken hatte, stieß den Korb mit einem Fußtritt in die Zimmerecke und ging zu seinem vertrauten Platz am Kamin. Zwar hatte er eigens der Gräfin ein Düsseldorfer Alt mitgebracht, aber trank dann doch den Gruseltee und zündete die Zigarren an. Auf den Moment hatte er die ganze Zeit rheinauf rheinab gewartet. Das Rauchen mit ihr at seiner gehetzten Körperseele gut. Mordsmäßig gut. Mit jedem Zug fühlte er sich mehr und mehr als ein Sonnenvogel, dessen Nest wieder warm ausgefiedert war. Schon der Anblick der Gräfin war eine Erholung. In einem prunklos prächtigen Seidenkleid stand sie am Kamin wie die Nymphe Egeria an der Quelle der Weissagung, verströmte dieses exzentrische Flair, führte mit einer so eleganten Geste die Zigarre zum Mund, dass seine Sinne ganz weich und empfänglich wurden, alle Nerven und Muskelspannungen sich spürbar lösten und er das Gefühl hatte, als würde er sich an ihr gesundsehen. Kein Anlaut, kein Auslaut, kein Hauchlaut, kein Kehlton – nichts kam aus ihm. Stumm genoss er ihre Nähe, verfolgte die kleinste Bewegung und lauschte auf das Rauschen ihres Seidenrocks, das ihm heilsamer als jeder Brusttee erschien. Es war ihm unschwer anzusehen, und darum verzichtete sie diesmal bewusst auf Bedienung und übernahm es selbst, damit sie viel hin und her laufen konnte und es ihm am Rauschen nicht fehlte.

Doch dann traf Sophie fast der Schlag. Paul teilte ihr pe Anzeige seine Heirat mit. An dem Datum sah sie, dass die Hochzeitsfeier bereits hinter ihm lag und sie dazu nicht ge beten war. Sie glaubte, der Boden unter ihren Füßen würde wanken und ließ sich sofort ihre Hoffmannstropfen kom men. Ausgerechnet er, den sie so behütet hatte, tat ihr das an! Deutlicher konnte er nicht zeigen, dass er sich offiziell von seiner Mutter nicht nur distanzierte, sondern sich für sie schämte, denn leider war sie die Gefährtin eines Arbei terführers und gemeingefährlichen Social-Demokraten, tief abgeglitten ins Proletariermilieu und in den höchsten Ge sellschaftskreisen eine Skandalperson. Wahrscheinlich hätte sie von sich aus ohnehin abgesagt, um Paul in gewohnter Rücksicht nicht unnötig zu kompromittieren. Aber von vornherein gar nicht erst eingeladen zu werden, ja sie mit diesem demonstrativen Akt vor aller Welt zu leugnen und so zu tun, als gäbe es sie gar nicht – das war nicht irgendein Affront, das war eine Beerdigung. Ihn großgezogen, immer für ihn gesorgt, sich immer um ihn gekümmert, immer auf ihn bedacht, alles für ihn getan, damit er durch ihre Scheidung keine beruflichen Nachteile erlitt, ihn über all die Jahre fürstlich ausgestattet und nun ein solcher Hieb! Nun hatte auch er ihr den Rücken gekehrt und sich in die Reihe seiner Geschwister gestellt: Erst Alfi fini, dann Melanie fini und jetzt ihr Paul fini. Und alles nur, weil die Mutter nicht ein Leben nach dem Geschmack der Kinder führte. Doch es ließ ihr keine Ruhe, sie wollte mehr über die Hochzeit erfahren, aber was sie dann vom alten Nostitz hörte, machte ihre Bestürzung nur noch größer: Paul hatte sich in allen Dingen an seinen Onkel Fürst Hermann gewandt, ihm auch seine Braut auf Schloss Trachenberg vorgestellt, eine blutjunge Amerikanerin, die Tochter eines reichen Immobilienmaklers, ja sogar den Ehevertrag mit ihm besprochen und dann in Paris ein großes Hochzeitsfest gefeiert. Viele vom französischen Hof waren gekommen, denn Pauls Schwiegervater galt im Kaiserhaus als verlässlicher Kreditgeber, Graf Bismarck soll auch unter den Gästen gewesen sein und anschließend hatte Paul seine Frau der Königin Augusta vorgestellt, die gleichfalls ganz entzückt von ihr war. Sophie wollte nichts weiter davon hören. Dass Paul ihr überhaupt die Anzeige seiner Vermählung zugeschickt hatte, schien wohl mehr gedacht als ein ferner Zuruf, dass sie trotz allem noch in seiner Wahrnehmung war und er davon ausging, dass sie immerhin noch lebte. Reizend, ganz reizend, was man mit den Kindern erleben musste und von ihnen geboten bekam. Von Dankbarkeit wollte sie ja gar nicht reden. Vielleicht musste man schon froh sein, wenn sich der liebe Nachwuchs nicht als Vormund der Eltern aufspielte und der Mutter sagte, wie sie zu leben hatte, für was sie zu leben hatte und mit wem sie zu leben hatte. Und am Fürstenenkel Paul wäre fast die Beziehung zu Lassalle zerbrochen! Dass Bismarck den Bräutigam für sein bestes Pferd im Stall hielt und ihn für den großen Botschafterposten in London vorgesehen hatte, nahm sie fast gleichgültig auf. Sie hatte ihre Schuldigkeit getan. Am Ende durfte sie womöglich noch stolz darauf sein, wenn er irgendwann wieder ganz zerknirscht angedackelt kam, um seiner lieben Mama einen Batzen Geld abzuschwatzen. Und wenn sie hörte, welchen Luxus er für seine verwöhnte Braut bereits aufgeboten hatte, konnte sie jetzt schon darauf warten, dass er bald wieder in einen finanziellen Engpass geriet, aus dem ihm die tiefgesunkene Mama dann heraushelfen durfte. Denn für einen Geldscheck schien sie ihm allemal noch gut. Die Geringschätzung hätte nicht größer sein können. Allein die Vorstellung, dass er nach ihrem Tod das Vermögen von einer Mutter bekam, die er bei Lebzeiten nicht für vorzeigbar hielt, raubte ihr den Schlaf und der war ohnehin schon schlecht. Im Leben verachtet werden, aber nach dem Tod ihr Geld abholen, kam nicht in Frage. Glücklicherweise hatte sie noch einen ungeborenen Sohn. Ihr Alleinerbe war Lassalle und das verfügte sie jetzt.

Doch mit alldem wollte sie ihn nicht behelligen, denn sie sah, er war so gehetzt und getrieben, dass er kaum noch Muße zum Atmen hatte. Täglich nur noch 5 Stunden Schlaf so konnte er nicht weitermachen. Er brauchte dringend hintereinander ein paar Ganztagsnächte, um sich von dieser mörderischen Hast zu erholen. Ob er in ihr jetzt eine Krankenschwester oder eine Heilpredigerin sah oder dies als mütterliche Fürsorge belächelte, sie redete ihm ins Gewissen, an seine Gesundheit zu denken, beschwor ihn, die Kräfte nicht zu überfordern, denn ein kranker Parteipräsident nützte keinem. Zwar gab er ihr recht, doch es ging ihm alles nicht schnell genug. Nach seiner Triumphreise hatte er damit gerechnet, am Ende des Jahres mindestens 10 000 Mitglieder zu haben, aber dem war nicht so und alles schleppte sich mühsam dahin. Aus der kargen Vereinskasse konnten gerade noch die hauptamtlichen Mitarbeiter bezahlt werden, doch für das Versenden von Zirkularen und Propagandabroschüren reichte es nicht und er musste aus eigener Tasche die Portokosten vorfinanzieren, eine landesweite Organisation aufbauen und Beauftragte bestimmen, die in ihren Regionen vor Ort sich für die neue Partei in die Bresche schlugen. Er schrieb Rüstow, der in Süddeutschland, in den Weinbergen des Herrn, Name und Einfluss hatte, bot ihm den Posten an und bekam eine kratzpfotige Antwort. Der Oberst hielt nichts von Lassalles Arbeiterprogramm. Mit Hilfe von Staatskrediten Produktivassoziationen zu gründen war so vergeblich, wie für das allgemeine Wahlrecht zu kämpfen in der Hoffnung, dass die Arbeiter dann ins Parlament einzogen, die Regierungsaffen niederstimmten, um das Ruder selber in die Hand zu nehmen. Alles Grillen aus der Traumfabrik! Wenn sich in diesem versifften Vaterland wirklich etwas ändern sollte, dann gab es nur eins: die Volksbewaffnung zu organisieren und mit 20000 Arbeiterfäusten der herrschenden Clique den Hals umdrehen. Alles andere war Hokuspokus und dafür warb er nicht.

Lassalle begriff sofort, dass dies die politische Rache für sein privates Intermezzo mit der Gräfin war und der Brandenburger Barde es nicht überwinden konnte, dass die Babylonierin ihm den Rücken gekehrt hatte. Wenn er auf mehr gehofft hatte, war er selber schuld. Doch die Zeit, auf so viel Vermessenheit zu antworten, besaß er nicht. Es reichte nicht mal für einen Ätsch-Brief. Die Partei brauchte dringend eine eigene Zeitung. Ein Zentralorgan. Der Titel stand für ihn schon fest: *Der Social-Demokrat.* Nur das Geld dafür fehlte. Monatelang zog sich das Erarbeiten des Kostenplans hin und raubte ihm den letzten Nerv. Woche um Woche Besprechungen, Vorberatungen für Haupt- und Generalversammlungen, Statutenveränderungsdiskussionen, Einschätzungen, Auswertungen, dazu immer neue Personaldebatten wegen verletzter Eitelkeiten, Profilierungssucht und falschem Ehrgeiz, Gerüchte klären, Intrigen schlichten, Sitzungen bis spät in die Nacht und sein Kopf zugeschüttet von so viel unnützem Vereinskrümelkram, dass er fürchtete, sein Blick für die große Perspektive könnte ihm verlorengehen und allem die Kampfstimmung nehmen. Doch wenn die Kampfstimmung im Alltagsschotter der Partei versickerte, war der Nährboden dahin und er als verblendeter Utopist der Clown des Jahrhunderts. Darauf wartete die Journaille ja bloß. Zwar hatte er sich längst mit stoischer Unempfindlichkeit gegen ihre ständigen Angriffe gepanzert, ertrug gelassen wie ein Nilpferd all die Madenhacker auf seiner Haut, aber dass plötzlich die Hetzpresse behauptete, er sei ein gedungenes Werkzeug der Reaktion, nur weil er sich mit Bismarck getroffen hatte, um ihm sein Arbeiterprogramm zu erläutern – das war keine der üblichen lendenlahmen Zeitungsdrohungen, das war eine gezielte Vernichtung seines politischen Wirkens und traf ins Mark. Ihn als einen Verräter für die Sache der Arbeiterklasse hinzustellen, ihm die Judaskappe aufzusetzen, zu behaupten, er arbeite mit der Regierung zusammen und das ausgerechnet auch noch mit Bismarck-Schönehose, dem Kammerdiener von Napoleon III. – das war zu viel. Die massiven Proteste dagegen wurden natürlich in keiner der großen Zeitungen abgedruckt. Auch ihm wurde bewusst kein Platz eingeräumt, um sich wehren zu können, und er sah klar die Absicht: ihn zu vernichten war die neue politische Strategie. Das brachte ihn derart in Wut, dass er bei einer Versammlung im *Eldorado* gegen die Lügenbrut der Staatspresse zu Felde zog, deren Auftrag es war, die volksfeindliche Verfassung zu verherrlichen und kündigte den Arbeitern Berlins an, dass er diese Verfassung stürzen werde. Da sprangen aus der Menge der Zuhörer vier Gendarmen auf ihn zu, legten ihm Handschellen an, brachten ihn auf die Stadtvogtei und er war wegen Hochverrats verhaftet.

Kaum dass Sophie davon Nachricht erhielt, ließ sie sofort einen Wagen kommen. Da stand plötzlich sein Freund Lothar Bucher an der Tür und wollte seine Briefe an Lassalle zurückhaben, um nicht in die Sache hineingezogen zu werden. Doch sie dachte nur, auf einen solchen Freund ließ sich pfeifen, stieg in den Wagen und jagte zum Gefängnis. Auf der Stelle verlangte sie den Direktor zu sprechen, denn Lassalle hatte ein schweres Halsleiden und bot eine hohe Kaution, damit er sofort entlassen wurde. Der Direktor befürwortete zwar ihren Antrag, aber die Entscheidung darüber traf der Untersuchungsrichter. Immerhin gelang es ihr, Lassalle wenigstens für ein paar Minuten sprechen zu können und sie hatte Mühe, ihn zu beruhigen. Als gebranntes Kind wusste er doch, im Arrest konnte schon die kleinste Aufregung zu einer neuen Straftat werden. Bloß jetzt keine zusätzliche Provokation! »Ich flehe Sie an, verschlimmern Sie nicht Ihre Lage! Jetzt rettet nur eins: Mund halten und krank sein.« Sofort legte sie am nächsten Tag beim Untersuchungsrichter ein ärztliches Attest vor, erreichte mit eindringlichstem Zureden, dass Lassalle das Gefängnis verlassen durfte und unter gebührenpflichtiger Polizeiaufsicht in seiner Wohnung die Arrestzeit absitzen konnte.

Er war beeindruckt von ihrer furchtlosen Energie. Zwar folgte eine Haussuchung nach der andern, aber wichtige Dokumente hatte sie längst in ihre Wohnung oder zum Anwalt bringen lassen. Zweifelsohne war es eine Extra-Fron, die Schnüffler ständig um sich herum zu haben und sie dafür auch noch bezahlen zu müssen, aber dennoch hatte sie ihm eine luxuriöse Untersuchungshaft erkämpft Auch wenn er die Wohnung nicht verlassen durfte – die Gräfin war bei ihm und mehr Komfort brauchte es nicht Jetzt sah er wieder, wenn es darauf ankam, war auf keinen anderen Menschen Verlass, nur auf sie. Sie war die Einzige Eben die unvergleichbar Große.

Natürlich hatte er längst von Pauls Heirat läuten gehört aber fragte nicht danach, und weil auch sie darüber kein Wort verlor, wusste er, dass sie sich von ihrer Geldgangster-Familie endgültig getrennt hatte und empfand das wie einen Sieg. Jetzt hatte er sie ganz für sich erobert. Jetzt gehörte sie ihm allein und war ganz in seinem Besitz. Die Gräfin wieder täglich um sich zu haben, gab allem eine andere Farbe, gab einen anderen Blick, einen anderen Ton und anderen Klang. Dass sie ihm Abend für Abend die Briefe vorlas, die inzwischen aus allen Weltgegenden an ihn kamen, war ein doppelter Genuss, denn sie freute sich über all die Zustimmung, den Dank und die Bewunderung so sehr, dass sie vor allem die Briefe mit Gedichten an ihn gleich zweimal vorlas. Ihr zuzuhören war als würde sich seine kranke Stimme erholen und die Kräfte seines Gemüts wieder aufrichten. Und die brauchte er dringend, denn der Hochverratsprozess stand bevor und er wusste, der Staatsgerichtshof hatte noch nie jemanden freigesprochen. Dafür war der Stall bekannt und wenn er verurteilt wurde, erwarteten ihn 3 Jahre Zuchthaus und anschließend 5 Jahre Stellung unter Polizeiaufsicht. Sein königlicher Fürsprecher Maître Humboldt lebte nicht mehr, und die Pressekulis lagen auf der Lauer, denn jeder wollte als Erster die Nachricht bringen, dass der neue Arbeiter-Apostel endlich eingebuchtet war und seine Zukunft als Kerkergenosse absitzen durfte. Zwar war Lassalle bislang immer gleichgültig ins Gefängnis gegangen wie andere zum Ball, hatte sich nichts aus all den Anklagen gemacht, doch wie es diesmal ausging, wussten die Götter. Allein der Gedanke, er könnte die Fäden nicht mehr fest genug in der Hand halten, lastete schwer auf ihm und manchmal glaubte er, seine Nerven würden von all dem Druck zerrissen um ihn herumhängen wie alte Fetzen und alles müsste ihm entgleiten.

Sophie merkte, er hätte jetzt die ganz andere Form einer Grunderholung nötig gehabt, einfach einmal alles hinter sich lassen, aussteigen, Abstand gewinnen und in die Tiefen der Lust tauchen. Sein Blick verriet ihr, er hatte wieder diesen Erholungsdurst nach schönen Frauen. Alles an ihm bekam so etwas Anzügliches und Begehrliches, jede Nebenbemerkung spielte ins Erotische und aus allem klang die Musik der Schenkel. Er brauchte den gesteigerten Rausch, das große Beben, das bis in die letzte Haarwurzel drang, alle Schlacken aus den Sinnen räumte und ihn fortriss in die Augenblicke, die alles vergessen machten. Zum tausendundeinsten Male fragte sie sich, ob es nicht doch besser gewesen wäre, wenn sie mit ihm geschlafen hätte und es gab Momente, wo sie sich fast schuldig fühlte, dies nicht getan zu haben, denn bestimmt wäre er dann ausgeglichener gewesen und hätte nicht ständig ruhelos nach Musikantinnen Ausschau halten müssen. Aber sie wollte ihn ja nicht verlieren und wusste genau, geistig konnte sie mit ihm mitgehen und seine hohen Ansprüche erfüllen. Doch physisch konnte sie das nicht leisten. Denn er war in allem immer auf das Außerordentliche aus, immer musste es die Steigerung der Steigerung sein, immer die Höchststufe, immer der Superlativ, alles ausreizen, alles anheizen und eine so überkochend sinnliche Phantasie verlangte natürlich den entsprechenden Körper. Der musste jung sein und etwas aushalten können. Doch den besaß sie nicht und wäre damit immer unterlegen gewesen. Und wozu sich das Bild verderben, das er von ihr hatte. Zwar war sie altersmäßig im Herbst angekommen, aber seine Bewunderung gab ihr das Gefühl, dass es der Nachsommer war, was ja allem noch eine ganz andere Färbung gab. Ihr jedenfalls fehlte nichts. Sein aufschäumender Geist hielt ihre Sinne voll in Bewegung. Mehr konnte ihr kein Mann bieten. Außerdem sah sie jetzt, selbst wenn sie sich darauf eingelassen hätte, was beinahe geschehen wäre, hätte sich nach 16 Jahren Zusammenleben der große Rausch ohnehin nicht mehr eingestellt. Egal, ob sie jünger oder älter war. Nach so langer Zeit konnte man sich anstrengen wie man wollte, da war alles durchgekostet und es halfen auch seidene Strumpfbänder nichts. Und hätte er sich dann nach neuen Frauen umgeschaut, um sich bei ihnen das Orgastische zu holen, hätte sie sich mehr als alt gefühlt. Steinalt. Vom Scheitel bis zur Sohle fossil. Wacklig und verschlissen. Eine solche Dauer-Demütigung wollte sie sich ersparen. Sie fühlte sich für das andere zuständig und zeigte ihm die Grenzen, was ihn nicht weniger reizte: Sein Wille mochte noch so groß sein, nicht alles ordnete sich ihm unter. So gern er auch auf dem Feldherrnhügel stand, nicht jeder war für Befehle empfänglich. Von wegen: Ich will, dass Sie wollen sollen! Mit seinem 11. Gebot kam er bei ihr nicht an. Ja, es war richtig, sich ihm körperlich nicht auszuliefern. Der Reiz der Distanz war der verlässlichste von allen, hielt die Sinne in Atem und gab ihm das, was seine Blitznatur brauchte: Erdung. Tag und Nacht Erdung. Darum stand sie noch immer über allem und wusste, gleich was passierte, ob es loderte oder nicht, er kam immer wieder zu ihr zurück. Das war ja auch kein geringer Triumph. Als maîtresse-femme standen genug Damen bereit, tauchten auf und wieder ab, sie aber behielt für ihn die dauernde Anziehungskraft. Alles im Offenen zu lassen, Erwartungen wachhalten und nichts zu Ende zu bringen, hatte gerade für einen Mann wie ihn, dem alles erlag und alles gelang, seinen ganz eigenen Zauber, der nicht weniger fest aneinanderband. Nein und nochmals nein, sie hatte nichts falsch gemacht. Außerdem wollte er über alle Lust hinaus ja irgendwann noch Vater werden und sie stellte sich darauf ein, spätestens in 3 Jahren, wenn er aus dem Zuchthaus kam, Taufpatin zu sein.

Doch da passierte, was keiner auch nur im Traum für möglich gehalten hätte: Lassalle bekam Freispruch. Er hatte gekämpft wie ein hyrkanischer Königstiger, den Pandektengäulen und Herrn Gesetzesreitern gezeigt, was freie Rede wirklich bedeutet. Wenn es sie schon in der Presse und Öffentlichkeit nicht geben durfte, aber als Angeklagter in einem Strafprozess hatte er das Recht, sich in seiner Verteidigung frei gegen jeden und alles zu äußern, verbat sich in seinem Plädoyer unterbrochen zu werden, und drohte dem Hohen Gericht an, ihm das Wort abzuschneiden war Kassationsgrund. Sophie saß zitternd unter den Zuhörern weil sie wusste, allein schon sein respektloses Auftreten musste die Gemüter gegen ihn aufbringen und gab ihm ein Zeichen, sich zu mäßigen. Der Oberstaatsanwalt fühlte sich auch gleich als Erster von den Angriffen persönlich derart beleidigt, dass er das Strafmaß sofort erhöhte, was Lassalle nur mit der höhnischen Frage kommentierte: »Wann ist eine Äußerung gegen einen Staatsanwalt eine persönliche Beleidigung? Nur dann, wenn dieselbe auch eine Beleidigung gegen einen Privatmann wäre, doch so viel Ehre hat er nicht«, und so ging es ohne Unterbrechung weiter. Die Richter mussten ihn reden lassen, hörten ihm erst widerstrebend zu, doch allmählich folgten sie gebannt seinen Ausführungen, wie die Lage der arbeitenden Klasse verbessert werden musste, schienen von so viel klarer, überzeugender Argumentationskraft sichtlich beeindruckt, zogen sich ungewöhnlich lange zur Beratung zurück und verkündeten schließlich das Urteil, das alle von den Stühlen riss, denn jeder begriff: Mit dem Freispruch des Angeklagten war die Regierung verurteilt. Die Menschenmenge vor dem Gericht empfing ihn mit Hochrufen und Stunden später war die Sensation bis in den entlegensten Winkel des Landes gedrungen und die gewonnene Schlacht des socialen Demokraten und Arbeiterführers in aller Munde.

Lassalle nutzte die Siegesstimmung und brach sofort zur nächsten Agitationsreise ins fabrikreiche Rheinland auf, um diesmal in den kleinen Landgemeinden neue Mitglieder für seine Partei zu werben. Ob Wermelskirchen oder Ronsdorf – er redete sich von Ort zu Ort, von Jubel zu Jubel und war froh, dass die Arbeiter endlich erkannt hatten, bislang wurde ihnen nur Wassersuppe geboten, er aber bot die volle Kost, das konkrete Programm. Sophie, die ihn mit steigender Angst begleitete, bemerkte nicht ohne Sorge, dass sein Erfolg das Lager der Gegner immer größer machte. Auch wenn ihn das nicht bekümmerte – sie sah in jedem neuen Auftritt eine Gefahr, die bei ihr jedes Mal so ein seltsames Nachzittern auslöste. Sosehr er von den Arbeitern gefeiert wurde, für die Presse war er der Großfeind Nr. 1 – Vulgärdemokrat, Proletensozialist, Hirnbesitzer, Eisenfresser – und immer war ihr, als würde sein Attentäter bereits irgendwo in der Nähe sein und ihn umkreisen. Sie wurde das Gefühl nicht los, dass man ihm ans Leben wollte. Schließlich hatte ja auch der Letzte gesehen, mit dem ständigen Verhaften kam man bei diesem Mann nicht weiter. Nicht mal als Hochverräter konnte man ihn festsetzen, darum musste er anders aus dem Weg geräumt werden. Am besten erschießen, dann war Ruhe. Königsmorde waren ja nichts Neues in der Weltgeschichte.

Sie riet ihm, sich für eine Weile von allem zurückzuziehen und mit ihr nach Neapel zu gehen, doch das war zwar gut gemeint, aber sein Wille musste jetzt alle wie ein Hammer zusammenschmieden, damit die Partei der socialen Demokratie zu einem festen Baustein wurde. »Sie wissen doch, ich bin nicht der Mann, der sich ängstlich aus dem Gefecht nimmt. Radikale Prinzipien müssen radikal vertreten werden. Jetzt sich zurückziehen aus der Politik?! Undenkbar!

Das ist es ja, dass man mit dem Luder ebenso wenig leben wie von ihm lassen kann.« Außerdem brachte es ihm nichts sich still zu verhalten, denn jedes Tier roch seinen Feind.

Doch dann bei einer Rede auf offenem Marktplatz verlor er plötzlich die Stimme, brachte nicht einmal krächzend mehr ein Wort hervor und musste die Reise abbrechen. Sophie fuhr sofort mit ihm zur Kur nach Bad Ems. Nur die Natriumthermen konnten den Stimmkatarrh heilen. Sie achtete darauf, dass er das Inhalieren von Dämpfen einhielt und damit er so wenig wie möglich sprach und die Stimme schonte, unterhielt sie ihn von morgens bis abends, gab ihm eine scharfsinnige Analyse des Ministerpräsidenten Otto von Bismarck-Schönhausen, der den übrigen Konservativen und Reaktionären zwar unendlich überlegen war, aber die Demokratie und die Fabrikarbeiter nicht kannte. Allerdings verschwieg sie ihm, dass Marx sich brieflich bei ihr erkundigt hatte, ob es wahr sei, dass Lassalle sich mit Bismarck zu Unterredungen traf und sich hoffentlich von dem Junker nicht verführen ließ, worauf sie ihm antwortete, dass ihr allein schon die Nachfrage unverständlich sei, denn gerade Marx kannte doch wie kein anderer die Vernichtungsmacht der Presse, die immer ein Schlachtopfer brauchte, um en vogue zu sein. Im Übrigen konnte er dazu seinen Freund Wilhelm Liebknecht befragen, der gerade Mitglied in der Lassall'schen Arbeiterpartei geworden war. Nein, sie wollte Lassalle nicht aufregen Viel wichtiger schien ihr das andere. Denn immer, wenn er auf seiner Agitationsreise in geschlossenen Räumen sprach musste sie draußen bleiben, weil Frauen zu den Versammlungen keinen Zutritt hatten. Dabei gab es bestimmt viele

Arbeiterinnen, die auch gerne seine Reden gehört hätten. Sie schufteten ja nicht weniger hart, gehörten genauso zur Arbeiterklasse und mussten eigentlich wie alle anderen der Partei beitreten können. Diese Möglichkeit sollte er ihnen einräumen. Das würde nicht nur die Zahl der Mitglieder erhöhen, sondern wäre für die gesamte Gesellschaft ein bahnbrechendes Signal. Lassalle gab ihr recht und begriff das sofort als einen Riesenschritt nach vorn, denn hier lag noch mal eine ganz andere, starke Dosis Revolution. Gleich nach der Kur beriet er mit dem Vorstand darüber, um den Beitritt der Arbeiterinnen in den Statuten zu verankern. Auch wenn das sicher mächtig für Krawall sorgte, aber damit brachte er die Partei auf Polhöhe. Bekam er keine Mehrheit, ordnete er dies als Präsident ganz einfach an. Immerhin betrug seine Amtszeit 5 Jahre und die Diktatur der Einsicht musste erlaubt sein.

Wieder einmal spürte er, die Anwesenheit der Gräfin war schon die halbe Heilung. Doch auch er hatte eine Überraschung für sie und breitete eine Zeichnung aus, einen Grundriss, denn er kaufte sich jetzt in der Hohenzollern Straße am Tiergarten ein Stück Land und baute sich dort ein Haus. Dann war er unabhängig von den Herrn Vermietern und konnte mit ihr endlich einmal auf eigenem Grund und Boden leben. Zwar musste er dafür eine Hypothek mit 5% aufnehmen, aber das wusste sie ja – sparen und hoffen war nicht sein Lebensmotto. Das klang vernünftig, doch sie befürchtete, er bot der Presse damit ein neues Angriffsziel, denn in der Öffentlichkeit galt er ja als der Angreifer von Eigentum und nun schaffte er es sich selber an. Aber er meinte nur, mit dieser Mär wurde er leicht fertig, denn wer seine Schriften kannte, wusste, er hatte nichts gegen Besitz. Sollte doch jeder besitzen, so viel er wollte, nur wenn aus dem Besitz ein Anspruch auf politische Herrschaft erwuchs, musste er aufs Äußerste bekämpft werden. Das stand schon im Katechismus der Kommunisten. Doch es blieb keine Zeit, das Projekt näher zu besprechen, denn der Badearzt stellte keinerlei Besserung fest und riet ihm, sofort zur Molkenkur nach Rigi-Kaltbad zu fahren, wo man bei seiner Art Stimmschädigung neuerdings die größten Heilerfolge erzielte. Für das Rückenleiden der Frau Gräfin empfahl er unbedingt wenigstens noch zwei Wochen die Heilquellen von Wildbad, dann war mit der Sanitas alles wieder im Lot.

Zwar passte es Lassalle nicht, allein in die Schweiz zu reisen, denn bislang war er immer mit der Gräfin in Rigi-Kaltbad gewesen, aber wenn man einen reparaturbedürftigen Körper besaß, blieb einem wohl nichts anderes übrig, als auf den Rat der Ärzte zu hören, auch wenn sie nur Flickschuster waren. Allerdings musste er sich eingestehen, sein Zustand war tatsächlich erbärmlich: Kaum noch Stimme, dazu Schlottergelenke, Brummschädel und Leibgrimmen. Mehr brauchte es nicht, um den Verdacht zu haben, womöglich schon ein entlaubter Stamm zu sein. Als er in Rigi-Kaltbad aus dem Wagen stieg, fühlte er sich alt und einsam. Es gab nichts, was ihn weit und breit hätte anlachen können. Die Berggipfel ragten wie gezuckerte Lebkuchenspitzen in den Himmel, alles schien ihm neblig und wie mit Bettüchern verhangen, der Rigi zu hoch, der See zu weit, das Publikum zu flach und zwischen allem kam er sich fremd und verloren vor. Als Erstes ging er zum

Telegraphenbureau, sandte der Gräfin eine Depesche und bat sie, ihre Kur so kurz wie möglich zu halten, denn er konnte alles allein, nur nicht genießen. »Genießen kann ich nur mit Ihnen. Ohne Sie bleibt alles Halbgenuss.«

Und dann die Tortur: Jeden Morgen drei Tassen Ziegenmolke trinken, ein so ekliges Käswasser, das sich nur mit allergrößter Überwindung hinunterschlucken ließ. Allein die Ankündigung, diese Pinkelbrühe auf eine halbe Dresdner Kanne steigern zu müssen, gab ihm das Gefühl, dass Gott, der für die Sperlinge sorgt, ihn verlassen hatte. In dieser trostlosen Molkenanstalt kam alles Unbehagen hoch und er spürte zum ersten Mal, wie totgehetzt er war von all der Agitation, den Angriffen, Repliken, Beschwerden, Eingaben, Haussuchungen und Prozessen. Alles brannte und drückte in ihm wie nicht ausgeeiterte Wunden, und er wartete sehnsüchtig auf die Ankunft der Gräfin, denn ihre Gegenwart hatte schon so manches Übel gelindert.

In seinem Zimmer stand bereits ein neuer Korb mit Briefen, die poste restante für ihn eingegangen waren und dessen Anblick seine trübe Stimmung noch trüber machte, denn obenauf, das sah er schon am Kuvert, lag das Urteil der Korrektionellen Appellkammer zu Düsseldorf, die ihm wegen seiner staatsfeindlichen Broschüre über *Die Feste, die Presse und der Frankfurter Abgeordnetentag* 6 Monate Gefängnis aufgebrummt hatte. Er konnte sich nicht überwinden, auch nur einen einzigen Brief zu öffnen, denn von morgens bis abends Antwort für Antwort aufs Papier zu kratzen, machte das Trinken der Ziegenmolke nur noch ekelhafter und er fragte sich, wozu das überhaupt gut sein sollte.

Alle zwei Stunden ein Bierglas Champagner hätte ihm sicherlich mehr geholfen. Abgemüdet saß er am Fenster, rauchte eine Zigarre, schaute hinaus, sah statt Bäumen nur Knickweiden, statt Blumen nur Bitterdisteln, sah eigentlich gar nichts und es war, als würde ihm nur seine Einsamkeit entgegenscheinen. Dachte er an den Arbeiterverein, überkam ihn Unzufriedenheit. Längst hätten es mehr Mitglieder sein müssen, aber wenigstens hatte er jetzt für seine Vereinszeitung, den *Social-Demokrat* einen Chefredakteur gefunden, Johann Baptist Schweitzer, ein Jünger Machiavellis und federfertiger Mann, der Marx und Engels gut kannte und als Mitarbeiter ins Boot holen wollte.

Lassalle sann darüber nach, mit welcher Programmatik die erste Ausgabe erscheinen müsste, als ein Bauernbursche hereinkam und ihm sagte, dass an der Terrasse eine Dame hielt, die ihn zu sprechen wünsche. Er war verblüfft, wusste nicht, wer das sein könnte, nahm Hut und Stock, eilte hinunter und da hielt hoch zu Ross der Goldfuchs, Helene von Dönniges. Er war freudig überrascht, sie hier zu sehen. Mehrmals schon hatte er sie bei Bülow getroffen und wegen ihrer Schönheit im Blick gehabt, aber dann wieder aus den Augen verloren, doch jetzt, da sie vom Pferd stieg, schien sie ihm noch tausendmal schöner geworden, stand wie die aufgehende Sonne vor ihm und es war der Blitz eines Moments, der ihn augenblicks in eine andere Welt riss. Sie war ganz in der Nähe bei einer befreundeten Familie zu Besuch, hatte von seinem Kuraufenthalt gehört und fragte, ob er mit ihr zum Kulm hinaufgehen wollte. Was für eine Frage! Die Molkenbrühe war vergessen, alle Unlustgefühle verschwunden und Stunden später war er mit ihr bereits auf dem Berg, fand das Panorama einmalig, die Luft balsamisch und die ganze Umgebung ein einziges Paradies. Selten hatte er sich in letzter Zeit so angeregt unterhalten, selten so viel gelacht, ihre Munterkeit steckte an, er war ausgelassen wie nie, fühlte sich neu in der Welt angekommen und all die verloren geglaubten Kräfte kehrten schlagartig in ihn zurück. Der Goldfuchs war nicht nur schön, Helene war jung, belesen und gescheit und noch am selben Abend fragte er sie, ob sie ihn heiraten wollte. Ihr Jawort kam ohne Zögern und schon am nächsten Morgen, als es zum Känzli ging, begrüßte sie ihn strahlend mit einem »Ferdinand forever«, Er war zwar der Volkserwählte, aber jetzt war er ihr Erwählter und sie war stolz, denn jeder wusste, sein Geist konnte Felsen zu Staub zermahlen. Bevor sie zurück zu ihren Eltern fuhr, gab es einen überheißen Verlobungskuss, in dem eine Glut lag, die alles fortträumte, was ihn krank gemacht hatte. Sie fand es wunderbar, die Frau eines berühmten Mannes zu werden, schwärmte von der Hochzeit des Jahres und mit 6 Schimmeln fuhren sie zum Altar. Sie konnte den Tag kaum erwarten, denn Ferdinand war der Mann, der den Wunsch ihres Lebens erfüllte: Als Ehefrau neben ihm aufzuwachen und sagen zu können: Nimm mich hin, ich bin deine Sache – es gab nichts Größeres. Dafür bekam er gleich noch einen zweiten, schier endlosen Kuss, glaubte sich schon mitten im Musizieren, leerte noch in der Nacht den Postkorb, beantwortete 76 Briefe, sandte die meisten davon an den Verein und alles ging ihm spielend von der Hand.

Er vereinbarte mit Helene, ihren Eltern noch nichts von allem zu sagen. Er wollte sie erst einmal ganz unverbindlich besuchen, um sich mit ihnen bekanntzumachen, denn im Gespräch konnte er sein Gegenüber allemal für sich gewinnen. Schließlich war ihr Vater als Schüler Rankes nicht nur ein bekannter Historiker, sondern ein hoher bayrischer Gesandter, den König Ludwig gerade in den erblichen Freiherrnstand erhoben hatte. Darum hielt Lassalle eine langsame Annäherung für mehr als geboten, denn in Adelskreisen galt er als ein zuverlässiger Karrieretöter. Kaum dass Helene wieder zu Hause war, bekam er einen hinreißenden Brautbrief von ihr, wie ungeduldig sie war, den Mann ihres Lebens heiraten zu können, denn sie fühlte schon jetzt, jede Nacht mit ihm war eine Hochzeitsnacht und erhitzt vom Glück reiste er sofort nach Genf, um sich ihren Eltern vorzustellen. Doch als er in der Pension abgestiegen war, kam Helene aufgeregt und voller Verzweiflung angestürzt, sagte, sie hatte ehrlich zu den Eltern sein wollen, seinen Besuch angekündigt und ihnen dabei gleich reinen Wein eingeschenkt, denn früher oder später würden sie es sowieso erfahren, aber da bekam der Vater einen Wutanfall und die Mutter Schreikrämpfe, schluchzte los und meinte: »Wenn du an den deine Neigung verschleuderst, ist die ganze Familie ruiniert«, und der Vater drohte ihr brüllend an, sie einzuschließen. »Die machen Ernst. Lass uns fliehen, nach Ägypten oder sonst wohin, ich lebe mit dir auch als Zigeunerin, egal wie, egal wo, nur weg von hier, sofort weg!«

Lassalle beruhigte sie. Fliehen kam nicht in Frage. Fliehen war gegen seine Natur. Er wich einem Problem nicht aus, er erkämpfte sich die Lösung. Außerdem ließ er seine Leute im Arbeiterverein nicht im Stich. Am Ende hieß es noch, der Präsident hatte die Tochter einer angesehenen Familie entführt und stand als Frauenräuber vor der Welt. Wenn, dann wollte er loyal um sie werben. Damit zwang er die Eltern zum Entgegenkommen. Vor dem Vater brauchte sie keine Angst zu haben. Mit dem wurde er schon fertig. Da hatte er schon ganz andere Kaliber niedergezwungen als so einen bemoosten Professor. »Verlass dich auf mich. Ich kläre das. Sollten sie für dich einen anderen Bräutigam im Auge haben, dann allerdings hole ich dich noch vom Altar. Da kannst du sicher sein.« Dennoch – hätte sich sein Goldfuchs an die Absprache gehalten und vorerst nichts gesagt, wäre ihm das jetzt alles erspart geblieben. Er brachte Helene nach Hause und wollte sich trotzdem bei ihrem Vater melden lassen, doch der zerrte seine Tochter ins Haus und schlug ihm die Tür vor der Nase zu.

Lassalle war außer sich. Aufgewühlt und empört. In ihm war Brandung. Er ließ sich doch nicht wie einen hergelaufenen dummen Jungen behandeln! Schließlich war er nicht irgendwer. Was nahm sich dieser Aufsteigerfritze heraus! Von wegen Königlicher Gesandter! Ein grobknochiger Hausbüffel, mehr nicht! Mimte den Großwesir! Der Tochter vorschreiben wollen, wen sie zu heiraten hatte! Sie war 21 und kein Backfisch mehr. Sie lebten in einem aufgeklärten Land und nicht in einem Türkenstaat. Sie einsperren und ihr den Willen brechen – das war Misshandlung, das war eine Straftat und die ließ er nicht zu. Wenn ihr Alter in die Heirat nicht einwilligte und den Pascha spielte, dann brannte er Kirchen nieder. Der sollte ihn kennenlernen!

Doch plötzlich war alles abgebrochen. Lassalle bekam keine Briefe mehr von ihr, nicht das kleinste Lebenszeichen, und auf seine Briefe gab es keine Antwort. Vom Postboten erfuhr er, dass seine Briefe im Hause Dönniges nicht angenommen wurden, er konnte sie sich alle auf dem Hauptpostamt wieder abholen und das Fräulein wohnte auch nicht mehr hier und war in ein anderes Haus gezogen. Lassalle fieberte. Der Alte hatte ihm doch tatsächlich seinen Goldfuchs weggesperrt! Sofort nahm er sich in Genf ein Hotel, besuchte die befreundete Familie fand Helenes Wohnort heraus, doch das Haus wurde von ihrer Mutter samt Personal abgeschottet, Wachen standen auch noch davor und niemand ließ sich bestechen ihr einen Brief reinzuschleusen. Verzweifelt schrieb er der Gräfin. Er brauchte Rat, Rat, Rat, Rat. »Sie sind die Einzige, die wissen, was es heißt, wenn ich Eiserner mich unter Tränen winde wie ein Wurm.« Sie hatte verstanden Sie musste kommen, sonst ging er zugrunde. Sophie brach die Kur sofort ab, fuhr nach Genf, nahm sich eine Suite in seinem Hotel und hatte ihre Koffer noch gar nicht ausgepackt, da saßen sie schon im Restaurant am See, rauchten und redeten und redeten und rauchten. Allein ihre Nähe beruhigte und gab ihm das Gefühl, wieder den Boden unter den Füßen zu spüren. Auch wenn er es nicht wahrhaben wollte, sie sagte es ihm trotzdem: Er machte immer denselben Fehler und ging die Frauensachen viel zu stürmisch an. Doch stürmisch oder nicht – ihn quälte nur die eine Sorge, dass Helene die Festigkeit ihres Willens verlor denn sie war wie die Flöte in der Hand des Künstlers. Für die Ehe war das ja gut, denn er besaß selber Willen genug aber jetzt, wo es darauf ankam, war er nicht sicher, ob sie dem Druck der Eltern standhalten würde. Er bat die

Gräfin, ihr bewährtes Geschick einzusetzen und zu vermitteln. Noch am selben Abend schrieb sie dem Fräulein und wollte Helene besuchen. Es kam eine höfliche Antwort, doch keine Silbe zum Besuch. Dafür wurde sie von ihren Eltern empfangen. Sie waren gleichfalls höflich und sie hätte auch nichts anderes geduldet, schließlich stand sie rangmäßig hoch über ihnen. Sie gaben ihr zu verstehen, dass sich ihre Tochter noch nicht entschieden hatte. Das war zwar eine deutlich versteckte Absage, aber die behielt Sophie vorerst für sich, um Lassalles erhitzte Seele nicht noch mehr aufzuheizen, denn sie spürte, alles in ihm war zum Zerreißen gespannt und er hatte nur eins im Kopf: Helene aus ihrem Eingesperrtsein zu befreien und sie für sich zurückzuerobern. Nur zu gut wusste Sophie, wenn er etwas wollte, gab es kein Halten mehr. Hatte er ein Ziel, wuchs sein Wille ins Grenzenlose und alles wurde Kampf.

Auf sein Bitten fuhr sie gleich darauf zum Bischof von Mainz, Freiherr von Ketteler, der Lassalles Arbeiten schätzte, schilderte ihm die Lage und bat Hochwürden, Herrn von Dönniges vom heiligen Sakrament der Ehe zu überzeugen und ihm mitzuteilen, dass Lassalle bereit war, dafür zum katholischen Glauben überzutreten. Der Bischof gab Trost, nur versprechen konnte er nichts.

Doch Lassalle brannte vor Ungeduld. Abwarten und die Dinge laufen zu lassen ging ihm gegen den Strich. Er musste die Dinge in die Hand nehmen und handeln. Er konnte nicht anders, denn eine Niederlage war für ihn schlimmer als der Tod. Jetzt zog er die Carte blanche und machte Druck auf den blasierten Dönniges, weil er wusste, Aufsteiger wie er hatten nur eine einzige Angst und das war, ihren Posten zu verlieren. Er warf sich in den Nachtzug nach München, bekam noch ein unreserviertes Zimmer im *Oberpollinger,* drang bereits am nächsten Morgen bis zum Vertrauten des Königs, Kabinettsrat Pfistermeister vor und bat ihn, von Ludwig den Befehl zu erwirken, dass er unverzüglich zur Tochter des Gesandten Dönniges gebracht wurde. Doch der Kabinettsrat verwies ihn an dessen unmittelbaren Vorgesetzten und noch am selben Tag hatte Lassalle mit dem Minister des Auswärtigen Baron von Schrenck eine mehrstündige Unterredung. Er machte ihm deutlich, dass es für einen königlich bayrischen Gesandten eine Schande sei, seine Tochter einzusperren und ihr den Willen zu brechen und forderte ihn auf, seinen Landesvertreter zur Räson zu bringen. Auch der Minister war empört über ein solches Sultansgebaren, das das Ansehen des Amtes beschädigte und rief sofort einen Anwalt, der umgehend nach Genf reisen musste, um Herrn von Dönniges zur Ordnung zu rufen und von der Tochter eine notariell beglaubigte Willenserklärung zu holen, die ihr Heiratsversprechen erneuerte. Lassalle atmete auf, denn das musste der Herr Professor und Kerkermeister jetzt zulassen. Das war eine dienstliche Anweisung von ganz oben und die zu verweigern, kostete ihm die Stellung.

Zurück in Genf beriet er sich mit der Gräfin. So hatte sie ihn noch nicht erlebt. Es schien, als hätte sich ein Dämon seiner bemächtigt. Er war getrieben. Wie von sich selber fortgetrieben. Alles im gestreckten Galopp. Alles festinato. Die Blicke, die Worte, selbst das Rauchen – eine Zigarre nach der andern –, alles zittrig, hastig, fahrig, ohne Abstand, ohne Ruhe, selbst jeder Gedanke wie auf dem

Sprung, sichtlich in der Sorge, es könnte ihm ein entscheidender Augenblick verlorengehen. Er musste Helene zurückgewinnen. Koste es was es wolle. Gelang es nicht, blieb nur eins – sich das Haupt scheren lassen und Mönch werden. Nein, diesmal übertrieb er nicht: Bei ihm war Hölle im Herzen.

Sophie spürte, dieses Fräulein hatte sein Gemüt in eine so rasende Bewegung versetzt, dass sie zum ersten Mal nicht mehr recht wusste, wie sie ihn erden sollte. Alles in ihm stand kopf. Dramatischer konnte eine Ehe nicht beginnen. In einem allerdings gab sie ihm recht: Bevor der Notar anrückte, um sich von Helene das Heiratsversprechen bestätigen zu lassen, musste Lassalle selber mit ihr reden. Er zögerte damit auch keinen Augenblick, denn er wollte das Wortlose hören, das Leuchten ihrer Augen sehen, die Freude, dass der Mann ihres Lebens es endlich geschafft hatte, sich zu ihr vorzukämpfen und sie aus der elterlichen Zwingburg zu befreien, wollte von seinem Goldfuchs etwas von diesem Ferdinand forever spüren, denn jetzt durfte ihm der Hauspascha nichts mehr verbieten und sie konnten heiraten.

Herr von Dönniges empfing ihn auf einmal auch betont amtskorrekt und hatte nichts dagegen, dass er mit seiner Tochter sprechen wollte. Wenn Helene dies gleichfalls wünschte, konnte er dies selbstverständlich tun. Er rief seine Tochter, die im Garten mit ihren Doggen spielte, doch als sie Lassalle sah, tat Helene, als würde sie ihn gar nicht kennen und wäre ihm noch nie begegnet. Gelangweilt und gleichgültig näherte sie sich ihm wie einem Fremden und gab zu verstehen, sie wollte mit ihm nicht reden. Reden wozu? Sie hatte sich mit ihrem früheren Verlobten wieder versöhnt und das durfte wohl genügen. Dann wandte sie sich auf dem Absatz um und ging wieder zu ihren Doggen.

Lassalle stand wie gelähmt. Mehr tot als lebendig rang er nach Fassung. Er kam sich betrogen und verraten vor, hereingelegt und hintergangen. Er hatte Himmel und Hölle in Bewegung gesetzt, dass sie ihn heiraten konnte und auf einmal wollte sie nicht mehr. Hatte es sich eben anders überlegt und der Hampel konnte gehen. Die Blamage hätte nicht größer sein können. Wie stand er vor der Welt denn jetzt da! Ein Gehörnter, ein Gespött! Das blieb doch nicht verborgen! Er war ein Mann der Öffentlichkeit, hatte eine politische Stellung, die auf Ansehen und Achtung gründete und hörte schon jetzt das Hohngelächter: Der große Arbeiterführer lässt sich von einer Schönen zum dummen August machen und muss seine Heiratshoffnungen begraben. In ihm loderte schwarzes Feuer. Er hatte seine Kräfte vertausendfacht, um Helene zu erringen, und nun wurde er eiskalt von ihr abserviert. Gestern noch ihr angehimmelter Bräutigam und heute tat sie so, als hätte sie ihn nie heiraten wollen, als hätte es nie ein Versprechen gegeben als hätte er sich alles bloß eingebildet – das war mehr als kränkend, das war eine tiefe Ehrverletzung und die konnte er nicht auf sich beruhen lassen. Andere mochten anders darüber denken, aber ihm bedeutete die persönliche Ehre noch etwas und wer die verletzte, sollte sehen: Die Schande fehlenden Mutes lud er nicht auf sich. Die Dame hatte kein Recht, ihn derart zu kompromittieren und all die Zusicherungen, die sie ihm gegeben hatte, so schändlich zu brechen. Sie hatte kein Recht, ihn in ein Unternehmen zu verwickeln, auf das er sich nur einließ unter der Beteuerung, dass sie felsenfest entschlossen war. Ob ihr Vater dahintersteckte oder nicht – jetzt ging es Lassalle nicht mehr um Heirat, sondern nur noch um seine Selbstachtung, um sein Ansehen und seine Würde. Allein die Tatsache, vorgeführt zu bekommen, dass er seine Glut auf eine verlorene Sache geworfen hatte, empfand er als eine so große Schmach und eine solche Erniedrigung, dass alles in ihm nach Vergeltung schrie und alles auf Rache drängte, denn Rache kam von Gerechtigkeit und Gerechtigkeit war ihm teurer als sein Leben. Auf rotgerippten Bütten schrieb er Helene einen einzigen Satz: »Mein Blut komme über dich und mein Fluch verfolge dich bis zum Grabe.«

Noch am selben Abend donnerte er ihrem Vater eine ungeheure Beleidigung auf den Tisch und forderte ihn zum Duell. Der frischgebackene Freiherr musste begreifen: Ein Lassalle war nicht der Mann, der sich zum Narren machen ließ. Er stand mit seinem Namen für Gerechtigkeit und Menschenwürde und dazu gehörte der Stolz, sich nicht erniedrigen zu lassen. Er war ein guter Schütze und wusste, ein Schuss genügte und seine Ehre war wiederhergestellt. 15 Schritt fester Stand, Schuss innerhalb 20 Sekunden, Kommando nach Zahl oder Spannen, Zielen, Feuern, Glatte Pistolen mit Visier und Korn, Haltung beliebig, 3 Kugeln pro Mann, Versagen galt für Schuss und Freund Rüstow war sein Sekundant. Es konnte nichts schiefgehen.

Doch Dönniges antwortete, das Duell gehörte nicht zu seinen Umgangsformen, aber wenn er unbedingt darauf bestand, übernahm das sein künftiger Schwiegersohn Janko Fürst von Rackowicz. Der Wisch genügte. Sollte er ihm den walachischen Hengst schicken – Lassalle ließ es unberührt. Er wollte siegen und nicht töten.

Als Sophie den Frühstücksraum betrat, um mit ihm ihren Morgenkaffee zu nehmen, kam der Concierge d'hôtel und richtete ihr von Herrn Lassalle aus, dass er vor Sonnenaufgang zur französischen Grenze Richtung Carouge gefahren war. Plötzlich ahnte Sophie Fürchterliches, ließ den Kaffee stehen und sofort einen Wagen kommen, hastete nach draußen, doch als sie einsteigen wollte, hielt eine Droschke und Lassalle wurde blutüberströmt von vier Männern und Rüstow ins Hotel getragen. Der Oberst rief ihr zu: »Der Walache hat einfach losgeschossen und das Kommando Feuern nicht abgewartet.« Sie geriet in Panik, schrie nach einem Arzt, der kurz darauf zur Stelle war, aber eine solche Schussverletzung konnten nur Spezialisten behandeln. Daraufhin jagte sie zum Postbureau und telegraphierte den beiden berühmtesten Chirurgen Billroth nach Zürich und Chelius nach Heidelberg, bat sie aufs Dringlichste zu Lassalle, und schon am späten Nachmittag stand Professor Billroth an seinem Bett, versorgte die Wunde, eine der unglücklichsten, die er je gesehen hatte und die überhaupt vorkommen konnte. Als er ging, sagte er zu Sophie, dass die Kugel zu tief im Körper saß, dass alles innerlich zerfetzt war, Nieren, Blase, Darm, bis zur Leber und er konnte nur noch Morphium geben, alle drei Stunden hochdosiert zweieinhalb Gran, um ihm die letzten Stunden erträglich zu machen. Auch Professor Chelius, der in der Nacht eintraf, bestätigte ihr, dass bei einem so schlimmen Unterleibsschuss nichts mehr zu machen war und erhöhte die Morphium-

losis. Sophie stockte der Atem. Sie wich nicht mehr von Lassalles Bett, hörte sein leises Wimmern, gab ihm zu trinken, doch er wollte nur ihre beiden Hände, legte sie auf seine Brust, ließ sie nicht los und sagte mit einer Miene, als würde er den Schmerz weglächeln wollen: »Sie sehen, ich konnte keine Frau finden, die Sie mir ersetzt hätte. Ihre Vorzüge waren zu groß. Ich habe immer nur Sie geliebt. Sehr sehr geliebt. Keine andere, nur Sie. Wäre es umgekehrt gekommen und wären Sie vor mir gegangen, hätte ich das nicht ausgehalten. So ist mir wenigstens der größte Schmerz erspart geblieben.« Dann bat er um Papier und Tinte und machte sein Testament.

Sophie unterdrückte die Tränen, die Verzweiflung, blieb die ganze Nacht neben ihm und er hielt ihre beiden Hände wieder so fest an seine Brust gedrückt, als könnten sie ihm neues Leben geben. Sie ließ keinen Blick von ihm, lauschte auf seinen Atem, der ruhig und gleichmäßig ging, hoffte, dass vielleicht doch noch ein Wunder geschehen könnte, bangte und betete, aber am frühen Morgen brach sturzbachartig aus allen Poren der Schweiß, schimmerte auf seiner Stirn wie kalter Kristall, der Druck aus seinen Händen wich. Lassalle war tot.

Sophie saß reglos. Sie schaute auf ihn und die Welt blieb stehen. Er und tot – das lag so fernab aller Wirklichkeit, so jenseits jeder Vorstellung und war so unbegreiflich, dass ihr Denken und Fühlen aussetzte und es inmitten des Unfassbaren nur die eine Gewissheit gab: Die Kugel, die ihn umgebracht hatte, nahm ihr das Leben. Alles in ihr erstarrte und bekam eine Mechanik, die sie nur noch wie ein aufgezogenes Uhrwerk reagieren ließ. Sie trocknete seine Stirn, drückte ihm die Augen zu, ging zum Fenster, schloss die Vorhänge, und plötzlich sah sie unten auf der Straße im Galawagen die Kreatur Helene Arm in Arm mit ihrem rumänischen Bojaren vorüberfahren und wusste, Gott hatte den Mörder bereits im Blick. Vor der Tür wartete Herwegh mit seinen Freunden, aber Rüstows Anwesenheit ertrug sie nicht, denn er hätte das Duell verhindern müssen. Doch er entgegnete erregt, dass Lassalle ihn angefleht hatte zu kommen und ihn nicht im Stich zu lassen, andernfalls wollte er ihm die Freundschaft aufkündigen. »Jeden Versöhnungsversuch von uns beiden Sekundanten hat er abgelehnt und dann kam dieser Sauschuss.«

Kaum dass die Nachricht vom Tod nach draußen gedrungen war, kursierte bereits ein Flugblatt in der Stadt »Bürger von Genf, Republikaner aller Nationen, die hier eine Freistatt gefunden, vereinigt Euch mit uns am Sarge des größten deutschen Bürgers! Der Blitz hat jene stolze Eiche gefällt, aber die Wurzeln sind nicht erstorben, solange es Republikaner auf Erden gibt.« Sophie telegraphierte seiner Mutter, die sofort eintraf und ihr zustimmte, dass es eine großartige Beerdigung werden musste, denn alle sollten sehen, mit ihm ging eine Ära nicht zu Ende, sondern sie begann. Sophie ließ Lassalle in einen prächtigen Eichensarg betten, auf den Herwegh in großen Buchstaben schrieb: ER STARB WIE ER LEBTE – IM KAMPF, und ehe sie sich versah, strömten in Genf Tausende zum *Temple Unique,* darunter Vertreter aller Nationen – Franzosen, Italiener, Engländer, Ungarn, Polen, Russen –, und die Reden an seinem Sarg waren so flammende Bekenntnisse zur socialen Demokratie, dass Sophie glaubte, der tote Lassalle würde einen neuen Kampfgeist wecken und jetzt erst recht in die Quere pflügen – ein Eindruck, der alles in ihr aufwühlte und sich Tage später bei der Überführung des Sarges nach Deutschland von Ort zu Ort noch steigerte. Die Fahrt auf dem Rhein von Basel nach Köln glich einem einzigen, wenn auch schmerzlichen Triumphzug. Sie hatte mehrere Dampfschiffe gemietet, vorweg das Schiff mit dem Katafalk, der mit einem schwarzen Tuch bedeckt und von Blumen umkränzt war, links und rechts die Männer der Ehrenwache mit breiten Trauerschärpen, sie unübersehbar am Fuße des Sargs wie eine Statue der Nemesis, das Schiff beflaggt mit schwarzen Fahnen, und vorne am Bug wehte die rote, die Fahne der Socialdemokratie. Ihnen folgten die Schiffe mit seinen engsten Kampfgefährten und den Delegationen des Arbeitervereins, und sobald sich der Trauerkonvoi den großen Städten näherte, standen an den Ufern des Rheins die Menschen mit Fahnen und gesenkten Fackeln, um einem noch nie da gewesenen Fürsten, dem Fürsten der Arbeiter, dem Anti-Fürsten, die letzte Ehre zu erweisen.

In Mainz gingen sie an Land und der offene Sarg wurde durch die Stadt gefahren, umwogt von einer unübersehbaren Menschenmenge. Aus den Fenstern hingen überall Flortücher, viele wollten am Sarg ihres Helden reden und folgten ihm weiter nach Frankfurt am Main, wo die Straßen so überfüllt waren, dass die Menschen auf den Dächern standen. Der Sarg war unter den Blumen und Lorbeerkränzen kaum noch zu sehen, der Zug führte an der Paulskirche vorbei hin zum *Römer,* der ganze Platz ein Meer von gesenkten Fackeln, Trauerfahnen und Musikchören. Nach jeder Rede am Sarg kam aus der Menge ein gedämpftes Trommeln und der Schall der Trompeten – ein Held des Volkes wurde begraben.

Doch in Düsseldorf griff plötzlich die Polizei ein und beschlagnahmte den Sarg. Sophie wusste nicht wie ihr geschah, ahnte hinter allem eine Anordnung des Gerichtspräsidenten, legte sofort Protest dagegen ein, musste aber erfahren, dass dies auf Wunsch von Lassalles Mutter geschah die ihren Sohn in Breslau begraben wollte. Dass plötzlich der Sarg zum Eisenbahnwagen eskortiert wurde von der Polizei, mit der er ein Leben lang im Kampf gelegen hatte nahm ihr fast den Verstand, denn es schien, als sollte er auch noch als Toter abgeführt und verhaftet werden. Dabei war vereinbart, ihn in Preußens Hauptstadt zu beerdigen. Sophie hatte auch schon eine Stelle für ihn ausgesucht, die zum Wallfahrtsort werden sollte. Doch sie wollte zu alldem nichts sagen, um keinen Streit heraufzubeschwören, denn sie sah jetzt, seiner Mutter fehlte jedes politische Empfinden für die historische Größe ihres Sohnes. Sie war eine Gans, die einen Adler geboren hatte. Allerdings tröstete Sophie der Gedanke, dass er es bestimmt nicht abgelehnt hätte, neben seinem geliebten Vater zu ruhen. Trotzdem: Die Trennung vom Sarg empfand sie so, als wäre Lassalle ihr entrissen worden. Sie nahm noch an der grandiosen Trauerkundgebung teil, zu der aus »seinem Gebirge«, dem Bergischen Land, die Menschen in Scharen gekommen waren, und dann fuhr sie zurück nach Berlin. Sie nahm ihre Düsseldorfer Köchin mit, denn sie hatte zehn Jahre für sie und Lassalle gekocht. Ihr Kalbsbraten mit Seele war sein Lieblingsgericht und alles, was ihm geschmeckt hatte, sollte wieder auf den Tisch. Eine Genugtuung allerdings gab es dann doch: Gerade weil sie wusste, dass sich viele über seinen Tod freuen würden, wollte sie mit einer prachtvollen Beerdigung demonstrieren, was für ein Großer von der Welt ging, doch das brauchte es nicht mehr, denn es gab spontan überall im Land Trauerfeiern, zu denen die Menschen wie aus dem Nichts zusammenkamen, als hätte sich in ihm eine Idee verkörpert, die sie in sich aufnehmen und weitertragen wollten.

Kaum in ihrer Wohnung angelangt, las sie in der Zeitung, dass sich an Lassalles Grab in Breslau Arbeiter in hellen Haufen versammelt hatten, alles robuste Männer, die mit Tränen in den Augen sangen: Hier schlummert der Eine, der Schwerter uns gab.

Sophie fieberte danach, dass der Mörder gefasst wurde und ließ über die Genfer Polizei verdeckt nach ihm fahnden. Für sie war es kein Duelltod, sondern ein politischer Mord, denn die rumänische Gemeinde rühmte sich damit und fand es ehrenvoll, dass es einem walachischen Prinzen aus altem tatarisch-fürstlichen Geschlecht gelungen war, einen solchen Menschen wie den Aufrührer Lassalle wegzuputzen. Doch sie hatte sich geschworen: Wer auf seinem Grabe tanzen wollte, musste mit ihr rechnen. Noch war sie da. Von der Kantonregierung erfuhr sie, dass er sich in seine Heimat abgesetzt hatte, dann in München gesehen worden war und sich derzeit in Paris aufhielt. Umgehend schrieb sie an Bismarck, erinnerte daran, dass es die Pflicht des preußischen Staates war, seine Bürger im Inland wie im Ausland zu schützen, damit nicht straflos Verbrechen an ihnen begangen wurden und wies darauf hin, dass die

Tötung durch Duell nach preußischem wie nach Genfe Recht unter den gesetzlichen Begriff des gemeinen Ve brechens fiel, auf das bis zu 20 Jahre Einsperrung stand. In Stillen fand sie das natürlich viel zu gering, lebenslängli che Zwangsarbeit wäre das mindeste gewesen, noch besse sofort das Schafott und zwar für beide. Das Fräulein unc ihn. Bismarcks Antwort kam prompt und er sicherte ih seine Unterstützung bei den Ermittlungen zu. Das klang fürs Erste beruhigend, denn wenn die Franzosen wusster dass die preußische Regierung involviert war, gaben sie sich ganz gewiss Mühe, den Mörder zu fangen und ihn auszuliefern.

Unerwartet kam eine Depesche von Paul. Aus der Zei tung hatte er von allem erfahren und bedauerte aufrichtig dass sie ein solcher Verlust getroffen hatte. »Wie weit unsere Ansichten auseinandergingen – ich habe nicht daran ge zweifelt, dass er Dein Bestes aufrichtig wollte. Ich fühle deshalb mit Dir, dass Du eine Stütze in ihm verloren hast die schwer zu ersetzen ist. Trotzdem hoffe ich, dass Du den Mut nicht sinken lassen wirst und auf diejenigen blickst die Dir bleiben«, und kündigte an, ihr endlich seine Frau vorzustellen. Doch damit hatte Sophie keine Eile. Für sie eilte überhaupt nichts mehr. Sollte irgendwann eine Taufe bevorstehen, war dafür noch Zeit genug. Aber vielleicht vergaß Paul die Einladung dann auch wieder, denn als Gefährtin Lassalles blieb sie für ihren hohen Adelsstamm der Schandfleck, die Skandalaristokratin, nicht vorzeigbar und nicht gesellschaftsfähig.

Mit Kurier sandte sie ihm gleich die Antwort, dankte für seine Anteilnahme und bat ihn nur noch um den einen einzigen Dienst: ihr bei der Ergreifung des Mörders zu helfen und von der Botschaft aus die politische Polizei in Paris einzuschalten. Das war alles, was der Sohn für seine Mutter noch tun konnte. Mehr wollte sie nicht und schrieb ihm ganz offen, wie es um sie stand: Sie lag im Grabe, aber mit vollem Bewusstsein.

Dann fuhr sie in Lassalles Wohnung. Auf seinem Stammplatz im Salon brannte eine Kerze. Sein Diener hatte die Tafel so festlich gedeckt, als würde alles weitergehen wie bisher und wieder ein großer Gesellschaftsempfang kommen. Diese Geste rührte sie. Sophie ging durch die Räume, die voll der schönsten Kunstwerke waren und ihr auf einmal ganz leer vorkamen. Selbst die Möbel muteten nur noch wie Schattenrisse an. Sie spürte mit jedem Schritt, der Geist des Lebendigen, der den Dingen Bewegung, Glanz und Sprache gegeben hatte, war entwichen. Über allem lag eine fremde Stille. Sie nahm die Büste von Begas aus dem Regal, hing Lassalles Porträt ab, das sein Freund Bleibtreu, der Schlachtenmaler, von ihm gemacht hatte, holte aus der Bibliothek das Bücherverzeichnis, das ihre Initialen trug, auch die Briefe an ihn und packte alles in ihren Handkoffer. Den Diener bat sie, das Schreibpult, so wie es da stand mit all den Papierbergen, und die Amarantholzvitrine samt Inhalt in ihre Wohnung zu bringen. Sie wollte um sich haben, was für sie und Lassalle über all die Jahre eine eigene Geschichte bekommen hatte. Nach einer neuen Stellung brauchte sich sein Majordomus nicht umzusehen. Sie übernahm ihn in ihre Dienste, denn er war verlässlich und ein Teil der vertrauten Umgebung. Er sollte jetzt nur sämtliche Jalousien herunterlassen, alle Fensterläden schließen und die Wohnung gut verriegeln. Das Weitere überließ sie dem Testamentsvollstrecker.

Doch dann, als ihr Reisegepäck eintraf, in dem sich auch die Kiste mit Lassalles Koffern befand, war ihr, als bekäme erst jetzt alles seine unumkehrbare Wirklichkeit. Die Sachen, die er im Duell getragen hatte, waren blutbeschmiert und vom Hotelpersonal eigens in einen Leinwandsack gepackt worden. Sie hätte alles reinigen lassen können, aber wollte es nicht. In ihnen lebte sein Ende, so wie es war und jede Änderung daran wäre ihr wie ein Auslöschen seines letzten Kampfes erschienen. Sie ließ das kostbarste Erbstück ihrer Mutter, die Nürnberger Alabastertruhe, ins Kaminzimmer räumen, legte seine Schuhe, seinen Gehrock, sein Beinkleid und sein Hemd mit dem gesteiften Anknöpfkragen hinein, packte obenauf seine Weste, die seltsamerweise ohne jede Blutspur war und merkte plötzlich, dass sich in ihr ein harter Gegenstand befand. Sie knöpfte die Außentasche, auch noch die Innentasche auf und fand in einem Lederetui ihren Wohnungsschlüssel. Sie stand wie betäubt. Dass Lassalle ihn mit ins Duell genommen hatte, empfand sie auf einmal wie den letzten Beweis, in dem tödlichen Augenblick bei ihm gewesen zu sein und mit ihm gemeinsam geendet zu haben.

Sie musste erst einmal zur Besinnung kommen, setzte sich an den Kamin und rauchte. Doch das Gegenüber fehlte. Sie rauchte ins Leere. Kein Blick, kein Wort, keine Bewunderung, nichts, was das Rauchen so sinnlich machte. Kein Vortasten, kein Eindringen in den andern, kein Hineinhören ins Gemüt, kein Herausgehen aus sich selbst, nicht das kleinste Kokettieren mit den Möglichkeiten. Alles vorbei. Verschwunden der Nachsommer, dafür plötzlich im Spätherbst. Die Luft bloß verqualmt, im Magen nur Druck, im Rücken Schmerzen. Sie hatte bei ihm ja mit vielem gerechnet. Mit Blitzehen, Trennungsgefechten, selbst dass er Präsident einer neuen Republik werden würde – alles hatte sie ihm zugetraut, auf alles war sie gefasst, nur nicht auf seinen Tod. Der passte einfach nicht in sein Leben. Er hätte in Kamtschatka, Honolulu oder auf sonst einem fernen Breitengrad leben können – sie hätte trotzdem das Gefühl gehabt, dass er um sie war, anwesend und erreichbar. Doch jetzt kam kein Echo mehr. Sie musste sich darauf einstellen: Er war aus der Welt.

Die Zeitungen mit den Berichten über seinen Tod türmten sich auf ihrem Tisch. Jeden Tag neue Deutungen, neue Vermutungen, Nachrufe ohne Ende, dass es ihr ganz so schien, als wäre der tote Staatsfeind plötzlich lebendiger denn je und sie täuschte sich nicht: Mit einem Mal war er Kult. Sie drückte ihre Zigarre aus, nahm einen Becher Aquavit und ging an sein Schreibpult, das inzwischen in ihrem Kaminzimmer stand und das sie unangetastet ließ. Nur in der hintersten Schublade hatte sie eine kleine Ergänzung vorgenommen und zu ihren Briefen an ihn seine Briefe an sie gelegt, alles sorgsam gebündelt und in einen Glacékarton gepackt. Doch die drei Bekennerbriefe, die schönsten, die sie je von ihm bekommen hatte, fieberheiß und verfänglich, Herzenshymnen, die nur sie verstehen konnte, weil nur sie wusste, wie alles gemeint war – diese Briefe lagen nicht dabei. Jedes Wort war längst in ihr aufgehoben, war eingeatmet, gehörte ihr allein und musste bei ihr bleiben. Nichts davon gehörte in andere Hände und schon gar nicht in ein Parteiarchiv. Sie holte die Briefe, die unter ihrem Kopfkissen im Pergamentfutteral lagen, las sie noch einmal durch, wiederholte jeden einzelnen mit geschlossenen Augen, sprach sie laut vor sich hin, als wollte sie sich vergewissern, dass ihr Klang wie eine Melodie in ihr geborgen war, dann legte sie die Briefe auf eine Eisenplatte und verbrannte sie im Kamin. Säuberlich kratzte sie die Asche zusammen und verwahrte sie in ihrem aufklappbaren, diamantgefassten Medaillon, hing es an die dazugehörige Panzerkette mit Karabinerverschluss und legte von Stund an das Medaillon nicht mehr ab. Tag und Nacht die Asche bei sich zu haben, am Körper zu tragen, beruhigte sie und gab ihr Halt. Gab so ein verwehtes Gefühl, als würde er bei ihr sein.

Jetzt erst näherte sie sich dem Korb mit den Kondolenzschreiben. Obenauf lag der Brief von Karl Marx. »Meine liebe Frau Gräfin! Sie begreifen, wie mich die ganz unvorbereitete Nachricht von Lassalles Tod überrascht, bestürzt und erschüttert hat. Er war einer der Menschen, auf die ich viel hielt. Seien Sie überzeugt, dass niemand tiefern Schmerz über Lassalles Weggerafftsein empfinden kann. Und vor allem fühle ich für Sie. Ich weiß, was Ihnen der Verewigte war, was sein Verlust für Sie bedeutet. Freuen Sie sich über eines: Er ist jung gestorben, im Triumph, als Achilles.« Zwar fand sie es tröstend, dass er in ihm einen antiken Helden sah, doch ob im Triumph sterben oder nicht – jung sterben war immer ein Elend und wie sie sich darüber auch noch freuen sollte, wussten die Götter. Aber vielleicht gehörte Marx schon dazu. Doch Zeit zur Besinnung blieb ihr nicht.

Der Testamentsvollstrecker ließ sich melden und teilte ihr mit, Herr Ferdinand Lassalle hatte ihr nicht nur all seine Alabasterbüsten und eine lebenslängliche Pension hinterlassen, sondern ihr seine sämtlichen Papiere und Briefschaften vermacht und sie zur Hüterin seines geistigen Erbes bestimmt. Diese Aufgabe stand plötzlich wie ein mächtiges Bergmassiv vor ihr und veränderte alles. Auch wenn sie mit ihm gestorben war – jetzt musste sie zurückkommen und für sein Werk leben. Bestimmt hätte er ihr gesagt, das war keine Frage des Mutes, sondern allein eine Frage des Willens.

Sie gab ihren Landsitz auf, um frei zu sein von den Zwängen und Belastungen, die er mit sich brachte. Außerdem: Wozu und für wen sollte sie etwas erhalten, was ihr nur Mühe und Strapazen bereitete. Unnötiger Aufwand und unnötige Anstrengungen stahlen ihr bloß die wenigen Kräfte, die sie jetzt für Wichtigeres brauchte. Ihre Zeit war begrenzt und es galt, sich auf das Wesentliche zu konzentrieren. Jetzt war sie eine Lassallianerin und hatte sich auf neuen Querwind einzustellen. Ab sofort musste sie ein waches Auge darauf haben, dass die Bewegung, die er ins Leben gerufen hatte, nach seinen Prinzipien fortgeführt wurde. Darum überwies sie als Erstes seinem Arbeiterverein einen beträchtlichen Teil ihres Vermögens, damit die sociale Demokratie einen festen Boden bekam und gehörig wachsen konnte. Sie hatte ihm ja immer gesagt, wenn sie investierte, dann in den Zukunftsdünger und auch im Grabe sollte er sehen: Auf sie war Verlass.

MIX
Papier aus verantwortungsvollen Quellen
FSC® C014496
FSC
www.fsc.org

Verlag Kiepenheuer & Witsch, FSC® N001512

1. Auflage 2019

Umschlaggestaltung: Barbara Thoben, Köln
Umschlagmotiv: © akg-images; © The Picture Art Collection/Alamy Stock Foto
Foto der Autorin: © Annette Hauschild/OSTKREUZ
Gesetzt aus der Bembo
Satz: Buch-Werkstatt GmbH, Bad Aibling
Druck und Bindung: GGP Media GmbH, Pößneck
ISBN 978-3-462-04890-2